在路上
ON THE ROAD

〔美〕杰克·凯鲁亚克 ★ 著

田伟华 ★ 译

台海出版社

图书在版编目（CIP）数据

在路上 /（美）杰克·凯鲁亚克著；田伟华译. --
北京：台海出版社，2020.2（2023.4重印）
ISBN 978-7-5168-2498-6

Ⅰ.①在… Ⅱ.①杰… ②田… Ⅲ.①长篇小说—美
国—现代 Ⅳ.①I712.45

中国版本图书馆CIP数据核字（2019）第288486号

在路上

著　　者：（美）杰克·凯鲁亚克		译　　者：田伟华	

出 版 人：蔡　旭　　　　　　　　　　　版式设计：秦　颖
责任编辑：俞滟荣

出版发行：台海出版社
地　　址：北京市东城区景山东街 20 号　　　邮政编码：100009
电　　话：010-64041652（发行，邮购）
传　　真：010-84045799（总编室）
网　　址：www.taimeng.org.cn/thcbs/default.htm
E － mail：thcbs@126.com

经　　销：全国各地新华书店
印　　刷：大厂回族自治县德诚印务有限公司
本书如有破损、缺页、装订错误，请与本社联系调换

开　　本：880 毫米 × 1230 毫米　　　1/32
字　　数：257 千字　　　　　　　　印　　张：10
版　　次：2020 年 2 月第 1 版　　　印　　次：2023 年 4 月第 3 次印
书　　号：ISBN 978-7-5168-2498-6

定　　价：49.80 元

目录 CONTENTS

第一部

一

我初遇迪恩是在我妻子和我离婚后不久。那个时候，我刚刚从一场严重的病痛中恢复过来，关于那场病，我不想多说什么，只能说与那让我觉得心痛又疲惫的离婚和一种万念俱灰的感觉有关。随着迪恩·莫里亚蒂的到来，我生命中的这个部分开始了，即可以称为我的在路上的生命的部分。在此之前，我常常梦想着去西部，看看这个国家，都只是一些模糊的计划，从未真正实行。

迪恩是在路上结伴而行的最佳人选，因为他真的就是在路上出生的，那是在1926年他父母开着一辆破汽车途经盐湖城前往洛杉矶的时候。关于他的传闻，最先是通过查德·金传到我这里的，金给我看了他在新墨西哥的一所少年犯管教所写来的几封信。我对那些信非常感兴趣，因为迪恩在信中稚气十足却又十分可爱地请求查德·金把他所知道的关于尼采的一切和所有那些奇妙的知识统统教给他。我和卡洛一度聊起过这些信，不知道我们能不能和这个奇怪的迪恩·莫里亚蒂见上一面。这都是很久以前的事了，那时的迪恩还不是现在这个样子，那时候他还是个少年犯，浑身上下被神秘笼罩着。然后，有消息传来，说迪恩从少年犯劳教所出来了，正准备初次到纽约来，还有消息说，他刚刚娶了一个叫玛丽露的姑娘。

一天，我正在学校里闲逛，查德和蒂姆告诉我，迪恩正住在东哈莱姆区（讲西班牙语的那个区）的一间没有暖气的小公寓里。迪恩是昨天晚上到的，这是他第一次来纽约，是和他那个漂亮又聪明的小妞儿玛丽露一块儿来的。他们在第50街下了灰狗公司的汽车，急急转过街角，想找个吃饭的地方，结果直接去了赫克托餐馆，从那个时候起，对迪恩来说，赫克托餐馆一直都是纽约的主要象征。他们花钱点了漂亮的浇过糖浆的大蛋糕和奶油泡芙。

迪恩自始至终都在和玛丽露说着这样的事情："听着，亲爱的，我们到纽约了，虽然我们在经过密苏里，特别是在经过让我想到蹲监狱的日子的布恩维尔少年犯劳教所的那一刻时，我并没有把心里头想的事都告诉你，不过现在绝对有必要把那些与我们的个人爱恋有关的所有悬而未决的事情暂时放在一旁，马上开始思考具体的工作计划……"那时候他总这么说话。

我和我这两个伙计去了那间没有暖气的公寓，迪恩穿着内裤就到了门口。玛丽露从沙发上跳了下来，迪恩已经把公寓的主人赶到了厨房里，很可能是煮咖啡去了，他呢，还得接着和玛丽露在屋里折腾，对他来说，做爱是生命中唯一重要且神圣的事，虽然他不得不流着臭汗，骂着街，挣点钱凑合着过日子。你从他站在那里不停上下摇晃脑袋的样子中就能够看出这一点，两只眼睛总在朝下看，总在点头，就像一个年轻的拳击手正在听候教练的指导，还一口一口地说着"是的"和"没错"，让你觉得他在听每一个字。我对迪恩的第一印象就是觉得他像年轻时的吉恩·奥特里^①——身材修长、臀部瘦削、眼睛湛蓝、地道的俄克拉荷马口音——一个来自冰雪覆盖的西部、留着连鬓胡子的英雄。其实在娶玛丽露并来东部之前，他刚在一座农场（科罗拉多的埃德·沃尔的农场）里干了一段时间。玛丽露是个漂亮的金发女郎，大大的头发卷，像一片金发的海洋。她坐在沙发的边上，两只手垂在大腿中间，一双乡下姑娘才会有的烟灰色的眼睛中透着忧郁，睁得大大的，发着呆，因为她此刻正待在她以前在西部的时候听说过的那种令人讨厌、光线昏暗的公寓

---

① 吉恩·奥特里（1907—1998年）：美国著名乡村歌手、演员，以"牛仔歌手"形象走红，一生共出版640多首歌曲，参与拍摄了93部电影。

里，她正在等待着什么，那个样子就像一个莫迪里阿尼①笔下的那种瘦长的超现实主义女人正待在一间阴郁的屋子里。不过这个小妞儿除了漂亮外，人可是够呆笨的，总能做一些可怕的事出来。那天晚上，我们都喝了啤酒，掰了手腕，一直聊到黎明，等到了早上，在阴暗的光线中，我们呆呆地围坐在一起抽烟灰缸里的烟屁股时，迪恩神情紧张地站了起来，来回踱着步，思索着，认为现在应该做的事是让玛丽露做早饭、拖地板。"换句话说，我们得勤快点，亲爱的，我是说，不然的话，我们的计划就会波动，我们就会对我们的计划缺乏真正的具体的认识。"然后我就走了。

在接下来的那个星期，迪恩偷偷地对查德·金说，他绝对得跟他学习如何写作，查德说我是个作家，他应该向我来讨教。与此同时，迪恩在停车场找到了一份工作，和玛丽露在他们的霍博肯公寓——天知道他们为什么要在那里住——大吵了一架，玛丽露勃然大怒，怀着极深的报复心报了警，用编造的歇斯底里的罪名指控迪恩，迫使迪恩不得不从霍博肯公寓仓皇地逃了出来。这样他就没地方住了。他便直接去了我和我姑妈在新泽西帕特森的住所。一天晚上，我正在学习，听到有人敲门，开门一看，是迪恩，在黑漆漆的楼道里，不住地点头哈腰，两只脚不好意思地滑过来滑过去，还一边说着，"你，你好，还记得我吗——迪恩·莫里亚蒂？我是来请你教给我怎么写作的。"

"玛丽露呢？"我问，迪恩说她显然当了几回婊子，弄了几个钱，已回丹佛了——"臭婊子！"于是我们打算出门去喝几杯啤酒，因为我姑妈正在客厅里读报纸，当着她的面，我们不能痛痛快快地说话。她瞧了迪

---

① 亚美迪奥·莫迪里阿尼（1884—1920年）：意大利画家，以形象瘦长、构图不对称的肖像画和裸体画著称，主要作品有《里维拉》《新娘和新郎》《躺着的裸体》等。

恩一眼，就认定他是个疯子。

等到了酒吧，我对迪恩说："他妈的，伙计，我很清楚你来找我不光是为了当作家，毕竟，我只知道，当作家得有吃苯齐巨林①吃上瘾了的人的那种劲头儿，你得一直写，一直写。"他说："是的，那当然了，我很明白你的意思，其实这些问题我都想过，但我想知道的是，基于叔本华的二分法，一个人要想获得任何内在的自我实现所依赖的那些因素如何才能得以实现……"他唠叨个没完，他说的这些事我一概不知，他自己也不明白。那时候，他其实并不知道自己在说什么，也就是说，他是一个沉浸在成为真正的知识分子的美妙可能性中的少年犯。他喜欢用他从"真正的知识分子"那里听来的口气和词汇说话，却说得稀里糊涂——虽然，我得提醒你，他在其他所有的事情上并不是这么幼稚，他只和卡洛·马克思待了几个月就完全学会了所有的词汇和行话，完全成了"真正的知识分子"中的一员，不过，我们在疯狂的其他层面是相互理解的，我同意他先在我家里住着，等找到工作再说，另外，我们说好了以后某个时间一块去西部旅行。那是1947年冬天的事。

一天晚上，迪恩正在我家吃饭——他已经得到了那份纽约停车场的工作——当时我正在飞快地打字，他俯过我的肩头说："快点吧，伙计，那些姑娘都等不及了，快点打。"

我说："就等一会儿，打完这章我很快就和你一起去。"那是我写的那本书中最棒的章节之一。打完以后，我穿好衣服，我们便飞一般地赶往纽约去和某些姑娘会面。公共汽车穿行在林肯隧道那奇怪的散发着磷光的虚空中时，我们依靠着对方，舞动着手指，不时发出一阵尖叫，兴奋地聊着天，我开始像迪恩那样来劲了。他只是个小伙子，对生活充满着无限的热情，虽然他是个骗子，但他骗别人，只是因为他非常渴望

---

① 又称苯丙胺，一种兴奋剂。

生活，非常渴望和别人认识，不这么做的话，那些人理都不理他。他正在骗我，我知道这一点（他在我这里骗吃骗喝，还说什么要当作家……都是些骗人的鬼话），他也知道我知道他在骗我（这便是我们友谊的基础），但我并不在乎，并且我们相处得很好——我们不去打扰对方，不去刻意地迎合对方，我们踮着脚尖从对方身旁走过，就像一对令人心碎的新朋友。我开始了解他，正如他很可能也开始了解我。说到我的工作，他总说："加油，你做的一切都很棒。"我写小说时，他会将上半身俯过我的肩膀看着，一边尖叫着，"真棒！就是那样！呀！伙计！"还不时地咳一声，用手帕擦擦脸。"伙计，呀，能做的事可真多啊，能写的东西也真多啊！如何从一开始就把所有的东西都写下来，不要更改，不要受约束，像文学上的禁忌和对于语法的担忧都不用去管……"

"没错，伙计，你说得可真棒。"我看到一道神圣的闪电从他的兴奋中，从他的眼睛里一闪而过，他口若悬河地说个没完，全车厢的人都扭头去看这个"兴奋得过了头的傻瓜"。在西部时，他的时间有1/3在台球厅中度过，有1/3在监狱里度过，还有1/3在公共图书馆里度过。人们看过他心急火燎地奔驰在冬天的大街上，头上什么也不戴，抱着一摞书奔向台球厅，也见过他爬树钻进朋友家的阁楼里一连数日读书或者躲避警方的追捕。

我们去了纽约——我忘了当时是怎么一回事了，说是有两个黑人姑娘——说好了要和迪恩在一个餐馆见面，却始终没有露面。我们便去了他工作的那个停车场，他在那里有几件事要做——在后面的小屋里换换衣服，在一块烂镜子跟前好好打扮打扮……然后我们便出发了。也就是在那天的晚上，迪恩遇见了卡洛·马克思。迪恩一见卡洛·马克思就发生了一件大事。两个人的心都是炽热的，马上就开始喜欢上了对方。两只敏锐的眼睛盯着两只敏锐的眼睛——一个是有着闪光心灵的圣洁的骗子迪恩，一个是有着黑暗心灵的忧郁且带着诗人气质的骗子卡洛·马克思。从那时起，我就很少见到迪恩，这让我也有点难过。他们那充沛的精力面对面地碰上了，和他们比起来我就成了个乡巴佬，我跟不上他们的节奏。而那一整个席卷即将到来的一切的疯狂的旋涡就是从那个时候开始形成的，我的所有的朋友和我所有的其余的家人也即将被卷入飘浮在美国之夜上空的一块巨大的尘云中。卡洛对迪恩讲了"老公牛"李、埃尔默·哈塞尔和珍妮的事：老李在得州种大麻，哈塞尔正在魔鬼岛蹲监狱，珍妮服用了苯齐巨林，出现了幻觉，想着正抱着自己的女宝宝，在时报广场瞎转悠，最后死在了贝尔维尤。迪恩对卡洛说的都是如患有先天性畸形足的玩台球的高手"蛇鲨"汤米、打牌的好手和怪异的圣徒这样的不出名的人物。他对他说了罗伊·约翰逊，"大高个儿"埃德·邓格尔，他童年时的好友，他的街头好友，他那数不清的女友、性爱派对和黄色图片，他喜欢的男女主角，以及他的冒险。他们风风火火地走在街上，用他们早先的那种交谈的方式探讨所有的话题，结果总会变得无比的忧伤，无比的有洞察力，无比的茫然。不过，他们随后就像疯子一样在街上跳起舞来了，我在后面拖着沉重的脚步紧追不舍，就好像我这辈子始终在追求那些让我有兴趣的人，因为我唯一喜欢的就是那些疯子，那些疯狂地生活着的人，那些疯狂地说话的人，那些疯狂地在等着被拯救的人，与此同时又对一切充满了无限热情的人，那些人永远不打哈欠，永远不说一些平庸的事情，只是燃烧，燃烧，像奇妙的黄色罗马烟火筒那样燃烧，像蜘蛛一样在星际中爆炸，在爆炸的过程中，你看到蓝色的中心线"砰"的一声爆裂了，随后每个人发出一声"啊"的尖叫。在歌德所在的德国，人们把这样的年轻人叫什么来着？迪恩很想学着像卡洛那样写作，但他做的第一件事却是用骗子才会有的那种含情脉脉的十分讨人喜欢的心去攻击卡洛。"喂，卡洛，听我说——我想说的正是……"我有差不多两周没见到他们了，在这段时间内，他们巩固了他们的友谊，都到了整日整夜聊个不停的极端的程度。

然后，春天来了，正是旅行的好季节，散居在各处的像我们这样的人都准备着去这个或者那个地方玩一次。当时我正忙着写小说，等到写了一半的时候，我和我姑妈去南方看了看我的弟弟洛可，回来以后，我已经做好了第一次去西部旅行的准备。

　　迪恩已经走了。我和卡洛在第34街灰狗公司的汽车站送他上的车。楼上有个照相馆，花25美分就能照一张。卡洛把眼镜卸了，瞧上去有些邪恶。迪恩来了张侧面像，然后羞答答地朝四周瞧了瞧。我来了一张正面照，我那模样瞧上去就像一个年满30岁的意大利佬，要是有谁胆敢说一句他母亲的不是，这家伙就会把那人干掉。迪恩和卡洛用一个刀片，把这张照片从正中间齐齐地切割下来，一分为二，每人拿半张，放进了各自的钱包。迪恩这次大模大样地回丹佛，穿的是一套纯正的西部风格的西装，他在纽约的初次浪荡已经结束。我刚才说的是浪荡，其实他只是像狗一样在停车场做苦工。迪恩是世界上最棒的停车员，他能以每小时40迈的速度将车子倒进一个狭窄的位置，在墙根跟前停下来，跳出车子，在挡泥板中间狂奔，跳进另外一辆车子，在一个狭窄的地方，以每小时50迈的速度转个圈子，快速倒进一个狭窄的地点，"唰"地把车子一溜，来个紧急制动，这样在他从车上像飞一样蹿出来时，你会看到那车子还跳了几下，然后他像一个田径明星一样，全速朝收费室冲过去，递上一张票，跳进一辆刚刚驶入的车子，而这时车主还有半截身子没下来，车主下来的那一刹那间，他其实是从车主身下跳进车子里头去的，车门啪的一声关上了，他已把车子启动，一路咆哮着朝下一个空车位飞去，来一个弧形转弯，猛地冲进去，踩刹车，跳出来，奔跑。像他这种干法，每天晚上要穿着他那条油乎乎的只有醉鬼才会有的裤子，那件边上带毛的破夹克，和那双一走路就啪嗒啪嗒响的破鞋，在傍晚时的交通高峰期和戏散场了之后的交通高峰期连着干8个小时。现在他要回家了，早就给自己置备了一套新行头，那是一套蓝色的西装，有着铅笔状的细条纹，连马甲等配套的衣物都有了——购于第三大道，购价11美元，外加一块手表，一条表链和一台便携式的打字机，据他说，等他一回到丹佛，找到工作，就找间宿舍开始写作。我们在第七大道一间叫作瑞克的餐馆吃了一顿有法兰克福熏肠和豆菜的欢送便饭，然后迪恩就上了开往芝加哥的公共汽车，呼啸着驶入了漫漫黑夜。我们的牧马人就这样走了。我向自己许下诺言，等到春天百花齐放、大地复苏之时，我也要走这条路。

我的整个在路上的经历真就是这样开始的，而即将到来的那些事简直太美妙了，不能不说。

是的，我想对迪恩有更多的了解，不光因为我是个作家，需要更多的体验，我在学校里闲逛的漫长的日子已经结束，变得荒唐可笑，还因为虽然我俩性格各不相同，却不知为何，他让我想起了我某个失散多年的兄弟。一看到他那张留着连鬓胡子的饱经风霜的瘦脸，那个绷紧的肌肉发达的流着汗的脖子，就让我想起了我在帕特森和巴塞克的染料垃圾堆上、游泳场里和河岸上度过的童年时光。他那脏兮兮的工作服紧紧地裹在他的身上，瞧上去是那么漂亮、合身，就好像你从专门订制衣服的裁缝那里根本买不到更合适的，只能从"自然快乐"的"自然裁缝"那里得到一样，就好比迪恩通过卖苦力挣得的这件。他说话时的兴奋的样子，又让我听到了我的老朋友们和兄弟们在桥底下、摩托车中间、挂满洗好的衣物的社区中间和台阶上说话的声音，在那些昏昏欲睡的下午，孩子们在弹吉他，他们的哥哥们却在面粉厂里做工。在我现在的朋友当中，其他的都是"知识分子"——查德是信奉尼采学说的人类学者，卡洛·马克思和他那些古怪的超现实主义分子总在目不转睛地低声谈论着严肃的话题，"老公牛"李总是用他那慢条斯理的腔调吹毛求疵地反对着一切——要不就是像埃尔默·哈塞尔那样的走起路来扭捏招摇的犯罪分子，脸上总是带着那种时髦的讥笑；珍妮·李也是一样，伸开四肢躺在她那个富有东方韵味的沙发罩上，用怀疑的目光看着《纽约客》。但迪恩的智慧都是正规的、闪亮的、完整的，没有那种单调乏味的知识分子的学究气。他的"罪行"也不是什么招人不快、惹人讥笑的事，而是一种疯狂的、获得肯定的美国式的快乐的过度迸发。这种"罪行"是西部式的，是西风，是一首来自草原的颂歌，是某种新鲜的、很久以前就预言到的、很久以前就在发生的东西（他偷汽车只是为了兜风）。另外，我所有的纽约的朋友都处在一种消极的、梦魇般的讽刺社会的位置上，并且搬出了陈腐的、政治上的或者心理分析上的理由，但迪恩只是在这个社会中奔波，渴望面包和爱，根本不在乎用什么手段，"只要我能搞到那个小妞儿大腿中间的那个小水坑，伙计。""只要我们有吃有喝，听到我说的话了吗？我饿了，我快饿死了，咱们马上就吃吧！"——我们便冲出去找地方吃东西了，正如《传道书》上所说的，"日光底下，那是他的份"。

迪恩是太阳在西部的亲人。虽然我的姑妈曾告诫我，他会让我惹上麻烦，但我能够听到一种新的呼唤，看到一个新的地平线，并且那时我还年轻，我相信这一点。一点小麻烦，即便到了最后迪恩一脚把我踢开，不和我做朋友了，正如他以后做的那样，在人行道上挨苦饿肚子的我，奚落病卧在床的我，又有什么关系？我是个年轻作家，我要上路。

我知道，在这条路的某个地方有姑娘，有幻觉，有一切：在这条路的某个地方，那颗珍珠会交到我的手上。

二

1947年7月，我从以前的退伍军人抚恤金中省出了差不多50美元，做好了去西海岸旅行的准备。此前，我的朋友雷米·邦库尔在旧金山给我写来了一封信，他在信中说，我应该过去和他同乘一艘环球邮轮出国旅行。我给他写了回信，并在信中说，只要我能够有几次漫长的太平洋旅行，并且回来以后我在我姑妈家写这本书的时候有足够的钱养活自己，搭乘什么样的旧船我都不在乎。他说他在磨坊市有间小房子，趁我们办理乘船的烦琐的手续时，我可以在那里写书，还说到时候天底下的时间都是我的。他正和一个叫李·安的姑娘住在一起，他说她的饭菜做得一级棒，一切都会完美无缺。雷米是我在预备学校里认识的老朋友，在巴黎长大，是个地地道道的疯子——我不知道这一次他的疯狂达到了什么程度。因此他希望我10天内到。我的姑妈双手赞成我去西部旅行，她说这对我有好处，整个冬天，我一直在拼命写书，在屋里待的时间太久了，甚至在我和她说我得免费带一个人一起去时，她也没有发出任何的抱怨。她只希望我能够完好无损地回来。就这样，我把我那半部厚厚的手稿搁在桌子上，并在一天早上把我那舒舒服服的家用被单叠好，把几样必需的东西装进一个帆布包，背在身上，兜里装着那50美元，离开家，朝太平洋去了。

　　我在帕特森潜心研究了好几个月的美国地图，甚至读了几本关于拓荒者和诸如普拉特、西玛龙这些有着讨人喜欢的书名的书。地图上有一条长长的红线，叫6号公路，从科德角半岛的末端一直通到内华达州的伊利市，然后从那里一路南下，直抵洛杉矶。我对自己说，我只需走6号公路就能抵达伊利，然后就信心满满地出发了。要想去6号公路，我得先登上大熊山。心中梦想着要在芝加哥、丹佛，最后在旧金山做的那些美滋滋的事，我便乘坐开往第七大道的地铁，在第242街终点站下车，在那里搭乘一辆有轨电车，到了扬克斯。在扬克斯市中心，我换乘一辆出城的有轨电车，来到了位于哈德逊河东岸的城市的边缘。在哈德逊河的神秘源头阿迪朗达克山那里扔下一朵玫瑰，想想看，在它永远地向大海流去的漫长的旅程中经过的所有的地方——想想那条奇妙的哈德逊山谷。我开始搭便车。我断断续续地搭了五辆便车才攀上向往中的大熊山桥，在那里，6号公路从新英格兰开始呈弧形向里蜿蜒而去。我在那里下车的时候如注的暴雨开始从天而降。那里是多山的地带。6号公路跨河而过，在河上绕一个圈，消失在了茫茫荒野中。那里没有车，雨又下得那么猛，我连个躲雨的地方都没有。我只好跑到几棵松树底下暂避一下，却根本不济事，我号啕大哭，骂个不停，拎起拳头猛砸自己的脑袋，骂自己是个该死的大蠢蛋。我现在的位置在纽约以北40英里处，上山的时候我一直在担心下面这个事实：在我开始上路的这重要的一天，我竟然朝北，而不是朝着渴望已久的西部去了。现在我被困在这最北边的地方了，完全动弹不得。我跑了1/4英里的路，到了一座精巧的英国式的废弃的加油站里面，站在滴雨的屋檐下躲雨。我的头顶的上面，高高的地方，从高大的毛茸茸的大熊山上不时滚下一个个的霹雳，让我的心中不由得燃起了对于上帝的畏惧。目光所及之处，只能看到烟雾迷蒙的树林和直冲天际的阴郁的荒野。"他妈的，我到底在这里干什么呢？"我骂道，我渴望去芝加哥。"他们现在肯定正玩得爽，他们肯定在快活，我却不在那里，我他妈的什么时候才能到那里！"终于，一辆车停在了空荡荡的加油站，车上的一男二女想要研究一下地图。我赶紧上前走了几步，在雨中打着手势，他们看着我，我的头发都湿透了，鞋也湿透了，我现在的样子看上去当然像个疯子。我他妈的真该死，脚上竟然穿的是一双墨西哥式的平底皮凉鞋，鞋上的窟窿就像草编的一样，不适合在美国下雨的夜晚穿，也不适合走崎岖难行的夜路。但那些人还是让我上了车，说可以把我捎到北边的纽堡，我觉得这比整夜被困在大熊山的荒野中要强，便同意了。"另外，"那个男的说，"6号公路上没有去芝加哥的车，你要是想去那里的话，最好穿过纽约的荷兰隧道，直奔匹兹堡。"我知道他是对的。把这一切搞得一团糟的是我的梦，是我那个愚蠢的不着边际的想法，以为无须尝试不同的路和路线，顺着一条长长的红线穿越美国是一件很爽的事。

等到了纽堡，雨已经停了。我走到河边，只好和一个在山中度完周末回来的老师代表团同乘一辆车回纽约，那些人叽里呱啦地说个没完，我一直在骂街，骂自己浪费掉的那些时间和钱，并且一遍遍告诉自己，我本来要去西部，却在这里浪费了一个白天和整个傍晚，坐着人家的车又上又下，又北又南，就像某件无法开始的事情一样。我发誓我明天一定要到芝加哥，为了确保明天到芝加哥，我不惜把钱花进去一大半，买了一张去芝加哥的汽车票，上了车，只要明天能到芝加哥，我可以什么都不在乎。

三

那是一次普普通通的公共汽车旅行，车子里有孩子哭，阳光也很热辣，宾州的乡下人在一个接一个的镇子上不停上车，一直到了俄亥俄平原上，汽车才真正跑起来，而后向上途经阿什塔比拉，并在夜里直穿路易斯安那。我第二天一大早就到了芝加哥，在基督教青年会订了一间房，兜里的钱已经所剩无几，便一头倒在床上睡过去了。我美美地睡了一整天，然后起来开始畅游芝加哥。

晚风从密歇根的湖面上吹过来，卢普区的酒吧里演奏着波普爵士乐，绕着南霍尔斯特德街和北克拉克街长途漫步，午夜过后，走一段很长的路，进入流浪汉的聚集地，在那里，巡警把我当成了可疑分子，开着巡逻车一直跟着我。在那个时候，在1947年，波普爵士乐像疯了一样席卷了整个美国，卢普区酒吧里的那些乐手在吹波普，却吹得没有激情，因为波普爵士乐是介乎查理·帕克[1]的《鸟类学》阶段和迈尔斯·戴

---

[1] 查理·帕克（1920—1955年）：美国著名波普爵士乐手，绰号"大鸟"。

维斯①所开创的另外一个阶段之间的某种东西。我坐在那里，听着代表了我们所有人的波普爵士乐，忍不住想起了我所有的朋友，他们有的住在这个国家的这一端，有的住在这个国家的那一端，但他们的的确确地都身处在这个相同的巨大的后院中，在做着某些疯狂的事情，在不断地横冲直撞。第二天下午，我平生第一次去了西部。那一天，阳光温暖，天气晴好，是搭车的好日子。为了逃离芝加哥那令人难以置信的错综复杂的拥堵的交通，我搭乘一辆公共汽车到了伊利诺伊州的乔利埃特，我经过乔利埃特监狱，走过坑坑洼洼的、遍布落叶的街，到了城外，站住了脚，对人家指出了我要去的方向。从纽约到乔利埃特，我一路乘公共汽车过来，钱已用去了一多半。

　　我搭乘的第一辆车是一辆插有红旗的载有炸药的卡车，在辽阔的绿树成荫的伊利诺伊州穿行了差不多30英里，卡车司机把我们正在走的6号公路和66号公路交叉的地点指给了我，过了那个交叉点，两条公路就直插到令人难以置信的、茫茫无际的西边去了。下午3点左右，我在路旁的一个停车点吃了一个苹果馅饼和一个冰激凌，这时一个开着双门小轿车的女人为我停了下来。我朝那辆小车奔去，心中涌出一阵阵的狂喜。但那个女人已是人到中年，已是几个儿子的母亲，实际上，她的儿子和我的年纪差不多，她想找个人帮着她把车开到衣阿华州。我完全同意。衣阿华！离丹佛不远了，等一到了丹佛，我就能放松了。最先的几个小时是她开的，并且一度停下来，执意要去参观某个地方的一座老教堂，就好像我们在观光旅游一样，然后我接手，虽然我的车技不怎么样，却还是一路很顺畅地取道罗克岛，跑完了从伊利诺伊到衣阿华的达文波特之间剩余的那些路。在那里，我平生第一次看到了我那亲爱的密西西比

---

① 迈尔斯·戴维斯（1926—1991年）：美国爵士乐界的巨人，曾数次引领不同的爵士乐流派。

河，在夏日的烟雾的笼罩下都快要干涸了，水位变得很低，散发出一阵阵的腥臭味，这种腥臭味就像原始的美国大陆自身所散发出的那种气味，因为密西西比河在不断地冲刷着它。罗克岛——火车轨道、小棚屋、小市区；过了桥，到了达文波特，也是同样的城镇，在温暖的中西部的阳光的照射下都散发着一阵阵的木屑的香味。在这里，这位女士得走另外一条路回她在衣阿华的老家，我只好下车了。

太阳正在落下去。喝过几杯冰镇啤酒，我便朝城市的边缘走去了；那是一条漫长的路。男人们下班了，都开着车回家，有的戴着铁路工人的帽子，有的戴着棒球帽，反正戴什么样的帽子的都有，这种情景就和任何地方的任何城镇的下班时的情景一样。他们当中的一个人开车朝山上去，捎了我一段，在高高的草原边上的一个十字路口把我放下了。那地方很漂亮。唯一经过的车是农场主开的那种拖拉机，他们用猜疑的目光看着我。车子叮叮当当地响着从我身旁驶过去了，成群的奶牛也回家了。连一辆卡车也看不到。几辆轿车呼啸着过去了。一个驾驶着改装过的高速汽车的孩子过去了，他的领带在风中飞舞着。太阳完全沉下去了，我站在了紫色的黑暗中。我现在害怕了。衣阿华的乡下甚至连一点灯光也看不到，再过一小会儿，也就没人能看到我了。幸好一个返回达文波特的人把我捎到了城里。但我又回到了刚才出发的地方。

我去了汽车站，坐下来，仔细思索这到底是怎么回事。我又吃了一个苹果馅饼，一个冰激凌，其实这是我横穿在这个国家的途中所吃到的全部的东西，我当然知道这些东西又有营养又美味了。我决定赌一把。我在汽车站的餐馆里盯了一位女服务员半个小时，然后在达文波特市中心上了一辆公共汽车，朝城市的边缘驶过去了，不过这次在加油站附近。在那里，有很多的大卡车在呼啸而过，在轰隆轰隆地前行，还不到两分钟，就有一个人转动曲柄，为我停了下来。我朝那辆大卡车跑去，心里都乐得开了花。这个司机可真够劲儿——一个身强体壮的大块头卡车司机，瞪着眼睛，声音沙哑而刺耳，不管什么东西，对准了就是一顿猛砸、猛踢，他启动了卡车，却几乎对我不理不睬。这样一来，我就能让自己那疲惫的灵魂休息一会儿了，因为搭便车最让人心烦的事情之一就是必须和无数的人说话，让他们觉得他们捎上你并不是一个错误，甚至差不多是一件乐事，如果你一直搭便车，不想在旅馆睡觉，那么这种事就成了一种很重的负担。卡车在轰隆隆地响，那个家伙在大声叫喊着说话，我只需叫喊着回应他就是了，这样我们就都很放松了。他开着那个大东西朝衣阿华市去了，路上还把他在每一个有着不合理的限速规定的城镇躲避法律制裁的最有趣的故事吼给我听，并且吼了一遍又一遍，"那些该死的条子根本逮不着我！"我们刚进衣阿华市，他就看到另有一辆卡车从我们后面跟上来了，因为他得在衣阿华市拐弯，为了给后面那个家伙提个醒，便打开尾灯，放慢了速度，好让我从车上跳下来，我拎着包跳下来了，那另外的一辆卡车，明白了闪灯的意思，便为我停了下来，就这样，一眨眼的工夫，我就坐到了另外一辆高大的卡车上，并且这次要在晚上连行数百英里，我简直爽死了！这个新的卡车司机和刚才那个一样疯狂，也那么喜欢吼叫，而我要做到的只是靠在座位上，任卡车一直朝前走。现在我能够看到丹佛像应许之地那样在我的眼前慢慢地浮现出来了，而在那里的星空下，在辽阔的衣阿华草原和内布拉斯加的平原上，我能够看到远处的旧金山的更加美妙的景象，就像黑夜中的珍珠一样在闪闪发亮。他把车开得飞快，又连着讲了好几个小时的故事，然后，在衣阿华州的一个市镇，也就是数年之后，我和迪恩被警察拦下来，怀疑我们开的那辆凯迪拉克是偷来的那个市镇，他靠在座位上睡了几个小时。我也睡着了，醒来后，沿着只有一盏路灯照亮的那堵孤零零的砖墙溜达了一会儿，而每一条小街的尽头，都有草原在沉思，都有玉米散发出的如夜露一般的气味。

他在黎明时分突然惊醒。我们便开着车呼啸着走了，一个小时以后，得梅因的烟雾便在绿色的玉米地的上空出现了。他现在得吃早饭了，并且想踏踏实实地吃，因此我就直接朝得梅因走过去了，我走了差不多4英里，然后搭上了一辆由衣阿华大学的两个男孩子驾驶的汽车。车子轻快地驶入城市时，我坐在他们崭新的舒舒服服的车里，听着他们聊考试的事，那种感觉有些奇怪。现在我想睡上一整天。于是我去了基督教青年会想订一间房，却连一间空房都没有，我便凭直觉沿着铁路一路游荡下去——在得梅因有很多的铁路——最后在机车库旁边的一家阴暗而古老的旅馆式的平原小客栈中停住了脚，在一张铺着洁白的床单的大硬板床上睡了一整天，而在我枕头旁边的墙壁上就刻满了脏话，拉下来的旧得已经泛黄的百叶窗把调车厂内烟雾弥漫的情景给遮盖住了。太阳变红时我醒了过来，那是我此生中最不寻常的一个时刻，也是最奇怪的一个时刻，而在那一刻我并不知道自己是谁——我远离了家乡，漫长的旅途让我焦虑万分又疲惫不堪，我此刻正住在一间我以前从未见过的旅馆的房间里，听着屋外咝咝作响的蒸汽声、旅馆中的古老的木头发出的嘎吱声、脚步上楼的咚咚声以及所有的悲伤的声音，看着有裂缝的高高的屋顶，有差不多15秒钟的时间，我的的确确不知道自己是谁，这种感觉好奇怪。我并不害怕，我只是另外的某个人，某个奇怪的人，在我整个的人生当中时刻有鬼魂陪伴，我过的是鬼一般的日子。我已经穿越了半个美国，我此刻就站在我青春的东部和未来的西部的分界线上，或许这就是那个奇怪的红色的下午在那一刻、在那个地方出现的原因。

但我得走了，不能再悲叹下去，于是我拎起背包，和年迈的正坐在痰盂旁的旅馆老板告别，出门吃饭。我吃的是苹果馅饼和冰激凌——随着我越来越深地进入衣阿华腹地，这两样东西也变得越来越棒，苹果馅饼的个头越来越大，冰激凌的奶油香味也越来越浓郁。那天下午，在得梅因，目光所及之处，都是一群一群的最漂亮的姑娘——她们是高中生，放学了，正走在回家的路上——但我现在没时间那么想，我曾对自己许下诺言，要在丹佛好好浪一浪。卡洛·马克思已经在丹佛了，迪恩也在那里，查德·金和蒂姆·格雷在那里，那是他们的家乡；玛丽露在那里，又提到了一大帮的人，其中包括雷·罗林斯和他的漂亮的金发妹妹贝比·罗林斯；迪恩认识的两个女招待贝藤考特姐妹俩，甚至连我大学时的写作老友罗兰·梅杰也在那里。我欣喜若狂地期待着与他们中的每一个人见面。于是我匆匆地从那些漂亮的姑娘的身旁走过，而她们是生活在得梅因的世上最漂亮的姑娘。

一个小伙子开着一辆卡车，卡车上载满了工具，就像在车轱辘上装着一座工具房，他站着开车，就像一个现代的送牛奶的工人，捎上了我，朝山上爬了好长一段路，在那里，我马上便搭上了开往衣阿华州埃德尔镇的一对农场主父子的车。在这个镇子上，在靠近加油站的一棵大榆树底下，我和另外一个搭车的人认识了，他是一个典型的纽约人，祖籍爱尔兰，在工作的年份里，大部分的时间都在为邮局开卡车，如今去丹佛投奔一位姑娘，投奔一种新的生活。我觉得他是在躲避在纽约做过的某件事，很可能是在躲避法律的制裁。他是一个年过30岁的真正的红鼻子年轻醉鬼，若不是我能够敏锐地察觉到任何种类的人类的友谊，这种人通常会让我感到厌烦。他穿着一件旧的运动衫，裤子松松垮垮的，除了一个包，什么也没有——包里也只有一个牙刷和几块手帕。他说我们应该一起搭车。我本该说"不"的，因为他站在路上的那个模样看上去十分可怕。但我们还是在一起了，搭上了开往衣阿华州斯图尔特市的一位沉默汉子的车，结果到了那里变得真的无依无靠了。我们站在斯图尔特市铁路售票室的跟前，等着去西部的火车，一直等到日落，足足等了五个小时，为了打发时间，我们起初说彼此的故事，然后他讲了黄色下流的笑话，再然后我们只是踢那些小石子，弄出一种接一种的可笑的响动来。我们无聊死了。我决定花一块钱买些啤酒喝，我们便去了斯图尔特的一家古老的酒馆，喝了几杯。在那里，他又喝得酩酊大醉，就和他当初下班回家时在第九大道的酒馆里喝醉时的情景一样，在我的耳畔兴奋地吼叫着他这辈子当中所有可悲的梦想。我有些喜欢他了，不是因为他像后来证明的那样是个好小伙儿，而是因为他对事物充满了激情。我们在黑暗中返回了路上，当然了，没人为我们停下来，过往的行人车辆也并不算多。我们就在那里等着，一直等到凌晨3点。我们去了铁路售票室，想睡一会儿，但电报机咔嗒咔嗒地响了一整夜，搞得我们根本睡不成，大货车又在外面咣当咣当地转个不停。我们不知道怎么扒合适的火车，我们以前从来没干过；我们不知道它们是朝东开还是朝西开，也不知道怎么查，更不知道该扒什么样的棚车、平板车和不结冻的冷藏车……这样的事情我们一概不知道。因此，当开往奥马哈的汽车刚好在黎明前穿过这里时，我们便跳了上去，坐到了正在睡觉的旅客中间——他的车费和我的车费都是我出的。他的名字叫埃迪。他让我想起了我在布朗克斯区的表弟。那就是我和他黏在一起的原因。那种感觉就像是有一位老朋友在随行，和一位常常微笑着、脾气又好的家伙在闲逛。

　　黎明时分，我们到了康瑟尔布拉夫斯，我朝车窗外望去。整个冬天我都在读和大篷车聚会有关的书，人们乘坐着一辆辆的大篷车聚集在那里开会，会一开完，就朝俄勒冈州和圣菲小道①赶去。当然了，现在只有他妈的这样那样的精巧可爱的郊区小房子，都在灰暗的黎明中散开着。然后，在奥马哈，我的妈呀，我平生第一次看到牛仔，就见那家伙戴着一顶高高的、帽檐宽宽的牛仔帽，脚蹬一双得州牛仔靴，正顺着批发生肉的仓库的光秃秃的墙根朝前走，从这个汉子的模样看，除了那身行头，和东部黎明时分顺着砖墙根走的那些垂头丧气的家伙简直毫无二致。我们下了公共汽车，径直朝山上走去，朝被浩荡的密西西比河冲刷了数千年而形成的长山上走去，奥马哈就建在山的两边。我们到了乡

---

① 19世纪时从密苏里州的独立城到新墨西哥首府圣菲的一条交通要道。

下，便把大拇指伸出来示意搭车。我们上了一个戴着高顶宽边牛仔帽的有钱的农场主的车，让他捎了我们一小段路，他说普拉特河流域和埃及的尼罗河流域一样宽广，他说这话的时候，我看到了远处顺着河床蜿蜒而去的大树和周围辽阔的郁郁葱葱的田地，几乎同意了他的说法。然后，就在我们又站在一个十字路口，天开始阴下来时，又有一个牛仔（这一个身高6英尺，戴着一顶中规中矩的牛仔帽）招呼我们过去，想知道我们俩谁会开车。埃迪当然会开了，并且他有驾照，我没有。牛仔有两辆车，打算开到蒙大拿去。他的妻子在格兰德岛，想让我们把其中一辆车开到那里交给她。当时他正朝北去，我们要是搭他的车的话，也只能在这个十字路口下车。但考虑到离内布拉斯加还有足足100英里，我们便欣然同意了。埃迪独自一人驾车，牛仔和我在后面跟着，等一出城，埃迪便完全兴奋起来，开始猛踩油门加速，一直开到了每小时90迈。"他妈的，瞧瞧那个小子干的好事！"牛仔大喊大叫，在后面紧追不舍。那种情景开始演变成一场汽车赛。有那么一会儿，我觉得埃迪是想开着车逃跑——因为据我所知，他就是想这么干。但牛仔紧紧地和他咬在一起，追上了他，狠命地按着喇叭。埃迪放慢了车速。牛仔按喇叭示意他停下来。"他妈的，伙计，你开这么快是想爆胎吧。你就不能开慢点？"

"哎呀，我他妈的真该死，我真的开到了90迈吗？"埃迪说，"真没想到在平路上能开这么快。"

"慢点开，我们都得完好无缺地到达格兰德岛。"

"那当然啦。"我们便继续赶路。埃迪安静了下来，甚至都有可能快睡过去了。就这样，我们沿着夹在葱绿田地中的蜿蜒前行的普拉特河，在内布拉斯加境内跑了100英里。

"大萧条时期，"牛仔对我说，"我经常扒火车，一个月至少扒一次。在那个年月，你会看到几百人同乘一辆平板车或者棚车，那些人不只是流浪汉，而是一群丢了工作的形形色色的人，从一个地方浪荡到另外一个地方，其中一些人只是四处流浪。整个西部都是这番情景。那个时候，火车上的司闸员根本不去管你。我不知道现在是什么情况。我不喜欢内布拉斯加。20世纪30年代中期，这个地方荒芜一片，目光所及之处，都是一大片尘云。你无法呼吸。地是黑的。那时候我就在这里住着。据我所知，那帮当官的都愿意把内布拉斯加还给印第安人。我对这个该死的地方的愤恨超过了世界上的任何地方。我现在的家在蒙大拿——米苏拉。你有时间不妨去那里瞧瞧，瞧瞧上帝之国的模样。"那天下午，将近黄昏时，他说累了，我便睡着了——他是个有趣的谈话者。

我们在路旁停下，想吃点东西垫补垫补。牛仔去补一个备胎，我和埃迪在一个家庭式的餐馆中坐下来。我听到了一阵大笑声，世界上最大的笑声，然后就见一个牛气哄哄的老派的内布拉斯加农场主带着一帮小伙子走进了餐馆，你能够听到他那种刺耳的吼叫声响彻了整个平原，响彻了那个时候的整个灰暗的世界。其余的人都跟着他一起大笑。他在这个世界上根本没有烦心事，对每一个人都给予最深的尊重。我对自己说，砰砰，听听那个人笑得多狂。这就是西部，我现在就在西部。他轰隆隆地进了餐馆，吼着莫的名字，而这个叫莫的女子做的樱桃馅饼是内布拉斯加最棒的，我要了一些，上面还有一大勺子冰激凌。"莫，赶紧给我弄点吃的，不然的话我就得开始活吞自己了，要么就会生出某些类似的该死的愚蠢的想法。"他一屁股坐在凳子上，开始哈哈大笑起来，"再往里面扔点豆子。"在我旁边坐着的就是典型的西部汉子。除了他刚才那样的又吼又叫外，我真希望我能够了解他的整个粗野的一生，以及这些年他到底在干什么。哈哈哈，真带劲，我对自己说，牛仔回来了，我们去起身赶往格兰德岛。

我们很快就到了那里。他去接他的妻子，去面对正在等待着他的任何的命运，我和埃迪继续赶路。我们搭上了几个小伙子的车——一辆破旧的改装车上坐着牧工、青少年和乡下的孩子——然后在蒙蒙细雨中在上行线的某个地方下了车。然后一位一言不发的老者——天知道他为什么要捎上我们——把我们送到了谢尔顿。在那里,埃迪便孤苦伶仃地站在了路上,而在他的面前,就是一群无处可去也无事可做的身材矮小、盘腿而坐、凝视前方的奥马哈印第安人。公路对面是铁轨和一个写着"谢尔顿"字样的大水罐。"他妈的,"埃迪吃惊地说,"我以前来过这个镇子。那是几年前,打仗的时候,在每个人都在沉睡的深夜,我到这个平台上来抽烟,当时我们就身在茫茫荒野中,周围漆黑一片,我抬起头,便看到了写在大水罐上的那个叫作谢尔顿的名字。我们正在去太平洋的途中,每个人都在打鼾,每一个该死的笨蛋都在打鼾,我们只待了几分钟,给火车添加燃料还是干什么了,就又上路了。这个该死的谢尔顿!从那以后,我就恨上了这个地方!"我们被困在了谢尔顿。就和衣阿华州的达文波特一样,不知是怎么了,过往的车辆都是拖拉机,偶尔有一辆观光旅游车经过,情况会更糟,开车的都是老头子,他们的妻子要么在指着车窗外的风景,要么在研究地图,一个个靠在椅子背上,无论看什么东西,都会显出猜疑的神色。

毛毛雨变大了,埃迪冷了,他几乎没带什么衣服。我从我的帆布包里摸出一件彩格羊毛衫,他穿上了。他感觉好一点。我感冒了。我在一个印第安人开的破铺子里买了一点止咳糖浆。我去一个小邮局给我的姑妈寄去了一张便宜的明信片。我们返回了那条灰色的公路上。在那里,那个写在大水罐上的谢尔顿就在我们面前。罗克岛飞过去了。我们看到普尔曼客车上旅客的模糊的脸飞过去了。火车 路号叫着穿过平原朝着我们向望的那个方向奔去了。雨开始下大了。

一个头戴宽边高顶牛仔帽、身材过分瘦长的家伙把车停在了逆行车道那一侧,朝我们过来了,他看上去像个警长。我们在心里把瞎话编好了。他走过来的时候,步履从容不迫。"你们这两个家伙是想去哪个地方,还是随便转转?"我们不懂他的问题,这问题问得可真他妈棒。

"什么事？"我们说。

"这个嘛，我有一个小游乐场，就扎在这条路的前面几英里处，我正在找一些愿意干活挣几个钱的老成点的家伙。我有一个轮盘赌的许可证和一个木圈的许可证，知道吧，就是那种用木圈套玩具洋娃娃碰运气的东西。你们这两个家伙要是愿意给我干的话，收入额的30%都归你们。"

"包吃住吗？"

"床倒是有，但没有吃的。你们得去镇上吃。我们有时去别的地方干。"我们考虑了一下。"这机会不错。"他说，耐心地等着我们做决定。我们觉得这种事蠢得很，不知道该说什么，拿我来说，我可不想被这种事耽误。我心急火燎地要去丹佛和我那帮兄弟见面。

我说："我不知道，我正在尽快赶路，我觉得我没时间。"埃迪也是这么说的，老家伙挥挥手，很悠闲地返回车旁，开车走了。这件事就这样结束了。我们为此大笑了一会儿，又猜测如果我们真的去了游乐场干活会是怎样的一番情景。我幻想到了一个在平原上度过的黑暗而尘土飞扬的夜晚，内布拉斯加一家人的脸游荡过去了，他们的孩子用敬畏的目光看着每一样东西，我知道自己会像魔鬼那样用所有廉价的游乐场的伎俩骗他们口袋里的钱。摩天轮在平原地区的黑暗中旋转，哦，全能的上帝啊，还有旋转木马发出的悲伤的音乐声，而我一直在渴望抵达我的目标——睡在某辆镀金的大篷车里的一张用粗麻布铺就的床上。

埃迪后来证明是个很健忘的旅伴。一个好笑而奇妙的老机器滚过来了，司机是个老头，机器是用某种铝制成的，方方正正的，像个盒子——毫无疑问是辆房车，却是一辆古怪而疯狂的内布拉斯加自制的房车。老头开得很慢，停下了。我们冲了过去，他说他只能拉一个，埃迪二话没说就跳了上去，然后咔嚓咔嚓地慢慢地从我的视野中消失了，他的身上还穿着我那件方格羊毛衫。哎呀，算了，就这样吧，我和我的羊毛衫吻别了，那可是我包里唯一一样有着感情上的价值的东西。我在我们有着个人憎恶的谢尔顿等了好久好久，等了好几个小时，我一直在想夜晚就要来了，其实那个时候刚到下午，天色却很黑。丹佛，丹佛，我怎么才能到丹佛？就在我准备放弃，打算坐下来喝杯咖啡时，一个小伙子开着一辆崭新的汽车停了下来。我像疯了一样跑了过去。

"你去哪里？"

"丹佛。"

"我可以捎你100英里。"

"太棒了，太棒了，你救了我的命。"

"我过去常搭别人的车，这就是我总愿意捎上一个家伙的原因。"

"我要是有车的话也会这么做的。"于是我们便聊起来，他和我聊了他的生活，不是很有意思，我开始睡觉，刚好在哥德堡城外醒来，在那里，他把我放下了。

四

我生命中最棒的搭车旅行就要开始了，一辆卡车，后面有个平板，六七个小伙子懒散地伸开四肢躺在上面，司机是两个来自明尼苏达的年轻的金发农场主——对你总渴望遇到的最喜气洋洋、最快乐的帅气农场主，在那条路上，把每一个想要的搭车的孤零零的家伙都捎上了，俩人穿的都是纯棉衬衣和工装裤，再没穿别的，两人都有着粗壮的手腕，都是那么热切，对于在路上偶然遇到的每一个人、每一个事物都给予爽朗的"你好"式的微笑。我追了上去，问："还有地方吗？"他们说："当然有啦，快上来，每个人都有地方。"

我还没有爬到平板上，卡车就轰隆隆地开动了，我的身体突然摇晃了一下，一个搭车的家伙伸手把我抓住，我便坐了下来。有人递了一瓶劣质酒过来，只剩一个底了。我在内布拉斯加狂野、奔放、伴着蒙蒙细雨的空气中喝下一大口。"哈哈哈，我们走啦！"一个头戴棒球帽的家伙吼了一声，他们便加大油门，把车速轰到了每小时70迈，超过了路上的每一个人。"我们从得梅因起就一直坐着这个婊子养的。这些家伙从来不停车。想撒尿了，你得不时狂吼，不然的话，就只能撒空气中了，抓紧了，伙计，抓紧了。"

我看着这帮家伙。有两个来自北达科他州的年轻的农场主，戴着红色的棒球帽，北达科他州的年轻的农场主通常戴的就是这种帽子，他们正赶着去收割庄稼，他们的老爹准许他们离开家，在外面跑一个夏天。有两个从俄亥俄州的哥伦布市来的城里的孩子，是高中足球队的，嚼着口香糖，眨着眼，在微风中唱着歌曲，他们说这个夏天要搭车环游美国。"我们要去洛杉矶啦！"他们嚷道。

"你们去那里做什么？"

"他妈的，我们怎么知道。管他呢。"

然后是一个相貌猥琐的身材瘦长的家伙。"你从哪里来？"我问他。我正挨着他在平板上躺着，板子上没有围栏，一站起来就会被弹出去。这家伙慢慢地把脑袋转向我这边，张开嘴，说了一句："蒙——大——拿。"

最后是一个名叫吉恩的密西西比人和他的被照管者。"密西西比吉恩"是一个身材瘦小的黑脸汉子，搭货运列车全国各地到处跑，年纪30岁，是个流浪汉，长相很年轻，让人摸不准他的具体岁数。他盘腿坐在平板上，看着田地那边，走了几百英里，连一句话也不说，最后他把脸转到我这边，说："你去哪里？"

我说去丹佛。

"我在那里有个妹妹，不过我有好几年没见过她了。"他的声音悦耳动听，语速缓慢，是一个有耐心的人。他照管的是一个16岁的身材高挑的金发少年，穿的也是破破烂烂的衣裳，也就是说，他们穿的是被铁路上的煤烟、棚车上的尘垢和地上的秽物（他们常常睡在地上）染黑了的旧衣服。金发少年也很安静，好像在躲避什么，从他直视前方的样子和在沉思中不时焦虑地舔舔嘴唇这个动作上可以判断出他正在躲避的是警察。"蒙大拿瘦高个儿"脸上偶尔带着冷嘲热讽、献媚的笑和他们说上几句。他们根本不搭理他。一路上，"瘦高个儿"总在献媚。他盯着你的脸，咧开嘴笑，笑得又傻，时间又长，然后半痴呆地张着嘴不动了，我害怕他这么笑。

"你有钱吗？"他对我说。

"他妈的没有，也许在我抵达丹佛前还够买上一品脱威士忌的。你有吗？"

"我知道能在哪里弄到。"

"在哪里？"

"哪里都能弄到。你总能在巷子里跟上一个家伙，是不是？"

"是的，我猜你能办得到。"

"我真正需要银子的时候不是干不出这种事来。我这是去蒙大拿看我的父亲。我得在夏延下车，然后换别的路继续朝前走。这些疯小子打算去洛杉矶。"

"直接去？"

"直接去——你要是想去洛杉矶算是搭对车了。"

我考虑了一下，一想到彻夜轰隆隆地飞速穿过内布拉斯加和怀俄明，次日早晨穿过犹他州的沙漠，然后最有可能地在当天下午穿过内华达州的沙漠，之后在可以预见的时间内真真正正地抵达洛杉矶，我差点就改变了计划。但我必须去丹佛。我也要在夏延下车，然后搭车向南走90英里到丹佛。

当那两个来自明尼苏达的年轻的农场主车主决定停在南普拉特吃点

东西时，我是很高兴的，我想瞧瞧他们。他们从驾驶室里下来了，冲着我们所有人微笑。"撒尿！"一个说。"吃饭！"另一个说。但他们是我们这帮人中唯一有钱买东西吃的人。我们都跟跟跄跄地跟着他们进了一家由一群女人经营的餐馆，然后坐在汉堡包和咖啡四周，干瞪着眼，看着他们大口大口地把大餐吃得一干二净，就好像他们回到了他们的母亲的厨房里似的。他们是兄弟，正把农业机械从洛杉矶运送到明尼苏达，挣了不少钱。因此他们空车开往西海岸的这一路上拉上了每一个在路上要搭车的人。他们做这种事做了差不多五次，他们简直爽死了。他们什么都喜欢。他们总在笑。我试图和他们说话——就我来说，想和我们这艘船的船长交朋友，这个企图简直蠢到家了——我得到的唯一的回应便是两个灿烂的笑脸和两口结实的大白牙。

　　除了那两个流浪汉吉恩和跟着他的那个男孩，其余的人都跟着他们进了餐馆。我们都回来时，他们还在车上孤零零地、郁郁寡欢地坐着。现在黑夜降临了。两个司机正在抽烟，我得着了机会，想去买瓶威士忌，抵御夜的寒气。我把这事和他们说完，他们笑了。"去吧，快点。"

　　"你们也能喝两杯。"我向他们保证。

　　"哦，不，我们从不喝酒，快去吧。"

　　"蒙大拿瘦高个儿"和那两个高中生陪着我在北普拉特的街上游荡，最后我发现了一家卖酒的店铺。俩高中生掏了一点钱，"瘦高个儿"也掏了一点，这样我便买了1/5加仑的威士忌。身材高大、满脸怒气的男子从搭建着临时墙面的房子里看着我们走过去，大街两旁都是方盒子状的房子。在每一条阴暗的街的尽头都是一望无际的平原。我在北普拉特的空气中感觉到了某种不一样的东西，我不知道那是什么。5分钟之后，我知道了。我们回到车上，车轰隆隆地开动了。天很快便黑了下来。我们都喝了一口威士忌，我突然看到普拉特郁郁葱葱的农田开始消失，而在那遥远的望不到头的取代它们的地方，显现出了又长又平的长着艾草的荒漠。我震惊不已。

"这他妈的到底是怎么回事？"我冲"瘦高个儿"大声喊道。

"这是牧场的开始的地方，伙计。把酒拿过来，我再喝一口。"

"哈哈哈！"两个高中生叫道，"永别啦，哥伦布！斯帕奇和那帮家伙要是在这里的话不知会做何感想。呀！"

两个司机在前面已经倒换了位置，这个新接手的兄弟把卡车的速度提到了极限。路面状况也变了：路中间隆起，路肩松软，路两边各有一条深约4英尺的阴沟，因此卡车不停颠簸，不停地从路的这一侧摇晃到那一侧——幸好对向车道上没有车过来，这简直是个奇迹——我想我们都得翻个筋斗。但他们都是了不起的司机。那辆卡车对付内布拉斯加路上那些隆起的地方时对付得那叫一个棒——对付科罗拉多路上的那些隆块时也是一样的棒！我很快便意识到我最后真的过了科罗拉多，虽然没有正式地在里面通过，但朝西南方向望去，丹佛就在几百英里之外。我兴奋地狂叫起来。我们轮流传递着酒瓶。硕大的璀璨的星星出来了，不断远去的沙岗变得模糊了。我感觉自己就像一支随时都能够发射出去的箭。

这时，盘腿而坐、一直在耐心地沉思的"密西西比基恩"突然把头转向我这边，张开嘴，身体贴近我，说："这些平原让我想起了得州。"

"你是得州人吗？"

"不，先生，我是密西——西比——格林——维尔人。"他就是这么说话的。

"那孩子是哪里人？"

"当初他在密西西比时碰到了一些麻烦，因此我想帮助他摆脱困境。这孩子从未独自出过远门。我尽最大努力照顾他，他还只是个孩子。"虽然基恩是白人，他的身上却有着睿智而疲惫的老黑人的某种特质，还有着和纽约瘾君子埃尔默·哈塞尔某种很像的特质，但哈塞尔整天泡在铁路上，整天在漫长地奔波，每一年都要反复穿越这个国家，冬天去南部，夏天去北部，只是因为他没有地方住，所以无论待在哪个地方都不会心生厌倦，并且正因为他无处可去，却又可以去任何地方，所以他一直在星空下行走，一般来说，是在西部的星空下行走。

"我去过奥格——登几次。如果你想搭车去奥格——登，我那里倒是有几个朋友，到时候我们可以暂住在他们那里。"

"我要从夏延去丹佛。"

"他妈的，直接就到那里了，不是每年都能搭上这样的便车。"

这个提议也很具诱惑性。奥格登能有什么？"奥格登有什么？"我说。

"多数的家伙都在那里经过，总在那里见面，你在那里什么样的人都有可能碰到。"

我年轻时曾和一个绰号为"瘦高个儿哈扎德"的来自路易斯安那的身材高挑却骨瘦如柴的家伙一同出海，这人原名叫威廉·霍姆斯·哈扎德，主动当了流浪汉。这家伙小时候看到一个流浪汉走过来问他的母亲讨一块馅饼吃，他母亲便把馅饼给了那个流浪汉，事后，等那个流浪汉沿路远去时，这个小家伙便问他母亲："妈，那家伙是干什么的？""哦，是个流浪汉。""妈，将来有一天我也要当流浪汉。""快闭嘴，哈扎德家的人不能干这个。"但他始终没有忘记那一天的情景，等他长大成人，在路易斯安那大学足球队待了很短的一段时间之后，便真的成了流浪汉。很多个夜晚，我和"瘦高个儿"一起度过，我们一边讲故事，一边吸烟，一边不停地朝纸杯子里啐烟草色的唾沫。"密西西比基恩"的举止中有某种东西让我确定无疑地想起了"瘦高个儿哈扎德"，于是我说："你碰巧在哪个地方遇到过一个叫'瘦高个儿哈扎德'的家伙吗？"

他说："你说的是那个总爱哈哈大笑的高个子家伙吗？"

"这个嘛，听上去像是他。他是路易斯安那拉斯顿人。"

"这就对了。有时人们叫他'路易斯安那瘦高个儿'。是的——先生，我的确见过他。"

"他过去在东得州油田干。"

"东得州，没错。他现在在放奶牛。"

他说得一点不差，可我仍然不能相信基恩真的认识我断断续续找了很多年的"瘦高个儿"。"他以前也在纽约的拖船上干过，你知道吗？"

"这个嘛，我就不清楚了。"

"我猜你只在西部见过他。"

"我想是这样。我从来没去过纽约。"

"他妈的，我很吃惊你认识他。这个国家很大。不过我知道你肯定认识他。"

"是的，先生，我和'瘦高个儿'很熟。他有钱的时候总是很大方。也是一个有些脾气的强悍家伙，我曾见他在夏延的铁路停车场把一个警察击倒在地，一拳就搞定了。"听上去像是"瘦高个儿"的做派，他总是对着空气练习那致命的一击，他看上去像杰克·邓普西[1]，不过是爱喝酒的年轻时的邓普西。

"他妈的！"我在风中喊了一嗓子，又喝了一口威士忌，我现在感觉爽得不行。每一口都被敞篷卡车带起的狂风刮掉了，酒精的不良效果被刮掉了，好的效果沉到了我的胃中。"夏延，我来啦！"我大声唱道，"丹佛，留神啦，你的伙计就要来啦！"

"蒙大拿瘦高个儿"把身体转向我这边，指着我的鞋，评说道："你要是把那东西埋在土里，你觉得会不会长出什么东西来？"——当然了，他说这话的时候，没有露出一丝笑意，但别的家伙听了他的话都纷纷大笑起来。它们是美国最可笑的鞋子，我是特意穿上它们的，因为我不想

_____

① 杰克·邓普西（1895—1983年）：美国著名职业拳击运动员。

在走灼热的路时让我的脚出汗，除了大熊山淋雨的那回，事实证明，它们是我的旅途中最合适的鞋子。因此我和他们一起大笑起来。这双鞋穿到现在已是破烂不堪了，彩色的皮子都烂掉了，纷纷竖了起来，就像一堆新鲜的菠萝块，我的脚趾也探出了头。然后我们每人又喝了一口酒，又哈哈大笑起来。我们仿佛在梦中轰隆隆地飞快穿过在黑暗中浮现出的十字路口的小镇，在黑夜中经过一长队一长队正在懒洋洋地躺着的收割庄稼的工人和牛仔的身旁。他们纷纷转头注视着我们飞驰而过，我们看到他们在镇子另一头的正在行进着的黑暗中拍大腿——我们是一群看上去很可笑的家伙。

那一年的那个时候，这里的乡下聚集了很多的人，正是收庄稼的时节。那两个达科他的小伙子坐不住了。"我觉得下回撒尿的时候我们应该下去，这一片好像活儿不少。"

"等这一片干完了，你们只需去北部就行了，""蒙大拿瘦高个儿"提议，"跟着收获季节走，一直干到加拿大。"两个小伙子含糊地点了点头，对他的提议并未给予很高的评价。

与此同时，那个金发少年逃犯仍然那么坐着；基恩不时从佛教徒入定般的状态中苏醒过来，把身体俯向那疾驰而过的黑色的平原，然后温柔地在男孩耳边说些什么。男孩点点头。基恩在照顾他，在照顾他的心情和恐惧。我不知道他们到底要去哪里，要去做些什么。他们没有香烟。我便把我那盒烟随意地分给他们抽。他们彬彬有礼地谢我。他们从来不要，我一直在主动给他们。"蒙大拿瘦高个儿"也带着烟，却从不传给别人抽。我们又轰隆隆地飞快驶过一个镇子，经过一队如沙漠飞蛾般簇拥在暗光中的身穿牛仔裤的瘦长男人身旁，之后便返回了广漠的黑暗中，此时头顶上的繁星纯净而明亮，我们正攀爬在西部高原的高山上，随着我们越爬越高，空气就变得越来越稀薄，正如人们说的那样，每走1英里海拔就升高1米，而低空的群星，无论生在什么地方，都没有树木遮挡。有一次，我们的卡车飞驰而过时，我看到路边的鼠尾草丛中站着一头闷闷不乐的白脸奶牛。我感觉就像在坐火车，行得稳当，路线又直。

我们不久便到了一个镇子，车速慢了下来，"蒙大拿瘦高个儿"说："啊，我要撒尿。"但明尼苏达两兄弟并未停车，而是直接朝前走，穿过了镇子。"他妈的，我快憋不住了。""瘦高个儿"说。

"去边上尿。"有人说。

"这个嘛，我会去的。"他说，然后我们都看着他抓紧一切能抓的东西，用胯部慢慢地挪蹭到平板后头，直到两条腿悬垂到了平板外面。有人敲了敲驾驶室的窗户，提醒两兄弟有人正在撒尿。他俩转头时咧嘴笑了。就在"瘦高个儿"刚准备尿的时候，这种情况已经很危险了，他俩开始让卡车以每小时70迈的速度呈Z字形曲折向前奔跑。他马上朝后退去，我们看到空气中出现了鲸鱼喷水柱的景象，他挣扎着重新坐下了。他俩让卡车左右摇摆。就听砰的一声，他侧身倒下，尿了自己一身。在哄笑中，我们听到他在小声骂街，就好像从遥远的山的那边传来的一个男人的呜咽声。"他妈的……他妈的……"他绝不会知道我们是故意这么干的，他只是挣扎着，脸上带着怒气，就像约伯①一样。等他尿完了，浑身已经湿得透透的，现在他得侧着身体摇晃着挪回来，一副极为愁苦的样子，除了那个金发少年，其余的人都在哈哈大笑，明尼苏达两兄弟也在驾驶室里笑疯了。我把那瓶酒递给他，算是给予他的一点补偿。

"他妈的，"他说，"他们是故意的吧？"

"肯定是故意的。"

"他妈的，我都不知道。我知道我过去在内布拉斯加也试着这么干过，却没摊上过这么大的麻烦。"

我们突然进入奥加拉拉镇，在这里，驾驶室里的那两个家伙兴高

---

① 《圣经》中的人物，虽历尽苦难，仍坚信上帝。

采烈地大喊一声:"撒尿!""瘦高个儿"阴沉着脸站在卡车旁边,正在为一个失去的机会而懊悔。两个达科他小伙子和每一个人说再见,认为他们应该在这里开始收割庄稼。我们看着他们朝镇子尽头的几个小棚屋走去,最后消失在了黑夜中,镇子尽头有灯光在闪烁,一个身穿牛仔裤的守夜人说收庄稼的工人可能在那里。我得再买些烟抽。基恩和金发少年为了伸伸腿脚和我一起去了。我走入世界上最不可能卖烟的地方——某个专门为当地的少男少女开的孤零零的卖冷饮的平原小卖店。有几个人正随着自动点唱机里面传出来的音乐跳舞。我们进去的时候,里面暂时安静了下来。基恩和金发少年只是站在那里,谁也不看,他们只想要香烟。也有几个很漂亮的姑娘。其中一个朝金发少年投去含情脉脉的目光,但他根本没看到,就是看到了他也不会在意的,他悲伤至极,神情无比恍惚。

我为他们每人买了一盒,他们谢过了我。卡车正准备离开。现在将近午夜,天气很冷。基恩周游这个国家的次数,就算把他的手指和脚趾都加在一起数也数不过来,他说我们现在最应该做的便是躲在那块大帆布底下抱团取暖,不然的话,我们就会冻僵。我们靠着这种方式和瓶子里剩下的那些酒,来抵御那变得冰冷的、把我们的耳朵冻得咔咔响的寒气。随着我们在高原上攀爬得越来越高,繁星也好像变得越来越闪亮了。我们此时正在怀俄明。我仰躺着,注视着壮丽而辽阔的苍穹,为我正在经历着的事,为我从阴郁的大熊山跑了那么多的路来到这里而沾沾自喜,而一想到我即将在丹佛遇到的那些事——无论,无论会发生什么样的事——我就忍不住激动得直蹬腿。"密西西比基恩"开始唱歌。他的声音悦耳而沉静,带着密西西比河的口音,歌词很简单,只是"我有一个漂亮的小姑娘,芳龄十六,她是你所见过的最漂亮的姑娘"。他重复着这几句歌词,不时插入其他的歌词,全部的歌词唱的都是他走得多么多么远,他多么多么想回到她的身旁,可他早已失去了她。

我说:"基恩,这歌最美。"

他笑着说:"这是我所知道的最美的歌。"

"我希望你能到达你想去的地方,快乐地做你想做的事。"

"我一直在努力,我一直在尝试。"

"蒙大拿瘦高个儿"睡着了。他醒过来时对我说:"嘿,黑子,在你去丹佛之前,你和我今天晚上一起去夏延逛逛如何?"

"当然可以。"我醉了,什么都愿意做。

卡车到了夏延郊区,我们看到了当地电台的高高的红色的信号灯,突然,我们便闯入了奔涌在两旁的人行道上的巨大的人群中。"他妈的,这是西大荒周。""瘦高个儿"说。一大群一大群的生意人,都是脚蹬牛仔靴、头戴宽边高顶牛仔帽的肥胖的生意人,正和他们那身着牛仔盛装的高大健壮的妻子,闹哄哄地、哈哈大笑着快速走在老夏延的木制人行道上;远处就是夏延新城区长长的如细绳般的街灯,但庆祝活动都集中在老城区。人们朝天上放空枪。酒馆都聚集在了人行道上,我惊讶不已,与此同时又觉得有些可笑:我第一次来西部就看到了当地人用那么可笑的方式来维护他们那引以为傲的传统。我们只好下车说再见,明尼苏达兄弟俩对闲逛不感兴趣。看着他们离去我有些伤心,我意识到我再也不会见到他们当中的任何一个了,但这种事就是这样。"今天晚上你的屁股会结冰的,"我警告道,"然后,明天下午,在沙漠中,它会被烧得滚烫。"

"没事的,只要我们能够逃离这里的寒夜就行。"基恩说。卡车开走了,穿行在了人群中,没人注意到帆布底下那两个孩子的奇怪表情,他们像被子下的婴儿凝视着这个城镇。我目不转睛地看着卡车消失在了黑夜中。

五

我和"蒙大拿瘦高个儿"在一起，我们开始逛酒吧。我还有差不多七块钱，那天晚上又胡花乱花了五块。起初，我们和那些打扮成牛仔模样的游客、石油商以及农场主在酒吧、门口和人行道上乱转，然后，我摇晃了"瘦高个儿"一阵子，这家伙游荡在街上，在所有的威士忌和啤酒香味的刺激下都有点头晕目眩了：他就是这样的酒鬼，两眼放着亮光，很快便和一个完全陌生的人聊上了。我去了一间墨西哥式的酒吧，女侍者是墨西哥人，长得很漂亮。我吃了些东西，然后在账单后面给她写了一个表达爱意的小字条。酒吧里冷冷清清的，每个人都去别的地方喝酒了。我让她把账单翻过来。她读了那个字条，笑了。我为她写的是一首小诗，诗中诉说了我让她同我一起去看夜景的强烈的渴望。

"我倒是想去，小伙子，可我已经和我的男朋友约好了。"

"你就不能把他甩了吗？"

"不，不，我不能这么做。"她伤心地说。我喜欢她这么说。

"我抽空再来光顾。"我说。她说："随时欢迎，小伙子。"我仍在闲荡，就是想看她，我又喝了一杯咖啡。她的男朋友一脸怒气地进来了，想知道她什么时候走。我离开的时候冲着她笑了笑。外头还像刚才那么乱，只是那些打着饱嗝的胖子醉得更厉害了，笑得更大声了。这种情景还真有趣。有几个头戴饰物的印第安酋长在四处游荡，在一张张涨得通红的醉脸中真的显得很严肃。我看到"瘦高个儿"在踉踉跄跄地走着，便跟了上去。

他说："我刚刚给我在蒙大拿的父亲写了一张明信片。你觉得你能找到一个邮筒把它投进去吗？"这个请求好奇怪，他把明信片交给我，踉踉跄跄地走进了一间酒吧的弹簧门。我拿着那张明信片，走到邮筒跟前，快速地看了一下上面的字。就见上面写着："亲爱的爸爸，我周三到家。我一切都很好，也希望你一切安好。理查德。"这张明信片让我对他有了不一样的看法，他对他的父亲竟是那么温和有礼。我走进酒吧和他坐到了一起。我们搭上了两个姑娘，一个年轻又漂亮，留着一头金发，另一个长得很胖，留着一头黑发。她们话不多，又一副闷闷不乐的样子，可我们想上她们。我们带着她们去了一间已经在打烊的破破烂烂的夜总会，在那里，我只为自己留下了两块钱，把剩下的都花了，为她们买了几杯苏格兰威士忌，为我们买了几瓶啤酒。我快醉了，我不在乎；一切都很美好。我的全部心思都在那个金发小妞儿身上。我想拼尽全力干她。我搂着她，想把我的想法告诉她。夜总会关门了，我们一路晃荡着来到了破烂而肮脏的街上。我抬头望着天空，那些纯净而奇妙的星星仍在那里，在燃烧。两个姑娘想去公共汽车站，于是我们同去，但她们显然想和某个正在那里等她们的水手，也就是那个胖姑娘的表弟见面，而水手还有几个朋友和他在一起。我对金发小妞儿说："怎么了？"她说她想回家，她的家在科罗拉多，过了夏延南边那条州界线就是。"我坐公共汽车送你。"我说。

"不用了，公共汽车在高速公路上停，到时候我得一个人穿过那片该死的草原。我整个下午都在看那片该死的东西，今天晚上不打算在上面过了。"

"啊，听着，我们可以去草原的花丛中漫步。"

"那里没有花丛，"她说，"我想去纽约。我厌倦了这种事。除了夏延没有别的地方可去，可夏延什么也没有。"

"纽约也什么也没有。"

"去他妈的什么也没有。"她噘着嘴说。

公共汽车站上的人都涌到了门口。各种各样的人要么在等车，要么只是在周围晃荡，其中有很多的印第安人，在用他们那冷漠的目光注视着一切。那个姑娘摆脱了我的纠缠，不和我说话了，走到了水手和其他人那边。"瘦高个儿"正坐在一条长椅上打盹。我坐下了。全国各地公共汽车站的地面都一样，总是布满了烟蒂和痰渍，让人觉得伤心，而这种感觉只有公共汽车站才有。我一时觉得这里和纽瓦克没什么两样，只是车站外面巨宽敞，而这一点正是我非常喜欢的。我破坏了我的整个旅程的纯洁性，为此懊悔不已，我并没有在竭力省每一分钱，一直在瞎混，其实并没有在追赶时间，还和那个闷闷不乐的姑娘瞎调情，把钱都快花光了。这让我感到恶心。我好久都没有睡了，我太累了，连骂街、烦恼的力气也没有了，只想睡觉，我蜷缩在长椅上，用帆布包当枕头，在朦胧的低语、车站噪声和成百上千个行人制造出的喧嚣中一直睡到第二天早上8点。

我醒过来时头痛欲裂。"瘦高个儿"走了——我想是去了蒙大拿。我到了车站外面。在那里，在蓝色的空气中，我平生第一次看到了远处的落基山那被冰雪覆盖着的巨大的顶部。我深吸了一口气。我必须去丹佛。我先吃了一顿早餐，不算好，倒也不算差劲，有烤面包、咖啡，还有一个煎蛋，然后出城直奔高速公路而去。西大荒演出仍在继续，有一场骑术表演，叫喊声和又蹦又跳的场景即将再次上演。我走过去了。我要去丹佛看我的兄弟们。我走过一座铁路跨线桥，来到一排小棚屋跟前，两条均通往丹佛的高速公路在那里交叉而去。我选择了离山最近的那一条，这样我便能看山景，然后直奔那个方向去了。我马上就搭上了一个小伙子的车，小伙子是康涅狄格人，正开着破车周游美国画画写生，他的父亲在东部，是个编辑。他不停在说话，喝酒和爬高让我想吐。我一度几乎不得不把脑袋伸到车窗外面。可是，他在科罗拉多的朗蒙特把我放下的那一刻，我感觉又好了，甚至开始和他聊起我自己的旅行情况。他祝我好运。

朗蒙特很美。在一棵巨大的古树下面有一片绿油油的草地，是一个加油站的。我问加油站的员工我是否可以在那里睡一会儿，他说当然可以；于是我摊开一件羊毛衫，让我的脸平贴在上面，一只胳膊肘伸到外面，一只眼睛转向烈日下被冰雪覆盖着的落基山，只看了一小会儿。我美美地睡了足足两个小时，唯一不爽的是一只科罗拉多蚂蚁不时来骚扰我一下。我此刻已在科罗拉多啦！我不停地快乐地想着。他妈的！他妈的！他妈的！我成功啦！我睡了一个提神觉，做了很多蜘蛛网一样的与我过去在东部的生活有关的梦，然后起身去加油站的男厕所里洗了把脸，神清气爽地迈着大步走开，又在路旁的一家小餐馆喝了一大杯浓浓的奶昔，为我那个灼热而痛苦的胃注入了一些冰凉。

顺便提一句，为我做奶昔的是一位非常漂亮的科罗拉多姑娘，而且她始终在微笑着，我感谢她为我做的一切，这补偿了我昨夜的失落情绪。我对自己说，哇！丹佛会是什么模样！我踏上了那条火热的路，搭乘一辆由一个年约35岁的丹佛生意人驾驶着的崭新汽车飞奔而去。他把车速轰到了每小时70迈。我全身激动起来，我算着过去的时间和减少的英里数。就在前面，在滚动的金黄色的麦田上面，在遥远的冰雪覆盖的埃斯特斯公园的下面，我终于要见到古老的丹佛了。我想象着自己那天晚上和我所有的兄弟们聚在丹佛的一间酒吧里，在他们眼中，我变成了一个衣衫褴褛的陌生人，就像跋山涉水传播神秘教义的先知，而我要传播的教义就是一个字——"哇！"我和这位男子热情长谈，谈了各自的生活计划，我们很快便驶过了丹佛郊外的水果批发市场，那里有烟囱、烟雾、调车场、红砖房和远处城里的灰石建筑物，我此刻已到了丹佛。他在拉里默尔街让我下了车。我的脸上带着世界上最邪恶的快乐的笑，在拉里默尔街上的老流浪汉和神情沮丧的牛仔中间踉踉跄跄地朝前走。

六

那时候，我不像现在这么了解迪恩，我想做的第一件事就是去找查德·金，我也的确这么做了。我去了他家，和她母亲说了几句话——她说："哦，塞尔，你在丹佛做什么？"查德是个身材修长的金发小伙子，有一张奇怪的巫医般的脸，和他研究人类学和史前印第安人倒是很相配。他的鼻子在一头闪亮的金发的遮盖下稍微向下弯曲，几乎如奶油般光滑细腻。他有着在路旁的小餐馆中跳过舞，也踢点足球的那种西部高手的帅气和优雅。他说话的时候颤抖的鼻音就出来了。"塞尔，平原印第安人始终让我喜欢的地方就是，他们在吹嘘完了割了多少带发头皮之后的那种害羞的劲头儿。在鲁克斯顿的《远西地区的生活》中就有一个印第安人，羞得满脸通红，因为他割了很多的带发头皮，像疯了一样跑到平原上，找个地方躲起来为自己的英勇事迹暗暗自喜。他妈的，笑死我了！"

在丹佛的让人昏昏欲睡的午后，查德的母亲查明了他的下落，当时他正在当地的博物馆里潜心研究印第安人编篓子的技术。我给博物馆打去电话说要找他，他便开着他那辆破旧的福特牌双门小轿车过来把我接上了，过去他常常开着这辆破车去山里转悠搜集印第安人的物件。他穿着牛仔裤笑容满面地走进公共汽车站。当时我正垫着我那个包坐在地上，和我在夏延公共汽车站遇见的那个水手聊天，问他那个金发姑娘怎么样了。他烦死了，没搭理我。我和查德上了他那辆小车，他做的第一件事就是去州议会大楼取地图。然后去看了一位年迈的老师，而我想做的只是喝啤酒。在我的潜意识里，我最想知道的便是，迪恩在哪里？他此刻正在做什么？查德出于某种奇怪的理由已决定不再和迪恩做朋友，他甚至都不知道他住哪里。

"卡洛·马克思在城里吗？"

"在。"可是他也不和他来往了。这便是查德·金退出我们这个普通圈子的开始。那天下午，我打算在他的房子里小睡一会儿。他却说，蒂姆·格雷在科尔法克斯大街有一套公寓，正等着我过去住，罗兰·梅杰早就住进去了，正等着我过去和他同住。我在空气中嗅到了某种密谋的意味，这个密谋把我们这帮人分成了两派：查德·金、蒂姆·格雷和罗兰·梅杰，再加上罗林斯兄妹俩，一致同意不去理睬迪恩·莫里亚蒂和卡洛·马克思。我被夹在了这场有趣的战争的中间。

这是一场具有社会寓意的战争。迪恩是一个酒鬼的儿子，酒鬼是拉里默尔街上走路最趔趄的流浪汉之一，实际上，迪恩主要就是在拉里默尔街上及其附近的地方长大的。他6岁的时候常去法庭上作证，为的是让人家把他的父亲放出来。他过去常在拉里默尔各个胡同前乞讨，把讨来的钱偷偷地拿回去交给他的父亲，他的父亲正和一个老家伙坐在一堆烂酒瓶中间等着拿钱买酒。后来，迪恩长大了，就开始在格伦阿姆台球厅周围晃荡；他曾因屡次偷汽车、进少年犯劳改所创造了一项丹佛的纪录。11岁到17岁那几年，他通常都是在少年犯劳改所中度过的。他的专长是偷汽车，午后勾搭放学的高中女生，开车把她们弄到山里，干她们，然后回来在城里的随便哪一家有空房间的旅馆的浴缸里睡大觉。他的父亲曾是一个受人尊敬、努力工作的锡匠，后来却变成了一个爱喝红酒的酒鬼，这比喝威士忌更糟，最终落魄到了开货车的田地，冬天跑得州，夏天再回到丹佛。迪恩还有几个同母异父的兄弟——他母亲在他很小的时候就死了——但他们都不喜欢他。迪恩唯一的朋友就是台球厅里玩台球的那帮家伙。迪恩有着新式的美国圣徒般的极其充沛的精力，卡洛和台球厅里的那帮家伙是那个季节里丹佛地下世界中的怪胎，而最能代表这一点的就是：卡洛在格兰特街上有一套地下室公寓，我们常在那里玩通宵——卡洛、迪恩、我、汤姆·斯达克、埃德·邓格尔，还有罗伊·约翰逊。这些人当中，除了我和迪恩，剩下的那些人的情况以后再仔细说。

我到丹佛的第一个下午是在查德·金的卧室里睡的，他的母亲在楼下继续收拾家务，他在图书馆里工作。那是一个7月的炎热的高原的午后。若不是查德父亲的发明，我是根本睡不成觉的。查德·金的父亲已年过七旬，长相出众，待人和蔼，老迈羸弱，又高又瘦，讲故事的时候语速慢得不行，却别有一番味道。他说的那些故事也很好，说的都是80年代他在北达科他州的平原上经历的事，那时他还小，为了取乐，连马鞍子都不用，直接骑在矮种马背上，手拎一条短棍追赶丛林狼。后来，他在俄克拉荷马锅柄状的地区①当了一名乡村教师，最后在丹佛成了一位拥有诸多发明的生意人。他仍然留着他那间位于街旁车库上的旧办公室——那张卷盖式的办公桌还在那里，无数张载有昔日令他深感兴奋的发明物和他挣大钱的事迹、现在却已布满灰尘的报纸也还在那里。他研制出了一种特殊的空调。他把一个普通的风扇装入一个窗框，然后不知用何种手段驱使冷水在旋转的扇叶前部的盘管中循环流动。结果是棒极了——风扇4英尺之内——在大热天，冷水很明显地转换成了蒸汽，但房子楼下的部分仍炎热如初。但我刚好是在风扇底下查德的床上睡的，一幅巨大的歌德的半身像注视着我，我舒舒服服地睡着了，但只过了20分钟我就醒了，我都快被冻死了。我盖上一条毛毯，却依然觉得冷。最后，我冷得实在睡不着了，便去了楼下。老人问我他的发明如何。我说那东西真他妈棒，我是说那东西在一定的范围内真他妈棒。我喜欢这个老家伙。回忆让他神伤。"我曾研制出一台除污器，从那时起，东部的几家大公司就一直在仿造。这些年我一直试图在这方面收些钱。要是我有足够的钱聘请一位律师……"但现在聘请律师已为时太晚，他垂头丧气地在房子里坐着。晚上，他母亲为我们做了一顿丰盛的大餐，其中就有查德的叔叔在山里猎来的鹿肉。可迪恩在哪里？

---

① 指从一个州突出来的伸入另外一个州的锅柄样的地区。

七

接下来的10天，就像威廉·克劳德·菲尔茨①所说的那样，"充满了明显的危险"——和疯狂。我和罗兰·梅杰搬进了那套属于蒂姆·格雷家人的豪华公寓。我们每人一个房间，还有一个小厨房，冰箱里放着食物，一间巨大的起居室里，身穿丝绸睡袍的梅杰正在创作他那部最新的海明威式的短篇小说——他是一个脾气暴躁、憎恨一切的红脸矮胖子，当真正的生活在晚上与他面对面温柔地相遇时，他便能突然露出世界上最温暖、最迷人的笑容。他现在就这样坐在桌子旁，我在又厚又软的地毯上跳着转圈，身上只穿着一条丝光黄斜纹内裤。他刚写完一个初次来丹佛的家伙的故事。那家伙的名字叫菲尔。他的旅伴是一个神秘又安静的叫作塞姆的小伙子。菲尔出门畅游丹佛，却和几个装作喜欢艺术的家伙混在了一起。他返回了旅馆的房间。他悲哀地说："塞姆，他们也来了。"塞姆只是伤心地朝窗外看了一眼，说："是的，我知道。"问题是塞姆没必要走到窗前去看那几个家伙来没来。那些假装成艺术家的家伙遍布美国，正在吸她的血。我和梅杰交情匪浅，他觉得我最不像那些装模作样的搞艺术的家伙。梅杰喜欢美酒，就像海明威一样。他忆起了最近的法国之旅。"啊，塞尔，若你当时能同我一起飘飘然地坐在巴斯克乡下品尝一瓶凉爽的19代的培里侬，便会知道，在这个世界上除了棚车还有别的东西。"

"这我知道。我只是喜欢坐棚车，喜欢读棚车上的那些名字，比如密苏里太平洋、大北方、洛克岛专线。哦，天啊，梅杰，我真想把我一路搭车到这里来的奇遇统统告诉你。"

---

① 威廉·克劳德·菲尔茨（1880—1946年）：美国喜剧演员、作家。

罗林斯一家就住在几个街区之外。这是一个快乐的家庭——一位年轻的母亲，和别人共同经营着一间破旧的鬼城旅馆，还有5个儿子和两个女儿。她那个狂野的儿子就是雷·罗林斯——蒂姆·格雷的童年好友。雷大声叫喊着来公寓找我，我们马上就喜欢上了对方。我们一起离开去科尔法克斯大街上的酒吧里喝酒。雷的妹妹当中有一个长得很漂亮，叫贝比——是个西部俊妞儿，爱打网球，也爱冲浪。她是蒂姆·格雷的女友。梅杰只是途经丹佛，像模像样地在公寓里住着，正和蒂姆·格雷的妹妹交往。只有我没有姑娘。我问每一个人："迪恩呢？"他们都笑着说不知道。

然后，我终于知道了迪恩的下落。电话铃响了，是卡洛·马克思。他把他地下室公寓的地址告诉了我。我说："你在丹佛做什么？我的意思是你现在正在做什么？出什么事了？"

"哦，等会儿告诉你。"

我赶紧跑过去见他。他正在梅氏百货公司上夜班，疯狂的罗林斯在一间酒吧打电话到那里，让几个门卫赶紧去找他，就说有人死了。卡洛立刻想到是我死了。罗林斯在电话里说："塞尔来丹佛了。"并把我的地址和电话号码告诉了他。

"迪恩在哪里？"

"迪恩在丹佛。我和你说说是怎么回事。"他告诉我，迪恩正在同时干两个姑娘。一个是他的前妻玛丽露，正在一家旅馆的房间里等他，一个是他新认识的姑娘卡米尔，也在一家旅馆的房间里等他。"他在穿插着干她俩的时候还要跑到我这边来做我们未做完的事。"

"什么事？"

"我和迪恩正在共同开创一个非凡的时期。我们尝试着用绝对的诚实和绝对的毫无保留交流各自的想法。我们不得不服用苯齐巨林。我们面对面地盘坐在床上。我终于让迪恩懂得他可以做他想做的任何事情，比如成为丹佛市长、娶一个女百万富翁或者成为自兰波以来最伟大的诗人。可他总是心急火燎地去外面看小型汽车赛。我和他同去。他兴奋地又跳又喊。知道吗，塞尔，迪恩真的很迷恋这种事。"马克思默默地"唔"了一下，想了想这事。

"有什么计划吗？"我说。迪恩的生活总是有计划的。

"计划就是：我半小时前刚下班。在那段时间内，迪恩正在旅馆里干玛丽露，让我有时间换换衣服。1点整，他从玛丽露那里出来匆匆赶往卡米尔的旅馆——当然了，她俩都不知道是怎么回事——干她一回，让我能在1点半回到家中。然后他同我出来——他得先求已经开始在恨我的卡米尔——我们来这里聊天，一直聊到早晨6点。我们往往聊得更久，但事情正在变得异常复杂，他的时间也变得越发紧迫。然后6点他回到玛丽露身旁——他打算明天用一整天的时间把他们离婚要用的各类必需文件跑齐。玛丽露完全同意离婚，但她执意要求在这段时间内性交。她说她爱他——卡米尔也这么说。

然后他把迪恩邂逅卡米尔的经过对我说了。罗伊·约翰逊，就是那个经常泡在台球厅的家伙，在一间酒吧里发现了她，把她带到一家旅馆；得意忘形的他邀请所有的伙计来旅馆看她。大家围坐在一起和卡米尔聊天。迪恩什么都没做，只是望着窗外。然后当每一个人离开时，迪恩只是瞧了卡米尔一眼，指指自己的手腕，做出了一个"4点"的暗示（意思是他4点回来），就出去了。3点，门为罗伊·约翰逊锁上了。4点，门为迪恩打开了。我想马上出去看看那个疯子。他还曾许诺照顾我，丹佛的姑娘他都认识。

我和卡洛晚上走过丹佛年久失修的街。风轻柔，星璀璨，每一条铺满鹅卵石的小巷的前途都是那么美好，让我觉得仿佛身在梦中。我们到了迪恩和卡米尔鬼混的那栋寄宿舍跟前。那是一栋古老的红砖楼，被木制的车库和从楼后面的栅栏中探出身来的古树包围着。我们爬上了铺着地毯的楼梯。卡洛敲门，然后跑到后面躲起来，他不想让卡米尔看到他。我站在门前。迪恩一丝不挂地开了门。我看到床上有一个黑发姑娘，还有一条裹着饰有黑色蕾丝长筒袜的乳白色的美腿，那姑娘抬起头，目光中透着少许惊讶。

"啊，塞——尔！"迪恩说，"哦，现在——啊——呃——是的，当然了，你来了——你这个老婊子养的，你终于上了那条老路。嗯，现在，瞧瞧这里——我们必须——是的，是的，马上——我们必须，我们真的必须！听着，卡米尔——"他转过身来看着她，"塞尔来了，这是我的纽约老友，这是他来丹佛的第一个晚上，我绝对有必要带他出去，给他找个妞儿好好要耍。"

"可你什么时候回来？"

"现在是（他瞧了一眼手表）1点14分。我3点14分准时回来，共度我们的幻想时光，真的是非常美妙的幻想时光，亲爱的，然后，就像我之前和你商量好的那样，我得去看一位独腿律师，问问他那些离婚文件的事——在深夜去，好像很奇怪，但我已经和你解释得明明白白了。"

（这是他和仍在躲着的卡洛约会的掩饰）"因此，在此时此刻，就像我们事先商量好的那样，我必须穿衣服了，必须把我的内裤穿上，回归生活，也就是外面的生活，街头生活，而不是，现在是1点15分，时间在快速流逝，流逝——"

"嗯，好吧，迪恩，不过求你记住，务必3点回来。"

"就像我刚才说的，亲爱的，记住是3点14分，不是3点。我们不是已经直接抵达了我们灵魂中最幽深、最美妙的地方了吗，亲爱的？"他走过去吻了她好几次。墙上有一幅迪恩的裸体画，是卡米尔画的，就见他胯下的那个巨大的东西悬垂着。我吃惊不已。一切都是如此疯狂。

我们冲入黑夜，卡洛在一条巷子里与我们会合。我们在丹佛墨西哥人聚集的城市中心的最深处，在我所见过的最狭窄、最奇怪、最弯曲的城市的小街上继续前行。我们在沉睡的宁静中高声说话。"塞尔，"迪恩说，"我早安排好了，让那个姑娘在这一刻等你——如果她下班了的话。"（他看了一下手表）"是个女招待，叫丽塔·贝滕考特，妞儿不错，在性方面有几个问题，稍稍受到些困扰，我曾经试着纠正，我觉得你能对付，你是这方面的专家嘛。因此，我们马上赶到那里——我们带些啤酒，不，他们那里有，他妈的！"说着他猛击了一下自己的手掌心，"我今天晚上得把她的妹妹玛丽搞到手。"

"什么？"卡洛说，"我还以为我们要畅聊一番呢。"

"是的，是的，干完再聊。"

"哦，这些丹佛人可真没劲！"卡洛冲着天上吼道。

"他难道不是世界上最好、最可爱的家伙吗？"迪恩捅捅我的肋条骨说，"看看他。看看他！"卡洛开始像猴子那样在充满生气的街上又蹦又跳，在纽约的每一个地方，我曾无数次见他这么干。

而我只想说："好吧，我们到底来丹佛做什么？"

"明天，塞尔，我知道我能在哪里为你找到一份工作，"迪恩说，他已经恢复了认真的口气，"我一离开玛丽露就给你打电话，然后直奔你住的那所公寓，向梅杰问好，坐有轨电车（他妈的，我没车）带你去卡马戈市场，在那里，你能马上开始工作，星期五一到就能拿到一张支票。我们真的都一贫如洗了。我有好几周都没时间工作了。毫无疑问，周五晚上，我们三个——卡洛、迪恩和塞尔这三个老家伙——必须去看小型汽车赛，到时候我可以让我认识的一个城里的家伙开车拉我们过去……"我们继续向深夜中走去。

我们到了那对侍者姐妹的住所。我的那个姑娘仍在上班，迪恩想要的那个在家。我们在她的沙发上坐下了。此前我已打算好，在这个时间给雷·罗林斯打电话。我真的打了。他马上就过来了。他一进门就把衬衫和内裤统统脱掉，开始搂抱这个完全陌生的姑娘玛丽·贝滕考特。酒瓶在地上滚来滚去。3点了。迪恩冲出门外去和卡米尔共度幻想时光。他准时返了回来。另外一个姑娘出现了。我们此时都需要一辆汽车，我们正在制造太多的噪声。雷·罗林斯给一个有车的家伙打去了电话。那家伙来了。我们都挤到车上，卡洛在后座上试着施行他那计划好的与迪恩的谈话，但局面太过混乱。"我们都去我的公寓！"我喊道。我们真的去了。汽车在那里停下的那一刻，我就跳了出来，一个倒栽葱摔在草地上。我所有的钥匙都掉了出来，我再也没有找到它们。我们一路大叫着冲进那栋公寓楼。身穿丝绸睡袍的罗兰挡住了我们的去路。

"我不能允许这样的事在蒂姆·格雷的公寓内发生。"

"什么？"我们都嚷道。混乱的事情正在上演。罗林斯正和其中的一位女侍者在草地上乱滚。梅杰不让我们进门。我们发誓给蒂姆·格雷打电话，让他批准这次聚会，并邀请他参加。然而，我们都急匆匆地返回了丹佛城里的聚集地。我突然发现自己身无分文地被孤零零地扔在了街上。我最后的一块钱也没有了。

我沿着科尔法克斯大街向上步行5英里回到了公寓里我那张舒舒服服的床上。梅杰不得不让我进去。我不知道迪恩和卡洛是否在倾心交谈。我以后会知道的。丹佛的夜晚很凉爽，我一动不动地睡着了。

八

然后，每个人都开始计划进行一次短途进山旅行。这件事的筹划始于早晨，期间来了一个让事情变得复杂了的电话——是我的老旅伴埃迪打来的，他抓住一个机会盲目地打了电话，他记住了一些我提到过的人名。现在我有机会拿回我的衬衣了。埃迪和他的女友正住在远离科尔法克斯大街的一栋房子里。他想知道我是否知道能在哪里找到工作，我考虑到迪恩可能知道，就让他过来。迪恩匆匆赶来了，当时我和梅杰正在赶着吃早餐。迪恩坐都不愿坐。"我有成千上万件的事要做，说真的，我几乎没有时间带你去卡马戈市场，不过，我们还是走吧，伙计。"

"先等等我的旅伴埃迪。"

梅杰觉得我们这么心急火燎地去做事有些好笑。他到丹佛是来悠闲地写作的。他对迪恩极其尊重。迪恩并未注意到这一点。梅杰对迪恩是这么说的："莫里亚蒂，我听说你同时和三个姑娘睡觉，这是怎么回事？"迪恩用脚在地毯上划来划去，说："哦，是的，哦，是的，是有这么回事。"然后看一眼手表，梅杰就抽抽鼻子。我觉得我和迪恩这么跑来跑去的有些困倦——梅杰坚决认为他是个性变态，还是个大傻蛋。他当然不是傻蛋了，我不知出于什么原因总想对每个人证明这一点。

我们见到了埃迪。迪恩同样没怎么注意他，我们便在丹佛炎热的午后一同搭乘一辆有轨电车去找工作。一想到找工作我就心生愤恨。埃迪像以前那样不停在说话。我们在市场里找到了一个人，这人愿意把我们两个都雇下，工作时间始于凌晨4点，下午6点结束。那人说："我喜欢爱工作的家伙。"

"你招对人了。"埃迪说，可我对自己不太有把握。"我就不睡觉了。"我拿定了主意。还有很多其他有趣的事情等着我去做。

埃迪第二天早晨就去了，我没去。我有一张床，梅杰把采购来的食物放进冰箱，作为交换，我负责烹饪、洗刷餐盘。与此同时，我参与到了每一件事情之中。一天晚上，罗林斯兄妹的家里开一个大派对。他们的母亲出门旅行。雷·罗林斯给他认识的每一个人都打去了电话，还让他们把酒带来，然后他在地址簿中搜寻姑娘的名字。大部分的话都是我说的。来了整整一大群姑娘。我给卡洛打电话想知道迪恩在干吗？迪恩凌晨3点会去卡洛的住处。派对结束后我去了那里。

卡洛的地下室公寓就在格兰特街上一座教堂旁边的一栋古老的红砖寄宿舍里面。穿过一条过道，下几级石阶，打开一扇又旧又糙的门，穿过一个类似于地下室的屋子，就到了他的宿舍门前。他的公寓就像俄国圣徒的屋子，里面摆着一张床，燃着一支蜡烛，石墙壁上冒着潮气，还有一个他亲手制作的很粗糙的临时用的圣像。他为我朗读了他的诗作。诗的名字叫《丹佛的阴郁》。卡洛清晨醒来，听到"下流的鸽子"在他的静室外面的街上咕咕地叫个没完，他看到"悲伤的夜莺"在树枝上不住地点头，它们让他想起了他的母亲。一块灰色的裹尸布落在了这座城市的身体上。群山，从这座城市的任何一个地方朝西看都会看到的落基山脉，"就像用制型纸板做成的一样"。整个宇宙都疯了，歪向一旁，显得极其怪异。在他的笔下，迪恩是"彩虹之子"，正在承受着他那根极度痛苦的阴茎带给他的折磨。他把他称作"俄狄浦斯埃迪"，不得不"把窗玻璃上粘着的泡泡糖擦去"。他在他的地下室里面对着一个巨大的笔记本沉思，他把每一天中发生的每一件事情都记录在了上面——迪恩做过和说过的每一件事。

迪恩准时赶到。"一切都搞定了，"他宣布道，"我要和玛丽露离婚，娶卡米尔为妻，然后同她一起去旧金山。不过这一切都要安排在你，亲爱的卡洛，和我去得州见完'老公牛'李之后，我从来没见过那个棒家伙，你俩和我说了那么多关于他的事，等见完他之后我再去旧金山。"

然后他们开始做事。他们盘坐在床上，直视对方。我无精打采地坐在旁边的一把椅子上，把这一切都看到了眼中。他们从一种抽象的思想开始谈起，相互提醒在庞杂的事情中所忘掉的又一个抽象的观点，迪恩表示歉意，但答应会把那个观点找回来，把它处理好，并用事例加以说明。

卡洛说："就在我们穿过瓦齐河，我想告诉你，我对你沉迷于小型汽车赛这件事是怎么看的时，就在那个时候，想起来没，你却指着那个身穿松松垮垮的裤子的老流浪汉说他瞧上去像你的父亲，有这事没？"

"有，有，我当然想起来了，我不光想起来这个，还想起来一连串的事，某种真正疯狂的事，我一定得和你说说，我本来忘记了，现在你却让我想起来了……"就这样，两个新的观点产生了。他们细细地讨论这些东西。然后卡洛问迪恩是否诚实，尤其是在他的灵魂深处是否对他诚实。

"你怎么又把这事提起来了？"

"我想弄明白的最后一件事是——"

"可是，亲爱的塞尔，你就在听着，你就在那里坐着，我们问问塞尔。看看他会怎么说。"

我说："那最后的一件事你永远也不会明白，卡洛。没人明白那最后的一件事是什么。我们不断地生活着，就是想一劳永逸地把它弄明白。"

"不，不，不，你完全是在胡说，在胡诌乌尔夫式的不切实际的漂亮话！"卡洛说。

迪恩说："我根本不是那个意思，但我们还是让塞尔说说他的看法吧，其实，你不觉得吗，卡洛，他的坐姿和注视我们的样子中透着某种尊贵，疯狂的家伙一路穿越这个国家来到这里——老塞尔是不会说的，老塞尔是不会说的。"

"不是我不说，"我反驳道，"我只是不知道你们想说什么，或者想弄明白什么。我知道这件事对任何一个人来说都过于深奥了。"

"你说什么事都那么消极。"

"那你说你想做的是什么？"

"告诉他。"

"不，你和他说。"

"根本就没什么好说的嘛。"我笑着说。我戴上了卡洛的帽子。我把帽檐拉下来盖住我的眼睛。"我想睡觉。"我说。

"可怜的塞尔总想睡觉。"我不作声。他们又说开了。"当初你和我借那5分钱支付炸鸡排的账单时——"

"不对，伙计，是肉辣酱！想起来没，在得州之星？"

"我把它和星期二的事弄混了。听着，当初你和我借那5分钱时，你说：'卡洛，这是我最后一次麻烦你了。'就好像你真的以为我和你在'你不再麻烦我'这件事上达成一致协议似的。

"不，不，不，我不是那个意思——如果你愿意的话，亲爱的伙计，请留意一下那天晚上发生的事，当时玛丽露正在屋里哭泣，我把脸转到你那边，用我附加的真诚的语调简要地陈述，我们都知道我是假装出来的，也都知道这么干有着它的目的，也就是说，通过演戏，我表现出——不过，等等，不是这么回事。"

"当然不是这么回事了！因为你忘了——不过我也不打算再指责你了。反正我说的都是对的……"他们说啊，说啊，就这样说到了深夜。黎明时分，我抬起头来。他们正在争论今天早上提到的最后一件事。"我和你说我因为玛丽安的缘故，也就是今天上午10点我去看她，必须要睡觉时，你却说睡觉没必要，当时我并没有用盛气凌人的口气反驳你，但只是，只是，你可要听清啊，因为我现在不容置疑地、纯粹地、完全地、没有任何理由地必须要睡觉，伙计，我的意思是，我的眼睛都快睁不开了，热得发红，都肿了，累了，筋疲力尽了……"

"啊，孩子。"卡洛说。

"我们现在必须要睡觉了。我们把那个器官关了吧。"

"器官不能关！"卡洛高声叫道。这时传来了第一声鸟的鸣叫。

"听着，当我举起我的手时，"迪恩说，"我们就不要再说下去了，我们都会完全地、没有任何异议地明白，我们纯粹地是不要再说下去了，我们确实需要睡觉。"

"你不能就这么把那个器官关了。"

"快关了吧。"我说。他们看着我。

"原来他没睡啊，一直在听着呢。塞尔，你怎么看？"我告诉他们，我觉得他们是非常了不起的疯子,我整个晚上都在听他们说话,就像一个人在注视一个与伯绍德山口的顶一般高、却是由世界上最精密的钟表的最小的零件组成的钟表的机械运动。他们笑了。我指着他们说:"如果你们俩再这么干下去的话,就都会发疯的,不过我想知道你们的进展情况。"

我走出地下室,搭乘一辆有轨电车返回我的公寓,当大大的太阳从东方的平原上升起来时,卡洛·马克思所说的那座"像用制型纸板做成的"山脉变红了。

九

傍晚时分,我参加了那次短途进山旅行。我已有五天没有看到迪恩和卡洛了。贝比·罗林斯借来她的老板的车供这个周末使用。我们把带的正装挂在车窗上,朝中心城驶去了,雷·罗林斯负责开车,蒂姆·格雷舒舒服服地靠在后座上,贝比·罗林斯坐在前面。这是我第一次看到落基山脉的内景。中心城是一座古老的矿镇,一度被称为"世界上最富饶的平方英里",当初,几个经常在山里晃荡的年迈的贪婪自私的小人在那里发现了一个名副其实的银矿岩层。他们一夜暴富,并让人在陡峭的山坡上他们的小棚屋中间修建了一座漂亮的小歌剧院。莉莲·拉塞尔①去过那里,欧洲的歌剧明星也去过那里。然后中心城就变成了一座鬼城,这种状态一直持续到新西部商会中那些精力充沛的人物决定振兴这个地方才宣告结束。他们重修歌剧院,每年夏天都会有大都会歌剧院的明星来这里演出。对每个人来说,那都是一个盛大的节日。游客从四面八方赶来,甚至还有好莱坞明星。我们驱车上山,发现狭窄的街上满满地都

---

① 莉莲·拉塞尔(1860—1922年):美国演员、歌唱家,以美貌和动听的嗓音出名。

是打扮入时的游客。我想起了梅杰笔下的塞姆，梅杰写的是对的。梅杰本人也在那里，对每个人都会奉上他那社交性的笑容，一口一个"哦"，一口一个"啊"地无比真诚地说着。"塞尔，"他大喊一声抓住了我的胳膊，"瞧瞧这座老城。想想100年前——哎，只在80，60年前，他们就有歌剧院啦！"

"是的，"我模仿着他笔下的一个人物的口吻说，"可他们也来了。"

"那帮狗杂种。"他骂道。但贝蒂·格雷挽着他的胳膊，俩人去玩了。

贝比·罗林斯是一个很有想法的金发姑娘。她知道城郊有一座老矿工的房子，我们这些家伙可以去那里度周末。我们只需把房子收拾干净就可以了。我们还可以在那里举办超级派对。那房子很老旧，地上的灰尘有1英寸厚，有一个门廊，后面还有一口井。蒂姆·格雷和雷·罗林斯撸起袖子开始打扫屋子，主要的工作就是这个，他们俩用了一整个下午和晚上的部分时间才干完。但他们有一桶啤酒，一切都很美好。

至于我，按照事先安排，那天下午我要以宾客身份陪着贝比·罗林斯去歌剧院看戏。我身上穿的是蒂姆借给我的礼服。就在几天前，我到丹佛时还像个流浪汉，现在一套礼服穿在身上，浑身上下都透着一股帅气，旁边还有一位挽着我的胳膊的穿着考究的金发美女，我向一些要人点头致意，在枝形吊灯下，在大厅里，和他们聊天。不知道"密西西比吉恩"见了我这副模样会做何感想。

歌剧的名字叫《费德里奥》①。"多么黑暗！"男低音歌唱家大吼一声，从一块嘎吱嘎吱的巨石下面的地牢里走了出来。我大声叫好。我对生活也是这么看的。我对这部歌剧兴味十足，一时间忘记了自己那真实的疯狂的生活，沉浸在了贝多芬那饱含着巨大的伤痛的音乐和他那色调

_____

① 德国作曲家贝多芬创作的唯一一部歌剧。

浓烈的人生经历之中。

"喂，塞尔，你对今年的演出是怎么看的？"丹佛·达尔在歌剧院外面的街上骄傲地问道。他和歌剧协会多少有些关系。

"多么黑暗，多么黑暗。"我说，"棒极了。"

"接下来你得和演员见一下。"他用很正式的口气继续说道，不过幸好他在忙乱中把这事给忘了，不见了踪影。

我和贝比返回矿工的小棚屋。我把衣服脱掉，走过去和大伙儿一起打扫。工作量极大。罗兰·梅杰坐在已经打扫好的起居室中央，不肯出手帮忙。在他前面的一张小桌上，放着他的啤酒和酒杯。我们拿着水桶和拖把忙来忙去时，他却在回忆往事。"啊，如果将来有一天你们能与我共饮一杯鲜山露牌苦艾酒，听听邦多勒乐师的演奏，才算是过上了真正的生活。然后夏天去诺曼底，脚踩木屐，喝上一杯上好的陈年白兰地。来吧，萨姆，"他在和他那个无形的家伙说话，"把那酒从水里拿出来，看看在我们钓鱼的这段时间内它是否变得足够冰凉了。"完全一副海明威的派头。

我们冲着街上经过的姑娘喊："过来帮我们把这间酒吧打扫干净。今天晚上我们邀请每一个人来参加我们的派对。"她们过来帮忙了。我们有一大群人在为我们做事。最后，歌剧合唱团的歌手，大部分是青少年，也过来帮忙了。太阳落下去了。

一天的工作结束了。我和蒂姆、罗林斯决定为这个盛大的夜晚好好打扮一番。我们穿过城市去了歌剧明星们下榻的寄宿舍。我们在夜里听到晚上的演出已经开始。"刚好，"罗林斯说，"去弄点剃须刀片和毛巾，我们也把自己打扮得漂亮一点。"我们还拿了梳子、古龙香水和修面剂，涌进了浴室。我们又洗又唱。蒂姆·格雷不停在说："用歌剧明星的浴室、毛巾、修面剂和电动剃须刀，这难道不爽吗？"

那是一个美妙的夜晚。中心城海拔两英里，起初你在高原上喝醉，然后你会变得疲惫，你的灵魂会变得火烧火燎。我们走在狭窄黑暗的街上，慢慢靠近歌剧院周围的灯光；然后突然向右转，去某些装有双开式弹簧门的酒吧里逛逛。大多数的游客都在歌剧院里看戏。我们先喝了几个特大杯的啤酒。酒吧里有一架自动钢琴。后门外面可以看到月光下的山景。我兴奋地"啊"了一声。演出在继续。

我们急匆匆返回矿工的棚屋。一切都在为盛大的派对做着准备。姑娘们，即贝比和贝蒂，准备了法兰克福香肠和煮豆子作为小吃，然后我们跳舞，猛喝啤酒。夜场散了，一大群一大群的年轻姑娘涌进我们的棚屋。我和罗林斯、蒂姆舔着嘴唇。我们抓住她们一起跳舞。没有音乐，我们只是跳舞。我们兴冲冲地冲进酒吧又兴冲冲地赶回来。夜变得越来越疯狂。我真希望迪恩和卡洛也在这里——然后我意识到他们会闷闷不乐地离开这里。他们就像那个被关押在黑暗地牢中的家伙，来自地下，他们是美国肮脏的嬉皮士，是我正在慢慢加入的新的垮掉的一代。

合唱团的少年们来了。他们开始齐唱《可爱的艾德琳》。他们又唱了诸如"把啤酒给我递过来"和"你把头伸出去干吗？"这样的歌词，还用长长的低音一同狂吼"费德里奥！"我唱了"哦，我的天，多么的黑暗！"姑娘们棒极了。她们跑到后院和我们搂着亲嘴。其余的尚未打扫的屋里有床，我正和一个姑娘在床上坐着热聊，突然涌进来一大群剧院里的年轻的引座员，把姑娘们一把抱住，胡乱地亲她们。毛头小子们喝醉了，个个衣冠不整，兴奋异常——他们毁了我们的派对。还不到五分钟，每一个单身的姑娘就都看不见了，这里俨然变成了一场盛大的男大学生联谊晚会，啤酒瓶子砰砰地在一起碰着，吼叫声此起彼伏。

我和雷，还有蒂姆，决定去逛酒吧。梅杰走了，贝比和贝蒂也走了。我们晃晃悠悠地走入黑夜。看戏的人挤满了酒吧，从吧台到墙根都是人。梅杰在众人的头顶之上大喊大叫。那个热切的、戴着眼镜的叫作丹佛·达尔的家伙正在和每一个人握手，不停说着："下午好，你好吗？"午夜降临时，他还在对人家说："下午好，你好吗？"我一度看到他和一个要人不知去了哪里。然后他便同一位中年女士回来了，下一刻，他又在街上和几个年轻的引座员交谈。下一刻，他又在同我握手，他没认出我，对我说着"新年快乐，我的孩子"。他不是因酒而醉，而是因爱而醉——他喜欢看成群的人的笑脸。每个人都认识他。他大声说着"新年快乐"，有时还会冒出一句"圣诞快乐"。他就一直这么说着。在过圣诞节的时候，他会说"万圣节快乐"。

　　酒吧里有一个备受众人尊敬的男高音歌唱家。丹佛·达尔执意让我和他见上一面，我却一直在躲避，这人好像叫邓南遮。他的妻子和他在一起。他们一脸愠怒地坐在一张桌子旁。酒吧里还有一位阿根廷游客。罗林斯推了他一把，让他腾点地方出来，那人扭回头对着罗林斯就是一顿狂吼。罗林斯把他那杯酒交到我的手上，一拳把那家伙打倒在铜扶手上。那人一时间昏迷不醒。尖叫声响起，我和蒂姆赶紧把罗林斯拽了出去。场面无比混乱，警长都无法挤过人群找到受害者。没人认识罗林斯。我们去了别的酒吧。梅杰从一条黑暗的街上跟跟跄跄地走过来了。"他妈的，到底出什么事了？干架吗？叫上我就是了。"巨大的欢笑声从四面八方响起。我不知道山神在想什么。我抬头望天，看到了月亮里的短叶松，也看到了老矿工们的鬼魂，觉得有些迷惑。今晚，在整个落基山脉的黑暗的东侧都是一片沉静和风的私语，只有我们在沟壑中大喊大叫；落基山脉的另一侧，是广阔的西部斜坡地区和中途陡然下降通向西科罗拉多沙漠和犹他沙漠的巨大的高原。现在，我们这些疯狂的喝醉酒的美国人正在广阔的土地上、在幽暗的山谷中漫游叫喊，而这一切已被黑暗淹没。此时此刻，我们正站在美国屋脊之上，我们只想大喊，我猜，在黑夜中，在大平原东部的某个地方，有一位手持《圣经》的白发老者很可能正在朝我们这边走来，他随时都会抵达这里，让我们把嘴闭上。

罗林斯执意要回他打架的那间酒吧。我和蒂姆不喜欢他这么干，可还是紧跟着他去了。他直奔那位叫作邓南遮的男高音歌唱家而去，把一高杯酒泼在他的脸上。我们把他拽了出来。合唱团里的一位男低音歌手和我们一起去了中心城一家正规的酒吧。在那里，罗林斯骂女招待是婊子。一群满脸怒气的男人正坐在吧台周围，他们对游客充满愤恨。其中一个说："在我数到10之前你们这帮家伙最好离开这里。"我们果真离开了。我们跟跟跄跄地返回小棚屋睡着了。

早晨，我醒过来，翻了一个身，看到床垫上有一大片秽物。我猛拉窗户，窗户被钉住了。蒂姆·格雷也在床上。我们又咳嗽又打喷嚏。我们早上喝的是走气的啤酒。贝比从她租住的酒店回来了，我们把东西收拾妥当打算离开。

一切似乎都在坍塌。就在我们出门朝车子走去时，贝比脚下一滑，头朝下摔在了地上。可怜的姑娘被累垮了。我和他的哥哥，再加上格雷，把她搀扶起来。我们上了车，梅杰和贝蒂也到了。返回丹佛的伤心的旅程开始了。

我们突然从山上下来，并未注意到广阔的丹佛海蚀平原，热气升起来了，就像从冶金炉里冒出来的一样。我们开始唱歌。我渴望马上去旧金山。

+

那天晚上，我找到了卡洛，让我备感吃惊的是，他对我说他和迪恩也去中心城了。

"你们都干吗了？"

"哦，我们在酒吧周围晃荡，然后迪恩偷了一辆车，我们便开着它以每小时90迈的速度拐弯抹角地从山上下来了。"

"我没看见你们。"

"我们不知道你在那里。"

"好吧，伙计，我要去旧金山了。"

"迪恩已邀请丽塔今晚与你见面。"

"这个，那我就推了吧。"我没钱。我给我姑妈寄去了一封航空信，让她给我寄50块钱过来，还说这是我最后一次和她借钱；在此以后，等我一踏上那艘船，她就能从这里把钱要回去了。

然后，我去见丽塔·贝滕考特，并把她带回了公寓。我在黑漆漆的起居室与她进行了一番长谈，这才把她领进我的卧室。她是个很好的小姑娘，单纯而真诚，对性爱充满了极度的恐惧。我和她说性爱很美妙。我想证明这一点给她看。她允许我证明这一点，但我太过猴急，结果什么也没有证明。她在黑暗中叹息。"你想从生活中得到什么？"我问她。过去我总这么问女孩子。

她说："我不知道，只是在桌子旁伺候客人，勉强将生活继续下去。"她打了一个哈欠。我把手放在她的嘴上，告诉她不要打哈欠。我试着告诉她，我对生活和我们在一起能够做的那些事充满了极大的热情，还说两天后我就要离开丹佛。她厌倦地把身子转了过去。我们躺在床上看着天花板，想知道上帝到底做了什么，把生活弄得这么苦。我们含含糊糊地说要在旧金山见面。

我在丹佛的日子就要结束了。我步行送她回家的时候就感受到了这一点，回来的路上，在一座古老的教堂的草地上，我四脚朝天地和一群流浪汉躺在一起，他们的话让我想回到那条路上。他们谈到了去北部收割庄稼。天气温暖而舒适。我想再把丽塔找来，对她说更多更多的事，这次真的和她做爱，安慰她，让她消除对男人的恐惧。美国的少男少女们都有过这样的悲伤的经历，老练要求他们无须经过正确的事先交谈而立即屈从于性交。不是引诱性的交谈——而是对于灵魂的实实在在的、直接的交谈，因为生命是神圣的，每一刻都弥足珍贵。我听到途经丹佛和格兰德河的机车一路呼啸着朝山里驶去了。我想更远地去追寻我的星。

我和梅杰在夜深中悲伤地交谈。"你读过《非洲的青山》吗？那是海明威最好的一部小说。"我们互祝平安。我们会在旧金山见面。我在街上一棵阴暗的树下看到了罗林斯。"再见了，雷。我们何时再能相见？"我去找卡洛和迪恩——在哪里都找不到他们。蒂姆·格雷把手举到空中说："这么说你要走了，友？"我们互称对方为"友"。我说："是的。"在接下来的几天，我在丹佛游荡。我好像觉得拉里默尔街上的每一个流浪汉都有可能是迪恩·莫里亚蒂的父亲，他们把他，也就是那个锡匠，称为老迪恩·莫里亚蒂。我去了莫里亚蒂父子曾住过的温莎旅馆，在那里，有一天晚上，小迪恩被与他们同住一屋的那个坐在辊轮板上的无腿男人吓醒了，那个人坐着可怕的轮子轰隆隆地滑过地板来摸他。我在科蒂斯街和第15街上的拐角处看到过那个卖报纸的短腿的女侏儒。我在科蒂斯街上悲伤的酒馆中间闲逛，看到了身穿牛仔裤和红衬衫的少年、花生皮、放电影的大帐篷和射击室。在闪亮的街的那头是黑暗，在黑暗的那头是西部，我得走了。

黎明时分，我找到了卡洛。我读了一些他写在那个巨大的笔记本中的东西，在那里睡了一觉，早晨，下起了蒙蒙细雨，天上一片灰暗，这时，身高6英尺的埃德·邓格尔、帅小伙罗伊·约翰逊和患有先天性足畸形的台球高手汤姆·斯达克进来了。他们围坐在一起，脸上带着窘迫的笑，听卡洛·马克思为他们朗读他那启示录般的疯狂的诗作。我坐在椅子上，身子突然一歪，摔倒在地，装出一副死掉的样子。"哦，你这个丹佛佬！"卡洛大声叫道。我们涌出地下室，走上一条夹在焚尸炉中的很特别的铺满鹅卵石的丹佛小巷。"我过去常在这里滚铁环。"查德·金曾对我这么说。我想看他滚铁环，我想看10年前的丹佛，那时他们还都是小孩子，在樱桃花开放的春天的温暖的早晨，在落基山中，他们（整个的一帮人）在那些充满了可能性的小巷内快乐地滚着铁环。而衣着褴褛的脏兮兮的迪恩正独自一人在入神地、疯狂地四处游荡。

我和罗伊·约翰逊在蒙蒙细雨中走着，我去埃迪女友的家拿回我那件彩格羊毛衫，就是我在内布拉斯加的谢尔顿镇借给埃迪的那件。衬衫在那里，都捆好了，那是一件包裹着整个的巨大的悲痛的衬衫。罗伊·约翰逊说会在旧金山与我见面。每个人都要去旧金山。我去了邮局，发现钱已寄到。太阳出来了，我和蒂姆搭乘一辆有轨电车赶往汽车站。我花了50块钱的一半买了去旧金山的车票，并在下午2点上了汽车。蒂姆·格雷挥手与我告别。公共汽车驶出了丹佛那史上有记载的、热切的街。"老天做证，我一定会回来看看还会发生别的什么事！"我许下了诺言。在我走的最后一刻，迪恩打来电话，说他和卡洛可能去西海岸找我，我想了一下，才意识到在我来丹佛的整个期间，我和迪恩说话的时间还不到5分钟。

十一

我迟了两个星期才和雷米·邦库尔见面。这次从丹佛到旧金山的汽车旅行平淡无奇，只是随着我们离旧金山越来越近，我的整个的灵魂都为它跳动了起来。又过夏延了，这次是在下午，然后向西越过山地，午夜在克莱顿敦穿过落基山脉，黎明时分抵达盐湖城——一座遍布洒水车的城市，迪恩就出生在这里；然后在烈日下朝内华达驶去，夜幕降临时到达里诺，穿过闪闪发光的唐人街；然后爬上内华达山脉，那里的松树、繁星和山间旅舍表明了旧金山的浪漫——后排座位上的一个小女孩对着她妈妈大声喊道："妈妈，我们什么时候才能到特拉基的家？"然后就过了特拉基家，纯朴的特拉基，朝山下走到了萨克拉门托。我突然意识到自己到了加州。温暖的、带有棕榈叶的气味的空气——你可以吻那空气——也可以吻那棕榈叶。汽车在一条超级高速公路上沿着历史上有记载的萨克拉门托河朝前驶去；又进了山，时而向上走，时而向下走，刚好在黎明到来前，就突然看到了辽阔的海湾和对面旧金山那花彩般的昏黄的灯光。车过奥克兰海湾大桥时，我从离开丹佛起第一次沉沉地睡着了；因此当我在位于市场街和第四街交叉口处的汽车站被粗暴地捅醒时，这才意识到我离我姑妈在新泽西帕特森的家已有3200英里。我像一个形容枯槁的鬼魂那样在周围游荡，旧金山就在那里了——长长的光秃秃的街上，有轨电车的电线都被包裹在了白色的雾气之中。我踉踉跄跄地晃过几个街区。使馆街和第三街交叉口处的怪异的流浪汉在黎明时分和我讨钱。我听到某个地方正在播放音乐。"伙计，我以后再好好瞧瞧这所有的一切！但现在我得去找雷米·邦库尔了。"

雷米所居住的磨坊市就是坐落在一条山谷中的一簇簇的小棚屋，这些棚屋式的住宅区是在战争期间为海军造船上的员工而建造的。磨坊市在一条山谷中，在一条很深的山谷中，四周围的斜坡上覆盖着茂密的树林。据说，它是全美国唯一一个白人和黑人自愿住在一起的社区，事实也的确如此，那地方野性十足，快乐无比，我以后再也没有见过这样的地方。雷米棚屋的门上有他三个星期前用钉子别住的那张字条。

　　塞尔·帕拉迪斯！（字体巨大，是用印刷体写的）若是没
人在家，就翻窗户进来。

（签名）雷米·邦库尔

字条经由风吹日晒，现在已变灰黄。

我翻窗户进到屋内，他正在和他的女友李·安在床上睡觉——事后他告诉我，床是他从一条商船上偷来的，想象一下一条商船上的甲板上的技师深更半夜扛着一张床偷偷溜下船，用力摇桨逃向岸边时的情景。这几乎不能说明雷米·邦库尔的为人。

我之所以要叙述在旧金山发生的每一件事，是因为这每一件事自始至终都在和每一件其他的事紧密联系着。我和雷米·邦库尔数年前在预备学校相识，但真正让我们联系在一起的是我的前妻。是雷米先发现的她。一天晚上，他走进我的寝室，说："帕拉迪斯，快起来，老师来看你了。"我起身穿裤子的时候几枚硬币掉在了地上。当时是下午4点，上大学时我总在睡觉。"好啦，好啦，别把你的那些金币扔得到处都是啦。我发现了世界上最带劲的小姑娘，今天晚上我就要带着她直奔狮穴音乐俱乐部了。"他把我拽出去和那姑娘见面。一周后，她就和我处在一起了。雷米是一个身材高大、皮肤黝黑、长相帅气的法国小伙子（他看上去像是一个年满20岁的马赛黑市商人）；因为他是法国人，所以在说话的时候不得不用很花哨的美国英语；他精通英语，也精通法语。他总喜欢穿稍微带点学院风格的时髦衣服，和打扮入时的金发女郎外出，大手大脚地花钱。我俩的关系之所以无比亲密，并不是因为他从未怪过我撬走了他的女友，那只是其中的一个因素；他对我忠诚，真的喜欢我，其中的原因只有天知道。

那天早晨，我在磨坊市找到他的时候，他正在遭受二十五六岁的年轻人都会遭受的那种令人沮丧、悲惨的日子的折磨。他四处游荡，在等一艘船的到来，为了谋生，他在山谷对面的一个工地找到了一份特警的工作。他的女友李·安说话恶毒，每天都要骂他。他们省下足足一周的钱，周六出去享乐，不到3个小时就能把50块钱花掉。雷米穿着内裤在棚屋里晃荡，头上还戴着一顶可笑的军帽。李·安的头发都用发夹夹着，蓬头垢面地在屋里溜达。他们就这副打扮朝对方狂吼整整一个星期。我有生之年从未见过这么多的狂吼。可是一到星期六的晚上，他们就会彬彬有礼地冲对方微笑，然后便像一对成功的好莱坞男女主角那样进城潇洒。

雷米醒了，看到我翻窗户进了屋。他的大笑，世界上最大的笑声之一，仍闹哄哄地在我的耳畔响着。哈——哈——哈——哈——哈，帕拉迪斯，他翻窗户进来了，他完全遵照我的命令做了。"你去哪里了，晚两周才来！"他拍着我的背，用手指捅捅李·安的肋骨，把身子靠在墙上，又笑又叫，使劲儿捶桌子，声音那么大，整个磨坊市都能听到，而那个拉长的"哈——哈——哈——哈——哈"始终在山谷中回荡着。他叫道："帕拉迪斯！独一无二的不可或缺的帕拉迪斯！"

我刚刚来的时候经过了那个叫索萨利托的小渔村，我说的第一句话便是："在索萨利托肯定有很多的意大利人。"

他用尽全力大声叫道："肯定有很多的意大利人！哈——哈——哈——哈——哈！"他使劲儿捶自己，一头扑倒在床上，差点滚落在地上。"听到帕拉迪斯是怎么说的了吗？在索萨利托肯定有很多的意大利人？哈——哈——哈——哈——哈！哈——哈——哈——哈——哈！哇！呼！啊！"他的脸红得像甜菜，不停大声笑着。"哦，你可把我笑死了，帕拉迪斯，你是这个世界上最搞笑的家伙，这不，你来了，你终于来了，他是翻窗户进来的，你看到了吧，李·安，你遵照我的命令翻窗户进来的。哈——哈——哈——哈——哈！呼呼！"

奇怪的是，雷米隔壁住着一个叫斯诺先生的黑人，我敢手按《圣经》发誓，这个黑家伙的笑绝对是这个世界上最大声的笑。这个斯诺先生的年迈的妻子说了一些很平常的事，他便在晚餐桌旁开始笑起来了；他站起身，很显然快要窒息了，靠着墙壁，抬头望天，开始正式地笑开了；他踉踉跄跄地出门，靠在邻居家的墙上；大笑让他迷醉，他在黑暗中穿过整个磨坊市，抬起头，冲着那创造他的、注定让他笑一辈子的魔鬼发出一阵阵的胜利的欢呼。我不知道他是否吃完了晚饭。有可能（我不确定）雷米就是从这个叫斯诺先生的奇人那里学来的这套大笑的本事。虽然雷米工作不顺心，又和这个毒舌女人处得很不好，但他学会了大笑，并且学得比世界上大多数的人都要好，我看到了我们在旧金山即将拥有的所有的欢乐。

情况是这样的：雷米和李·安在屋子中间的床上睡，我在窗边的行军床上睡。我不能碰李·安。关于这事，雷米立即做出表态："我可不想发现你们在你们觉得我看不到的时候胡搞。你无法教老作曲家学新的曲子。这是我原创的一则谚语。"我看了看李·安。她是个挺迷人的小妞儿，蜜色的皮肤，是个尤物，可眼里充满了对我俩的愤恨。她的志向是嫁给一个有钱人。她来自俄勒冈的一个小镇。她为她与雷米交往的那天而后悔不已。在他大肆炫富的那个周末，他在她身上一把就花进去100块，她觉得自己遇到了一位富家公子哥。可是她现在竟被困在这个小棚屋里了，又没有别的什么本事，就只能在这里凑合着住。她在旧金山有一份工作，每天都要去十字路口搭乘灰狗公司的班车去上班。在这件事上，她永远都不原谅雷米。

我就在棚屋里住下了，为好莱坞的一家电影工作室写一个很精彩的原创故事。雷米打算用胳膊夹着竖琴，乘坐一艘最高档的航班去遨游，让我们都变成富人；李·安想和他一起去，他打算把她介绍给他的一位伙计的父亲，那人是个著名导演，也和威廉·克劳德·菲尔茨熟识。就这样，在我来磨坊市的那第一个星期，我就住在这座小棚屋里了，狂热地创作着一个与纽约有关的阴郁的故事，我觉得好莱坞的导演看了这个故事肯定会满意，但问题是这个故事写得太悲惨了。雷米不忍卒读，于是几周之后，他就把手稿送到了好莱坞。李·安烦透了我们，也恨透了我们，读都不愿读那个故事。下雨的时候，我花费无数个小时喝咖啡，奋笔疾书。最后，我对雷米说，这么干不行，我想要一份工作，不能总蹭他们的香烟抽。当时，一丝失望的阴影掠过雷米的眉头——他总是对那些最有趣的事情感到失望。他有着一颗金子般的心。

他打算也让我做他正在做的那份工作，也就是在工地当特警。我办完了必要的手续，让我感到吃惊的是，那帮狗杂种竟然录用了我。我在当地的警察局长的主持下宣誓就职，他们又发给我一枚徽章和一条警棍，我现在俨然是一个特警了。不知道迪恩、卡洛和"老公牛"李会对此事做何感想。我必须穿海军蓝的裤子，这样才和我的黑制服和警察帽相配，上班的头两周，我只能穿雷米的裤子，他的身材那么高大，烦恼的时候暴饮暴食又把肚子撑大了，在我上班的第一个晚上，我穿着那条裤子，走起路来裤管让风一吹啪啪直响，瞧上去就像查理·卓别林。雷米给了我一个手电筒，又把他的.32毫米口径的自动手枪给了我。

我问："这枪你是从哪里弄的？"

"去年夏天，在去西海岸的路上，我在内布拉斯加的北普拉特下了车，想活动活动腿脚，就在橱窗里看到了这把很特别的小手枪，我当场花钱买下，差点错过火车。"

我告诉他，我曾在北普拉特和一帮家伙凑钱买威士忌喝，并试图让他明白那里对我来说意味着什么，他拍拍我的后背，说我是世界上最有趣的家伙。

有手电筒照路，我爬上山谷南侧的陡坡，夜里到了高速公路上，一辆辆的汽车飞驰而过，都是朝旧金山去的，我从高速公路的另一侧跌跌跄跄地爬下来，到了一条山谷的底部，在那里，有一栋小房子伫立在一条小溪旁，在每一个幸福的夜晚，总有一条狗对着我狂吠。然后我沿着加州漆黑的树底下的一条银色的土路快速朝前走——这条路和《佐罗面具》中的那些路很相像，也和你在西部B级片中看到的所有的那些路很像。我常常在黑暗中把枪掏出来学做牛仔的样子。然后，我爬上另一座山，工地就在那里了。工地上的工房都是为去海外工作的建筑工人临时搭建的。那些经过一番周折才到达那里的人在那里暂时住着，等着他们的船来。大部分的人是去冲绳岛的。大部分的人在躲避什么——通常是警方的追捕。里头有来自亚拉巴马的暴力帮派，也有精明狡诈的纽约人，什么样的人都有，什么地方的人都有。他们心里很清楚在冲绳岛干整整一年的活儿有多恐怖，便一直喝酒。特警的工作就是盯着他们别把工房给拆了。我们的总部在大楼里，其实就是一个用木头搭的奇形怪状的建筑，里头有几间木板墙的办公室。在那里，我们围坐在一个卷盖式的桌子周围，不时拉拉贴在屁股上的枪、打个呵欠什么的，上岁数的警察们不时讲着故事。

除了我和雷米，这真的是一群有着"警察心"的好可怕的人。雷米只想混口饭吃，我也是如此，但这些人想抓人，从市警察局长那里请功。他们甚至说，如果你一个月没有抓着至少一个人的话就会被解雇。一想到抓人这种事我就喘不过气来。真实的情况是，闹得天翻地覆的那天晚上我像工房里的每一个人那样喝得醉醺醺的。

那天晚上的安排是，我要独自一人当班6个小时——工地上只有我一个警察，当天晚上，工地上的每一个人似乎都喝醉了。因为他们的船明天早晨就要开了。他们就像起锚的前一天的晚上的水手那样喝酒。我坐在办公室里，两只脚搭在桌子上，正在看官方出版的与俄勒冈和北部乡村有关的冒险故事，突然意识到平时安静的夜晚中响起了巨大的骚乱声。我出去了。每一座该死的工房里都燃起了灯光。有人在叫，还有瓶子破碎的声音。情况十分危急，我就是死也得过去看看是怎么回事。我拿上手电筒，走到吵得最闹腾的那间工房门前，敲了敲门。有人把门打开了大约6英寸。

"你想干吗？"

我说："今晚我当班，负责巡查这些工房，你们应该尽量保持安静才对——"或者说了类似的蠢话。他们当着我的面砰的一声把门狠狠关上了。我站在那里，盯着那扇快抵到我鼻子尖的木门。那种场景就像西部片中的一样，维护我尊严的时刻来了。我又敲了敲门。这次他们把门敞开了。我说："听着，我到这里来没有打扰你们这帮兄弟的意思，不过，如果你们闹腾得太过分，我就会丢掉我的工作。"

"你是谁？"

"我是这里的警卫。"

"以前没见过你。"

"哦，这是我的徽章。"

"你屁股上挂着那个枪干吗？"

"那不是我的，"我向他们道歉，"是我借的。"

"看在上帝的分上，喝一杯。"喝一杯我倒是不介意。我喝了两杯。

我说："这下行了吧，伙计们？你们别再闹了，行吗，伙计们？你们再这么闹下去，我可就完蛋了，知道吧。"

"好的，孩子，"他们说，"忙你的吧。想喝了再回来喝一个。"

我就这么着敲遍了所有的门，很快我便和每个人一样喝得酩酊大醉了。黎明来了，我该把那面美国国旗挂在60英尺高的旗杆上了，可今天早晨，我把国旗挂倒了，完事之后，我就回家睡觉去了。傍晚时分，我回来时，那些正式的警察一个个阴沉着脸在办公室里坐着。

"喂，伙计，昨天晚上怎么那么吵？我们接到了住在山谷里的那些人的投诉。"

我说："我不知道，现在好像很安静了。"

"整个队都走了。昨天晚上你应该在这里维持秩序——局长正在大喊大叫，生你的气。还有——你知道把美国国旗倒着挂在政府旗杆上是要坐牢的吗？"

"倒着挂？"我害怕了，当然了，当时我并没有意识到这一点。我每天早上都是那么挂的。

"没错，先生，"一个在恶魔岛监狱当了22年警卫的胖警察说，"你干了这样的事是要蹲监狱的。"其他人生气地点了点头。他们总是那么坐着，一点屁事也不干，他们以他们的工作为傲。他们摆弄着他们的枪，聊着他们的枪。他们很想一枪毙了谁。他们想毙的人就是我和雷米。

那个曾在恶魔岛当差的警察腆着一个草包肚子，年纪60岁上下，退休了，却无法脱离那滋润了他那干枯的灵魂一辈子的当差的环境。每天晚上他都会开着那辆35年的福特过来上班，准时打卡，坐在那个卷盖式的桌子旁。他很卖力地鼓捣我们每天晚上都要填的那个简单的表格——确定巡视路线、巡视时间、发生了什么事等等。然后，他把身体朝后一仰，开始讲故事。"你应该两个月左右前就到这里来，当时我和斯莱奇（另外一个警察，一个想当得州巡警的小伙子，不得不满足于目前这个差事）在G工房逮住了一个醉鬼，你应该看看那飞溅出去的血。今天晚上我带你过去瞧瞧墙上的血迹。我们揍得他从这面墙上摔到那面墙上。斯莱奇先动手揍的他，然后我上场，然后他就慢慢躺在地上不动了。那家伙发誓出狱后就干掉我们——30天的刑期。现在都60天了，他还没露头。"这就是这个故事的要点。他们把他吓坏了，他都不敢回来杀他们了。

老警察继续说了下去，甜蜜地回忆着恶魔岛的恐怖。"我们过去常押着他们，就像押着一个排的军人去吃早饭。没人掉队。一切都是那么有规矩。你本该看看的。我在那里当狱警当了22年。从没遇到过麻烦。那些家伙知道我们不是闹着玩的。很多狱警对犯人不够狠，惹上麻烦的通常都是这些人。现在你——据我对你的观察，我觉得你对这帮家伙有点太仁慈了。"他擎着烟斗，用一双锐利的眼睛盯着我，"他们在玩弄你，知道吧。"

这事我知道。我对他说我不适合干警察这行。

"你是不适合干这行，可你应聘的就是这份工作。现在你得做决定了，不然的话你就没法混了。这是你的职责。你也宣誓了。你不能和这样的事妥协。法律和秩序必须被遵守。"

我不知道该说什么，他说的是对的，但我想做的只是偷偷地溜入黑夜，在某个地方消失，去看看这个国家里的每一个人都在干着什么。

另外那个叫斯莱奇的警察，身材高大，肌肉发达，黑黑的头发剃得短短的，脖子上的肌肉总在紧张地抽搐——就像一个始终在出拳击打对手的拳击手。他的穿着打扮就像一个老得州巡警。他的左轮手枪挂得低低的，腰上围着弹药带，手里拎着一条短柄马鞭子，一块一块的皮子挂满全身，就像一间长着腿的酷刑室：锃亮的皮鞋，短款夹克衫，趾高气扬的帽子，要是再有一双大靴子，一切就完美了。他总在对我显摆他的擒拿术——把一条胳膊伸到我的胯下，一下子就把我扛了起来，动作干净利落。说到力气，我用同样的擒拿术，一下子就能把他扛到和天花板一般高，我很清楚自己能做到这一点，但我绝不会让他知道我的能力，因为我害怕他和我比赛摔跤。和这样的一个家伙比摔跤，结果会是一场枪战。我确信他的枪法比我好，我这辈子就没摸过枪。甚至给枪装子弹都把我吓得够呛。他铁了心要抓几个人。一天晚上，只有我俩当班，他红着脸气汹汹地回来了。

"我让那边的几个家伙安静点，可他们还在闹腾。我说了他们两次。我总会给一个人两次机会。从不给三次。你跟我来，我回去把他们抓起来。"

我说："哎，让我给他们第三次机会吧。我去和他们谈。"

"不行的，先生，我从来不会给一个人两次以上的机会。"我叹了口气。我们过去了。我们去了那间闹事的工房，斯莱奇推开门，让每一个人排好队出来。这种事可真够难堪的。我们每一个人的脸都红了。这就是美国。每一个人都在做着自认为应该做的事。那么，要是有一帮人又吵又闹，彻夜喝酒该怎么办？但斯莱奇想证明些什么。他一定要把我带上，以防他们朝他猛扑过来。他们有可能这么做。他们都是兄弟，都是亚拉巴马人。我们溜达着返回警察室，斯莱奇领头，我断后。

其中有个小伙子对我说："告诉那个让人讨厌的偱家伙，别生我们的气。我们会因为这事被炒鱿鱼的，这样一来我们就永远去不成冲绳岛了。"

"我和他说。"

在警察室，我对斯莱奇说别把这事放在心上。他红着脸说："我从来不会给任何人两次以上的机会。"这话每个人都听到了。

"见鬼，"那个亚拉巴马人说，"两次和三次又有什么区别呢？我们会因此丢掉我们的工作的。"斯莱奇什么也没说，把逮捕表格填好了。他只抓了他们中的一个，然后打电话叫来了城里的巡逻车。他们过来就把那个小伙子带走了。其他几兄弟阴沉着脸走开了。他们说："到时候他会怎么说？"其中一个转回身走到我跟前。"你去对那个婊子养的得州佬说，要是我兄弟明天晚上还没被放出来，他可就死定了。"我把这话如实对斯莱奇说了，他一言未发。那个兄弟被放出来了，结果什么事也没发生。这帮人走了，又来了一帮新的野蛮的家伙。如果不是因为雷米·邦库尔，这份工作我连两个小时也做不下去。

但很多时候只有我和雷米·邦库尔值夜班，坏事就坏事在这些时候。我们溜溜达达地开始第一次巡夜，雷米试着推所有的门看看是不是都上锁了，希望发现一扇没上锁的。他会这样说："多年来我一直有个想法，把一条狗训练成一个超级大盗，让它溜进这些家伙的房间，从他们的口袋里偷钱。我训练它不偷别的只偷绿票子，我整日整日地让它嗅那些绿票子。如果存在任何可能的人道的方式，我训练它每次只偷20块钱。"雷米的脑子里塞满了疯狂的计划，他说那狗的事说了好几个星期。他只有一次发现了一扇没上锁的门。我不喜欢这个想法，便在过道里来回溜达。雷米偷偷地把门打开了。他和工地上的工头来了个脸对脸。雷米不喜欢那个人的脸。他问我："你总说的那个俄国作家的名字叫什么来着——就是那个把报纸塞进皮鞋里，戴着一顶在垃圾桶里找到的大礼帽四处闲逛的家伙？"我对雷米说起陀思妥耶夫斯基时，说得夸张了些。"啊，就是他——就是他——陀思提奥夫斯基。一个长着如工头那样的脸的人只能有一个名字——陀思妥耶夫斯基。"他发现的那唯一一道没上锁的门就是陀思提奥夫斯基的。D①工头正在睡觉，听到有人在鼓捣他的门的把手。他穿着睡衣睡裤起来了。他来到门口，模样比平时难看两倍。雷米把门推开的那一瞬间，看到了一张写着愤恨和愠怒的枯槁的脸。

"这是啥意思？"

"我只是试着推了推这门。我以为这是——呃——放拖把的屋子。我在找拖把。"

"你说你找拖把是啥意思？"

"啊——呃。"

我走上前去说："有个人在楼上的过道里吐了一地。我们得拿拖把清理干净。"

"这不是放拖把的屋子。这是我的屋子。以后再发生这样的事，你们这俩家伙就等着被调查卷铺盖滚蛋吧！听清了没？"

"有人在楼上吐了一地。"我又说了一遍。

"放拖把的屋子在过道那头。就在那边。"他用手指了指方向，看着我们过去拿拖把，我们真的拿上了一个，傻乎乎地到楼下去了。

我说："他妈的，雷米，你总让我们摊上麻烦。你为什么不收手？你为什么总想偷东西？"

"这个世界欠我一些东西，就是这样。你无法教老作曲家学新的曲子。你再这么说话，我就开始叫你陀思提奥夫斯基了。"

雷米就像一个小孩子。在他过去的某些日子里，在法国上学的那些孤独的日子里，他们把他的一切都夺走了，他的继父继母把他扔在学校里就不管了，他被别的孩子打得皮青脸肿，从一个又一个的学校里被踢出来，晚上，他走在法国的街上，从他那纯真的词库里面想着骂人的话。他想夺回他失去的每一样东西，但他一直在失去，这种情况会永远

---

① 陀思妥耶夫斯基对应的英文为"Dostoevski"，这里用首字母代替全名。

持续下去。

去工地的餐厅里偷东西是我们最喜欢干的事。我们朝四下看看，确定无人盯着，尤其是要看看我们的警察朋友是否正潜藏在暗处监视我们；然后，我蹲在地上，雷米两只脚分别踩着我的一只肩膀，我用力把他顶起来。他推开窗户（他在晚上注意到窗户从来不锁），爬进去，下到和面的那张桌子上。我的身手要灵活些，轻轻一跳，也爬进去了。然后，我们溜到冷饮柜那边。在这里，我儿时的一个梦想变成了现实，我掀开盖着巧克力冰激凌的冷饮柜的盖子，把手插进去，插到齐腕深，拽出来一大块冰激凌，使劲舔着。然后，我们把装冰激凌的空箱子拿过来，在里面塞满冰激凌，再倒上一层巧克力糖浆，有时也倒些草莓糖浆进去，然后在厨房里来回溜达，打开冰箱门，看看有什么东西能够装在口袋里带回家。我常常撕下一块烤牛肉，用纸巾包好。雷米说："你知道杜鲁门总统是怎么说的吗？他说我们必须消减生活开支。"

一天夜里，他朝一个巨大的箱子里面装食品杂货，我等了他好长时间。然后，我们怎么也无法把它弄到窗户外头去。雷米不得不把一样样的东西都拿出来放回原处。深夜时分，他下班了，整个工地上只剩下了我一个人，这时发生了一件奇怪的事。我顺着山谷底部那条古老的小道正朝前走，希望能碰到一只鹿（雷米在周围见过鹿，甚至到了1947年，那里的乡下还是很荒凉的）突然听到黑暗中传来一阵很吓人的声音。是一种沉重的喘气声。我以为是一头犀牛在黑暗中朝我冲过来了。我握紧了手枪。一个大黑影出现在了山谷的暗处，那东西长着一个巨大的头颅。我突然意识到那是雷米扛着一个装满了食品杂货的箱子过来了。那箱子太重了，压得他直哼哼。他不知在什么地方把餐厅的钥匙找到了，把那箱东西从前门扛了出来。我说："雷米，我还以为你回家了呢，你他妈的在干吗？"

他说："帕拉迪斯，我跟你说过多少次了，杜鲁门总统曾经说过，我们必须消减生活开支。"我听着他呼哧呼哧地走进了黑暗中。我已经描述了那条返回我们的小棚屋的崎岖难行的小路，又翻山又入谷的。他把偷来的那些食品杂货藏在高高的草丛中回到了我的跟前。"塞尔，我一个人干不了这么大的事。我把那东西分成两个箱子装，你帮帮我。"

"可是在上班呢。"

"你走以后，我盯着这里。我们的日子越来越不好过了。我们必须想方设法渡过难关，我们必须这么干。"他擦了把脸继续说，"哇！塞尔，我屡次对你说，我们是兄弟，这件事你我都脱不了干系。没有别的选择。陀思提奥夫斯基们、警察们、李·安们，以及这个世界上的所有的恶人，都想扒我们的皮。我们必须当心，不要让别人算计我们。他们可是诡计多端。记住这一点。你无法教老作曲家学新的曲子。"

我终于问道："我们出海旅行的事怎么办？"我们做警卫已做了10个星期。我一周挣55块钱，平均下来每周为我的姑妈寄去40块钱。这段日子里，我只在旧金山待过一个傍晚。我的生活被禁锢在了那个小棚屋、雷米和李·安的争吵以及深夜的工地中。

雷米在黑夜中离开再去取一个箱子来。我和他扛着东西踉踉跄跄地走在那条古老的佐罗路上。我们把那些东西堆在李·安的餐桌上，堆了有1英里高。她醒了，揉了揉眼睛。

"你知道杜鲁门总统是怎么说的吗？"这下她高兴了。我突然开始意识到每一个美国人都是天生的贼。我自己也在染上这种癖好。我甚至开始试图去看门是否上了锁。其他的警察开始怀疑我们了，他们在我们的眼睛里看出我们正在干坏事，他们凭借着可靠的直觉知道我们心里在想什么。多年的经验让他们很了解我和雷米这样的人。

白天，我和雷米带枪外出，去山里试着打鹌鹑。雷米蹑足潜踪，走到距离那些咯咯叫的鸟不到3英尺的地方，扣动了手中.32毫米口径手枪的扳机，结果没打着。他那巨大的笑声在加州森林和美国上空回荡着。

"我们该去看'香蕉大王'了。"

星期六，我们都打扮得漂漂亮亮的，赶往十字路口的公共汽车站。我们乘车进入旧金山，漫步在大街上。无论我们去哪里，总有雷米那巨大的笑声回荡在周围。"你必须写一个与这个'香蕉大王'有关的小说，"他提醒我，"别糊弄老手，写些别的东西。'香蕉大王'才是你擅长写的。'香蕉大王'正在那里站着呢。""香蕉大王"是一个在街角卖香蕉的老头。我烦透了。但雷米一直用手指捅我的肋骨，甚至还揪着我的衣领朝前拽我。"你写'香蕉大王'，才算写生活中有人情味的东西。"我告诉他，我他妈的才不管什么"香蕉大王"。"等你意识到了'香蕉大王'的重要性，才算真正了解了这个世界上有人情味的东西。"雷米强调道。

海湾里有一艘用作航标的古老的锈迹斑斑的货船。雷米很想划船到那里去，于是，一天下午，李·安包好午餐，我们雇了一条船，划着到了那里。雷米带了一些工具。李·安脱得一丝不挂，在船桥上晒日光浴。我站在船尾注视着她。雷米直接去了底下的锅炉房，耗子在那里乱窜，他拿起锤子开始叮咣叮咣地乱敲，想找些铜衬层，结果一无所获。我坐在坍塌的船长餐厅里。这是一艘古老而又古老的船，曾经装饰得很漂亮，木板上有涡卷装饰，还有嵌入船壁内的水手们用的柜子。这便是杰克·伦敦笔下的旧金山的幽灵船。我在阳光充足的餐厅里幻想。耗子在餐厅里乱窜。从前有一位蓝眼睛的海军军官曾在这里就餐。

我去下面的锅炉房找雷米。他用力拉拽每一样松松垮垮的东西。他说："什么也没有。我还以为有铜呢，我还以为有至少一两个旧扳手呢。这船被一帮盗贼洗劫过。"它在这个海湾中待了好多年。铜被人偷走了，偷铜的人早已不在了。

我对雷米说："以后找个晚上，我到这艘船里来睡觉，起雾时，这东西发出嘎吱嘎吱的声音，海浪把航标吹打得轰轰响。"

雷米震惊了，他对我的钦佩又翻了一倍。"塞尔，你要是敢这么做，我就给你五块钱。你难道没有意识到这东西可能被那个老海军军官的鬼魂附身了吗？我不但要给你五块钱，还要划着船带你出去游玩，为你包好午餐，还借给你毯子和蜡烛。"

我说："一言为定！"雷米便跑着去对李·安讲了。我真想从一根桅杆上一跃而下，直挺挺地进入她的体内，但我守住了对雷米的承诺。我把目光从她身上挪开了。

与此同时，我开始越发频繁地去旧金山，我尝试着书中所写的一切去泡姑娘。我甚至和一位姑娘在公园里的长椅上共度了一整夜，直到黎明到来，我还未得手。她是一个金发姑娘，来自明尼苏达。男同性恋很多。有好几次，我带枪去旧金山，在酒吧里，当一个男同性恋靠近我时，我便把枪掏出来，说上一句："呃？呃？你说什么？"那家伙便逃掉了。我从不明白我为什么要这么做，我认识这个国家各个地方的男同性恋。只是因为我孤独，还有一把枪，所以才这么做。我得把枪露给别人看。我走过一家珠宝店，突然心生冲动，想把玻璃打烂，抢走最漂亮的戒指和手镯，跑回去把它们送给李·安。然后，我们可以一起逃往内华达。我离开旧金山的日子就要到了，如果不走的话，我会发疯的。

我给迪恩和卡洛写了几封长信，他们现在正住在"老公牛"位于得州牛轭湖中的小棚屋内。他们说，等这个和那个一旦准备妥当就会和我在旧金山会合。与此同时，雷米、李·安和我之间的关系开始崩塌。9月的雨来了，随之而来的是言辞激烈的交谈。雷米和她带着我那部又惨又傻的原创小说飞抵好莱坞，结果一无所获。那个著名的导演喝醉了，没有注意到他们，他们在他的马利布海滩的别墅内晃荡，开始当着其他客人的面争吵，然后就飞回来了。

压垮我们生活的最后一个致命的因素就是赛马场。雷米把他挣的钱都攒着，攒了差不多100块，他让我穿上他的衣服，把我打扮得漂漂亮亮的，让李·安挽着他的胳膊，我们一同去海湾对面离里奇蒙德很近的金门赛马场。下面这件事表明了那个家伙有着一颗怎样美好的心：他把我们偷来的那些食品杂货分一半出来，装进一个棕色的大纸袋子里，把它们送给了他认识的一位住在里奇蒙德的可怜的寡妇。寡妇住的房子和我们的小棚屋很像，她那些洗好的衣物在加州阳光的沐浴下让风吹打得哗啦哗啦直响。我们同他一起去的。那里有几个穿着破衣服的表情悲伤的孩子。女人谢过了他。她是他好像认识的某个水手的姐姐。"卡特太太，别把这件事放在心上，"雷米用他那最文雅、最有礼貌的语调说，"这些东西还多得是。"

我们继续赶往赛马场。令我难以置信的是，他每次都要下20块钱的赌注，结果第7场还没开始他就破产了。他把我们仅剩的两块吃饭的钱拿去又下了一注，结果又输了。我们只好搭便车回旧金山。我又在路上了。一位开着豪华轿车的绅士捎了我们一程。我和他坐在前面的座位上。雷米正试着编一个故事来，说他把钱包丢在赛马场大看台的后面了。我说："事实就是，我们赌马输光了所有的钱，为了避免以后从赛马场出来再搭车，从现在起，我们就去赌注登记经纪人那里下注，雷米，你看行吗？"雷米被羞得满脸通红。那个人终于承认他是金门赛马场的一个头头儿。他在典雅的皇宫酒店那里把我们放下，我们看着他腰包鼓鼓、昂头挺胸地消失在了枝形吊灯之中。

雷米在旧金山傍晚的街上号叫着："哇！吼吼！帕拉迪斯和赛马场老板同乘一辆车，还发誓转移至赌注登记经纪人那里下注。李·安，李·安！"他猛地推了她一把，继续吼道，"肯定是世界上最有趣的家伙！在索萨利托肯定有很多的意大利人。啊啊——吼吼！"他抱着一根电线杆大笑道。

那天晚上，开始下雨的时候，李·安用憎恶的目光看着我和雷米。家里连一分钱也没有了。雨咚咚地拍打着屋顶。雷米说："钱还够一个星期用的。"他已经把漂亮的西装脱掉了，又穿上了他那脏兮兮的短裤、T

恤，戴上了那顶军帽。他那双棕色的悲伤的大眼睛注视着地板。那把枪在桌子上放着。我们能听到斯诺先生在这样的一个雨夜，在某个地方，正在大笑，都快把脑袋笑掉了。

李·安骂道："我恶心透了、烦透了那个婊子养的。"她开始找事。她开始用话刺激雷米。他正忙着翻看他那个小黑本子，里头记的都是人名，大部分是水手的名字，这些人都欠他的钱。除了他们的名字，他又在旁边用红墨水写了骂人的话。我讨厌我那天发现了这个本子。在那以后，我一直在给我的姑妈寄去大量的钱，每周只给自己留下了四五块钱用来购买食品杂货。为了与杜鲁门总统说过的话保持一致，我添了几块钱的伙食费。但雷米觉得我分摊的钱不对头，便开始把标有各类商品价格的购物清单挂在浴室的墙上，让我看到并明白是怎么回事。李·安确信雷米背着她藏钱，我也在藏。她威胁要离开他。

雷米噘噘嘴说："你觉得你能去哪里？"

"吉米那里。"

"吉米？就是那个赛马场的出纳员？塞尔，你听到了吗，李·安要去傍那个赛马场的出纳员了。去的时候一定要把你的拖把带上，亲爱的，这个星期，那些马要吃掉很多的燕麦，还有我那张百元大钞。"

情况变得越来越糟，雨哗哗下着。这个地方是李·安最先住下的，她便让雷米收拾东西滚蛋。他开始收拾东西。我想到了在这样的一个雨天，在这样的一个棚屋里，自己和那个野蛮的悍妇同住的情景。我试图干涉。雷米推了李·安一把。她冲着那把枪去了。雷米把枪交给我，让我藏好，里面有一梭子子弹，共计8粒。李·安开始号叫，最后穿上雨衣，出门踩着泥路去找警察，她能找谁呢——只能是那个曾在魔鬼岛当过狱警的我们的老警察朋友。幸好他没在家。她浑身湿漉漉地回来了。我藏在角落里，头埋在两个膝盖之间。天啊，我离家3000英里跑到这里在做什么？我为什么要来这里？我那艘去中国的慢船又在哪里？

李·安吼道："还有一件事，你这个肮脏的家伙，今晚是我最后一次为你做你那肮脏的猪脑子炒鸡蛋，还有你那肮脏的咖喱炒羊肉，让你填满你那肮脏的肚子，让你当着我的面变胖，变粗鲁。"

雷米平静地说："没问题，完全没问题。当初我和你交往时，就没想着我们的生活中能有玫瑰和月光，如今弄到今天这个样子，我一点也不意外。我努力为你俩做些事情——我竭尽全力为你俩做事，但你俩都让我失望了。我对你俩非常、非常失望。"他用真诚的语调继续说了下去，"我本以为我们会有个结果，某个美好的、持久的结果，我一直在努力去做，我飞到好莱坞，为塞尔找到了一份工作，为你买了漂亮的衣服，我竭力把你引荐给旧金山最优秀的人。你拒绝了，你俩都拒绝满足我那最卑微的愿望。我没有索要任何的回报。现在我求你帮我最后一个忙，从此以后，我就再也不求你了。我的继父下周六晚上要来旧金山。我只求你和我一起去，让一切看上去如我在给他的信中写的那样。也就是说，你，李·安，是我的女友；你，塞尔，是我的朋友。我已打算好借100块钱为周六晚上使用。我想让我的父亲过得愉快，让他走的时候无须对我有任何的担心。"

我听了这话颇感吃惊。雷米的继父是一位知名医生，在维也纳、巴黎和伦敦都为人治过病。我说："你是想告诉我，你要为你的继父花100块钱？他的钱比你这辈子挣到的都要多！你会欠债的，伙计！"

"没事的，"雷米平静地说，声音中透着失败感，"我只求你帮我最后一个忙——竭力让事情看上去至少不出什么差错，竭力留下一个好的印象。我爱我的继父，我尊重他。他要和他那年轻的妻子一起来。我们必须对他谦恭有礼。"有时候，雷米真的是这个世界上最有礼貌的人。李·安深受感动，也希望与他的继父见上一面，她觉得，如果他的儿子不行，他或许就是比较适合的婚配对象。

星期六的晚上转眼就到了。在因为没有抓到足够多的人刚好被开掉前，我已辞掉了那份做警察的工作，今晚是我最后一次上班。雷米和李·安先去旅馆房间与他的继父见面，我把路费拿到手，在旅馆楼下的酒吧里喝醉了。然后我上去和他们见面。我去得太晚了。是他的父亲开的门，一位戴着夹鼻眼镜、有着尊贵气质、身材高大的男士。"啊，"我一见到他便这么说，"你好吗，邦库尔先生？" "Je suis haut①！" 我又大声说道，本想用法语说，"我喝高了，一直在喝酒"。但我说的这句法语不能表达任何的意思。医生被搞得一头雾水。我早就让雷米紧张了。他红着脸看着我。

我们去了一家豪华餐厅吃饭——是北海滩的阿尔弗雷德餐厅，在那里，可怜的雷米为我们5个人花了硬邦邦的50块钱，又买吃的又买喝的。阿尔弗雷德餐厅的酒吧间里坐的那个家伙是谁？不就是我的老友罗兰·梅杰嘛！他刚从丹佛来，在旧金山的一家报社找到了一份工作。他喝醉了。他甚至连脸都没刮。他急匆匆走了过来，拍打着我的背，当时我正准备把一高脚杯酒送进嘴里。他一屁股坐在邦库尔医生旁边的座位上，将身体俯过这人的汤碗和我说话。雷米的脸红得像甜菜。

他微微笑道："塞尔，不介绍一下你的朋友吗？"

"旧金山《阿古斯报》的罗兰·梅杰。"我竭力装出一副诚实的样子说。李·安一脸怒气地看着我②。

梅杰开始凑到邦库尔医生的耳旁小声说道："教高中法语课还顺心吗？"

"对不起，我不教高中法语课。"

"哦，我还以为你教高中法语课呢。"梅杰存心用这么粗鲁的态度说话。我想起了在丹佛时他不让我们开派对的那个晚上，但我原谅了他。

---

① 这句法语是乱说的，没有实在的意思，可以翻译为"我……高……"
② 《阿古斯报》是澳大利亚的一份报纸，"我"在说谎。

我原谅了每一个人，我不管了，我喝醉了。我开始谈论月光，站起身来到邦库尔医生那位年轻妻子的跟前。我喝得太多了，每隔两分钟就要去趟厕所，每次去厕所都得跨过邦库尔先生的大腿。一切都完蛋了。我在旧金山的日子就要结束了。雷米再也不会搭理我了。这个结局很惨，因为我真的喜欢雷米，他是一个那么真诚、那么好的小伙子，在这个世界上，知道这一点的人很少，而我就是其中的一个。他用了好多年才忘掉了我给他造成的伤害，原谅了我。这一切和我当初在帕特森，在我写给他的信中所描述的那些情景相比简直是一场灾难，当时我还打算沿着6号公路那条红线横穿美国。在这里，我已来到了美国的尽头——陆地没有了——现在，我除了回去再也没有别的路可走。我决定来一次环美旅行：我当场决定先去好莱坞，然后朝回走穿过得州去看我那帮牛轭湖的兄弟，剩下的事就去他妈的吧。

梅杰被赶出了阿尔弗雷德餐厅。不管怎么说，这顿饭也还算是吃完了，我便和他一块去了，其实这是雷米的建议，让我和梅杰去喝酒。我们在铁罐酒吧里的一张桌子旁坐了下来，梅杰大声说："塞姆，我不喜欢酒吧里的那个男同性恋。"

"是吗，杰克？"

他说："塞姆，我想过去揍他一顿。"

"这么干是不行的，杰克，"我模仿着海明威的口气继续说道，"我们只需在这里坐着，看看会发生什么事。"我们最后晃晃悠悠地转过了一个街角。

第二天早晨，趁雷米和李·安还在睡觉的时候，我有些伤心地看看我和雷米计划用后面小棚屋里的那台本迪克斯牌洗衣机洗的那一大堆脏衣服（我们在一大群黑女人和斯诺先生那快要把脑袋笑掉的大笑声中总是洗得不亦乐乎），决定离开。我出门到了门廊上。"他妈的，不行，"我对自己说，"我说好了爬上那座山再走的。"那是这条山谷的较高大的那一侧，很神秘地朝太平洋延伸了过去。

于是我又留了一天。那天是星期日。巨大的热浪消退了，天气很美，下午3点，太阳变成了红色。我开始爬山，4点抵达山顶。四周覆盖着加州特有的棉白杨和桉树，看上去漂亮极了。接近山顶的地方，树已经没有了，只剩下了石头和草。牛正在海岸的高处吃草。那边，再过去几座小山丘，就是太平洋，水蓝蓝的，辽阔无比，一道巨大的白墙，从著名的土豆种植区，也就是旧金山的迷雾生成的地方开始朝前不断涌进。再过一个小时，它就会流过金门，将那座浪漫的城市包裹在白雾之中，那时候，一个小伙子，兜里会装着一瓶托考伊白葡萄酒，牵着女友的手，慢慢地走在一条长长的白色的人行道上。那边就是旧金山，漂亮的女人们正站在白色的门廊上等着她们的男人们，还有科伊特塔和内河码头，再远的地方就是市场街和那11座拥挤的小山。

我开始转圈，直到转得头晕目眩才罢休，我想我会像在梦中那样掉下去，跌落悬崖。哦，我心爱的姑娘在哪里？我想着，朝四周看着，就像我在下面那个小小的世界中四处搜寻过的那样。在我的前面是高大的原始山脊和美国大陆；在它们的对面，在某个遥远的地方，阴郁而疯狂的纽约正在托起它的尘云和棕色的蒸汽。东部有着某种棕色和神圣的东西，而加州白得像晾衣绳，并且头脑空虚——至少我当时就是这么想的。

十二

早晨，雷米和李·安正睡觉，我悄悄地把东西收拾好，像当初进来的那样，翻窗户出去，背着帆布包离开了磨坊市。我始终没有在那艘幽灵船上过夜——那船叫"菲比海军上将"号——从此我和雷米断了联系。

在奥克兰一家门前有辆四轮马车的酒吧，我坐在一群流浪汉中间喝了一杯啤酒，就又走在路上了。我直穿奥克兰踏上了通往弗雷斯诺的路。我搭两次车到了南面400英里处的贝克斯菲尔德。第一辆车的司机是个疯小子，身材高大健壮，留着一头金发，他开的是一辆加大马力的改装赛车。"瞧见那根脚趾了没？"他把那辆破车的速度轰到了每小时80迈，超过了路上的每一个人。"瞧瞧，"那根脚趾上缠着绷带，"我今天上午刚动手术截断的。那帮狗杂种还想让我住院。我收拾好东西就溜了。一根脚趾算个啥？"我对自己说，是的，的确如此，但你可要留神啊，我可都靠你了。从未见过像他这么开车的傻蛋。我们马上就到了崔西。崔西是一座铁路旁的小镇，火车上的司闸员在铁路两旁的小餐馆里很粗鲁地吃着东西。火车一路号叫着穿过了山谷。红红的太阳正在下落，下落的轨迹拉得很长。山谷中所有神奇的地名——展开——曼特卡、曼特拉等等。黄昏马上就来了，是葡萄色的黄昏，是覆盖着橙色果园和长长的瓜地的紫色的黄昏。太阳的颜色是压过的葡萄的那种颜色，里面还夹杂着些许紫红色；大地的颜色是爱和神秘的西班牙的那种颜色。我把头探出车窗，深深地呼吸着芬芳的空气。这一刻是所有时刻中最美好的。我刚才说的那个疯子就是一个司闸员，是南太平洋铁路公司的，就住在弗雷斯诺，他的父亲也是一个司闸员。他的脚趾是在奥克兰调车场弄掉的，在转轨的时候被切掉的，我也不太清楚到底是怎么回事。他载着我穿过乱哄哄的弗雷斯诺，在镇子南边把我放下。我去路旁的一家杂货店里买了一瓶可乐很快喝完，这时，一个忧郁的亚美尼亚小伙子从一排红色的棚车车厢旁走来了，就在那一刻，一辆机车吼叫起来，我对自己说，没错，没错，果真是萨罗扬[1]笔下的那种小镇。

---

① 即威廉·萨罗扬（1908—1981年）：美国剧作家、小说家，主要作品有剧作《我心在高原》，短篇小说集《我叫阿拉姆》，长篇小说《人间喜剧》等。

我必须去南部。我来到了路上。一个开着轻型卡车的人把我捎上了。他是得州拉伯克人，是做房车生意的。他问我："想买房车吗？随时找我。"他说了他那在拉伯克的父亲的故事。"一天晚上，我的老爹把当天的营业款放在了保险箱的上面，忘了装在里面。出了啥事——夜里，一个贼摸了进来，拿着个乙炔炬还是啥，把保险箱弄开了，把里面的文件翻得乱七八糟，又踢翻了几把椅子，结果啥也没弄着，溜了。而那几千块营业款就老老实实地在保险箱的上面放着，对这件事你咋看？"

他在贝克斯菲尔德南面把我放下，然后我的冒险之旅开始了。天气冷了下来。我穿上我在奥克兰花三块钱买的那件劣质军雨衣，哆哆嗦嗦地站在路上。我正站在一家装饰得很华丽的西班牙风格的汽车旅馆前面，旅馆里灯火辉煌，看上去就像珍珠一般璀璨。一辆又一辆的汽车飞驰而过，都是去洛杉矶的。我疯狂地做着搭车的手势。天气太冷了。我一直在那里站到了午夜，站了足足两个小时，我一遍又一遍地骂着街。就像当初在斯图尔特和衣阿华一样，相同的情景再次上演。除了花两块多钱搭乘公共汽车走完到洛杉矶的这段路，没有别的办法。我沿着高速公路朝回走，到了贝克斯菲尔德，走进汽车站，在一条长椅上坐了下来。

我买了车票，等着去洛杉矶的车来，突然，一个身穿宽松长裤、最娇小可爱的墨西哥姑娘截断了我的视线。她在那些刚进站的公共汽车当中的某一辆上，那些车进站的时候气闸都会发出一声很响的叹息，她那辆车正在卸客，准备在这一站休息片刻再走。她的乳房自然地耸立着，她那娇小可人的大腿看上去让人垂涎欲滴，她的头发又长又黑又亮，她的眼睛又大又蓝，透着羞怯。我真希望我在她那辆车上。我的心感觉到一阵刺痛，每次看到我心爱的姑娘，在这个太大的世界中，朝着与我相反的方向走去时，我的心都会刺痛。广播员说去往洛杉矶的车就要开了。我拎起背包上了车，在那里，独自一人坐着的，正是那个墨西哥姑娘。我直接在她对面坐下，马上开始谋划起来。我是那么孤独，那么悲伤，那么疲惫，那么战栗，那么心碎，那么沮丧，以至于鼓起了勇气——靠近一位陌生的姑娘并做出行动所必需的勇气。即便这样，在公共汽车上路时，我还是在黑暗中连着拍了自己的大腿五分钟。

你必须做出行动，你必须做出行动，不然你就会死掉！该死的傻瓜，和她说话！你这是怎么了？时至今日，你还没有讨厌够你自己吗？我还没有意识到自己在做什么，就已经把身体俯过了过道（她想在座位上睡会儿觉），我说："小姐，你愿意把我的雨衣当作枕头吗？"

她抬起头，笑了笑，说："不用了，非常感谢你。"

我坐回到座位上，身体在颤抖，我点上一根烟蒂。我等着，一直等到她看我，从侧面看，她的目光中透着一丝爱的忧伤。我直接站起身，俯身对着她说："小姐，我能和你坐一起吗？"

"如果你愿意。"

我坐下了。"你去哪里？"

"洛杉矶。"我喜欢她这么说"洛杉矶"，我喜欢西海岸的每一个人这么说"洛杉矶"，毕竟，那是他们唯一的金色之城。

我喊道："我也要去那里！我非常高兴你允许我和你坐在一起，我很孤独，我走过了太多的地方。"然后，我们开始讲我们的故事。她的故事是这样的：她有一位丈夫，还有一个孩子。她的丈夫打了她，因此她便在弗雷斯诺南面的萨比纳尔离他而去，打算去洛杉矶她姐姐那里住段日子。她把她那年幼的儿子留在了家里，她的家人都是采摘葡萄的，住在葡萄园里的一座小棚屋内。除了瞎想和发疯，她没有别的事情可做。我想马上用胳膊抱着她。我们不停说着话。她说她喜欢和我说话。很快她又说希望也能去纽约看看。"或许我们能去！"我笑道。汽车艰难地攀爬在葡萄路上，我们一路向下驶入弥漫的夜光中。我们还没有达成什么特别的协议，手就开始紧紧地握住一起了，用同样的方式，我们一言未发地就做出了一个又美好又纯洁的决定：等我在洛杉矶把旅馆找好，她就过去陪我。我的整个身体为她而疼痛，我把头靠在她那漂亮的头发上。她那双娇小的肩膀让我疯狂，我一次又一次地拥抱她。她也喜欢我这样。

"我喜欢爱。"她说着便闭上了眼睛。我许诺给她美好的爱。我心满意足地看着她。我们的故事都说完了，我们陷入了沉默和甜蜜的期许的思考中。一切就是这么简单。在这个世界上，你可以拥有你所有的佩奇、贝蒂、玛丽露、丽塔、卡米尔和伊内兹，但这个姑娘是我的女人，是我的灵魂伴侣。我把这个对她说了。她承认她在汽车站看到我看她了。

"我以为你是个非常好的大学生。"

"哦，我的确是个大学生！"我向她保证道。车到了好莱坞。在灰暗而肮脏的黎明，就像影片《苏利文的旅行》中，乔尔·麦克雷和维若妮卡·蕾克在一间餐馆中见面的那个黎明，她趴在我的大腿上睡着了。我贪婪地望着窗外：灰泥房子、棕榈树、免下车的餐馆、满目疮痍的应许之地，以及美国那荒诞的结局。我们在梅恩大街下车，这地方和你在堪萨斯市、芝加哥或者波士顿下车时看到的情景一模一样——红色的砖楼、垃圾遍地、匆匆赶路的行人、有轨电车在绝望的黎明中发出嘎吱嘎吱的声音，到处都能闻到大城市的那种卑鄙、下流的气味。

不知为什么，就在这一刻，我的心烦乱了。我的脑袋里开始冒出一个愚蠢又偏执的幻想，特蕾莎，或者泰莉——她的名字——只是一个普通的雏妓，为了挣几个钱，在公共汽车上找生意，在洛杉矶和别人约会，就像我们这种，她先把那个傻瓜蛋带到一个吃早餐的地方，为她拉皮条的男人正在那里等着，然后把目标骗到某家旅馆，那个拉皮条的男人就能把枪或者别的什么东西带到那里。我们吃早餐的时候有个拉皮条的男人一直在盯着我们，我猜泰莉正在和他使眼色。在这个遥远而令人讨厌的地方，我觉得好累、好奇怪、好迷茫。愚蠢的恐惧取代了我的思考，让我的行为变得猥琐而卑鄙。我说："你认识那个家伙吗？"

"亲爱的，你说的是哪个家伙？"我没说话。她是个慢性子，总是全神贯注于正在做的每一件事，她吃了很久，慢慢地咀嚼着，发着呆，吸上一支烟，不停说话，我感觉自己就像一个落魄枯槁的鬼魂，怀疑着她的每一个举动，觉得她正在拖延时间。这一切让我感觉如此恶心。我们手牵着手来到街上时，我在流汗。我们去的第一家旅馆有一间空房，我还没意识到自己在做什么就随手把门锁上了，她坐在床上正在脱鞋。我温柔地亲吻着她。她从未感觉这么好过。为了放松紧张的神经，我知道我们需要喝一些威士忌，特别是我。我跑出去，把12个街区统统逛了一遍，结果在一个报摊买到了一瓶一品脱装的威士忌。我拼尽全力跑了回去。泰莉在浴室里，正在鼓捣她的脸。我在一只水杯里倒了很多的酒，我们一口一口地喝着。哦，这酒芳香可口，我的整个忧郁的旅程有了它也算值了。我站在镜子前，站在她的背后，我们就那样跳着舞。我开始谈论我以前在东部的朋友。

"你应该见见我认识的一个叫作多莉的了不起的姑娘。她身高6英尺，一头红发。她会告诉你在哪里能找到工作。"

她猜疑地问："这个6英尺的红发女是谁？你为什么和我提她？"在她那单纯的灵魂中，她是猜不透我那兴奋又紧张的话语的。我不说这个话题了。她开始在浴室里喝醉。

我一遍又一遍地说："快到床上来！"

"6英尺的红发女，对吧？我还以为你是个人品很好的大学生呢，我看你穿着那件漂亮的羊毛衫，心想，嗯，他很不错的，对吗？不！不！不！你就和他们一样，是个拉皮条的！"

"你到底在说什么呀？"

"别站在那里对我说那个6英尺的红发女不是个老鸨，你一说我就知道她是个老鸨，你就和我遇见的所有的人一样，是个拉皮条的，你们都是拉皮条的！"

"听着，泰莉，我不是拉皮条的。我敢手按《圣经》对你发誓，我不是拉皮条的。我为什么要做拉皮条的，我唯一爱的人是你。"

"我一直在想我遇见了一个好小伙子。我高兴坏了，我抱着肩膀对自己说，嗯，不是拉皮条的，是个真正的好小伙子。"

我全心全意地恳求道："泰莉，请听我说，我不是拉皮条的，你要明白这一点。"就在一个小时以前，我还以为她是个妓女，可现在她竟是那么伤心。我们那充斥着疯狂的心出了差错。哦，这讨厌的生活，我痛苦地呻吟着、哀求着，然后我发疯了，并意识到自己在哀求一个蠢笨的墨西哥小村姑，并且我把这一点告诉了她。我一把捡起她那双红鞋，扔在浴室门口，叫她出来。"快穿上！"我要睡了，我要把这一切忘掉，我会永远这样过下去，我的生活永远都是悲惨的、破烂不堪的。浴室里死一般寂静。我脱掉衣服上了床。

泰莉出来了，眼里浸满了悔恨的泪水。在她那单纯而可笑的小脑袋里，她已认定，拉皮条的是不会把女人的鞋扔在门口让她出来的。她恭恭敬敬、一声不吭地脱掉身上所有的衣服，瘦小的身体钻进被子里，和我的挨在了一起。她的身体是棕色的，就像葡萄的颜色。我看到她那瘦瘦的肚皮上有一道做剖宫产手术时留下的伤疤，她的臀部是那么窄小，不把肚子切开根本生不出孩子。她的两条腿就像两根小麻秆那么瘦。她只有4英尺10英寸那么高。我和她在沉闷而美好的清晨做爱。然后，两个被困在旧金山一家旅馆里的孤零零的疲惫的小天使，一起发现了生活中最亲密、最美好的事情。我们睡着了，一直睡到傍晚将近的时候。

十三

接下来的15天，不管怎样，我们始终在一起。我们醒过来时，决定一同搭便车去纽约，她会在城里做我的女友。我幻想着与迪恩、玛丽露，以及每一个人的狂乱的错综复杂的关系——这是一个社交的季节，一个新的社交的季节。首先，我们必须工作，挣足够多的钱，才能进行这次旅行。泰莉完全赞同用我所剩的那20块钱马上动身。我不想这么做。然后，我像一个该死的傻瓜那样，把这个问题考虑了两天，在此期间，我们在餐饮和酒吧里，在我此前从未见过的那些荒诞的洛杉矶报纸上翻看招聘广告，直到我的20块钱慢慢地减至10来块。我们在我们的小小的旅馆房间里过得很愉快。半夜里，我会起来，因为我睡不着，用被单盖住我的小宝贝那光溜溜的棕色的肩膀，仔细观看洛杉矶的夜晚。那是怎样的野蛮、炎热、警笛响个不停的夜啊！刚好在街的对面就有麻烦发生了。一栋古老而破败的寄宿舍就是某个悲剧的发生地。巡逻车停在了楼下，几个警察正在盘问一个白发老者。旅馆里传来了啜泣的声音。我什么都能听到，包括我所租住的旅馆的霓虹灯发出的那种连续不断的嗞嗞声。在我这一生中，我从未觉得像现在这样伤心。在美国的城市中，洛杉矶是最孤独的，也是最野蛮的。纽约的冬天冷得要命，但在它的某些街上的某些地方，能让人感受到一种古怪的友情。洛杉矶是一片丛林。

我和泰莉吃着热狗在南梅恩大街上散步，那里是一个由光和疯狂构成的怪异的游乐场。几乎每一个街角，都有脚蹬长靴的警察在搜身。这个国家中，最垮掉的那些人物奔涌在人行道上——这一切就发生在南加州那些散发着柔和的光的星星之下，而这些星星已经被淹没在了洛杉矶这座真正的沙漠大营地的棕色光环之中。你能够闻到飘荡在空气中的茶、叶子（我指的是大麻）、辣豆和啤酒的香味。在美国的夜晚，疯狂的波普爵士乐声从啤酒屋里飘荡出来，其中混杂了每一种牛仔音乐和布基伍基音乐。每一个人看上去都像哈塞尔。头戴苹果酒帽、留着山羊胡的疯狂的黑人一路大笑着过去了；留着长发的衰弱的嬉皮士们从通向纽约的66号公路上直接下来了；从沙漠中走出来的老家伙们背着包朝购物区公园中的长椅去了；循道宗牧师的袖口早已脱了线，也过去了；偶尔还会有一个留着络腮胡子、脚穿凉鞋、崇尚自然的圣徒经过这里。我想和他们当中的所有人见面，和他们当中的每一人说话，但我和泰莉正忙着找挣钱的路子，根本没时间干这事。

我们去了好莱坞，想在日落大道与葡萄街交叉处的那家药店找份工作。哦，那里有个街角！来自偏远地区的好几大家子人，从破车上下来，站在人行道周围，张着嘴等着某个电影明星的到来，但那个电影明星始终未现身。一辆豪华轿车过去了，他们热切地跑到马路牙子上，猛地低下头朝车里面看：里头坐着一个戴墨镜的男人和一位珠光宝气的金发女郎。"是唐·阿米契①！唐·阿米契①！""不是，是乔治·墨菲②！乔治·墨菲！"他们四处乱转，打量着对方。那些来好莱坞想要扮演牛仔的帅气的同性恋小伙子在周围直晃荡，神气活现地用指尖润湿他们的眉毛。身穿宽松长裤的世界上最漂亮、最迷人的小姑娘，切断了我的视线；她们将来会成为小明星；她们走进了免下车的餐馆。我和泰莉想在免下车的餐馆找份工作。但怎么也找不到挣钱的地方。好莱坞大道上车水如龙，一辆辆像疯了一样尖叫着飞驰而过，每分钟至少发生一次小的交通事故，每个人都在朝着最远的那棵棕榈树奔去——那棵树的那边，就是沙漠和虚空。好莱坞的山姆们站在豪华餐馆前面，争吵的样子与百老汇的山姆们在纽约的雅各布海滩公园内争吵的样子一样，只是在这里，他们穿着轻质的服装，谈话的方式更粗野。身材高大、瘦骨嶙峋的牧师颤颤巍巍地过去了。高声尖叫着的胖女人冲过大街，排好队，准备参加智力竞赛节目。我看到杰里·科隆纳③在别克汽车公司买了一辆

①唐·阿米契（1908—1993年）：美国演员。
②乔治·墨菲（1902—1992年）：美国舞蹈家、演员、政治家。
③杰里·科隆纳（1904—1986年）：美国音乐家、演员、歌曲创作者、长号演奏家。

车，他站在巨大的平板玻璃窗内，用手摸着他的小胡子。我和泰莉在城里的一家餐馆吃饭，那餐馆装饰成了洞穴的样子，金属乳头中的液体朝四面八方喷射出去，巨大而冷漠的石臂是属于女神和擅长献媚的海神尼普顿的。人们在瀑布周围伤心地吃着东西，因为身处水下所造成的忧伤之中，让他们的脸都变绿了。洛杉矶所有的警察看上去都像是帅气的舞男，他们显然是来这里拍电影的。每个人都在拍摄这部电影，甚至也包括我在内。我和泰莉最后沦落到在南梅恩街、在那些自甘堕落的柜台服务员和刷洗盘子的姑娘中间来找工作，但即便在那里，我们也是一无所获。我们还有10块钱。

泰莉说："伙计，我要去姐姐那里把我的衣服拿上，然后我们搭车去纽约。来吧，伙计。我们去吧。'你若不会布基舞曲，我知道自己会教给你怎么去做。'"最后这句话是她编的一首歌的歌词，她总在唱。我们匆匆去了她姐姐的家，那地方远离阿拉米达大街，在一片墨西哥人住的银色的小棚屋中间。她姐姐不愿见我，我只好在墨西哥人的厨房后面的一条漆黑的小巷里等着。几条狗跑过去了。在这条散发着腐臭气的小巷中，有几盏小灯照亮。我听到泰莉和她的姐姐在柔和温暖的夜里争吵。我已准备好了应付任何的情况。

泰莉出来了，拉着我的手，到了中央大街上。这条街是洛杉矶的主街，称得上是色彩纷呈。这地方真的好狂野，鸡舍般大小的房子里简直还装不下一台自动点唱机，点唱机里传出来的也只是布鲁斯、波普和舞曲。我们走上共有房屋那肮脏的台阶，到了泰莉的朋友玛格丽娜的屋前，后者欠泰莉一条裙子和一双鞋。玛格丽娜是穆拉托人，长得很漂亮，丈夫有黑人那么黑，待人和蔼可亲。他出门买来一瓶1品脱装的威士忌得体地招待我。我要付些钱给他，但他说不用。他们有两个孩子。孩子们在床上又蹦又跳，那里是他们的玩耍的天地。他们搂着我，好奇地打量我。中央大街的夜晚传来疯狂的哼哼声——在这样的夜晚，传来了汉普顿①的《中央大街坍塌了》——外面的街上，嚎叫声和轰轰声不绝于耳。他们正在大厅里唱歌，在窗前唱歌，他妈的，简直搞了个天翻地覆，还不时朝窗外瞧瞧。泰莉拿好衣物，我们告别。我们下楼到了一个鸡舍般大小的房子里面，在自动点唱机里放唱片。几个黑人附在我的耳畔，低声和我说大麻的事。一块钱就可以。我说行，把东西拿来。合伙人进来了，示意我去地下室的厕所，我在那里呆呆地站着，那人说："捡起来，伙计，捡起来。"

我问："捡起来啥？"

他早已收了我的钱。他不敢指地面。那里就没有地面，只有地下室。那里有东西，看上去好像一小块棕色的粪便。他一副小心谨慎的模样，显得可笑。"你自己去找吧，这周的货不咋地。"我把那东西捡起来，原来是一支棕色的香烟，我回到泰莉身旁，然后我们去旅馆房间里享乐。什么事也没发生。只是一支布尔达勒姆牌香烟。我真希望自己在花钱这种事上能明智一些。

我和泰莉不得不确实实地、彻底地决定好怎么做。我们决定用剩下的钱搭便车去纽约。那天晚上，她从她姐姐那里偷了5块钱。我们有差不多13块钱。于是，在又该支付每日的房费之前，我们收拾好东西，搭乘一辆红色轿车，赶往加州的阿卡迪亚，桑塔阿尼塔赛马场就在那里的冰雪覆盖的山脚下。那时正当晚上。我们朝着美国大陆进发。我们手牵着手，走了几英里的路，出了人口密集区。当时正是星期六的晚上。我们站在一盏路灯下面，竖起大拇指示意搭便车，突然，好多辆载满了毛头小子的汽车呼啸着驶过去了，车上还有条幅在飞扬。他们都在大声喊叫："呀！呀！我们赢啦！我们赢啦！"然后，他们朝我们喂喂地打招呼，

----

① 即莱昂内尔·汉普顿（1908—2002年）：美国颤音琴演奏家、钢琴家、打击乐手、演员、乐队领袖。

在路上能看到一个小伙子和一位姑娘，他们简直高兴坏了。数十辆这样的车飞驰而过，里面都是年轻的脸，以及如人们所说的"洪亮的年轻的声音"。我恨他们中的每一个人。就因为他们都是上高中的小流氓，他们的父母在星期日的下午为他们切开了烤牛肉，他们就这样冲着在路上的人呀呀叫个不停，他们以为他们是谁？他们就这样嘲笑一个陷入贫困境遇的姑娘和一个想把爱给予那个姑娘的男人，他们以为他们是谁？我们操心着我们自己的事。我们的运气不好，没能搭上便车。我们不得不返回城里，最糟糕的是，我们需要喝杯咖啡，不幸走进了唯一一个还在营业的地方，那是一个面向高中生的卖冷饮的小店铺，刚才那群毛头小子都在那里，他们记起了我们。现在他们看清了，泰莉是墨西哥人，是一个有些脾气的墨西哥姑娘，她的男友的情况更加悲惨。

她把她那漂亮的鼻子翘得高高的离开了那里，我们沿着高速公路两旁的阴沟在黑暗中走着。我拿着包裹。我们在夜的寒气中呼吸着烟雾。我最后决定和她再躲避这个世界一个晚上，至于明天早晨会怎样就去他妈的吧。我们走进一家汽车旅馆，花费差不多四块钱订了一个舒舒服服的小套间——淋浴、浴巾、无线电台广播等等一应俱全。我们紧紧地抱着对方。我们进行了一番漫长而严肃的交谈，然后洗澡，先是开着灯谈事情，而后又关着灯谈事情。某些事情正在被证明，我正在让她确信某些事情，她接受了。我们就像两只小羊羔那样，在黑暗中缔结了约定，先是气喘吁吁，而后便心满意足了。

早晨，我们大胆地设定了我们的新计划。我们要搭乘公共汽车去贝克斯菲尔德找摘葡萄的工作。做上几周，我们就能以适当的方式，即搭乘公共汽车，去纽约。那个下午很美好，我和泰莉坐车上山，朝贝克斯菲尔德去了，我们靠在座位上，很放松，我们聊天，看着乡村风景掠过，心中没有任何的担忧。傍晚时分，我们便到了贝克斯菲尔德。我们的计划是寻找城里的每一位水果批发商。泰莉说摘葡萄的时候我们可以住在帐篷里。住帐篷、在加州凉爽的早晨摘葡萄，这个想法很合我的胃口。但我们并没有找到工作，而且让我们备感困惑的是，每个人都为我们提供了无数的信息，可到头来切切实实的工作是没有的。尽管这样，我们还是在一家中餐馆吃了些东西，精力恢复之后，又出发了。我们穿过南太平洋铁路公司的铁路，去了墨西哥人聚集的镇子。泰莉和她的同胞急切地交谈着，想找份工作。现在已到了晚上，墨西哥人居住的这一整条窄小的街上，只有一盏路灯照亮：街上有放电影用的帐篷、水果摊、一便士的游乐场、出售廉价小商品的杂货店，还有数百辆停着不动的破卡车和溅满污泥的破轿车。一家一家的采摘水果的墨西哥人都在吃着爆米花闲逛。泰莉和每一个人交谈。我开始绝望了。我需要的——泰莉需要的——只是喝上一杯，于是我们花35美分买了一瓶1夸脱装的波尔图葡萄酒，拿着去铁路上的调车场喝。我们找到了一个地方，那里有流浪汉摞起来的几个装货用的箱子，是坐着烤火的。我们在上面坐下，开始喝酒。我们的左面是货车，在月光的照耀下呈现出令人悲伤的暗红色；正前方是贝克斯菲尔德的灯光和机场；我们的右面是一个巨大的铝制活动仓库。啊，这是一个美好的夜晚，一个温暖的夜晚，一个有酒喝的夜晚，一个有月色的夜晚，也是一个搂着你的姑娘聊天、啐唾沫、飘飘然就要上天堂的夜晚。我们就是这么做的。她在喝酒上是个小傻瓜，总和我喝个不停，总把酒瓶传给我，和我一直聊到午夜。我们始终没有离开那几个破箱子。偶尔过去几个流浪汉和带着孩子的墨西哥母亲，巡逻车在这里停下，警察从车里出来小解，但大部分时间里，只有我们两个人，我们的心不停地交织在一起，直到最后想说句再见都变得那么难。午夜，我们起身溜达着朝高速公路去了。

泰莉有了一个新的主意。我们可以搭车去她的家乡萨比纳尔，住她哥哥的车库。我怎么都行。在路上，我让泰莉坐在我的背包上，让她看上去像一个悲惨的女人，一辆卡车马上就停下了，我们快乐地咯咯笑着跑了过去。那人是个好人，他的卡车很破。他用很大的声音说话，那卡车朝着山谷上面爬去。我们在黎明前就到了萨比纳尔。泰莉睡觉的时候，我把那瓶酒喝完了，现在已是醉醺醺的。我们下了车，在安静又葱郁的加州小镇广场上四处晃悠——南太平洋铁路公司的火车会在这里短暂停靠。我们去找他哥哥的伙计，他会告诉我们她哥哥在哪里。无人在家。破晓时分，我平躺在广场的绿地上，一遍又一遍地说着："你不会说他在维德都做了什么，对吗？你不会说的，对吗？他在维德都做了些什么？"这是影片《人鼠之间》的一段台词，是布吉斯·梅迪斯①对那个农场工头说的话。泰莉咯咯笑着。我做什么她都喜欢。我可以躺在那里，可以一直躺到女士们出门去教堂，她都不会在乎。但最后因为考虑到还要找她的哥哥，我决定马上动身，于是，我把她带到铁路沿线的一家旅馆，我们便舒舒服服地睡着了。

在阳光明媚的早晨，泰莉早起了些，去找她的哥哥。我一直睡到日中，朝窗外望去，突然看到南太平洋铁路公司的一辆货车驶过，平板车上躺着数百个流浪汉，他们用包袱当枕头，鼻子上盖着漫画报纸，一路快乐地过去了，有的还在津津有味地嚼着从岔线上装上来的上好的加州葡萄。"他妈的！"我喊了一声，"吼吼！真的是应许之地啊。"他们都是从旧金山来的，再过一周，他们就又能这么声势浩大地回去了。

泰莉和她的哥哥、她哥哥的伙计，还有她的孩子一块来了。她的哥哥是个狂野而热情的墨西哥小伙子，人很不错。她哥哥的伙计也是墨西哥人，身材高大，但肌肉松松垮垮的，说英语的时候没有太多口音，人很吵闹，总是过分渴望取悦别人。我能看出他很赏识泰莉。她那年幼的儿子叫约翰尼，7岁了，眼睛黑黑的，很漂亮。嗯，人都到齐了，疯狂

① 布吉斯·梅迪斯（1907—1997年）：美国演员、导演、制作人，曾出演《人鼠之间》。

的一天又开始了。

她哥哥的名字叫里奇。他有一辆1938年产的雪佛兰汽车。我们涌进车里,奔向未知的地方。我问:"我们去哪里?"里奇的那位伙计做了解释——他的名字叫庞佐,每个人都这么称呼他。他臭死了。我查明了原因。他是做粪肥生意的,把粪肥卖给农场主,他有一辆卡车。里奇的口袋里总装着三四块钱,总是听天由命过日子。他总说:"没错,伙计,对了——嗒,来吧,嗒,来吧!"他启动了车子。他把那辆破车开到每小时70迈,我们要去弗雷斯诺那边的马德拉去和几位农场主谈粪肥的事。

里奇带着一瓶酒。"今天我们喝酒,明天我们工作。嗒,来吧,伙计——来一口!"泰莉和她的孩子坐在后座上,我回头看她,在她的脸上看到了因回家的喜悦所泛出的红润。加州10月郁郁葱葱的美丽乡村疯狂地朝后跑去。我又有了动力和力气,我准备上路。

"伙计,我们现在去哪里?"

"我们去找一个农场主,他那里有些散落的粪肥。明天我们开卡车回来,把粪肥拉上。伙计,我们有大钱赚啦。什么都不用担心。"

庞佐欢呼道:"这生意我们都有份!"我发现情况的确如此——无论我去哪里,每个人都在和别人合伙挣钱。我们飞快驶过弗雷斯诺疯狂的街,继续朝前走,爬上山谷的高坡,到了住在乡间小路旁边的几个农场主那里。庞佐从车上下来,和几个年老的墨西哥农场主说着令人困惑不解的话,当然了,并未谈出什么结果。

里奇吼道:"我们需要喝一杯!"我们便去了十字路口的一间酒吧。星期日的下午,美国人总喜欢在十字路口的酒吧里喝酒,他们把孩子也带过去了,他们急促而含糊地说着话,一边喝啤酒,一边大声吵闹,一切都是那么美好。夜幕降临时,孩子们开始哭泣,做父母的喝醉了。他们东倒西歪地回到家中。在美国的任何一个地方,我在十字路口的酒吧里都在和一家子一家子的人喝酒。孩子们吃着爆米花和薯条在酒吧后面玩耍。我们也是这么做的。我和里奇、庞佐、泰莉坐着喝酒，随着音乐大叫，小家伙约翰尼和别的孩子们围着自动点唱机乱转悠。太阳开始变红了。我们什么事也没有做成。我们要做的事又是什么呢？里奇说："明天，伙计，明天我们就能做成了；伙计，再来一杯啤酒吧，嗒，来吧，嗒，来吧！"

我们跟跟跄跄地出去到了车上，去了一间高速公路旁的酒吧。庞佐是个大个子，说话的声音也很大，总在大声叫喊，圣乔奎山谷中的每一个人他都认识。我和他从高速公路旁的酒吧里出来，本想开车去找一个农场主，却上行去了马德拉墨西哥人居住的小镇，我们看到了好多姑娘，想给他和里奇找几个。然后，当紫色的黄昏落在盛产葡萄的乡村上空时，我发现自己正在车里像乎乎地坐着，而他正在厨房门口和某个年迈的墨西哥人争论老人在后院中种的一个西瓜的价格。我们买下了那个西瓜，当场吃掉，把瓜皮扔在了老人门口那肮脏的人行道上。各式各样的漂亮的小姑娘正把渐渐变得阴暗的街截成一段一段的。我说："他妈的，我们到底在哪里？"

庞佐说："别担心，伙计。明天我们就能挣大钱了，今晚我们不用担心。"我们回去把泰莉、她的哥哥和她的孩子接上，在黑夜中，在高速公路灯光的照射下，朝弗雷斯诺驶去。我们都快饿疯了。我们跳过弗雷斯诺的铁轨，到了弗雷斯诺墨西哥人聚集的小镇那疯狂的街上。身穿宽松长裤的墨西哥小妞儿神气活现地四处游荡，自动点唱机中播放着曼波舞曲，处处张灯结彩，就像在过万圣节。我们去了一间墨西哥人开的饭馆，吃了煎玉米卷和玉米饼裹碎菜豆，简直好吃死了。我把介于我和新泽西海岸之间、我仅剩的那张闪亮的五元钞票掏出来，为我和泰莉付了账单。现在我只剩下四块钱了。我和泰莉看着对方。

"亲爱的，今晚我们在哪里睡？"

"我不知道。"

里奇喝醉了，他现在只是一个劲儿地说着："嗒，来吧，伙计——嗒，来吧，伙计。"他的声音温柔而疲惫。今天过得好漫长。我们谁也不知道都发生了什么事，或者仁慈的上帝都安排了什么事。可怜的小约翰尼在我的臂弯里睡着了。我们开车返回萨比纳尔。路上，在99号高速公路旁的一间小酒馆，我们猛地把车停下。里奇说最后再喝些啤酒。酒馆后面有几辆房车、几座帐篷，还有几间破旧的汽车旅馆式的屋子。我问了问价钱，两块钱。我问泰莉怎么样，她说行，我们现在有孩子要照管，得让他过得舒舒服服的。酒吧里，几个面色阴郁的阿克拉荷马人正随着一支牛仔乐队演奏的音乐东摇西晃，几瓶啤酒下肚，我、泰勒和约翰尼就钻进一间汽车旅馆式的屋子准备睡觉。庞佐一直在周围晃荡，他没有睡觉的地方。里奇睡在他父亲的葡萄园的小棚屋里。

我问："你住哪里？"

"伙计，没地方住。我本该和'大个子萝西'住一起的，可她昨天晚上把我踢出来了。我把我的卡车开来，今晚睡里头。"

吉他叮叮当当地响着。我和泰莉一起凝视着繁星，吻着。她说："明天，明天一切都会好起来的，亲爱的塞尔，伙计，你不觉得这样吗？"

"明天当然会好起来的，亲爱的。"总是明天。在接下来的那一周里，我听到的只是这个词——明天，这是一个美好的词，是一个很可能意味着天堂的词。

小约翰尼连衣服、鞋子也没脱就跳到床上睡着了。沙子从他的鞋里流了出来，那沙子是在马德拉灌进去的。我和泰莉半夜起来，把床单上落的沙子扫掉。早晨，我起床，洗漱完毕，步行绕着这个地方走了一圈。我们正在距萨比纳尔5英里远的棉花地和葡萄园里。我问这个露营区的主人，一个又高又胖的女人，是否还有空帐篷。最便宜的那个，一块钱一天的那个是空的。我掏出一块钱，钻了进去。里头有一张床，一个炉子，一根棍子上还挂着一个烂镜子，还不错。我弯腰进去的时候，我的小宝贝和我的小男孩已在里面了。我们等着里奇和庞佐开车来。他们带着几瓶啤酒来了，在帐篷里喝醉了。

"粪肥的事怎么样了？"

"今天太晚了。伙计，明天我们就有大钱赚了，今天我们喝几瓶啤酒。喝两瓶啤酒怎么样？"我根本用不着他用手指捅我。"嗒，来吧——嗒，来吧！"里奇大声喊道。我开始看明白了，我们用卡车倒卖粪肥的计划永远也无法实现了。卡车就停在帐篷外头。卡车的气味和庞佐身上的气味好像。

那天晚上，我和泰莉在我们沾满露水的帐篷底下，在美好的夜晚的空气中上床了。我刚想睡就听她说："你现在想爱我吗？"

我说："约翰尼怎么办？"

"他不会介意的。他睡了。"可约翰尼并没有睡，他什么也没说。

第二天，两个小伙子开着拉粪肥的车回来了，又开车出去买威士忌喝，然后回来在帐篷里好好闹腾了一番。那天晚上，庞佐说天太冷，就在我们帐篷里的地上睡的，他的身上裹着一块大帆布，闻上去满是牛粪的气味。泰莉恨他，说他为了接近她才和她哥哥厮混在一起。

对我和泰莉来说，接下来除了饥饿再不会有别的事出现了，于是，第二天早晨，我在乡下乱转想找一份摘棉花的工作。每个人都让我从营地出发去高速公路对面的农场去找。我去了，那家农场的主人和他妻子正在厨房里。他出来了，听了我的经历，提醒我每摘100磅棉花只给我3块钱。我想着自己每天能摘至少300磅就接受了这份工作。他从谷仓里拎着几个长长的帆布口袋，告诉我黎明时分开始摘棉花。我满心欢喜地跑回到了泰莉身旁。路上，一辆拉葡萄的卡车在过一个坎时不慎把几大串葡萄掉在了热乎乎的柏油路上。我把葡萄捡起来带回了家。泰莉很高兴。

"我和约翰尼过去帮你摘。"

我说："哼！用不着你们！"

"知道吗，知道吗，摘棉花很累的。我教给你怎么摘。"

我们吃了葡萄，傍晚，里奇拿着一块面包和一磅汉堡包出现了，我们在外面把东西吃了。在我们旁边，较大的一座帐篷内，住着一家摘棉花的俄克拉荷马人。这家的爷爷整天坐在一把椅子上，他太老了，干不动了，儿子和女儿，以及他们的孩子，每天凌晨都会成群结队地穿过高速公路去我找活儿的那个农场主的地里摘棉花。黎明时分，我和他们一起去。他们说黎明时有露水，棉花的分量要重一些，与下午相比，赚的钱能多一些。然而他们还是从黎明做到日落，一直做一整天。30年代闹灾时，这家的爷爷，乘坐一辆破卡车和全家人从内布拉斯加来到这里——也就是因为蒙大拿的那个牛仔和我说起过的尘云的事。从那时起，他们就一直住在加州。他们喜欢工作。10年间，老人的儿子的孩子的数量增加到了4个，其中一些的年纪现在也大到能摘棉花了。在那段时间内，他们的日子渐渐好了起来，以前穿的是破衣烂衫，在残暴工头监视下的棉花地里住，现在他们的脸上有了笑容，也自觉体面了些，住的帐篷也好了些。他们为他们的帐篷感到极为骄傲。

"回过内布拉斯加吗？"

"哼，那里什么也没有。我们现在想买一辆房车。"

我们俯下身开始摘棉花。风景很美。棉花地对面是帐篷，帐篷那边是延伸至棕色旱谷的一望无际的棕色棉花地，棉花地那边是冰雪覆盖下的马德雷山脉，正笼罩在蓝色的清晨的空气中。这比在南梅恩街刷盘子强多了。但我对摘棉花这种事一无所知。我在把白色的棉花球从裂开的棉花碗中拽出来的这个过程中耗时过多，而其他人一下子就成功了。而且，我的手指尖开始流血。我需要一副手套，而不是更多的经验。棉花地里同我们一起做的还有一对黑人老夫妇。他们摘棉花时的那种神圣的耐心程度，就和他们的祖父辈在南北战争前的亚拉巴马摘棉花时的那种神圣的耐心程度一样，他们弯着腰，面露忧郁，沿着他们那两行棉花一路朝前走，他们的包在渐渐变鼓变大。我的背开始疼痛。不过在那地里又跪又藏的真的很好。我想休息了就以棕色潮湿的泥土为枕头躺上一会儿。鸟儿在为我伴歌。我觉得我找到了可以干一辈子的工作。约翰尼和泰莉在正午宁静的太阳底下，在棉花地的那头，在冲我挥手，在同我一起拼命干。见鬼！小约翰尼竟然和我干得一样快——当然了，泰莉要快过我两倍。他们超过了我，把一堆堆干净的棉花塞到我的口袋中——泰莉给我的是一个摘棉花的工人摘的量，小约翰尼给我的是一个小孩子摘的量。我伤心地把棉花塞进我的包里。我连自己都养不活，更别提去养他们，我算个什么样的老东西？他们整个下午都和我在一起。太阳变红时，我们步履蹒跚地朝回走。到了地头，我把摘得的棉花放在一个秤上，有50磅重，我挣了1块5毛钱。然后，我从一个俄克拉荷马小伙子那里借来一辆自行车，沿着99号高速公路一路骑到一个十字路口的杂货店，买了罐装的已做熟的意大利面、牛肉丸子、面包、黄油、咖啡和蛋糕，把东西挂在车把上骑了回来。去洛杉矶的汽车飞快驶过，去旧金山的汽车不断侵扰着我的后背。我一遍又一遍地骂着街。我抬头看黑漆漆的天空，向上帝祈祷，希望生命中有一个更好的转变、一个更好的机会，能够为我爱着的卑微的人们做些事情。在那里没人在意我。我本该对自己有更好的了解。是泰莉把我的心收了回来，在帐篷里的火炉旁，她把食物热好了，这是我生命中吃过的最棒的一顿饭，我又累又饿。吃完了，我便像一个摘棉花的黑老汉那样哼哼着靠在床上，点上一支烟吸着。狗在冰冷的夜中狂吠。里奇和庞佐傍晚时不再来骚扰了。我很满意这一点。泰莉蜷缩着身体挨着我，约翰尼坐在我的胸脯上，他们在我的日记本上画动物。我们的帐篷里的光在可怕的平原上燃烧着。牛仔音乐在酒吧里演奏着，透着满满的悲伤，传遍了整个棉花地。我倒还喜欢这个。我吻着我的宝贝，我们熄灭了灯。

早晨，露水让帐篷中间往下垂，我起床后拿着毛巾和牙刷去公共汽车旅馆卫生间洗漱，回来后，我把因跪在地上都磨破了的、泰莉晚上已补好的裤子穿好，戴上约翰尼原本当玩具帽子玩的那顶破草帽，背上帆布棉花袋子穿过了高速公路。

我每天都能挣差不多1块5毛钱。这钱刚够我晚上骑着自行车买食品杂物的。日子一天天在飞逝而过。我把东部、迪恩、卡洛和那条该死的路都忘掉了。我和约翰尼一直在玩耍，他喜欢我把他抛在空中再扔到床上。泰莉坐着缝补衣服。我是土地的儿子，刚好和我在帕特森时梦到的一样。据说泰莉的丈夫回到了萨比纳尔，正在找我，我已做好了对付他的准备。一天晚上，那家俄克拉荷马人在酒馆里发了疯，把一个男人绑在一棵树上，用棍子抽他，都快把他揍成了肉酱。当时我正在睡觉，只是听说了这事。从那时起，我总在帐篷里预备下一条棍子，以防他们认为我们这些墨西哥人弄脏了他们的房车停车场。当然了，他们觉得我是墨西哥人，在某些方面看，我的确是。

但现在已是10月份，晚上要冷得多了。那家俄克拉荷马人有个木制炉子，准备在这里过冬。我们什么也没有，更何况又快该交租帐篷的费用了。我和泰莉痛苦地做出决定，必须离开这里。我说："看在上帝的分上，你不能带着一个像约翰尼这样的孩子总在帐篷周围游荡，可怜的小家伙都快冻坏了。"泰莉觉得我在责怪她作为母亲的天性，便哭了，我其实并没有这方面的意思。一个灰暗的下午，庞佐开着卡车过来了，我们考虑到当前的状况决定去见她的家人。但我一定不要被他们发现，只能藏在葡萄园里。我们朝着萨比纳尔去了，卡车抛锚了，与此同时，天上开始下起了暴雨。我们坐在那辆破旧的卡车上，不停骂街。庞佐下了车，在大雨中迈着艰难的步子朝前去了。他终归是个好小伙子。我们答应对方最后再好好玩一次。我们去了萨比纳尔墨西哥人聚集的镇子上的一家破旧的酒吧，痛痛快快地喝了一个小时的啤酒。我摘棉花的繁重工作结束了。我能感觉到生活的牵引力在呼唤我回去。我在镇子那头给我的姑妈寄去一张一便士的明信片，让她再给我寄50块钱来。

　　我们开车去泰莉家的小棚屋。小棚屋坐落在葡萄园中间一条古老的路上。我们到那里时天已经黑了。他们在距小棚屋1/4英里处让我下了车，然后把车开到了门口。光从屋里倾泻出来，泰莉另外的6个兄弟正在弹吉他唱歌。老父亲在喝酒。我听到歌声之上的争吵声。他们骂她是婊子，因为她离开了那一无是处的丈夫去了洛杉矶，还把约翰尼留给他们照管。老父亲在吼叫。但那个悲伤的、有着棕色皮肤的胖母亲，正如她在这个世界上伟大的农民群体中总能占据上风一样，这次也赢了，泰莉被允许回家。几个兄弟开始唱起欢快的歌曲。我在凄风冷雨中蜷缩起身体，注视着山谷中10月份悲伤的葡萄园对面的每一个事物。我的心中满满装着的都是比莉·荷莉戴①唱的那首《情郎》，我在灌木丛中开办着自己的音乐会。我唱着："总有一天我们会相遇，到时候你会擦干我脸上所有的泪水，在我的耳畔说着甜蜜的小情话，抱着我，吻着我，哦，我们一直在思念的，情郎，哦，你又在哪里……"与其说是歌词棒，倒不如说是那不凡的悦耳旋律和比莉的演唱方式棒，她唱得就像一个女人在柔和的灯下正轻抚情郎的头发。风在嚎叫。我冷了。

　　泰莉和庞佐回来了，我们开着那辆旧卡车快速离开去找里奇。里奇现在正和庞佐的女人"大个子萝西"住一起，我们在破旧的小巷里按喇叭提醒他出来。"大个子萝西"把他赶出来了。一切都在崩溃。那天晚上，我们在卡车上睡的。当然了，泰莉紧紧地抱着我不让我走。她说去摘葡萄为我们两个赚足够多的钱，在此期间，我可以住在她家那条路上农场主赫弗芬格家的牲口棚里。我无事可做，一整天都坐在草地上吃葡萄。"你喜欢我这样吗？"

---

① 比莉·荷莉戴（1915—1959年）：美国著名爵士女伶，绰号"戴夫人"，演唱风格委婉动人。

早晨，她的几个表兄弟开着另外一辆卡车过来接我们。我突然意识到，整个乡下数千个墨西哥人都知道了我和泰莉的事，对他们来说，这肯定是一个生动有趣而浪漫的话题。几个表兄弟为人很客气，实际上还是很可爱的。我站在卡车上，快乐地笑着，说着我们打仗的时候在哪里，在哪里宿营。她的表兄弟一共有五个，每一个都很友好。他们好像属于泰莉家族中不像她哥哥那样瞎胡闹的那一支。但我还是喜欢那个狂野的里奇。他发誓会去纽约找我。我想象着他在纽约把什么事都推到明天的样子。那天，他在某块地里喝醉了。

我在十字路口下车，她的几个表兄弟载着她回家了。他们站在房子前面高高地对着我打手势，那意思是说泰莉的父母不在家，都去摘葡萄了。就这样，那天下午，我把那栋房子好好参观了一番。棚屋一共有四间房子，我根本想象不出这一大家子人怎么住得下。苍蝇在洗涤槽上飞来飞去。屋里连窗户也没有，就像歌中唱的那样："窗户烂了，雨进来了。"泰莉现在在家里了，在坛坛罐罐中间慢条斯理地干着活。她的两个妹妹冲着我咯咯笑。小孩子在路上大声尖叫。

我在这条山谷中待的最后一个下午，红红的太阳从乌云中蹦出来时，泰莉把我领到了农场主赫弗芬格的牲口棚里。农场主赫弗芬格的农场就在路旁，经营得很有喜色。我们把几个板条箱子拼起来，泰莉又从家里拿来毯子，除了暗藏在牲口棚顶上的一大块毛茸茸的帆布，一切都算齐备了。泰莉说只要我不去碰那块帆布就没事。我躺在箱子搭就的床上盯着那块帆布。然后我出门去了墓地，爬到一棵树上。我在树上唱起了《蓝色的天空》。泰莉和约翰尼坐在草地上，我们一起吃葡萄。在加州，把葡萄汁吸出来，把皮吐掉，算得上是一种真正的奢侈。夜幕降临了。泰莉回家准备晚饭，9点钟带着香甜可口的玉米饼夹碎菜豆回来了。我在牲口棚里的水泥地上点着一堆柴火照亮。我们在板条箱子搭就的床上做爱。然后泰莉起身直接返回小棚屋。她父亲在大声喊叫她，我在牲口棚里都能听到。她留给我一件斗篷取暖，我把它围在肩膀上，潜藏在月光照耀下的葡萄园中查看情况。我爬到一排葡萄树尽头，跪在温暖的泥土里。她那几个兄弟正在用西班牙语唱旋律优美的歌曲。星星倾斜在小小的屋顶上，烟正从火炉管里朝外冒。我闻到了辣椒炒碎菜豆的香味。老头子在吼叫。几个兄弟不停地在用真假嗓音尽情唱歌。母亲一声不吭。约翰尼和几个孩子在卧室里咯咯笑。这便是一个加州的家庭，我藏在葡萄园里把这一切都看在了眼中。我觉得自己就像一个百万富翁，正在美国疯狂的夜晚探险。

泰莉随手砰地把门关上出来了。我在黑漆漆的路上迎上去和她说话："出什么事了？"

"哦，我们一直在吵。他想让我明天去工作。他说他不想让我混日子。塞尔，我想和你一起去纽约。"

"可怎么去？"

"我不知道，亲爱的。我会想你的。我爱你。"

"可我必须走。"

"是的，是的。我们再睡一次你就走。"我们回到牲口棚，我和她在那块帆布下做爱。那块帆布是做什么用的？我们睡在板条箱子上，一直睡到火熄灭。她半夜的时候走了，她的父亲喝醉了，我能听到他的吼叫声，然后他睡着了，一切就安静了下来。繁星笼罩着沉睡的乡村。

早晨，赫弗芬格隔着马棚的门把头伸进来说道："小伙子，你还好吗？"

"挺好的。我希望我住在这里不会给你带来什么麻烦。"

"没事的。你打算带那个墨西哥小妞儿一起走吗？"

"她是个挺好的姑娘。"

"也很漂亮。我想她们家那头公牛翻栅栏跑掉了。她的眼睛里透着悲伤。"我们聊着他的农场。

泰莉把我的早餐带来了。我早已把我的帆布包收拾好了，等我在萨比纳尔把钱一拿到手就准备去纽约。我知道那钱正在那里等我。我对泰莉说我就要走了。她整个晚上都在想这件事，最后认命了。她在葡萄园中冷漠地吻了吻我，便顺着一行葡萄树走了。我们走出去十多步都把身体转了过来，最后一次看对方，因为爱是两个人的事。

　　我说："泰莉，我们纽约见。"一个月后，她打算和她的哥哥一同去纽约。但我们都知道她去不成。我又走了100英尺，转回身去看她。她一只手拿着我的早餐盘，只是径直朝那座棚屋走去了。我低下头注视着她。好吧，唉，我又在路上了。

　　我沿着通向萨比纳尔的高速公路朝前走，在一棵胡桃树上摘了些黑胡桃吃了。我走在南太平洋铁路公司的轨道上，在铁轨上保持着平衡向前走。我走过一座水塔和一座工厂。这是某种事物的终点。我去了铁路电报办公室，打算把从纽约寄来的钱拿上。办公室的门锁着。我骂了一句，在台阶上坐下来等着。票务长回来了，邀我进去。钱来了，我姑妈又一次救了我这个懒屁股。骨瘦如柴的老票务长说："明年哪个国家会赢得世界职业棒球锦标赛的冠军？"我突然意识到现在已是秋季，而我就要回纽约了。

　　我在10月长而忧伤的山谷的光亮中沿着轨道向前走，希望能碰到一辆南太平洋铁路公司的货车，这样我就能扒上去加入那帮吃葡萄的流浪汉，并能同他们一起读那些最滑稽的漫画报纸。货车没有来。我离开铁道到了高速公路上面，马上就搭上了一辆车。这是我这辈子经历过的跑得最快、最让我欢呼叫好的一次搭车旅行。司机是一支加州牛仔乐队的小提琴手。他开着一辆崭新的轿车，时速达到了80迈。"我开车的时候不喝酒。"说着他把一瓶1品脱装的酒递给我。我喝了一口把酒瓶递给他。

　　"该死。"他说完也喝了一口。从萨比纳尔到洛杉矶总共250英里的路程，我们只用了4个小时就到了，真是令人吃惊。他在好莱坞的哥伦比亚电影公司门口把我放下，我刚好及时跑了进去，把我那部被遗弃不用的手稿捡了起来。然后我买了去匹兹堡的公共汽车票。我的钱不够买直达纽约的车票。等我到了匹兹堡再想办法。

车10点开，我有4个小时的时间一个人逛逛好莱坞。我先买了一块烤面包和一些萨拉米香肠，打算做10个三明治路上吃。我身上只剩下1块钱了。我坐在好莱坞一座停车场后面的水泥矮墙上动手制作三明治。就在我埋头苦干这份可笑的工作时，打在某个好莱坞女主角身上的几束强烈的克利格灯光刺破了天空，那正是醉人的西海岸的天空。我周围都是这座疯狂的黄金海岸城市制造出的噪声。这便是我在好莱坞的经历——这便是我在好莱坞度过的最后一夜，而我此时正在一个停车场厕所的后面，把芥子酱涂抹在放在我大腿上的面包片的上面。

十四

黎明时分，我们的车轰隆隆地快速穿行在亚利桑那沙漠中——驶过了印第奥、布莱斯、莎乐美（她跳舞的地方），辽阔而干旱的土地向南一直延伸到墨西哥山脉。然后我们向北拐驶向亚利桑那山脉，驶过了悬崖边上的城镇弗拉格斯塔夫。我随身带着一本从好莱坞的书摊上偷来的书，是富尼埃的《大莫尔纳》，但一路上我更喜欢看的是美国的风景。每一个凸起、高坡，每一条直路都让我的渴望变得神秘难解。在漆黑的夜里，我们驶过了新墨西哥；在灰暗的黎明中驶过了得州的达尔哈特；在寒冷刺骨的星期天的下午，我们一个接一个地驶过俄克拉荷马的地势平坦的市镇；在夜幕降临时，我们又到了堪萨斯。公共汽车一路呼啸着朝前跑。我在10月回家了。每个人都在10月回家。

我们日中到了圣路易斯。我沿着密西西比河漫步，注视着河面上从北部的蒙大拿顺水漂流下来的圆木——搭建我们的大陆梦的有着奥德修斯那般历程的巨大圆木。古老的蒸汽船陷在了耗子成群的污泥中，船身上的涡卷装饰在风雨的侵蚀下变得更加卷曲、更加萎缩。午后巨大的云块都漫过了密西西比山谷。那天晚上，汽车轰隆隆地穿过玉米地，月光照亮了怪异得让人害怕的密集的苞叶，万圣节就快到了。我认识了一位姑娘，我们一路搂着脖子亲吻着到了印第安纳波利斯。她是个近视眼。我们下车吃饭时，我不得不拉着她的手走到卖午餐的柜台前面。她为我买了午餐，我的三明治都吃光了。作为交换，我为她讲述了几个长长的故事。她来自华盛顿，这个夏天，她一直在那里摘苹果。她的家在纽约北部的一座农场内。她邀请我去那里。不管怎样，我们约好了在纽约的一家旅馆见面。她在俄亥俄的哥伦布下了车，我一路睡到了匹兹堡。多少年了，我从来没这么疲惫过。距纽约还有365英里，这段路我要搭车回去，而我的口袋里只剩下了10美分。我步行5英里出了匹兹堡，然后搭乘两辆便车（一辆是运送苹果的卡车，一辆是铰接式大卡车），在微风轻拂的雨夜，到了哈里斯堡。我抄近路径直朝前走。我想回家了。

那是萨斯奎哈纳河畔老鬼的夜晚。老鬼是一个瘦小干枯的老头子，背着个纸袋子，自称去"加拿迪"。他走得很快，命令我跟上，还说前面有座桥，我们可以在上面通过。他年纪60岁上下，一直在说他吃的饭，他们给了他多少黄油让他用烤饼裹着吃，又额外给了他多少片面包；几个老人在马里兰的一家慈善机构的门口怎样招呼他、邀请他在那里住上一个周末，他离开的时候又洗了一个怎样的热水澡；他在弗吉尼亚的路旁又怎样发现了一顶崭新的帽子，就是他头上戴的这顶；他在城里又怎样去每一家红十字会，对着那里的人展示他参加一战的证据；哈里斯堡红十字会又是如何的名不副实；他在这个冷酷无情的世界中又是如何活下来的。但据我观察，他只是一个还算受人尊敬的流浪汉，步行走过了整个东部荒蛮的地区，去过红十字会办公室，有时会在梅恩大街的街角讨钱。我们这两个流浪汉算是走在一起了。我们沿着令人悲伤的萨斯奎哈纳河走了几英里。这是一条可怕的河。河两岸都是长满灌木丛的悬崖，俯着身体，就像盘踞在未知水域之上的毛乎乎的厉鬼。漆黑的夜笼罩着一切。有时从河对岸的调车场上燃起一大团机车发出的火光，照亮了恐怖的悬崖。小个子老人说，他的纸袋里有一条上好的腰带，我们停住脚步等着他把皮带找出来。"这里原本有条好腰带的——是我在马里兰的弗雷德里克捡的。该死，难道我把那东西丢在弗雷德里克斯堡的柜台上了吗？"

"你刚才说的是弗雷德里克。"

"不，不，是弗吉尼亚的弗雷德里克斯堡。"他总在说马里兰的弗雷德里克和弗吉尼亚的弗雷德里克斯堡。他迎着来来往往的车辆在路中间走，好几次差点被撞。我沿着阴沟疲惫而缓慢地走着。我每一刻都在想这个可怜的小个子疯老头会被撞飞在夜空中死掉。我们始终没有找到那座桥。我把他丢在一个铁路高架桥下的通道里，因为走了这么长的路我已是大汗淋漓，我换了衬衣，又穿上了两件羊毛衫，一间酒吧点燃了我那可悲的动力。一家人顺着这条黑漆漆的路过来了，不知道我到底在干什么。最奇怪的是，一个次中音萨克斯手正在这个宾夕法尼亚的乡下酒吧里演奏十分美妙的布鲁斯，我听着，发出一阵阵的呻吟。开始下暴雨了。一个人开着车把我捎回到哈里斯堡，说我走错路了。我突然看到那个小个子流浪汉正站在一盏令人伤心的路灯下用手指做出搭车的动作——可怜的孤苦伶仃的家伙，可怜的、迷惘的靠不住的家伙，如今成了这贫瘠的荒野中颓丧的老鬼。我把这事告诉了司机，他把车停下对那老人说。

"喂，朝这边看，伙计，你正在往西去，不是在往东去。"

"嗳？"小个子老鬼说，"别对我说我不认识这里的路。这个国家我游了好多年了。我正朝加拿大去。"

"可这条路不去加拿大，这条路是去匹兹堡和芝加哥的。"小个子老头厌恶我们了，走开了。我最后看到的是他那上下蹿动的小白包消失在了凄凉的阿勒格尼山的黑暗之中。

我本以为所有的美国的荒野都在西部，直到这个萨斯奎哈纳河畔老鬼改变了我的看法。不，在东部也是有荒野的，这荒野正是当年本杰明·富兰克林做邮政局长时乘坐一辆牛车艰难而缓慢地走过的荒野，也是当年乔治·华盛顿奋勇拼杀印第安人时的那片荒野，也是当年丹尼尔·布恩①在宾州借着灯光讲故事、誓言找到坎伯兰峡谷时的那片荒野，也是当年布雷福德②修路、工人们在圆木小屋内为之欢呼叫好时的那片荒野。对这个小个子老头来说，根本不存在如亚利桑那那般辽阔的土地，只有宾州东部、马里兰和弗吉尼亚那些遍布灌木丛的荒野，只有那些蜿蜒在如萨斯奎哈纳河、莫农加希拉河、古老的波托马克河和莫诺科西河这些阴郁河流中的偏僻小径、黑柏油路。

在哈里斯堡的那个晚上，我不得不睡在火车站里的一条长椅上，黎明时，几个站长把我赶出去了。小时候的你很可爱，寄居在父亲家里，开始生活时相信一切，这难道不是真的吗？然后你成了一个老底嘉人③，这时你才知道自己又悲惨、又痛苦、又穷又瞎，还没有衣服穿，你那副模样就像一个恐怖、牢骚满腹的鬼，你战战兢兢地在噩梦中过日子。我一脸憔悴踉踉跄跄地走出火车站，早已失控了。我只能看到早晨是一片白，像坟墓那样的白。我快要饿死了。在我的体内，以卡路里的形式留存下来的，只是我好几个月以前在内布拉斯加的谢尔顿吃的那些止咳糖浆的残留物，此时我正从它们内部吸收糖分。我不知道如何乞讨。我跟

---

① 丹尼尔·布恩（1734—1820年）：美国开拓者、传奇式人物，曾对肯塔基州和坎伯兰隘口的开辟做出重要贡献。

② 即威廉·布雷福德（1721—1791年）：北美革命印刷业者，曾创办《宾夕法尼亚杂志》，承印大陆会议官方出版物。

③ 指对宗教不冷不热的人，见《圣经·启示录》。

跟跄跄地走出城市，几乎没有力气走到城市的边缘。我知道，如果我在哈里斯堡再待一个晚上，就会被逮捕。该死的城市！我继续搭上的便车的司机是一个骨瘦如柴、形容枯槁的家伙，信奉有节制的挨饿能够保持身体健康。我们朝东部驶去的时候，我对他说我就要饿死了，他说："不错，不错，你这么做再棒不过。我自己就连着3天没吃了。我会活到150岁。"他是一个皮包骨头、松松垮垮的家伙，是一根破棍子，是一个疯子。我还不如搭一个有钱的胖子的车呢，听我说快饿死了，他肯定会这么回答："我们就在这家馆子停下吧，点些猪排和煮豆子。"不，那天早晨我不得不搭一个信奉有节制的挨饿能够保持身体健康的疯子的车。走了100英里，他的心软了，从后备厢里拿出几个面包黄油三明治。这些食物在他的样品中间藏着。他是在宾州卖管道设备的。我大口吞下面包和黄油。我突然开始大笑。他在艾伦敦下车，打电话聊生意上的事，我一个人在车上等他。天啊，我病了，厌倦了生活。但这个疯子把我捎到了纽约。

我突然发现自己到了时报广场。我环游美国大陆8000英里，回到了时报广场；而且也刚好赶上上班高峰期，我用我那单纯的路人的眼睛看着十足疯狂而无比喧嚣的纽约，成百上千万的人为了钱永远在疲于奔命，那个疯狂的梦——攫取、获得、给予、叹息、死亡，只有这样做他们才能被埋在长岛市远处的那些有公墓的恐怖城市中。那里是这块土地上的高塔——是这块土地的另外一个尽头，是"纸美国"诞生的地方。我站在地铁口，试图鼓起足够多的勇气捡起一个漂亮的烟蒂，但每次我俯下身体，大群大群的人就会匆匆走过把它遮挡起来，直到最后被踩扁。我没钱坐公共汽车回家。帕特森离时报广场还有好几英里远。你能想象出我穿过林肯隧道或者跨过华盛顿大桥，走完这最后的几英里回到新泽西的情景吗？现在已是黄昏。哈塞尔在哪里？我在广场上细细搜寻，却没有发现他的踪影，他正在雷克岛蹲监狱。迪恩在哪里？每个人都在哪里？生活在哪里？我要回家了，回到那个我可以躺下的地方，好好想想我的得与失，并且我知道，这得与失也在那里的某个地方。我不得不讨25美分买车票回家。我最后碰到了一位正在街角站着的希腊牧师。他给了我25美分，然后紧张地把目光转向了一旁。我立即匆匆地上了汽车。

回到家我把冰箱里的每样东西都吃光了。我的姑妈起床后看着我用意大利语说："可怜的小塞尔瓦托，你瘦了，你瘦了。这段时间你去哪里了？"我身上穿着两件衬衣和两件羊毛衫，帆布包里装着在棉花地里磨破的裤子和那双破烂的平底皮凉鞋。我和我姑妈决定用我在加州给她寄来的那些钱买一台新的电冰箱，这将是这个家里的第一台新的电冰箱。她上床睡去了，深夜，我睡不着，只好躺在床上抽烟。我那半部手稿还在桌子上放着。现在已是10月，我回来了，又该工作了。第一股冷风把窗玻璃吹得咯咯响，我刚好及时写完。迪恩来过我这里，在这里睡过几个晚上，等我；下午，趁我姑妈用我家所有的旧衣物制作一块已经做了好多年的大地毯时跟她聊天。如今，这块地毯总算制作完成了，铺在了我的卧室的地板上，工艺复杂、色彩浓艳，就像流逝的时间本身，然后他在我到来的两天前离开去旧金山了，很可能是在宾州或者俄亥俄的某个地方，穿过了我曾走过的路。他在那里有了属于自己的生活，卡米尔刚刚租下了一套公寓。我在磨坊市时从未想到过去看她。现在再想去已为时太晚，我又没有遇到迪恩。

第二部

一

又过了一年多，我才再次见到迪恩。那段时间，我一直待在家里，书写完了，并且基于《美国军人权利法案》的规定开始上学了。1948年的圣诞节，我和我姑妈带着大量的礼物去弗吉尼亚看我的哥哥。那段时间，我一直在给迪恩写信，他说他就要再次来东部了，我告诉他，如果他真的来，就能在圣诞节和新年之间的这段时间内，在弗吉尼亚的泰斯特蒙特找到我。一天，正当我们那些个骨瘦如柴、眼睛里沾着古老南方的泥土的亲戚围坐在泰斯特蒙特家的客厅里，用低沉而哀怨的声音谈论天气、庄稼，像往常那样，让人厌倦地概述谁生了个孩子、谁又盖起了一栋新房子这些事时，一辆溅满污泥的哈德逊牌汽车从那条肮脏的路上驶到了房子跟前。我不知道来人是谁。一个疲惫的小伙子，肌肉发达，穿着一件破T恤，胡子拉碴的，红着眼睛来到门口按响了门铃。我把门打开，突然意识到来人正是迪恩。他从旧金山一路来到我哥哥弗吉尼亚的家门口，用时又那么短，简直让我吃惊不已，因为我最近这封信刚刚写完寄出去，告诉他我现在的住处。我看到车上还有两个人在睡觉。"该死！迪恩！车上的人是谁？"

"你好，你好，伙计，是玛丽露。还有埃德·邓格尔。我们得马上找个地方好好洗洗。我们累死了。"

"可是你怎么来得这么快？"

"啊，伙计，多亏了那辆哈德逊跑得快！"

"你是从哪里弄的？"

"我用积蓄买的。我一直在铁路上干，每个月能挣400块。"

接下来的那一刻真的是十足窘迫。我那些南方的亲戚都不知道发生了什么事，都不知道迪恩、玛丽露和邓格尔是谁，都是干什么的，只好呆呆地看着。我姑妈和我哥哥洛奇去厨房里商议事情。在这栋小小的南方的房子里一共有11个人。不只是这个，我哥哥刚才又做了决定，从这栋房子里搬出来，丢掉一半的家具，他和他妻子以及孩子搬到离泰斯特蒙特市更近的一个地方去。他们买了一套新的客厅家具，打算把旧的这套送到我姑妈帕特森的家里。迪恩听说了这事当即决定用他的哈德逊拉。我和他分两趟把家具快速拉到帕特森，第二趟时捎上我的姑妈。这样不但能省不少钱，还能省不少事。这件事就这么定了。我嫂子做了一桌丰盛的饭菜，三个又累又饿的旅人坐下开吃。玛丽露自丹佛起就没有睡。我觉得她看上去老了些，也漂亮了。

我得知，从1947年的那个秋季开始，迪恩和卡米尔就在旧金山一直幸福地生活着；他在铁路上找了一份工作，挣了不少钱。他和卡米尔生了一个叫艾米·莫里亚蒂的可爱的小女孩，从此做了父亲。然后，有一天，他正在街上走着，突然心血来潮。他看到了一辆正在出售的1949年产的哈德逊，便急匆匆地赶到银行把存款都取了出来。他当场把车买下。当时埃德·邓格尔正和他在一起。现在他们破产了。迪恩安慰卡米尔，叫她不要害怕，他一个月后就回来。"我去纽约把塞尔接回来。"她不太喜欢这种做法。

"可你这么做的目的是什么？你为什么要这么对我？"

"没什么，没什么，亲爱的——呃——哼——塞尔求我过去接他，我绝对有必要去——但我们不解释这些——我告诉你为什么……不，听着，我会告诉你为什么的。"他告诉她为什么了，当然了，他都是在胡扯。

"大个子"埃德·邓格尔也在铁路上工作。他和迪恩因为一次猛烈的裁员，在降级中刚刚被解雇。埃德认识了一个叫伽拉蒂雅的姑娘，这姑娘靠着积蓄在旧金山生活。这两个没脑子的无赖决定把这姑娘带到东部去，让她支付一路上的花费。埃德用甜言蜜语哄骗人家，还苦苦哀求，但这姑娘还是不愿去，除非他娶了她。忙乱了几天，埃德·邓格尔娶了伽拉蒂雅，期间，那些结婚用的必需的文件都是迪恩跑东跑西弄齐的，然后，在圣诞节的前几天，他们就以每小时70迈的速度驶离了旧金山，径直朝洛杉矶和无雪的南方公路去了。在洛杉矶的一家旅行社，他们拉上了一个水手，油费15块。水手要去印第安纳。他们还拉上了一个女人和她的傻女儿，是去亚利桑那的，油费4块。迪恩让傻女儿同他一起坐在前面，用话语逗她，他是这么说的："伙计，我们可是聊了一路啊！那小妞儿长得可真带劲。哦，我们聊着，我们聊了火，聊了沙漠变天堂，又聊了她那只会说西班牙语的鹦鹉。"他们把这些乘客放下，继续赶往图森。一路上，埃德的新娘子伽拉蒂雅·邓格尔一直在抱怨，说她累了，想找个汽车旅馆好好睡一觉。如果累了就住店，那他们还没到弗吉尼亚就早把她所有的钱都花光了。走了两个晚上，她强迫他们停下来，花了10块钱住汽车旅馆。他们到图森前她破产了。迪恩和埃德在一家旅馆的大厅里把她甩掉，他俩和那个水手独自继续这次航程，良心上并未感到任何的不安。

埃德·邓格尔是个大个子，人很安静，却又没脑子，迪恩让他干什么他就干什么；而这时候，迪恩忙得不行，顾不上良心上的不安。他把车开得呼呼响，过新墨西哥的拉斯克鲁塞斯时，他的心里突然燃起一种爆炸性的渴望，想再去看看他那第一任可爱的妻子玛丽露。她在丹佛住。他不顾那个水手虚弱的反对，把车拐到北面，在傍晚一路加速开进了丹佛。他四处乱窜，在一家旅馆里找到了玛丽露。他们疯狂地做爱，连做了10个小时。一切都已再次决定好了：他们将会生活在一起。玛丽露是迪恩唯一真正爱过的姑娘。他再次看到她的脸时都快后悔死了，为了讨好她，就又像以前那样，守在她的膝盖旁，恳求她、乞求她。她了解迪恩，她摸着他的头发，她知道他疯了。为了安抚那个水手，迪恩给他找了一个姑娘，安排好两个人在他那帮打台球的老友总喝醉酒的那家酒吧上面的一家旅馆房间内约会。但水手拒绝了那个姑娘，大晚上的就走了，从此以后，他们再也没有见过他，他显然坐公共汽车去印第安纳了。

迪恩、玛丽露和埃德·邓格尔开着轰轰作响的汽车沿着科尔法克斯向东行驶，到了堪萨斯平原上。他们遇上了突如其来的猛烈的暴风雪。在密苏里，因为挡风玻璃上覆盖了一英寸厚的冰，迪恩晚上开车时只得把裹着头巾、戴着防雪镜的脑袋伸到车窗外头，那个模样就像一个正在凝视大雪的和尚。他想都没想就驶过了他的祖先出生的那个县。早晨，车子在一条冰雪覆盖的公路上行驶时滑入了阴沟。一位农场主主动帮他们把车子弄了出来。他们耽搁了一会儿，捎上了一个搭车的人，那人说，如果他们把他捎到孟菲斯就给他们1块钱。等到了孟菲斯，那人进了家门，喝得醉醺醺的，一通乱忙活，说那1块钱找不到了。他们继续驶过田纳西，因为那次事故，轴承受了损伤。在此之前，迪恩一直把车速保持在每小时90迈，现在只能稳定在70迈，要是再开那么猛，整部车就会呼呼地摔到山下。他们在冬至那天驶过了大烟山脉。他们抵达我哥哥的房门前时，除了一些糖果和奶酪饼干，已经有30个小时没吃饭了。

他们拿着三明治，猫着腰站着，像迪恩那样狼吞虎咽，听着我刚买的一张疯狂的波普爵士乐唱片，在大大的留声机前又蹦又跳，唱片名叫《狩猎》，演奏者为德克斯特·戈登①和沃德尔·格雷②，面对一群尖叫声连连的观众，疯狂地吹奏着萨克斯，让唱片的声音显得十分狂暴。我那些南方的亲戚面面相觑，畏怯地摇着头。"塞尔交的都是些什么朋友啊？"他们问我哥哥。我哥哥很难为情，一句话也说不出。南方人一点都

① 德克斯特·戈登（1923—1990年）：美国著名次中音萨克斯手，波普爵士乐开创性人物，身高198厘米，因此被称为"大个子德克斯特"和"温文尔雅的巨人"。
② 沃德尔·格雷（1921—1955年）：美国次中音萨克斯手，曾活跃于摇摆乐和波普乐时期。

不喜欢疯狂，不喜欢迪恩这种人。他根本没搭理他们。迪恩的疯狂已经怒放成了一朵奇异的鲜花。直到我和他还有玛丽露离开房子，坐着他那辆哈德逊出去兜会儿小风，第一次只剩下我们几个可以畅所欲言时，我才意识到这一点。迪恩抓紧方向盘，瞬间转过一个弯，冥想了一分钟，车子行进时，好像突然决定好了什么事，坚定而又疯狂地把车子提到全速，疾驰在了公路上。

"好啦，孩子们。"他擦擦鼻子，弯下腰摸着手刹，从储物箱里拽出了几支香烟，他做这些事的时候身体在前后摇晃，一直在开车。"我们下一周做什么，做决定的时候到了。至关重要，至关重要。呃哼！"他躲过一辆骡子车，车上坐着一个老黑人，车子走得很慢。"耶！"迪恩叫喊着说，"耶！瞧瞧他！现在好好想想他的灵魂——停一会儿，好好想想。"他放慢车速，让我们都回头看那个哀怨的老黑人。"哦，是的，好好瞧瞧他；我敢保证，那个脑袋里有思想；爬到那辆车上，弄明白那个可怜的老家伙对今年的芜菁叶和火腿是怎么看的。塞尔，这种事你是不知道的，但我曾在阿肯色和一个农场主住过整整一年，当时我才11岁。我做过烦人的苦工，有一次还为一匹死马剥皮。我从1943年的圣诞节，也就是5年前起，就再也没有回过阿肯色，当时我和本·盖文想偷一个人的汽车，那人端着一把枪把我俩赶跑了；我对你说这个，是想让你知道我了解南方。我了解——伙计，我的意思是，我了解南方，我彻彻底底地了解南方——我看了你给我写的关于南方的信。哦，是的，哦，是的。"他拖长了说话的声音，然后完全不说了，突然又把车速提高到了每小时70迈，身体俯在了方向盘上。他固执地盯着前方。玛丽露安静地微笑着。这是一个新的、完整的迪恩，他成熟了。我对自己说，哦，天啊，他变了。他说他憎恨的事情时怒火从眼睛里喷射了出来，他突然变得高兴时眼睛里又射出狂喜的光芒，每一条肌肉抽动得都是那么有活力。"哦，伙计，我想对你说的是，"他用拳头碰碰我说，"哦，伙计，我们必须确确实实地找时间——卡洛怎么样了？小可爱们，我们明天要做的第一件事就是去看卡洛。听好了，玛丽露，你买些面包和肉，等到了纽约做顿午餐。塞尔，我们还有多少钱？我们要把每样东西都放在后座上，我说的是P太太的家具，我们都坐在前面，紧紧贴在一起，去纽约的路上可以讲故事。大白腿玛丽露，你坐我旁边，塞尔挨着你坐，埃德坐车窗旁，大个子埃德能挡风，这回就让他盖厚毯子吧。然后我们就直奔美好的生活而去了，过好日子的时候到了，我们都知道过好日子的时候到了！"他兴奋地搓着下巴，晃过了3辆卡车，眼观六路，头动都不动，眼球呈弧形转动180度，注视着周围的一切，把车子开得轰轰响，驶入了泰斯特蒙特市区。就听"砰"的一声，他马上就找到了一个停车位，把车子停好。他从车里跳了出来。他兴冲冲地快步走进火车站，我们局促不安地跟着他去了。他买了香烟。他的一举一动中透着十足的疯狂，好像同时做着所有的事。他的脑袋上蹿下跳，左摇右晃；手在痉挛性地、有力地挥舞着；走路如飞，快速坐下，双腿交叉，又飞快地把双腿打开，站起身，搓手，搓衣服上的纽扣，抬起头，"嗯"一声，然后突然眯起眼睛打量着周围的一切；在此期间，他始终在抓着我的肋部，叽里呱啦地说个没完。

泰斯特蒙特气候反常，下了雪，天气很冷。他站在与铁路平行的长而荒凉的大街上，身上只穿着一件T恤和一条裤腰垂得很低的裤子，皮带的搭扣解开着，好像要把裤子脱掉似的。他过来了，把脑袋伸到车里对玛丽露说了几句什么，然后退后，当着她的面摆动着两只手，说着："哦，是的，我知道！我了解你，我了解你，亲爱的！"他像疯子那般大笑，刚开始笑声很低，结束的时候声音高昂，简直和某个疯狂的电台主持人的笑声一样，只是他笑得更快，笑中还带着一点傻气。然后他不停地重拾严肃的语调。我们来城里漫无目的，但他找到了目的。他让我们都忙了起来，玛丽露去采购午餐用的食品杂货，我去买报纸查询天气预报信息，埃迪去买雪茄。迪恩喜欢抽雪茄。他一边抽雪茄，一边看报纸，嘴里还说着："啊，华盛顿那帮可敬的废话连篇的家伙又想搞事了。"他跳起来，冲过去看一位刚刚从火车站外面路过的黑人姑娘。"看她，"他站在那里，用一根软绵绵的手指指着那姑娘说，又一脸傻笑地指指自己，"那个惹火的小黑妞儿。啊！嗯！"我们上了车飞一般返回了我哥哥家。

　　当我们返回屋内，我看到圣诞树、圣诞礼物，闻到烤火鸡的香味，听到亲戚们的谈话时，才意识到自己在乡下一直在过着很安静的圣诞节，但现在我的兴趣又回来了，这个兴趣的名字就是迪恩·莫里亚蒂，我又有了上路的莫大的冲动。

二

　　我们把我哥哥的家具放到后备厢里头，于黄昏时分启程，许诺30个小时以后回来——用30个小时南南北北地跑几千英里。但迪恩想这么做。旅程艰难，我们谁也没有发现这一点，空调制热系统坏了，结果挡风玻璃上结满了雾和冰，迪恩把车速保持在每小时70迈，行车途中还用一块破布不停地擦拭，擦出一个洞，方便看路。"啊，神圣的洞！"哈德逊内部很宽敞，足够我们4个人坐在前面。一块毯子盖着我们的大腿。收音机也坏了。这辆崭新的汽车可是5天前刚买的，现在就出毛病了。车是分期付款买的。我们沿着301号公路向北朝华盛顿驶去，这条公路很直，有两个车道，路上车辆也不多。只有迪恩在说话，别人谁也没说。他极度兴奋地做着动作，有时为了表明一种看法会把身体转到我这边，有时又来个大撒把，可是车子还是像箭那样直直地向前驶去，一次也没有偏离公路中间的那条直直的白线，让那白线碰着我们的左前胎。

　　就当时的情况来看，迪恩到我这里来是一点意义也没有的，同样地，我和他出去也是没有任何理由的。在纽约，我一直在上学，并且正在和一个叫露西尔的姑娘谈恋爱，姑娘是意大利人，长得很漂亮，留着一头蜜色的头发，我真的想娶她。这些年，我一直在寻找我想娶的女人。她会成为一个什么样的妻子？我把露西尔的情况对迪恩和玛丽露说了。玛丽露想彻底了解露西尔，想和她见上一面。我们风驰电掣地驶过里士满、华盛顿和巴尔的摩，沿着一条弯弯曲曲的乡村公路向费城驶去，路上一直在说话。我对他们说："我想娶一位姑娘，有她为伴，我的灵魂就能得到安歇，我们就这样一直过到老。我不能总这么混下去——发疯似的到处乱窜。我们得去某个地方，找到某种东西。"

迪恩说："啊，听着，伙计，这些年，我一直都很欣赏你的家庭观、婚姻观，以及你对于灵魂的那些美妙的阐述。"那是一个忧伤的夜晚，也是一个快乐的夜晚。在费城，我们走进一家小餐馆，用最后的伙食费买了几个汉堡吃。服务员——当时是凌晨3点——听说我们缺钱，便主动提出，如果我们能马上去后面把餐盘洗干净，就给我们免费的汉堡吃，还会再给我们些咖啡，因为他的正式员工没来。我们欣喜若狂地接受了这个提议。埃德·邓格尔说他是个洗盘子的老手，二话没说就把两只长长的胳膊伸进了盘子中间。迪恩拿着条毛巾四处乱转，玛丽露也一样。最后，他们开始在盘盘罐罐中间搂着脖子亲嘴，退到了配餐室里面一个黑漆漆的角落里。那个店员看着我和埃迪刷了那么久的盘子心中很满意。我们用了15分钟就把活干完了。天色破晓时，我们穿过新泽西，纽约大都市的巨大的云块正在远处的积雪上升起。迪恩为了取暖把一件羊毛衫裹在了耳朵上。他说我们是一帮赶来炸掉纽约的阿拉伯暴徒。我们嗖嗖地穿过林肯隧道，朝时报广场驶去，玛丽露想看看那里。

"哦，他妈的，真希望我能找到哈塞尔。每个人都留点神，看看能不能找到他。"我们都在人行道上搜寻着。"善良的老哈塞尔简直棒呆了。哦，你本该在得州见见他的。"

迄今为止，迪恩驾车从旧金山出发，途经亚利桑那和丹佛，用4天的时间走了差不多4000英里，途中又夹杂了无数的冒险，而这只是个开始。

三

我们去了我在帕特森的家，在那里睡着了。下午将尽的时候，我第一个醒了过来。迪恩和玛丽露在我的床上睡着，我和埃德睡我姑妈的床。迪恩的行李箱破了，合页也断裂了，散摊在地板上，袜子从里面露了出来。楼下的药店说有我的电话。我跑下楼，电话是从新奥尔良打来的。是"老公牛"李打来的，他来新奥尔良了。"老公牛"李喝高了，哼哼唧唧地发着牢骚。好像有一个叫伽拉蒂雅·邓格尔的姑娘跑到了他的家里，和他要一个叫埃德·邓格尔的家伙，"老公牛"根本不认识这些人。落魄的伽拉蒂雅·邓格尔死缠着他不放。我告诉"老公牛"让她放心，邓格尔正和我，还有迪恩在一起，我们极有可能会在去西海岸的路上，在新奥尔良捎上她。然后那姑娘把电话接了过来。她想知道埃德怎么样了。她很关心他的幸福。

我问她："你是怎么从图森去新奥尔良的？"她说她给家里发去了一封电报，要了些钱，乘坐公共汽车到的那里。她铁了心要赶上埃德，因为她爱他。我到了楼上，把这事对埃德说了。他坐在椅子上，脸上露着焦虑，其实他是一个挺不错的小伙子。

"好啦，"迪恩突然醒了，从床上跳了下来，"我们现在必须要做的事就是马上吃东西。玛丽露，赶紧去厨房，看看有什么可吃的。塞尔，你和我下楼去找卡洛。埃德，你尽可能地把房间收拾干净。"我跟着迪恩急匆匆地下了楼。

开药店的那个家伙对我说："刚才又有个电话找你，这次是从旧金山打来的——说是要找一个叫迪恩·莫里亚蒂的家伙。我说没这个人。"打电话的人是可爱无比的卡米尔。药店老板叫萨姆，身材高大，性情平和，是我的一个朋友，他看着我，挠挠头说："我的老天，你在忙活什么啊？开国际妓院吗？"

迪恩兴奋地傻笑着说："我喜欢你，伙计！"他蹦蹦跳跳地进了电话亭，给旧金山打了一个电话，是对方付费的那种。然后我们给卡洛在长岛的家去了电话，叫他过来。卡洛两个小时以后到了。与此同时，我和迪恩准备独自去弗吉尼亚，把剩下的那些家具和我姑妈捎过来。卡洛·马克思胳膊底下夹着一本诗集过来了，坐在安乐椅上，用一对亮晶晶的小珠子般的眼睛盯着我们。最初的半个小时他什么都不肯说，无论如何也不肯表态。经过了丹佛那段无聊的日子，他现在已安静下来，是他在达喀尔待的那段无聊的日子让他安静下来的。他在达喀尔留着胡子，和一帮小孩子在后街上晃荡，小孩子们又把他领到一个巫医那里为他占卜命运。他拍了一些那些立有茅草屋疯狂的街的照片，又拍了达喀尔迷人的秋景。他说回来的路上差点像哈特·克莱恩①那样从船上跳下去。迪恩坐在地板上，旁边放着个音乐盒子，他无比吃惊地听着从里面传出来的一首小歌："美好的爱情——里头的小钟在转，在叮当响。啊！快听！"我们都蹲下身子，看音乐盒子中间，发现了秘密所在——哦，那的小钟果真在叮当响。埃德·邓格尔也在地板上坐着，他拿了我的鼓槌，突然开始跟着音乐盒子里面传出来的歌曲的节奏轻轻地敲着，轻得我们几乎都没听到。每个人都在屏息凝神听着。"嘀……嗒……嘀嘀……嗒嗒。"迪恩用一只手盖着耳朵，嘴巴张得大大的，说道："啊！哦！"

卡洛眯着眼睛看着我们这愚蠢而疯狂的行为。最后他拍拍膝盖说："我有件事要宣布一下。"

"什么？什么？"

"你这次来纽约有什么目的？你现在到底在干什么龌龊的事情啊？伙计，我是说你要去何方？你开着这辆闪亮的汽车大晚上的要去何方？"

---

① 哈特·克莱恩（1899—1932年）：美国诗人，因未实现创作目标，最后投海自尽。

"你要去何方？"迪恩张着嘴重复道。我们都坐着，不知道该说什么，再没有什么可说的了。唯一要做的事情就是走。迪恩跳起来说我们打算回弗吉尼亚。他洗了个澡。我用房子里剩下的食材做了一大盘炒米饭，玛丽露在为迪恩补袜子，我们做好了动身的准备。我和迪恩，还有卡洛，快速驶入纽约。我们答应30个小时以后再去看卡洛，那时刚好能赶上除夕夜。现在已是晚上。我们在时报广场把他放下，朝回走穿过那条昂贵的隧道，进入新泽西，到了公路上。一路上，我和迪恩轮换着开车，10个小时以后就到了弗吉尼亚。

迪恩说："这是第一次只有我们两个，我们有可能会聊上几年。"他说了一夜的话。我们就像做梦一样，风驰电掣地朝回走，驶过了沉睡中的华盛顿，回到了弗吉尼亚的荒原上，并于黎明时分穿过阿波麦托克斯河，早上8点把车子停在了我哥哥的家门口。在整个行车途中，迪恩一直在为他看到的每样事物、说过的每件事情，以及过去的每一刻的每一个细节而兴奋不已。他的的确确发疯了。"当然了，现在没人可以告诉我们世间并没有上帝存在。我们体验过各种形式的上帝。塞尔，还记得吗，当初我初次来纽约时曾让查德·金把尼采的思想教给我。你知道那是多久以前的事吗？一切都是美好的，上帝是存在的，我们是无所不知的。自希腊人以来的每样事物都被证明是错误的。几何学和几何思想体系无法解释上帝的存在。一切都是扯淡！"他紧握拳头，汽车不偏不倚地沿着公路上的标识线朝前行驶。"不光是这个，你和我都清楚，我没时间解释我为何知道、你为何知道上帝是存在的。"我一度抱怨生活的艰辛——我家有多穷，我有多想帮助露西尔，她也很穷，又带着一个女儿。"知道吗，上帝就广泛存在于磨难之中。我们千万不能被磨难拖后腿。我的脑袋在嗡嗡响！"他狠狠地抓着自己的头叫喊着。他就像格劳乔·马克思[1]

---

[1] 格劳乔·马克思（1890—1977年）：美国著名戏剧演员、电影明星。

那样从车里冲出来去买香烟——马克思走路的时候脚底紧抓地面，风风火火，任燕尾服在空中飞舞，迪恩和他不同的地方是他没穿燕尾服。

"塞尔，自丹佛起，很多的事情——哦，那些事情——我想了又想。过去我一直在少年犯管教所里待着。我是个小流氓，到处显摆自己——偷车是对我身份的一种心理上的表达，神气活现地炫耀自己。如今，我所有的罪行都已得到了很好的纠正。我再也不会蹲监狱了。其余的事就不是我的错了。"我们经过了一个朝路上行驶的汽车扔石头的小男孩的身旁。迪恩说："想想看，总有一天他会用石头砸碎汽车的挡风玻璃，驾车人会发生交通事故死掉——这一切都是那个小孩子的错。你明白我的意思吗？毫无疑问，上帝是存在的。我们这样开着车，我确信凡事都不用我们担心——甚至是你，害怕摸方向盘，但你开车的时候也不会出现任何问题，"（我不喜欢开车，不喜欢小心翼翼地开车）"——汽车自己会朝前走的，你不会偏离这条公路，我呢，到时候要睡一觉。而且，我们了解美国，我们是在自己家里，在美国，我哪里都能去，因为每一个角落都是一样的，我了解美国人，我知道他们是做什么的。我们给予、索取，在让每一个侧面呈Z字形行进的异常复杂的甜蜜中前行。"他说的这些话含糊不清、莫名其妙，但他要表达的意思是纯粹的、清晰的。他经常用"纯粹"这个词。我从未想过迪恩会成为一个神秘主义者。这便是他最初拥抱神秘主义的那段日子，让他后来成为威廉·克劳德·菲尔茨所扮演的那种衣衫褴褛的怪异圣徒。

就在那天晚上，我们把家具放在卡车的后备厢里，轰隆隆地向北返回纽约的路上，甚至连我姑妈都好奇地、有一句没一句地听着他说话。由于我姑妈在车上，迪恩就踏实下来了，开始讲他在旧金山工作的那段日子。我们讨论了司闸员必须要做的每一个细节，每次过调车场都要解释说明一下，他甚至一度从车上跳下来，向我演示司闸员在岔线会车时如何发出行动信号。我姑妈坐在后座上睡着了。凌晨4点，在华盛顿，迪恩又给卡米尔打去了电话，还是对方付费的那种电话。在这之后不久，我们驶出华盛顿时，一辆开着警笛的巡逻车追上了我们，虽然我们当时的车速为每小时30迈，但还是领到了一张超速罚单。都是加州车牌子惹的祸。那个警察说："你们这俩家伙经过这里的时候想开多快就开多快，就因为你们是从加州来的，对不对？"

我陪着迪恩走到警察局长的办公桌前，试图向那些警察解释我们没钱。他们说要是我们凑不够钱迪恩今晚就得在监狱里过。当然了，我姑妈是有钱的，罚金为15块钱，她身上总共带着20块，把罚金交了就没事了。实际上，当我们和那些警察争论的时候，其中有一个走到门外偷看我姑妈，当时我姑妈身上裹着一条毯子正在车上坐着。她看到了那个警察。

"别担心，我不是持枪的女流氓。你要是想过来搜车，过来就是了。我和我外甥正准备回家，这些家具也不是偷来的，是我侄媳妇的，她刚生了一个孩子，准备搬新家。"这番话让那个刑侦警察大吃一惊，他回到了警察分局。我姑妈不得不为迪恩付罚金，否则我们就被困在华盛顿了，我没驾照。他承诺还钱，他的确还了，但那是一年半以后的事了，当时我姑妈还为这事又惊又喜的。我姑妈——一个被困在这个悲伤的世界中的可敬的女人，对这个世界是非常了解的。她把那个警察的事对我们说了。"他躲在一棵树后面，想看看我长什么样子。我让他——我让他搜车，如果他愿意的话。我没有什么引以为耻的。"她知道迪恩有引以为耻的事，因为我和迪恩在一起，我也有，而我和迪恩也伤心地默认了这一点。

我姑妈曾说，直到男人们跪倒在他们的女人们的脚下请求宽恕，这个世界才会有和平。但迪恩懂这一点，他提过很多次。"我一再恳求玛丽露把所有的争吵都扔掉，用平静的心态温柔地理解我们之间纯粹的爱情——她懂，她的心在别处——她追求我，她不会明白我有多爱她，她在编织我的厄运。"

我说："事情的真相就是我们不懂我们的女人，我们怪她们，其实这一切都是我们的错。"

迪恩提醒我："但事情并没有这么简单，和平会突然降临的，我们不知道和平会何时降临——明白吗，伙计？"他固执而冷酷地驾车驶过新泽西，黎明时分，他在后座上睡觉时，我将车开到了帕特森。早上8点，我们到了家，发现玛丽露和埃德正坐着捡烟灰缸里的烟蒂抽；我和迪恩走后，他俩一点东西也没吃。我姑妈买了食材，做了一顿丰盛的早餐。

四

现在，西部三人组该在曼哈顿找新的住处了。卡洛在纽约大道上有套公寓，那天晚上他们就打算搬过去。我和迪恩睡了一整天，那是1948年的除夕夜，当预报说一场巨大的暴风雪即将到来时，我们醒了。埃德·邓格尔坐在我的安乐椅上，说着去年除夕夜的事。"当时我在芝加哥。我身无分文。我坐在北克拉克街租住的旅馆房间的窗前，楼下蛋糕店里飘出来的最香的气味进入了我的鼻孔。我一分钱也没有，可还是去了楼下跟那姑娘说话。她免费给了一些面包和喝咖啡时吃的那种蛋糕。我在房间里待了一整夜。有一回，在犹他的法明顿，那是我和埃德·沃尔工作的地方——埃德·沃尔就是那个丹佛农场主的儿子，你们是知道的——当时我正在床上躺着，突然看到我死去的母亲浑身发着光站在角落里。我叫了声'妈妈！'她便消失了。我始终有幻觉。"埃德·邓格尔点着头说。

"你打算怎么应付伽拉蒂雅？"

"哦，等等看吧。等我们到了新奥尔良冉说。你不觉得应该这么办吗，啊？"他又向我征求意见，对他来说，一个迪恩是不够的。但他已经爱上了伽拉蒂雅，正在琢磨这事。

我问:"埃德,你自己有什么打算?"

他说:"我不知道。就这么过下去吧。我热爱生活。"他重复道,他引述的是迪恩的话。他没有方向。他坐在那里回忆着在芝加哥度过的那个夜晚和孤寂房间里的那些喝咖啡时吃的热腾腾的蛋糕。

雪在屋外打着旋。一个盛大的派对即将在纽约举行,我们都打算去。迪恩把他那个破行李箱收拾好装在车上,我们出发赶赴那个盛大的夜晚派对。我姑妈一想到我哥哥下周要来看她就很高兴,她坐着读报纸,等着时报广场除夕夜节目的开播。我们驾车轰隆隆地驶入纽约,在结冰的路面上左摇右晃。迪恩开车我从不害怕,他能应对任何情况。收音机修好了,他播放疯狂的波普爵士乐让我们在夜里激动起来。我不知道这所有的一切会引向何处,我不在乎。

就在那个时候,一件怪事开始缠扰我。事情是这样的:我忘了某件事。迪恩来之前,我就要做一个决定,现在这个决定从我的脑子里消失得无影无踪了,但它仍挂在我的心头。我不停打响指,试图想起它。我甚至提过它。我甚至说不清它是一个决定,抑或只是我忘掉的某个想法。这件怪事让我心中不安,把我惊得目瞪口呆。它好像和那个缠着裹尸布的旅人有关。我和卡洛·马克思曾坐在两把相对的椅子上促膝交谈,我对他说我做了一个梦,梦中有个奇怪的阿拉伯人在沙漠中追我,我竭力躲避,就在我抵达保护城之前,他刚好追上我。卡洛问:"这是怎么回事?"我们仔细想着。我觉得缠着裹尸布的那个人就是我自己,却又不像。某种东西、某个人或者某个灵魂在生命的沙漠中追我们,在我们抵达天堂之前注定会赶上我们。现在我回想这件事,那个东西自然就是死亡了:死亡会在我们抵达天堂之前追上我们。在有生之日,我们苦苦追寻的一件事,让我们叹息、呻吟、经历各种美妙的厌恶感的一件事,就是对于某种逝去的欢愉的怀想,而这种欢愉很可能就是我们身处子宫中时所经历过的,也只能在死亡中重现(尽管我们不愿承认这一点)。

可是谁又愿意去死呢？世事纷扰，我在潜意识中一直在想这件事。我把这事对迪恩说了，他马上认定这仅仅是对于纯粹死亡的渴望；因为我们每个人都无法获得重生，他自然和这件事没有任何关系，当时我很认同他这种说法。

我们去找我在纽约的那帮朋友。疯狂的鲜花也在那里开放着。我们先去找汤姆·塞布鲁克，汤姆是个忧郁的帅小伙子，讨人喜欢，为人大方，易于接受别人的意见，只是偶尔会突然变得抑郁，谁也不搭理就匆匆走掉。那天晚上，他兴奋得过了头。"塞尔，这些了不起的家伙你都是从哪里弄来的？我从来没见过像他们这样的人。"

"我在西部找到的他们。"

迪恩玩疯了，他放上一张爵士乐唱片，抓着玛丽露，把她抱得紧紧的，随着音乐的节拍顶她。玛丽露也及时回顶他。这真的是一支情爱舞曲。伊安·麦克阿瑟领着一大帮人进来了。新年周末开始了，一直闹腾了三天三夜。一帮又一帮的人上了哈德逊，在纽约的雪路上左摇右晃，赶赴一个又一个的派对。我把露西尔和她妹妹带到了最大的那个派对上。当露西尔看到我和迪恩、玛丽露在一起时，她的脸色阴暗了下来——她感觉到了他们在我身体里注入的那种疯狂。

"我不喜欢你和他们在一起。"

"啊，没事的，大家在一起就是玩嘛。我们只活一次。我们玩得很快乐。"

"不，这种事让人伤心，我不喜欢这样。"

然后玛丽露开始和我做爱，她说迪恩要和卡米尔在一起了，想让我和她一起走。"和我们一起去旧金山吧。我们住一起。我会做你的好情人的。"可我知道迪恩爱玛丽露，玛丽露这么做是为了让露西尔妒忌，而我对这种事别无所求。不过，我对这个性感的金发美女还是垂涎若渴。露西尔看到玛丽露把我推到角落里，对我说上述的话语，又强吻我时，便接受了迪恩的邀请，和他走到外面，上了车，但他们只是聊天，喝了一些我留在小隔间里的走私威士忌。一切都乱套了，一切都在崩塌。我知道我和露西尔处不下去了。她总想让我听她的。她的丈夫是一个码头工人，对她很不好。只要她和她丈夫离婚，我就愿意娶她，并且接受她的幼女，接受她的一切，但她甚至连离婚费都拿不出，整件事是无望的，更何况露西尔并不懂我，因为我有那么多的爱好，总是在流星之间来回奔跑直至最后坠落，让每个人感到困惑和不安。这便是那个夜晚我给予别人的。我除了自己的困惑再也给不了别人什么东西。

　　派对盛大，西90街的地下室公寓里至少有100人。人们涌进地下室公寓，围在火炉旁。每一个角落里、每一张床上、每一个沙发上都在上演乐事——并非在淫乱，只是一个充斥着尖叫声和疯狂的电台音乐的新年派对。来客当中甚至还有一位中国姑娘。迪恩像格劳乔·马克思那样，从一群人中间冲到另外一群人中间，打量着每一个人。我们不时冲出门外，上车，去接更多的客人来。达米恩来了。达米恩是我纽约这帮朋友中的主角，正如迪恩是西部的主角。他们当即恨上了对方。达米恩的女友突然用一记右大抡拳击中了他的下巴。他站在那里转圈。她把他带回了家。我们的一些在报社工作的朋友拎着酒从办公室赶过来了。屋外，巨大而令人惊叹的暴风雪仍在下着。埃德·邓格尔碰到了露西尔的妹妹，俩人一起消失了；我忘了说埃德很讨女人喜欢。他身高6英尺4英寸，温文尔雅，和蔼可亲，让人愉悦，脾气温柔，能够带给人快乐。他帮助女人穿外套。男人本该就这么做。凌晨5点，我们冲过一座公寓楼的后院，翻窗户进入一所公寓，里面正在举办一个盛大的派对。黎明时分，我们返回了汤姆·塞布鲁克的家中。人们正在画画，喝走味的啤酒。我和一个叫莫娜的姑娘睡在沙发上。大群大群的人从古老的哥伦比亚校园酒吧里涌进这又湿又冷的地下室公寓。在伊安·麦克阿瑟的家中，派对在继续。伊安·麦克阿瑟是一个很讨人喜欢的小伙子，戴着一副眼镜，满足地看着这些人。他开始对每一件事说"耶！"就像迪恩那个时候做的那样，并且此后就再也没有停下来。我和迪恩听着德克斯特·戈登和沃德尔·格雷疯狂吹奏的《狩猎》，同玛丽露在沙发上玩接球游戏，她也不是什么身材娇小的漂亮妞儿。迪恩不穿内衣，只穿一条裤子，光着脚四处乱窜，直到该开车去接更多的客人过来。什么样的事都发生了。我们发现了疯狂、神情恍惚的罗洛·格雷布，在他长岛的家里住了一晚上。罗洛和他姑妈同住一栋漂亮的房子，她死以后，那房子就是他的了。与此同时，她拒绝应允他的任何愿望，憎恶他的朋友们。他把我、迪恩、玛丽露和埃德这帮衣衫褴褛的家伙带到家中，举办了一个闹腾的派对。他姑妈在楼上闲荡，威胁要报警。"哦，闭嘴，你这个又丑又脏的老女人！"格雷布嘶喊道。我觉得诡异，他怎么能和她这么住在一起。他的藏书比我这辈子见过的还要多——两个图书室，两间屋子的四面墙上，从地板到屋顶，都摆满了书，其中就有10卷本的《伪经》这样的书。他播放威尔第的歌剧，身着后背有一个大口子的睡衣，用哑剧的形式，表现其中的情节。他什么都不在乎。他是一个伟大的学者，胳膊底下夹着17世纪的原始乐谱，一边踉踉跄跄地走在纽约的滨水路上，一边大喊大叫。他像一只大蜘蛛在街上爬行。兴奋在冷酷的光的刺激下从他的眼睛里喷射而出。他在痉挛性的兴奋中转动着脖子。他口齿不清地说话，他痛苦地扭动身体，他乱蹦乱跳，他呻吟，他号叫，他在绝望中仰躺在地。他几乎不说一句话，生命让他感到莫大的兴奋。迪恩低着头站在他的面前，一遍又一遍地重复着："是的……是的……是的。"他把我拽到一个角落里对我说："那个罗洛·格雷布最伟大、最神奇。我想对你说的就是这个——我想做的就是这样的人。我想变成他那样。他从不灰心丧气，他无处不去，他不拘礼节，他无所不知，他除了前后摇摆再没有别的事可做。伙计，他就是做人的终极状态！知道吗，如果你始终像他那样做，你就会最终得到它。"

"得到什么？"

"它！它！我会告诉你的——但现在没时间，我们现在没时间。"迪恩冲回去，又在注视罗洛·格雷布了。

迪恩说，伟大的爵士钢琴师乔治·谢林正像罗洛·格雷布。在这个漫长而疯狂的周末中，我和迪恩去鸟岛爵士俱乐部看谢林演奏。那里空无一人，我们是第一批顾客，当时是晚上10点。双目失明的谢林出来了，由人搀扶着走到键盘跟前。他是一个相貌高洁的英国人，戴着白色的硬领圈，身材微胖，留着一头金发，当贝斯手恭敬地朝他俯过身去，拨弄出节奏，他弹出第一首潺潺作响的美妙乐曲时，那围绕在他身旁的英国夏夜的气息就冒出来了。鼓手登齐尔·贝斯特坐着一动不动，只有手腕在舞动鼓刷，发出噼啪噼啪的声响。谢林开始摇摆，一抹微笑从他那张狂喜的脸上露出，他坐在钢琴前面的椅子上开始摇摆，前后摇摆，起初摇得慢，后来，节奏加快，他开始加速摇摆，左脚随着每一拍弹起，脖子开始倾斜摇动，脸快贴到了琴键上，他把头发拨到后面，梳过的头发散乱了，他开始流汗。音乐动起来了。贝斯手用力拨动琴弦，越拨越快，好像越来越快，就是这样。谢林开始弹和弦，和弦有如密密的阵雨从钢琴中倾泻而出，让你觉得这个男人没时间把它们都排列出来。它们就像大海那样不停翻滚。人们高喊着为他加油鼓劲。迪恩正在流汗，汗水顺着他的领口往下流。"快看啊！那就是他！老上帝！老上帝谢林！是的！是的！是的！"谢林察觉到了他身后的这个疯子，他能听到迪恩的每一声喘息和咒骂，虽然看不到，却能感觉到。"就这样！"迪恩说。谢林笑着回应："不错！"他摇摆着。谢林从钢琴前面站起身，汗水滴答滴答地往下淌，这便是他变得幽静和商业前，1949年的那段光辉的日子。他走以后，迪恩指着钢琴前那空空的椅子说："那是上帝的空椅子。"钢琴上放着一只号，金色的暗影投射在套鼓后面墙上的一幅沙漠商队画上，显得有些怪异。上帝走了，悄无声息地离开了。那是一个雨夜。那便是那个雨夜中的神话故事。迪恩吃惊地睁大了眼睛。这种疯狂没有出路。我不知道自己怎么了，突然意识到我们正在吸大麻烟，迪恩在纽约买了一些。这东西让我觉得一切就要到来——那是在你无所不知、一切都被永远决定了的那一刻的感觉。

五

我离开众人回家休息。我姑妈说，我和迪恩以及他那帮朋友鬼混是在浪费时间。我也知道这么做不对。生活归生活，友情归友情。我想再来一次有意义的西海岸旅行，然后及时回来上春季的课。那次旅行结果变成了什么样！我只想过去搭个车，再看看迪恩有什么别的打算，最后得知迪恩要回旧金山与卡米尔团聚，而我也想和玛丽露搞搞恋情。我们准备再次穿越那痛苦呻吟的大陆。我掏出我的退伍军人福利金支票，给了迪恩18块钱，让他寄给他妻子，她正等着他回家，并且她现在已是身无分文。玛丽露心里在想什么，我并不知晓。埃德·邓格尔一如既往地只是听从别人的安排。

我们起身前在卡洛的公寓里度过了一段漫长而有趣的日子。他穿着睡袍四处走动，发表半讽刺的演讲："听着，我并非想要夺走你们的快乐，但我觉得，决定你们是谁、你们要做什么的时候到了。"卡洛在一间事务所做打字员。"我想知道整天坐在房子里有何意义。说的那些话又有什么用，你们又想做什么。迪恩，你为何抛弃卡米尔，勾搭玛丽露？"没有回应——只有咯咯笑。"玛丽露，你为何这样周游这个国家，你那些个女人的心思和尸衣又有什么关系？"依旧没人回应，只是咯咯笑。"埃德·邓格尔，你为何在图森抛弃你的新婚妻子，如今你那个肥硕的大屁股坐在那里，你到这里来又想做什么？你的家在哪里？你是干什么的？"埃德·邓格尔低着头，他真的觉得好困惑。"塞尔，在这段肮脏的日子里，你怎么堕落成这个样子了？你和露西尔又是怎么回事？"他整理整理浴袍，在我们面前坐下了。"愤怒的日子即将来临。气球不会再支撑你了。不只是这个，而且那是一个抽象的气球。你会飞向西海岸，然后瘸着腿回来，寻找你的石头，准备承受攻击。"

在那段日子里，卡洛培养了一种腔调，他希望那腔调听上去能像所谓的"上帝的声音"，他只想把人家弄得目瞪口呆，让人家意识到上帝的存在。"你把一条龙贴在你们的帽子上，"他警告我们，"你们在阁楼上，蝙蝠在周围飞舞。"他那对疯狂的眼睛闪着亮光，盯着我们。经过了在达喀尔度过的那段意志消沉的日子，他历经了一段所谓的"神圣的失意"的时期，又叫"哈莱姆失意"的时期，因为他在哈莱姆度过一个仲夏，夜半时分，他会在孤寂冷清的房间中醒来，听到"伟大的机器"从天而降，那时候，他正在第125街和所有其他的鱼类在"水下"漫步。那是一连串开启他大脑的多姿多彩的闪亮的想法。他让玛丽露坐在他的大腿上，命令她安静下来。他对迪恩说："你为何不坐下来，好好放松一下？你为何总是四处乱蹦乱跳？"迪恩四处乱窜，把糖放到咖啡中，说："是的！是的！是的！"晚上，埃德·邓格尔睡在地板上的垫子上。迪恩和玛丽露把卡洛从床上拽起来，卡洛在厨房里整夜用文火炖煮腰子，喃喃说着上帝的预言。我白天去那里，注视着一切。

埃德·邓格尔对我说："昨天晚上，我去了时报广场，就在到达那里的那一刻，我突然意识到自己是一个鬼魂——那个在人行道上走着的就是我的鬼魂。"他对我说这些话的时候没有做出任何的解释，只是一直用力地点着头。10个小时以后，在别人说话的时候，埃德说："是的，那个在人行道上走着的就是我的鬼魂。"

突然，迪恩一本正经地靠到我这边对我说："塞尔，我有件事想对你说——这事对我来说很重要——我不知道你会怎么想——我们是兄弟，对不对？"

"我们当然是兄弟了，迪恩。"他的脸差点羞红了。最后他把这事说了：他想让我上玛丽露。我没问为什么，因为我知道他想看看玛丽露和别的男人做爱的样子。他提出这个想法的时候我们正在里茨酒吧里坐着，在此之前我们在时报广场溜达了一个小时，四处寻找哈塞尔。里茨酒吧在时报广场周围的一条街上，是流氓们的聚集地，酒吧的名字每年都换。你到那里去，看不到一个单身的姑娘，甚至在电话亭里也看不到，只能看到一大帮穿着奇装异服的小流氓，有的穿的是红衬衫，有的穿的是蝙蝠衫、灯笼裤。皮条客也常在那里聚集——他们靠着晚上出现在第8大道的那些年老色衰、面露悲伤的同性恋养活自己。迪恩走到那里，眯着眼睛打量着每一张脸。那里有疯狂的怪异黑人，面露愠色的带枪的家伙，拿着刀子的水手，让人捉摸不透的瘦削的瘾君子，偶尔还能看到一个穿着体面的中年侦探，为了捞好处，也为了工作，装作赌马经纪人的模样在周围晃荡。迪恩在这种地方提出那样的请求倒是很合适。各种各样的邪恶计划在里茨酒吧里谋划着——空气中都能嗅出这种气味——伴随着那些计划是各种各样的疯狂的性交安排。破开保险柜的盗贼不但提议把第14街的某间阁楼让给某个流氓住，更要求他们睡在一起。金斯利常在里茨酒吧里晃荡，访问过一些小流氓，他的助理去那里的时候刚好我也在，那是1945年的事了。哈塞尔和卡洛也受访了。

　　我和迪恩驱车返回公寓时，发现玛丽露正在床上躺着。邓格尔正驱赶着他的鬼魂在纽约游荡。迪恩把我们的决定对她说了。她说很乐意这么干。但我对自己没信心。我得证明自己能干成这事。那床是一个大块头男子临死前睡过的，中间都塌陷了。玛丽露躺在那里，我和迪恩一边一个守在她身旁，在翘起的床垫的边上保持着平衡坐着，不知道该说什么。我说："哦，去他妈的吧，我不能这么干。"

　　"快得了吧，伙计，你可是答应好的！"迪恩说。

　　我说："玛丽露会怎么想？快点说，玛丽露，你是怎么想的？"

她说:"来吧。"

她一把抱住我,我试图忘了迪恩在旁边。每次我意识到他在那黑漆漆的地方坐着,听着每一个响动,我就什么也干不了,只是人笑。这种事太难为情了。

迪恩说:"我们都得放松点。"

"恐怕这种事我做不来。你为什么不去厨房待一会儿呢?"

迪恩去厨房了。玛丽露美艳不可方物,可我还是低声说:"等到了旧金山,我们做了情侣再说,我现在没心思做这事。"她觉得我说得对。这是地球上的三个孩子,在黑夜中试图决定某件事,却又背负着飘浮在他们面前的黑暗中的过往世纪的全部重量。公寓里有一种奇怪的静谧。我走到厨房,拍拍迪恩,让他去玛丽露身边,我坐到了沙发上。我听到兴奋的迪恩在说话,在狂暴地摇动身体。只有一个蹲了五年监狱的家伙才能如此疯狂、绝望而偏激地做爱,他好像正站在一个大门口,向人家祈求温软的甘泉,他意识到了身体中最原始的快乐的源泉,变得疯狂了。他多年来守在铁窗后面看色情图片,看流行杂志中女人的大腿和奶子,判断着钢铁监狱的硬度和并不在那里的女人的温软,就造成了如今的这个结果。监狱是一个你期望自己有权活下去的地方。迪恩从未见过他母亲的模样。每一个新的姑娘、每一种新的生活、每一个新出生的婴孩,都是对他的贫穷的一种补充。他的父亲在哪里?——那个曾经的锡器匠,老流浪汉迪恩·莫里亚蒂,坐过货车,在铁路的小餐馆里做过脏活,他在晚上,在那些遍布醉鬼的小巷中,曾踉踉跄跄地一头栽倒在地,他在煤堆上苟延残喘,在西部的阴沟中,他那熏黄的牙齿一颗一颗地脱落。迪恩全心爱着玛丽露,他有绝对的权利死在她的身上。我不想干涉,我只想追随。

卡洛黎明时分回到家中,把睡袍穿上了。这些天他一直没怎么睡。"哦!"他尖叫了一声。看到地上狼藉一片,他都快要疯掉了,裤子、裙子随地扔着，烟蒂、脏盘子、打开的书到处都是——我们倒是聊爽了。每一天，这个世界都会痛得左翻右滚，而我们始终在研究着夜晚的惊奇之处。玛丽露不知为什么事和迪恩大吵了一架，弄得脸上青一块紫一块的，迪恩的脸也被抓伤了。该走了。

我们一共10个人，开着车到了我家，去拿我的背包，并且给新奥尔良的"老公牛"李打了个电话，电话是在数年前迪恩来到我的家门口让我教他写作，我们初次交谈的那间酒吧中打的。我们听到"公牛"正在1800英里之外抱怨："喂，你们这帮家伙想让我怎么处置这个伽拉蒂雅·邓格尔？她在我这里住了两个星期啦，自己躲在屋里，不搭理珍，也不搭理我。那个叫埃德·邓格尔的家伙现在和你们在一起吗？看在上帝的分上，让他过来把她弄走吧。她睡在我们最好的那间卧室里，钱都花光了。我这里可不是什么旅馆。"邓格尔在电话里又嚷又叫，不停对"公牛"做着保证——迪恩、玛丽露、卡洛、邓格尔、我、伊安·麦克阿瑟和他的妻子、汤姆·塞布鲁克，天知道还有谁，都在电话中冲着头昏脑涨的"公牛"高呼、喝啤酒，而"公牛"最忌恨的就是人家搞得他头昏脑涨了。"好吧，"他说，"如果你们愿意到这里来的话，等你们来了，或许就能更好地讲道理了。"我和我姑妈道别，答应她两周后回来，然后就再次赶赴加州了。

六

我们刚开始上路的时候正赶上下蒙蒙细雨，旅程因此有了一种神秘的特质。我能看出来这次旅行会成为一个伟大的雾中冒险故事。"哦！"迪恩兴奋地尖叫道，"我们出发吧！"他把身体俯到方向盘上面，加大了油门，他像游鱼得水那般又兴奋了起来，谁都看出这一点来了。我们都很高兴，我们都知道我们把混乱和无聊的事情抛在了后面，正在行使时间的高贵职责，也就是行进。我们真的在行进着！我们在新泽西的某个地方，在夜里，飞速驶过神秘的白色路牌，上面用箭头标识着"南方"和"西方"，我们走的是向南的那条路。新奥尔良！这个名字在我们的大脑中燃烧着。正如迪恩所说的那样，我们从"充斥着男同性恋的纽约市肮脏的雪地上"出发，一路来到被冲刷得褪了色的美国的底部——古老的新奥尔良的绿树和河的气息中，然后向西行驶。埃德在后座上坐着，我和玛丽露，还有迪恩坐在前面，用最温暖的腔调聊着生活的美好和欢愉。迪恩突然变得温柔了。"喂，他妈的，你们都给我听着，我们必须承认一切都很美好，这个世界上没有什么可担心的，实际上，认识到我们真的什么都不担心这一点，对我们来说很重要，对不对？"我们纷纷表示赞同。"我们走了，我们都在一起……我们都在纽约干了些什么？我们都宽恕自己的所作所为吧。"我们都在那里争吵过。"那些事都过去了，我们到了数英里之外，我们也想忘掉那些不快。我们现在正赶往新奥尔良，去找'老公牛'李，这么做不好吗？你们愿意听这个老男高音大发脾气吗？"——他把收音机的音量调到车身都发抖的程度——"听听他讲故事，真正放松放松，再学学知识。"

我们都随着音乐欢呼雀跃，都觉得迪恩说得在理。路上没有别的车辆。高速公路中间那道白色的线不断延伸，抱着我们的汽车的左前胎，就好像粘在我们的辙迹上似的。迪恩弯着他那个肌肉发达的脖子，大冬天的晚上只穿着一件T恤，把车子开得轰轰响。他非让我开车穿过巴尔的摩，说是让我练练手，我没问题的，只不过他和玛丽露非要在亲嘴、瞎胡闹的时候开车。简直是太疯狂了，收音机的音量开到最大，发出轰隆隆的声音。迪恩在仪表板上打鼓，直打得上面塌陷下去一大块，我也打个不停。这辆可怜的哈德逊——这艘开往中国的慢船——正在挨打。

"哦，伙计，真他妈爽！"迪恩尖叫道，"喂，玛丽露，现在你可要听好了，亲爱的，你知道我性欲强，能同时做所有的事情，有无限的精力——等到了旧金山，我们还在一起住。我知道有个地方很适合你——囚犯们经常在监狱外面做苦工的那片地的尽头——到时候，我每隔不到两天干干净净地回家，连续休息12个小时，你知道我俩在12个小时内能干什么事，亲爱的。与此同时，我继续住在卡米尔那里，就当什么事都没发生一样，明白吧，她是不会知道的。这事我们能干成，我们以前就这么干过。"玛丽露很同意这种安排，她想击败卡米尔。我一直以为等到了旧金山玛丽露就会转而跟我好，但现在我算是看明白了，他俩还会黏在一起，到时候我会被孤零零地甩在大陆那头。可是，所有的金黄色的土地就在你的前面，所有的未曾预见的事情都隐藏在那里等着你，准备给你惊喜，且让你觉得能活着看到这一切就很快乐，那你为什么还要想这件事呢？

我们于黎明时分赶到华盛顿。那天刚好是哈利·杜鲁门第二个总统任期的就职典礼日。我们驾驶着我们那艘破船飞驰而过时，大型的军事装备依次排列在宾州大道两侧。有B-29轰炸机、鱼雷快艇、大炮等，这些摆放在白雪皑皑的草地上的军事武器，看上去都具杀伤性；最后一件军事装备是一艘很普通的小救生艇，看上去有些可怜巴巴的，还显得有些愚蠢。迪恩放慢车速看着那东西。他一直在吃惊地摇头："这些人打算干什么？哈利正在这个城市的某个地方睡大觉……善良的老哈利……来自密苏里的汉子，就像我一样……那艘小艇肯定是他自己的。"

迪恩在后座上睡着了，邓格尔负责开车。我们给予他详细的指导，让他放松开。我们的鼾声刚起来，他就把车速搞到了每小时80迈，方向感还很差，不光是这个，他还以超3倍的时速驶过一个地点，当时那个地方有个警察正在和一个司机理论——那人在一条有4个车道的高速公路上走的是第3个车道，结果走错。当然了，那个警察开车鸣警笛在追我们。我们被拦下来了。他让我们跟他去警察派出所。那里有一个坏警察，看迪恩第一眼就恨上了他，他在迪恩身上嗅出了监狱的气味。他让他的同事去外面秘密盘问我和玛丽露。他们想知道玛丽露多大岁数了，想依据曼恩法案①罚我们。但玛丽露带着结婚证呢。然后他把我一个人拽到一旁，想知道和玛丽露睡觉的是谁。我说得很简短："她丈夫。"他们很好奇。这件事当中有可疑之处。他们用福尔摩斯探案的那套专业手法问了同样的问题两遍，盼着我们露出马脚。我说："这两个小伙子回加州去铁路上干活，这个女的是那个矮个儿的妻子，我是他们的朋友，是个大学生，准备出外度假两周。"

那个警察微微一笑说："真的？这背包真是你的吗？"

最后，派出所里头的那个坏警察罚了迪恩25块钱。我们对他们说，我们去西海岸的这一路上只带着40块钱，他们说我们带着多少钱和他们没关系。迪恩不服，那个坏警察就威胁要把他弄回宾州，再给他加上一项特殊的指控。

"什么指控？"

"别管什么指控。这个用不着你操心，聪明的家伙。"

我们只得把那25块钱给他们。不过，刚开始的时候，埃德·邓格尔，就是那个违章者，主动提出蹲监狱。迪恩想了想。那个警察勃然大怒，他说："如果你要让你的伙计蹲监狱，那我现在就把你带回宾州。听到没？"我们只想离开这里。"在弗吉尼亚再得一张超速罚单的话，你的车就保不住了。"那个坏警察像一粒射出去的子弹那样咄咄逼人地说。迪恩的脸红了。我们一声不吭地把车开走了。这件事就像邀请人家把我们的路费抢走一样。他们知道我们破产了，路上也没个亲戚，没办法发电报要钱。美国警察正忙着对那些不用了不起的身份证明书和威胁吓唬他们的美国人打心理战。他们就像维多利亚时代的那些警察，躲在发霉

① 1910年6月美国国会通过的一项法案，禁止州与州之间贩运妇女，以用于不正当的目的，比如让女人当奴隶。

的窗户后头朝外仔细张望，什么都想问问，如果罪行满足不了他们的期望，他们就制造罪行。正如路易-费迪南·塞利纳①所说的那样："1/10的罪行由无聊所致。"迪恩疯了，想返回弗吉尼亚，一拿到枪就把那个警察打死。

"宾夕法尼亚！"他说，"我真想知道那罪名到底是什么！很可能以流浪罪名罚我，把我的钱都抢走，然后以流浪的罪名告我。那些家伙捏造这种罪名简直是小菜一碟。如果你抱怨，他们也会把你拎出去，一枪打死你的。"除了让自己再高兴起来，忘掉这件事，我们没有别的办法。我们经过里奇蒙德时，就开始把这事忘了，很快一切便好了起来。

现在我们只有15块的路费了。我们只得捎上搭便车的人，跟他们讨几个硬币买汽油。在弗吉尼亚的荒野中，我们突然看到了一个在路上走着的人。迪恩猛地把车停下。我扭回头看了看，说那人只是个流浪汉，很可能连一分钱也没有。

迪恩笑道："我们就当是为了找乐把他捎上吧。"这人衣衫褴褛，戴着眼镜，是个疯子，在阴沟里找到了一本沾满污泥的书，一路走，一路读。他上了车，继续读那本书，他脏死了，浑身疮痂。他说他叫海曼·所罗门，足迹遍布整个美国，敲犹太人家的门，有时也用脚踹，问人家要钱："给我点饭钱，我是犹太人。"

他说这办法很有效，还说他喜欢干这个。我们问他读的是什么书。他说不知道。他连书名都懒得看。他只看那些词，就好像在荒野中发现了真正的《摩西五经》似的。

"瞧见了吧？瞧见了吧？瞧见了吧？"迪恩捅着我的肋骨咯咯笑道，"我不是和你说了嘛，这人很有趣。每个人都很有趣，伙计！"我们把所

---

① 路易-费迪南·塞利纳（1894—1961年）：法国小说家、医生，被认为是20世纪最有影响力的作家之一，主要作品有《长夜漫漫的旅程》《缓期死亡》等。

罗门一直捎到了泰斯特蒙特。我哥哥现在已搬到了城那头的新房子里。我们又回到了那条长而荒落的大街上，铁路在街中间经过，悲愤的南方人在五金店和廉价杂货店前面溜达。

所罗门说："我看出来了，你们需要一点路费。你们等着我，我去一户犹太人那里骗几个钱回来，和你们去亚拉巴马。"迪恩欣喜若狂，我和他兴冲冲地去买面包和干酪，打算在车上吃顿午餐。玛丽露和埃德在车上等。我们在泰斯特蒙特等了所罗门两个小时，盼着他能露面，他去城里的某个地方讨面包了，但我们没看到他。太阳开始变红，天色渐晚。

所罗门始终没有露面，于是我们驾车轰隆隆地驶出了泰斯特蒙特。"塞尔，现在你知道了吧，上帝真的存在，因为无论我们试着做什么，都离不开这个城镇，你会发现这个镇子上那些奇怪的《圣经》上的名字，还有那个让我们又一次在这里停下来的奇怪的《圣经》上的人物，所有的事情都连在一起了，就像雨，用一根链子把世界上所有的人都连接在了一起……"迪恩就这样喋喋不休地说着话，他兴奋得过了头，一副洋洋得意的模样。我和他突然看到整个国家像牡蛎一样为我们打开了，那里面有珍珠，那里面有珍珠。我们向南方疾驰而去。我们又捎上了一个搭便车的人。这是一个忧伤的年轻人，他说他有个姑妈，在北卡罗来纳的邓恩经营着一家食品杂货店，就在费耶特维尔城外。"等我们到了那里，你能跟她借一块钱吗？没错！好的！我们走吧！"一个小时以后，我们到了邓恩，那时已是黄昏。我们驱车到了那个孩子说的他姑妈开食品杂货店的地方。那是一条荒凉的小街，街的尽头是厂墙。食品杂货店是在的，但姑妈是没有的。我们不懂这个孩子在说什么。我们问他走了多远的路，他并不知道。这是一个大大的恶作剧，从前，在某条破败的后巷中冒险时，这个孩子就见过邓恩的这家食品杂货店，他那混乱而狂热的大脑中最先突然冒出来的就是这个故事。我们为他买了一个热狗，但迪恩说我们不能带他走了，因为我们需要睡觉的地方，给能够为我们买点汽油的搭便车的人腾出一些地方。这个事实让人伤心，却真实。日暮时分，我们把那孩子留在了邓恩。

迪恩、玛丽露和邓格尔睡觉时，我驱车驶过了南卡罗来纳和乔治亚的梅肯。整个晚上，我一直在想着自己的事，没人打扰我，我让车子紧贴着那条神圣的公路上的白线朝前走。我在做什么？我将去何方？我很快就会找到答案。车过梅肯后，我累死了，便叫醒迪恩让他接替我开。我们下车透气，快乐突然将我俩击中，因为我们意识到，在我们周围的黑暗中长满了芬芳的绿草，新鲜的粪肥和温暖的河水的气味迎面吹来。"我们到南方啦！冬天离我们而去啦！"天破晓时发出的昏沉的光照亮了路旁的树的绿色的嫩芽。我深吸一口气，一辆机车轰轰响着穿过了黑暗，是去莫比尔的。我们也要去莫比尔。我脱掉衬衣，快乐地又蹦又跳。我们在路上行了10英里，迪恩把引擎关掉，把车开进一家加油站，他发现服务员正趴在桌子上睡觉，就从车上跳下来，偷偷地朝油箱里加油，还要注意不让铃声响起来，他为我们的朝圣之旅加完5块钱的油，然后像个阿拉伯人那样把车开走了。

我睡着了，然后被疯狂、欢闹的音乐声吵醒，迪恩和玛丽露正在聊天，辽阔的绿地飞驰而过。"我们到哪里了？"

"刚过佛罗里达，伙计——就是人们说的佛罗梅顿。"佛罗里达！我们正朝着西海岸的平原和莫比尔驶去，我们的正前方就是墨西哥湾上空升起的轰轰作响的巨大云块。距我们在北部肮脏的雪地中与每个人道别只过去了32个小时。我们在一个加油站停了下来，在那里，迪恩和玛丽露围着油槽玩骑猪游戏，邓格尔趁机溜进办公室，二话不说就偷了三盒香烟。我们溜走了。驶过一条两旁便是潮水涌动的河流的长长的高速公路，我们进入莫比尔，纷纷把冬衣脱掉，享受着南方温暖的天气。也就是在这个时候，迪恩开始讲述他的人生经历；也就是在这个时候，车过莫比尔以后，他在一个十字路口碰上了由好几辆巡逻车组成的路障，他没有从那些车旁边绕过去，而是通过一个加油站的车道猛冲了过去，继续朝前走，车速没有降低，仍稳定在我们穿越美国大陆时的每小时70迈。在我们身后是一张张惊得大张着嘴的脸。他继续讲他的故事。"我对你们说的可是真的，我9岁开始干那事，和一个叫米丽·梅菲尔的小女孩在格兰特街上——卡洛当初在丹佛时住的也是这条街——罗德的车库后面搞。那时候，我父亲仍在铁匠铺里干点活儿。我记得我姑姑在窗户旁冲着外面大吼大叫：'你在那车库后面干什么呢？'哦，亲爱的玛丽露，那时候我要是认识你该有多棒！哇噢！你9岁的样子肯定好看死了！"他发疯似的傻笑着，把一根手指插进她的嘴里，拽出来吮吸了一下，又抓过她的一只手，在自己的手上抚弄着。她只是坐在那里，安静地微笑着。

"大个子"埃德·邓格尔坐在座位上看着窗外，自言自语道："是的，先生，我觉得那天晚上自己就是一个鬼魂。"他还想知道等到了新奥尔良伽拉蒂雅·邓格尔会对他说些什么。

迪恩继续说道："有一回，我搭乘货车从新墨西哥出发去洛杉矶——当时我11岁，在一条岔道旁和我父亲走散了，那时候我俩都住在同一个流浪汉营地，我和一个叫'大红'的人走在了一起，我父亲走出营地，在一节火车厢上喝醉了——那辆货车开始启动——我和'大红'没能上去——我一连数月没有看到我的父亲。我搭乘一辆长途货车去加州，真的像飞一样，那是一列最高级的货车，在沙漠中嗖嗖地朝前跑。一路上，我坐在车厢之间的连接器上——你能想象出那有多危险，但那时候我还只是个孩子，根本不知道这个——我一只胳膊底下夹着一块面包，另一只胳膊抱着制动杆。我可不是在编故事，这是真事。等到了洛杉矶，我想牛奶和奶油都快想疯了，便在一家奶站找了份工作，做的头一件事就是吃了两夸脱的香浓奶油，结果都给吐了出来。"

"可怜的迪恩。"玛丽露说着亲了亲他。他骄傲地凝视着前方。他爱她。

我们突然便沿着墨西哥湾蔚蓝的水域朝前行驶了，与此同时，一件非常重要的疯狂的事开始在电台中上演，那是新奥尔良的《毛头小子爵士秋葵》节目举办的DJ秀，播放的都是疯狂的爵士乐唱片，都是黑人演奏的唱片，那个DJ还说："凡事都不要担心！"我们在夜里高兴地看到新奥尔良就在我们前方。迪恩的手在方向盘上摩擦着。"现在我们可要去耍耍啦！"我们驶入新奥尔良闹哄哄的大街。"哦，闻闻那些人！"迪恩把脑袋伸到车窗外面抽鼻子闻着。"啊！上帝！生活！"他晃过一辆有轨电车。"是的！"他突然加速，眼睛朝四面八方扫描，寻找着姑娘。"快看她！"新奥尔良的空气芬芳得就好像要进入柔软的彩色纱巾一样，你用你那突然从北方冬季干冷的冰上挪开的鼻子，能够闻到河水的气味，还能够真真切切地闻到人、污泥、糖蜜和每一种热带蒸发物的气味。我们在座椅上上蹿下跳。"看看她！"迪恩指着另外一个女人大声叫道，"哦，我喜欢，喜欢，喜欢女人！我认为女人非常了不起！我喜欢女人！"他朝车窗外啐唾沫，他痛苦地呻吟，他猛抓脑袋。因为纯粹的兴奋和极度的疲惫，大颗的汗珠从他的额头上掉了下来。

我们把车开上阿尔及尔渡口，发现我们正坐船穿过密西西比河。"我们现在都下车，去看看河景、人，闻闻这个世界的气味。"迪恩说着急匆匆地戴好太阳镜，拿上香烟，像一粒出膛的子弹那样从车里跳了出来。我们都跟着下去了。我们靠在栏杆上，看着汹涌的父亲河的河水，像破碎的灵魂的湍流从美国中部倾泻而下——水中有蒙大拿的原木、达科他的污泥、爱荷华的山谷和溺死在三叉市的东西，在那里，秘密在冰块中开始形成。笼罩在雾气中的新奥尔良向后斜躺在河的一边，古老、睡眼惺忪的阿尔及尔的弯弯曲曲的树林边缘，在河的另一边与我们迎面相撞。黑人们在热辣的午后干活，为渡船的炉膛中添加燃料，炉膛烧得通红，我们的车胎都有了胶皮味。迪恩仔细检查车胎，在热气中上蹿下跳。他在甲板上和楼上来回猛冲，松松垮垮的裤子都耷拉到了肚皮以下。我突然看到他正兴冲冲地站在浮桥上。我以为他会飞身跳下。我听到他的狂笑声在整条船上回荡——"嘿——嘿——嘿——嘿——嘿！"玛丽露陪在他的身旁。他顷刻间把一切看了个遍，肚子里装满故事回来了，在每个人按喇叭的时候跳上车，很轻快地把车开走，在狭窄的空间内超过两三辆车，发现我们自己正急急地穿行在阿尔及尔之中。

"去哪里？去哪里？"迪恩喊道。

我们决定先去加油站把自己收拾干净，打听"公牛"的行踪。小孩子们正迎着让人昏昏欲睡的河上的日落玩耍，姑娘们头戴纱巾，身穿纯棉短上衣，光着腿纷纷走过。迪恩跑到街上把一切尽收眼底。他东张西望，不时点头，摸摸肚皮。"大个子"埃德坐在车上，帽子盖着眼睛，冲着迪恩微笑。我坐在挡泥板上。玛丽露去女厕所了。

林木丛生的河岸上有极微小的人在用渔竿钓鱼，三角洲沿着发红的土地一路延伸开去，弓形的大河的主流在奔涌流淌，像一条大蛇，缠绕着阿尔及尔，发出不可名状的轰隆声。昏昏欲睡的阿尔及尔半岛上群蜂飞舞，遍布小茅屋，好像终有一天会被冲走。太阳斜下去了，虫子们翻着筋斗，奔涌的河水发出痛苦的呻吟声。

我们去了河堤附近城外"老公牛"李的家。房子坐落在一条贯穿沼泽地的路上，年久失修，四周围是下陷的走廊，院子里栽有垂柳，荒草有一码高，破旧的篱笆倾斜着，古老的谷仓坍塌了。看不到人。我们把车直接开到院中，在屋后的走廊里看到了洗衣盆。我下了车，走到纱门前。珍·李站在门里，正眯着眼睛看太阳。我说："珍，是我。是我们。"

她知道我们会来。"是的，我知道。'公牛'不在家。那边是火还是什么？"我俩都朝着太阳的方向望过去。

"你是说太阳吗？"

"我说的当然不是太阳了——我听到那里有警报声。你难道不知道存在一种特殊的光辉吗?"那光辉朝向新奥尔良，云块很怪异。

我说:"我什么也看不到。"

珍哼了一声。"还是以前的那个老帕拉迪斯。"

分别四年后，我们便是这样问候对方的，珍过去与我和我的妻子在纽约住在一起。"伽拉蒂雅·邓格尔在吗?"我问。珍仍在寻找她说的那团火，在那段日子里，她每天吞服三管苯齐巨林。她的脸过去是圆润的、富有德国韵味的、漂亮的，如今却变得冰冷、泛红、瘦骨嶙峋。她在新奥尔良时患上了小儿麻痹症，现在还有点跛。羞怯的迪恩和那一大帮人下了车，或多或少地尽量让自己待得自在。伽拉蒂雅·邓格尔从屋后那间阔气的隐居室出来与折磨她的人相见。伽拉蒂雅是一位很认真的姑娘。她面色苍白，脸上好像沾满了泪水。"大个子"埃德把手插进头发里，与她打了招呼。她目不转睛地看着她。

"你去哪里了? 你为什么这么对我?"她厌恶地看了他一眼，她早已知道了事情的真相。迪恩完全没在意，他现在只想吃东西，问珍有没有什么吃的。混乱就是从那一刻开始的。

可怜的"公牛"开着他那辆得州牌照的雪佛兰回家了，发现家里闯入了一大群疯子，但他还是用一种我在他身上好久未见的友好的热情向我表示了问候。他用跟一个大学老友在得州合伙种豇豆赚得的一些钱买下了新奥尔良的这栋房子，他那个校友的父亲是个疯狂的麻痹症患者，死后为他留下了一笔财产。"公牛"自己每周只能从家里拿到50块钱，这本不算太糟，只是他有嗑药的毛病，每周花在这上面的钱差不多就是这个数——他妻子花费也大，每周要吸食差不多10块钱的苯齐巨林。他们的食物账单是这个国家中数额最低的——他们几乎不吃东西，孩子们也不吃——他们好像不在乎这个。他们有两个棒棒的孩子，一个叫道迪，8岁了，还有一个小家伙儿，叫雷，刚1岁。雷光着屁股在院子里到处乱跑，他是彩虹的金发婴孩。"公牛"叫他"小野兽"，借用的是威廉·克劳德·菲尔茨的台词。"公牛"把车开进院中，一块骨头一块骨头地从上面下来，疲惫不堪地过来了，他戴着眼镜，头上是一项毡帽，穿着一身破旧的衣裳，又高又瘦，相貌怪异，用语简洁，他说："哦，塞尔，你终于来了。我们进屋去喝一杯。"

"老公牛"李的故事得用一整个晚上才能说完，这么说吧，他是个老师，教书绝对称职，因为他把所有的时间都用在了学习上，他学的那些知识都被他称作"生命的真相"，他学那些知识不只出于需要，更因为他想学。他拖着他那瘦长的身体游遍了整个美国、欧洲及北非的多数国家，只想见见世面；30年代，他在南斯拉夫娶了一位白俄女伯爵，带着她远离了纳粹分子的魔爪；他有一些摄于30年代的与国际毒虫的合照——一群群蓬头垢面的家伙，一个靠着一个站着；还有一些他头戴巴拿马草帽的照片，照片中的他正在审视阿尔及尔的街道；他再也没有见到那位白俄女伯爵。他在芝加哥做过灭虫员，在纽约做过酒吧服务员，在纽华克做过法院的传票员。在巴黎，他坐在小酒馆的桌子旁，注视着一张张闷闷不乐的法国人的脸经过。在雅典，他把头从甘露酒上抬起，看着他口中的那些世界上最丑陋的人。在伊斯坦布尔，他从成群的大烟鬼和地毯商贩中间挤过去，寻找生命的真相。在英国的旅舍中，他读斯宾格勒[1]和德·萨德[2]。在芝加哥，他打算抢劫一家土耳其澡堂子，犹豫了两分钟，喝了杯酒，最终只抢了两块钱，只得因此跑路。他做这些事情仅仅是为了体验。他现在搞的最后一项研究是毒瘾。他如今身处新奥尔良，与形迹可疑的人物在街上晃荡，不时出没于毒品交易的酒吧。

他上大学时发生的一件怪事说明了他的另一面：一个下午，他正和

---

[1] 即奥斯瓦尔德·阿莫德·哥特弗里德·斯宾格勒（1880—1936年）：德国历史学家、文化史学家，主要作品有《西方的没落》。

[2] 即唐纳蒂安·阿尔丰斯·弗朗索瓦·德·萨德（1740—1814年）：法国贵族、小说家，以色情描写及由此引发的社会丑闻而出名。

几个朋友在他那设备齐全的房子里喝鸡尾酒，突然，他那只宠物雪貂蹿了出来，咬了一个举止文雅、身材瘦小的同性恋男子的足踝一口，每个人惊叫着夺门而出。"老公牛"跳起来，一把抓过猎枪，说："它又闻到那只老耗子的气味了。"然后用枪在墙上打出一个足够50只耗子出入的洞。那面墙上挂着一幅画，画中是一栋丑陋而古老的鳕鱼角的房子。他的朋友们说："你为什么要把那个丑陋的东西挂在那里呢？""公牛"说："我喜欢它，因为它丑。"他的一生都在这句话中了。有一回，我敲响了他位于纽约第60街的贫民窟中的住所的房门，他头戴一顶圆顶窄边礼帽开了门，上身着一件背心，里头什么也没穿，下身是一条无比时髦的长条纹裤子，双手捧着一只铁锅，锅里装着鸟食，他正试图把那些鸟食碾碎卷烟抽。他还尝试着把可待因止咳糖浆熬制成黑色的糊状物——效果不太理想。他把莎士比亚的著作摊在大腿上，耗费很长的时间潜心阅读，并把他称为"不朽的吟游诗人"。在新奥尔良，他把《玛雅刻本》摊开，放在大腿上，开始长时间研读，尽管他一直在说话，但那书始终打开着。有一次，我问："我们死后会发生什么事？"他说："死就死了，就这样。"他屋里有一套锁链，据他说是给他的精神分析学家用的；他们用麻醉精神分析学做实验，发现"老公牛"有七种独立的人格，越向下走人格越糟，直到最后他成了一个狂暴的白痴，不得不用链子锁住。最上面的人格是一位英国贵族，最下面的就是那个白痴。中间的他是一个正在和别人排队等候的老黑人，他说："有些人是杂种，有些人不是，这便是事实。"

"公牛"对美国的过去，特别是1910年，有着一种感伤的倾向，那时候，无须医生开药方就能在药店里买到吗啡，傍晚时分，中国人在窗户旁边吸食鸦片，国家狂野、喧闹、自由、富足，每一个人要什么样的自由都有。他最恨的是华盛顿政府的官僚政治，其次是自由主义分子，然后是警察。他一辈子都在说话、教别人。珍坐在他的脚边，我也是；

迪恩也是，卡洛·马克思也是。我们都从他那里学习知识。他面色苍白，长相普通，走在街上，无人注意，除非细看，看到他那个显得异常年轻、疯狂而瘦骨嶙峋的头颅——一位充满异国情调、极其不寻常的热情与神秘的堪萨斯牧师。他曾在维也纳学习内科医学，也学过人类学，无所不读；如今，他正专注于毕生的事业，即置身于喧闹的街头，夜里站在街上，研究事物本身。他坐在椅子上，珍把喝的东西端来了，是马丁尼鸡尾酒。他的座椅旁的窗帘没日没夜地拉着，那是他在这栋房子中的角落。他的大腿上摆放着那部《玛雅刻本》，还有一把气枪，他偶尔会端起它，冲着屋里的那些管装的苯齐巨林砰砰射击。我四处奔走，忙个不停，把新的苯齐巨林摆好。我们都打了枪，与此同时都在交谈。"公牛"很想知道我们此行的目的。他注视着我们，哼哼鼻子，发出噗的一声，就像干涸的油罐中发出的声响。

"喂，迪恩，我想让你安静地坐一分钟，告诉我，你这样穿越美国有何目的。"

迪恩只是脸红着说："啊，哦，你知道是怎么回事。"

"塞尔，你去西海岸做什么？"

"只去几天。我就要返校了。"

"这个埃德·邓格尔是怎么回事？他是什么人？"埃德此刻正在卧室里补偿伽拉蒂雅，他没补偿多长时间就完事了。我们不知道该对"公牛"怎么说埃德·邓格尔。他看出我们对自己一无所知，便掏出三支大麻烟，说，吸吧，晚饭马上就准备好了。

"在这个世界上，再也没有比这个更让你胃口大开的了。有一回，我一边吸食大麻烟，一边吃一只从午餐车那里买来的难以下咽的汉堡，好像那是世上最美味的食物。我上周刚从休斯敦回来，看了看戴尔，问了问豇豆的事。一天早晨，我正在一家汽车旅馆睡觉，突然从床上被炸下来。这个该死的傻瓜蛋在我隔壁的房间里刚刚枪击了他的妻子。每个人都一脸疑惑地站在那里，那家伙跳上他的车跑了，把猎枪扔在地上，让警长来料理。他们最后在霍马抓到了他，当时他喝得烂醉如泥。这年头，男人身上不带枪，在这个国家四处溜达，已经不安全了。"他朝后扯扯外套，让我们看他的左轮手枪。然后，他把抽屉拉开，让我们看他其他的武器。在纽约时，他曾把一架冲锋枪藏在床底下。"现在我有更棒的家伙——德国制造的沙因托特瓦斯枪，瞧瞧这个漂亮的家伙，我只有一个弹药桶。我用这把枪可以干倒100人，还能有足够的时间逃掉。唯一不足的是，我只有一个弹药桶。"

"你试枪的时候，我希望自己不在旁边。"珍在厨房里说。"你怎么知道那是个瓦斯弹药桶？""公牛"嗤之以鼻地说。他根本没注意她会突然这么发问，但他听到了她说的话。他和他妻子的关系再怪不过：他们会一直聊到深夜，"公牛"喜欢掌控话语权，用他那阴郁、单调的语调说个没完，她试图插嘴，却始终未能成功；黎明时分，他累了，然后珍开始说，他听，不时哼哼鼻子，发出噗噗声。她爱那个男人爱得发疯，用的却是某种狂热的方式，他们从不闲逛，从不勾肩搭背四处溜达，只是聊个不停，他们的友情很深，是我们每个人所无法理解的。他们之间某种奇怪的无情与冷漠，其实是一种幽默的方式，他们用这种方式交流各自细微的感受。他们之间只有爱，珍与"公牛"的距离绝不会超过10英尺，绝不会错过他说的每一个字，而他说话的声音又是那么低沉。

我和迪恩嚷着闹着晚上要去新奥尔良好好耍耍，想让"公牛"领着我们四处逛逛。他的话让我们甚是扫兴。他说："新奥尔良是一座很无聊的城市。去黑人区违法。酒吧无聊得让人无法忍受。"

我说："城里肯定有理想的酒吧。"

"美国没有理想的酒吧。理想的酒吧是我们无法理解的。在1910年，酒吧是人们上班时或者下班后聚会的地方，只有一个长长的吧台、铜制扶手、痰盂、演奏音乐用的自动钢琴、几面镜子、几桶威士忌和几桶啤酒，那时候，威士忌10美分一杯，啤酒5美分一杯。现在的酒吧里只有铬、喝得醉醺醺的女人、同性恋男子、充满敌意的酒吧服务员、在门口一直晃悠担心他们的皮椅和法律的焦虑的老板们；只有很多的乱嚷乱叫和生客进门时的那种死寂。"

我们在酒吧这件事上争论不休。"好吧，"他说，"今晚我就带你们去新奥尔良，让你们见识见识我说的是什么意思。"他故意带我们去最无聊的酒吧。我们把珍和孩子们留在家里，晚饭吃完了，她正在看《皮卡优恩时报》上的招聘广告。我问她是不是要找工作，她只是说招聘版是报纸中最有趣的部分。"公牛"同我们一起坐车进城，路上说个没完："开慢点，迪恩，我想我们会到那里的；嘿，渡船就在那边，你不必把车开到河里。"他继续说着。他偷偷告诉我，迪恩的情况越来越糟糕。"我感觉他正在奔赴他理想中的命运，即强迫症中混杂着一点暴力性、无责任感的神经过敏症。"他用眼角余光扫了一眼迪恩。"你要是跟这个疯子一块去加州，永远也去不成。你为什么不跟我待在新奥尔良呢？我们可以去格雷特纳赌马，在我的院子里休息。我搞了一套漂亮飞刀，正在弄一个靶子。城里也有一些有意思的漂亮小妞儿，如果这是你最近这段时间正在忙活着的事的话。"他嗤之以鼻地说。我们到了渡船上，迪恩从车上跳下来，靠在栏杆上。我跟着过去了，但"公牛"继续在车里坐着，哼哼个没完。那天夜里，棕色的河面上笼罩着一层神秘的、鬼鬼祟祟的雾气，中间还漂浮着黑色的木头，河岸那边，新奥尔良放射出橘色的闪亮光芒，边界上漂着几艘黑黢黢的船，被罩在恐怖的雾气中，船上有西班牙式的露台，船尾有装饰物，看上去像是运送奴隶的船，等走近了，才发现不过是来自瑞典和巴拿马的旧货船。渡船上的炉火在黑夜中闪着亮光，拿着铁锹一边干活一边唱歌的还是那几个黑人。老"瘦高个儿"黑泽曾在阿尔及尔的渡船上做甲板水手；这又让我想起了"密西西比恩"，当河水在我所熟悉的星光的照耀下，从美国中部奔涌而下时，我确确实实地知道，我已了解的一切，和我即将了解的一切，其实同属一个整体。还有一件事，说来奇怪，那天夜里，我们和"公牛"李一同乘坐渡船过河时，一位姑娘从甲板上跳河自尽了；这件事要么是在我们刚刚乘船前，要么是在我们刚刚上岸后发生的；我们在第二天的报纸上看到了这件事的报道。

我们在法语区逛遍了所有的无聊酒吧，并于夜半时分回到家中。那天夜里，玛丽露嗑遍了所有的药物，她吸食了大麻烟、镇静药丸、苯齐巨林、酒精，甚至还想让"公牛"李给她注射一针吗啡，他当然没答应她；但他的确给了她一杯马丁尼鸡尾酒。她的体内渗入了各类药物，整个人僵住了，像傻子一样和我站在走廊里。"公牛"家的走廊真叫一个棒，把房子整个圈了起来，院中又栽有垂柳，在月光的映照下，宛若一栋见识过光辉岁月的古老南方官邸。屋里，珍正坐在起居室中看招聘广告；"公牛"在浴室里注射毒品，用牙齿咬着他那条黑色的旧领带做止血带，把针插进他那条惨不忍睹、千疮百孔的胳膊里；埃德·邓格尔四脚朝天地和伽拉蒂雅躺在主卧室中"老公牛"和珍从未睡过的那张大床上；迪恩在卷大麻烟，我和玛丽露模仿着南方贵族的腔调说话。

"哦，露小姐，你今晚看上去好漂亮、好迷人啊。"

"哦，谢谢你，克劳福德，我真的好感激你的赞誉。"

弯弯曲曲的走廊里的门不断打开，在美国的这个夜晚，我们所表演的这幕悲剧的成员，不停地突然闪身出来，想看看每一个人在什么地方。我最后独自一人朝堤坝走去。我想坐在泥岸上，注视密西西比河；但我并没有这么做，而是不得不把鼻子紧贴在一道铁丝围栏上去看它。当你开始把人们与属于他们的河分隔开时，你会得到什么？"官僚政治！""老公牛"说。他坐着，大腿上摊放着卡夫卡的著作，灯在他的头上闪烁着亮光，他不停地哼哼着。他那栋古老的房子发出嘎吱嘎吱的响声。蒙大拿的原木在暗夜中的黑色大河上随波漂走了。"只会得到官僚政治。还有工会！特别是工会！"但黑色的笑声还会再来的。

七

　　凌晨时分，我高高兴兴地起身，在后院发现了"老公牛"和迪恩。迪恩穿着在加油站干活时的那条工装裤，正在帮"公牛"。"公牛"发现了一块巨大的厚朽木，正用锤子拼命地拉拽嵌在里面的小钉子。我们睁大眼睛看那些钉子，有几百万个，就像虫子一样。

　　"我把这些钉子都弄出来，到时候用这块木头给自己做个架子，能用一千年！""公牛"说，因为孩子般的兴奋，身上的每一块骨头都在抖动，"哦，塞尔，你注意到没，这年头，他们制作的那些架子让一些小装饰物压6个月就嘎吱嘎吱地响，要么就会散架。房子是这样，衣服也是这样。这些狗杂种发明了塑料，用这种东西盖房子，永远不会倒塌。还有轮胎。美国人正在搞自杀，每年死几百万人，有毛病的橡胶轮胎在路上变得滚热，爆炸了，人也跟着完蛋了。他们本可以做出永远不会爆炸的轮胎。牙粉也是这样。他们发明了某种口香糖，不会让任何人看到，如果你小时候嚼过，一辈子也不会有蛀牙。衣服也是一样。他们本可以制作出永远穿不坏的衣服。他们更愿意制造廉价商品，这样每个人都得继续工作，上下班按计时钟，当巧取豪夺的事情在华盛顿政府和莫斯科上演时，人们却在无聊的工会中把自己组织起来，踉踉跄跄地走来走去。"他把那一大块朽木抬了起来。"你不觉得我能用这块木头打造出一个很棒的架子吗？"

　　此时正是凌晨时分，他的精力正处于巅峰状态。这个可怜的家伙在自己体内注射了那么多的毒品，这辈子大部分的时间都是在那把椅子上消磨掉的，大中午的，台灯还要开着，但到了早晨，他就变得生龙活虎了。我们开始冲着靶子扔飞刀。他说他在突尼斯见过一个阿拉伯人，能在40英尺开外用刀子戳中人的眼。这件事开始让他谈起他那30年代去过卡斯巴的姑姑。"当时她正和一个由导游带队的旅行团在一起。她的小拇指上戴着一枚钻戒。她靠在墙上想休息一会儿，这时候，一个阿拉伯人冲过来，哎呀，她还没来得及叫喊，戒指就被抢走了。她突然意识到小拇指不见了。嘿——嘿——嘿——嘿——嘿！"他笑的时候，嘴唇紧紧缩在一起，让那笑从肚子里、从很远的地方出来，身体弯下来，靠在膝盖上。他笑了很久。"嘿，珍！"他快乐地叫道，"我刚刚对迪恩和塞尔说了我姑姑在卡斯巴的事！"

"我听到了。"她站在厨房门口说，她的声音在墨西哥湾温暖怡人的清晨传了过来。大块的漂亮云朵从头顶上飘过，那些云朵飘浮在山谷上空，让你从这个河口到那个河口，从这个山顶到那个山顶，感觉到了摇摇欲坠、古老而神圣的美国的辽阔。"公牛"兴高采烈地说开了。"喂，我跟你们说过戴尔父亲的事吗？他是你此生中所见过的最有趣的老头。他得的是偏瘫，大脑前部受到侵蚀，得了这病，你想干什么就干什么，用不着负责。他在得州有栋房子，木匠们24小时连轴转盖新厢房。他会在半夜跳出来说：'我不想要什么该死的厢房了，把房子盖那儿吧。'木匠们只好把厢房拆掉，重新盖。黎明时分，你会发现他们正在盖新的厢房。然后，老头子厌烦了这个，说：'去他妈的吧，我要去缅因州！'他跳上汽车，以每小时100迈的速度疾驰而去——后备厢里的大量的鸡毛像下雨一样纷纷飞舞，一直跟了他几百英里。他在得州中部一个市镇的中心区把车停下，只想下去买点威士忌。无数的车辆围着他的车狠按喇叭，他从商店里冲出来，大声叫道：'闭上你们的鸟嘴，你们这帮婊子养的！'他口齿不清地说，得了偏瘫，你的嘴，我是说你就会变得口齿不清。一天晚上，他来到我位于辛辛那提的家门口，一边按喇叭，一边说：'快出来，咱们一块去得州看戴尔。'那时他正在从缅因回来的路上。他说他买了栋房子——哦，我们上大学时写过一个关于他的故事，那是在一次惨烈的海难中，落水的人紧紧抓住救生船的边，这个老家伙端着一把斧头站在上面，狠狠地剁那些人的手指头。'滚开，你们这帮婊子养的，这是我那条该死的船！'哦，他可怕死了。关于他的事，我能跟你们说一整天。喂，今天天气不错，对吗？"

天气的确不错。无比轻柔的微风从河堤那边吹过来，光是这一点，我们这一趟就算没白跑。我们跟着"公牛"进屋量墙的尺寸，准备做架子。他领着我们看了他做的那个餐桌。餐桌是用6英寸厚的木板做成的。"这桌子能用一千年！""公牛"把他那张又瘦又长的脸疯狂地转到我们这边说。他咣咣地敲了敲那桌子。

傍晚，他坐在桌子旁，一小口一小口地吃东西，把骨头扔给猫。他养着七只猫。"我喜欢猫。我特别喜欢那些被我放在浴缸边上厉声尖叫的猫。"他非要现场证明一番，但浴室里有人。"好吧，"他说，"我们现在做不了这事。喂，我一直在和邻居干架。"他把邻居的情况对我们说了，邻居家人很多，有几个粗俗无礼的小孩子，隔着破旧的篱笆朝道迪和雷扔石头，有时也朝"老公牛"扔。他对他们说不要再扔了，但那家的老头子冲出来用葡萄牙语吼了几句。"公牛"进屋把他那把猎枪端了出来，他害羞地靠着那枪，长长的帽檐下面的脸上浮现出那种令人难以置信的傻笑，他等着那人出来的时候，整个身体像蛇一样害羞地扭动着，看上去就像一个站在云块下面的怪异、瘦长、孤独的小丑。那个葡萄牙人看了他这个模样肯定会觉得他是从某个古老的噩梦中蹿出来的怪物。

我们在院子里四处奔走，想找些事做。有"公牛"一直在修造的一道想让他和那讨厌的邻居隔离开的巨大的篱笆墙，工程浩大，这墙是永远也修不好了。他前后摇晃那道墙，让我们看看它有多坚固。他突然变得疲惫和安静了，走进屋里，消失在浴室中，去注射那午餐前的一针。他出来的时候，目光呆滞，心态平静，坐在了那盏点亮的台灯下。微弱的阳光浮现在了拉着的窗帘的后面。"喂，你们这帮家伙为什么不试试我的生命力①储存器？给你们的骨头里注入一些活力。我总是兴冲冲地以每小时90迈的速度赶到最近的妓院，吼——吼——吼！"他就是这么"笑"的——在他皮笑肉不笑的时候。生命力储存器是一个普通的箱子，够宽大，里面放着一把椅子，一个人可以坐在上面：箱体由一层木板、一层金属，再加一层木板构成，可以从空气中收集生命力，然后把它们足够久地储存在里面，以便让人体吸收超过正常量的生命力。据赖赫所言，生命力是构成生命本源的能够震动的空气原子。人们之所以得癌症，是因为生命力消耗完了。"老公牛"认为，如果他所选用的那些木板能够尽可能地天然，他的生命力储存器的性能就会得到提高，于是他又在那个神秘的厕所状的东西外头密密麻麻地捆上了一层牛轭湖的树叶和小树枝。那东西就在又炎热又平整的院子里放着，身上就像起了鳞片一样，装饰繁多，里头还藏着很多疯狂的机械装置。"老公牛"脱掉衣服，坐了上去，神情恍惚地看着自己的肚脐眼。"喂，塞尔，吃完午饭，你和我去格雷特纳的赌马登记站玩赌马。"他一副神气活现的样子。吃完午饭，他坐在椅子上小睡，大腿上放着那把瓦斯枪，叫雷的那个小家伙儿搂着他的脖子睡着了。这是一个美好的情景，父子图，这个父亲只要能找到事做，找到话说，就绝不会嫌他的儿子烦。他突然惊醒，直勾勾地看着我。他用了一分钟才辨认出我是谁。"塞尔，你打算去西海岸干吗？"他问了一句，过了一会儿，便又睡过去了。

下午，我们赶赴格雷特纳，就我和"公牛"。我们开着他那辆旧雪佛兰去的。迪恩的哈德逊又矮又亮，"公牛"的雪佛兰又高又响。就像1910年那个时候的汽车。赌马登记站位于滨水区附近一家"有铬又有皮子"的大酒吧中，酒吧的门开在街后面，面对一座宽阔的大厅，赛马的名字和号码都在大厅墙上贴着。几个路易斯安那人手里拿着《签注报》

---

① 奥地利精神病医生威廉·赖赫（1897—1957年）自创的词。

四处溜达。我和"公牛"喝了杯啤酒，然后"公牛"很悠闲地走到老虎机跟前，把5毛钱塞了进去。计算器咔嗒咔嗒地响起来，"最高奖"——"最高奖"——"最高奖"——最后那个"最高奖"只停留了一会儿就滑回到了"樱桃"。他险些就赢了100多块钱。"他妈的！""公牛"大声喊道，"他们动这些机器了。你刚才可是看见。我的最高奖快到手的那一刻，机器又把它给弄回去了。好吧，看你的了。"我们仔细翻看《签注报》。我有好几年没赌马了，那些新名字让我感到很困惑。有一匹马的名字叫"大老爹"，让我瞬息之间恍恍惚惚地想起了我的父亲，过去，他常带着我去赌马。我刚想对"老公牛"提这个名字，就听他说："嗯，我觉得我应该试试这个'乌木海盗船'。"

然后，我终于说："'大老爹'让我想起了我的父亲。"

他只想了一秒钟，他那双清澈的蓝眼睛催眠般地与我的眼睛对视着，以至于我搞不懂他在想什么，他在什么地方。然后，他走过去，在"乌木海盗船"身上下了注。"大老爹"赢了，赔率为50：1。

"他妈的！""公牛"说，"我本该知道这么做是不对的，以前就发生过这种事。哦，我们什么时候才能长记性？"

"你什么意思？"

"我说的是'大老爹'。你刚才出现幻觉了，伙计，幻觉。只有该死的傻瓜蛋才会无视幻觉的存在。你怎么知道你那有着丰富赌马经验的父亲没有在瞬息之间告诉你'大老爹'会赢得这场比赛呢？这个名字让你想起你的父亲，你的父亲利用这个名字向你传递信息。这便是你提到那个名字时我正在思考的东西。有一次，我在密西西比的表弟在一匹马身上下注，这匹马的名字让他想到了他的母亲，结果这匹马赢了，并且赢了大钱。同样的事情在今天下午发生了。"他摇晃了摇晃脑袋。"啊，我们走吧。这将是我最后一次同你一起赌马，这些幻觉搞得我心烦意乱。"我们驱车返回他那栋老屋的路上，他又说："人类总有一天会认识到，我

158

们真的在和死去的人以及另外一个世界交流，不论交流的内容是什么；此时此刻，如果我们能够行使足够强大的意志力，就可预测到下个一百年将要发生的事情，并且能够采取措施阻止各类大灾难的发生。人死之后，大脑会发生突变，我们现在对此一无所知，但是，如果科学家们能够担起重任，终有一天我们会一清二楚的。此时此刻，那帮婊子养的只对是否能够毁灭这个世界感兴趣。"

我们把这件事告诉了珍。她嗤之以鼻地说："我觉得这件事很荒谬。"她正在用拖把拖厨房地板。"公牛"去浴室注射午后的一针。

房子外面的路上，迪恩和埃德·邓格尔用钉子把一只桶钉在一根路灯柱上，正在用道迪的球玩篮球。我跟他们一起玩。迪恩彻底令我惊愕了。他让我和埃德找到一根铁棍，一人握一头，放在齐腰高的位置，他手抓两只脚跟，原地蹦起，从铁棍上方越过。"接着来，抬高点。"我们一直把铁棍提到与胸齐平的位置。他依然能够轻松越过。然后，他尝试助跑跳远，跳了至少20多英尺远。然后，我和他比试百米跑。我能用10秒05跑完一百米。他像疾风一样将我超过。我们奔跑时，我的心中生出一种疯狂的幻象：迪恩一生都在那样奔跑——他那张瘦骨嶙峋的脸朝着生命的方向突出着，他的两条胳膊前后摇晃着，他的额头上淌着汗水，他的两条腿就像格劳乔·马克思的那样，在轻快地跑动着，他还在大声喊叫："加油！加油，伙计，你跑得可真快！"但谁也没有他跑得快，这是事实。然后，"公牛"拿着几把刀子出来了，开始向我们演示如何在暗巷里夺去一个身手不咋样的持刀者的武器。我呢，向他们演示了一项绝技：躺在地上，面对敌人，用脚踝锁住对方，突然将其绊个狗啃屎，再用一整套肩下抓脖子的技法将其手腕紧紧抓住。"公牛"说这一招简直棒呆了。他表演了一些柔道的招数。小道迪把她妈妈叫到走廊里，对她说："看看这些愚蠢的男人。"她长得是那么漂亮，让迪恩的目光无法离开她的身体。

"哇。她长大了，肯定能迷死人！到时候，她能用她那双电眼把整条运河街上的男人都给迷倒了。啊！哦！"他啧啧道。

我们和邓格尔夫妇在新奥尔良市里四处乱窜，疯了一整天。迪恩那天疯了。他看到得州-新奥尔良铁路公司的货车在调车场中停着，就想把一切演示给我看。"我还没教完你，你就成司闸员啦！"我和他，还有邓格尔，跑过铁道，在三个不同的位置扒上一辆货车；玛丽露和伽拉蒂雅在车里等着。我们搭着这辆货车，走了半英里，驶入几座码头，我们冲着扳道工和司旗员挥手。他们向我演示了从一辆正在行驶的火车上跳下来的正确的方式：后脚先着地，让火车驶离你的身体，然后一个转身，另一只脚也随之落地。他们让我看了冷餐车和放冰块的车厢，无论在什么样的冬夜扒火车旅行，只要待在这一串的空车厢里就很舒服。"还记得我对你说的我从新墨西哥扒火车去洛杉矶的事吗？"迪恩嚷道，"当时我就是这么干的……"

一小时后，我们回到两位姑娘那里，她们自然气疯了。埃德和伽拉蒂雅决定在新奥尔良租间房子，留在那里工作。"公牛"对此没意见，他已开始厌烦我们这帮人。他原本只邀请我一个人来。在迪恩和玛丽露睡觉的那间前屋的地板上，到处都是果酱、咖啡渍和空的苯齐巨林管，更可恨的是，那是"公牛"的工作室，这样他便无法做那些架子。迪恩不停地上蹿下跳，跑来跑去，可怜的珍被他搞得心烦意乱。我们等着我的下一张退伍军人福利金支票寄来，我姑妈正在转寄。支票一到，我们便可出发，我们三个人——我、迪恩，还有玛丽露。支票寄来的那一刻，我意识到自己不愿如此突然地离开"公牛"那栋棒棒的房子，但迪恩浑身上下攒足了劲儿，已做好了出发的准备。

在一个悲伤的红色的黄昏，我们终于坐到了车上，珍、道迪、小男孩雷、"公牛"、埃德和伽拉蒂雅散坐在高高的草丛中，微笑着。这便是道别了。在分别的最后一刻，迪恩和"公牛"在钱的事上发生了误解，迪恩想借点钱，"公牛"说门都没有。同样的情形可以追溯到他在得州的那段日子。骗子迪恩总招人家不待见，让人家渐渐地疏远他。他只是疯了似的咯咯笑，根本不在乎。他搓弄着裤子拉链的纽扣盖子，把手指伸进玛丽露的裙子里，很大声地吮吸着她的膝盖，搞得嘴上都冒起了白沫，他说："亲爱的，你知道，我也知道，我们之间的一切最终变得纯粹了，这种纯粹用形而上学的词汇，或者用你想要具体说明、执意强加、回想起的任何词汇所组成的最深奥的抽象定义都是无法解释的……"在迪恩的唠叨中，汽车轰隆隆地行驶在了路上，我们再次奔赴加州。

八

驾车离开别人，他们在平原上向后退去，直到你看到他们变成一个个的小黑点，最终消散，那是什么滋味？——这个世界太大了，呈穹状包裹着我们，这便是告别。但我们倾身期待着苍穹之下的下一次疯狂冒险。

我们驶过空气闷热潮湿而陈腐的阿尔及尔，回到渡船上，驶向河对面那些溅满污泥、模样难以辨认的旧船，回到运河街，再离开；在紫色的黑暗中，驶上一条通向巴吞鲁日的两车道的高速公路；到了那里，向西拐，然后在一个叫艾伦港的地方穿过密西西比河。艾伦港——那里的河由雨和玫瑰编织而成，笼罩在一小块烟雾弥漫的黑暗中，在那里，在黄色的雾蒙蒙的空气中，我们驶过一个环形车道，在一座桥底下，突然看到了那巨大的黑色的身体，我们又一次穿越了永恒。密西西比河是什么？——是雨夜中被洪水蚀掉的土地，是下垂的密苏里河岸上发出的轻柔的扑通声，是溶解，是涌动着的永恒河床上的潮汐，是对棕色泡沫的奉献，是流经无数山谷、树林和堤岸的旅程，一路向下游流淌，一路向下游流淌，流过孟菲斯、格林维尔、尤多拉、维克斯堡、纳齐茨、艾伦港、奥尔良港、三角洲港、波达许，流过威尼斯和暗夜中的辽阔港湾，然后离岸入海。

收音机里正在播放推理节目，我朝车窗外望去，看到一个牌子，上面写着"用库珀牌油漆"，我说："行，我会用的。"那时候，我们正在夜幕中穿越路易斯安那平原——驶过了洛特尔、尤尼斯、金德和德昆西，我们抵达沙宾时，西部破旧的镇子越来越像牛轭湖。在古老的奥珀卢萨斯，趁迪恩加油的时候，我走进一家食品杂货店，想买些面包和干酪。食品杂货店只是一座小棚屋，我听到那家人正在屋子后面吃晚饭。我等了一会儿，他们还在说话。我把面包和干酪拿到手，溜出门外。我们的钱只够到旧金山的。与此同时，迪恩也从加油站顺走了一盒香烟，我们把路上的应用之物备足了——汽油、香烟，还有吃的。那些骗子不会发觉的。迪恩开着车，直直地行驶在路上。

在斯纳克斯附近的某个地方，我们看到前面的天空中显出一大片红光，不知是什么东西，顷刻间，我们便从它身旁过去了。原来是树林那边着火了，高速公路上停着很多车辆。定是有人在野外烤鱼时不慎失火，要么可能就是因为别的事。车近德鲁维尔，乡下风景变得奇怪而暗淡。我们突然驶入沼泽地。

"伙计，若是我们能在这些沼泽地中发现一处爵士酒吧，里面有大块头的黑人哥们儿在用吉他弹奏伤心的布鲁斯，品烈酒，冲我们示意，你能否想象得出那是怎样的一幅情景？"

"哇！"

此处被神秘包裹。车行驶在一条高于沼泽地的土路上，两旁下陷，垂满藤蔓。我们从一个怪影旁驶过，是一个身着白衬衣的黑人，一路上走着，两只胳膊分开，向上伸向暗黑色的天空。此人肯定在祈祷，要么就是在呼唤诅咒的降临。我们轰轰驶过，我透过后车窗看到了他的白眼。"哦！"迪恩叫道，"注意了。我们最好不要在这乡野停留。"我们一度被困在十字路口，将车停住。迪恩关掉前灯。我们被一片辽阔的藤树林包围，几乎能听到百万条铜头蝮蛇爬动时的声音。我们只能看到哈德逊仪表板上红色的电流。玛丽露被吓得厉声尖叫。我和迪恩开始狂笑，吓她。我们也害怕。我们想离开这座蛇堡，这潮湿、挂满垂物的黑暗之所，驾着车轰轰地回到那熟悉的美国地面和养奶牛的小镇上。空气中能闻到油污和死水的气味。这部夜的手稿我们是看不懂的。一只猫头鹰在鸣叫。我们冒险开上一条土路，很快便穿行在了包围着这些沼泽地的邪恶而古老的萨宾河上。我们在惊诧中发现前面有高大的亮着灯的建筑物。"得州！是得州！是产油镇博蒙特！"巨大的油罐和炼油厂在油乎乎的芬芳的空气中显现了出来。

我们轰轰穿过博蒙特，跨过自由县的三一河，直朝休斯敦而去。此时，迪恩正在谈论1947年他在休斯敦的那段日子。"哈塞尔！那个疯子的哈塞尔！我四处找他，始终没找着。过去，在得州时，他常常把我们迷得忘乎所以。我们不得不去城里每一个可以注射毒品的地方找他。"我们正在进入休斯敦。"我们多数时候只能去城里这种暗黑的地方找他。伙计，他正在跟每一个疯狂的家伙注射那东西。一天晚上，我们找不到他了，只好在一家旅馆租了间房子住下。我们本是来买冰块的，打算给珍带回去，她的食物快要烂掉了。我们用了两天才找到哈塞尔。我自己也分不开身——我勾搭那些午后外出购物的女人，就在这里，在城里，在超市里，"——我们在空荡荡的暗夜中穿行着——"发现了一个迷人的小妞儿，是个哑巴，发了疯，只是四处流浪，想偷一个橙子。她是从怀俄明来的。她那美妙的身体跟她那愚蠢的大脑恰成反比。我发现她正像小孩子那样嘟嘟囔囔，就把她带回了旅店。'公牛'喝醉了，也想把这个墨西哥小妞儿灌醉。卡洛吸食了海洛因，正在写诗。哈塞尔直到半夜才坐着吉普车现身。我们发现他正在后座上呼呼大睡。冰块都化掉了。哈塞尔说他吞服了五片安眠药。伙计，如果我的记忆力能像我的脑子一样好使，我就能把我们当时的所作所为详细地告诉你。啊，但我们了解情况。每个事物都在看顾自己。我闭上双眼，这辆车也会看顾好自己。"

凌晨4点，在休斯敦空荡荡的街上，一个小伙子，骑着一辆摩托车，突然轰轰驶过，他浑身挂满饰物，挂满亮晶晶的纽扣，戴着一副头盔，身穿光亮的皮夹克，他是得州的暗夜诗人，一位姑娘就像一个北美印第安人的婴儿，紧紧地抱着他的腰，她的头发在空中飞舞，一路奔驰，一路唱着："休斯敦、奥斯汀、韦恩堡、达拉斯——有时又在堪萨斯——有时又在古老的圣安东尼，啊——哈哈哈哈哈！"他们顷刻间便不见了踪影。

"哦！赶紧去看看他后腰上的那个小美妞儿！咱们使劲儿开吧！"迪恩试图追上他们。"若我们都能聚在一起，跟每一个讨人喜欢、长相漂亮、令人愉快的人在一起搞一场真正的群交，没有争吵，没有幼稚的抗议，没有对于身体上的疼痛的误解，没有怨气，这样岂不好？啊！但我们了解情况。"他猛踩油门，把车开得飞快。

驶过休斯敦，迪恩的精力虽说旺盛，却也已耗尽，我来开车。我接手时天开始下雨。此时，我们正行进在得州辽阔的平原上，正如迪恩所说："你不停开，明晚仍在得州。"雨下得猛烈。我驱车穿过一座破旧的养奶牛的小镇，镇上有一条泥泞不堪的主路，车到路的尽头，才发现是条死路。"喂，我该怎么做？"他俩都睡着了。我掉转车头，缓慢返回镇上。看不到人，也看不到灯光。突然，一个身穿雨衣骑着马的人出现在我的前车灯前面，是一位警长。他头戴一顶高顶宽边呢帽，在如注的暴雨中垂着头。"去奥斯汀怎么走？"他颇有礼貌地告诉我路线，我随即离开。到了镇外，我突然看到两盏前车灯射出的光在瓢泼的大雨中直直地照着我。哦，我觉得自己走错了。我向右慢行，发现自己正走在污泥中。我返回公路上。那两盏前车灯仍在直直地照着我。我终于明白，那个司机也走错路了，而且还不知道。我以每小时30迈的速度向前行驶，车子突然滑向一旁，陷入污泥，感谢上帝，是平地，并非阴沟。那辆冒犯我的汽车在倾盆大雨中朝后退。4个在地里干活的工人，身着清一色的白衬衣，棕色的胳膊脏兮兮的，偷偷逃离繁重的工作，找了个地方，一边喝酒，一边叫嚷，此时脸上带着怒气，在黑夜中一脸茫然地盯着我。司机像那几个人一样，也是烂醉如泥。

他问："去休斯敦怎么走？"我用大拇指一指后面。我惊呆了，觉得他们这么干只是为了问路，就像一个乞丐在人行道上直奔你去，只是为了挡住你的去路。他们懊悔地注视着车厢底部，那里，几只空酒瓶滚来滚去，撞在一起，叮当作响。我启动车子，车子陷在污泥中，深达1英尺。我在大雨瓢泼的得州荒原上叹息。

"迪恩，"我说，"醒醒。"

"咋了？"

"我们陷泥里了。"

"怎么搞的？"我如实对他说了。他大骂一通。我们穿好旧鞋、羊毛衫，缓慢又笨手笨脚地从车上下来，走到暴雨之中。我背靠后挡泥板，用力提拽，迪恩将锁链扔到咝咝作响的车轮底下。顷刻间，我俩浑身已溅满泥浆。情况糟透了，我们叫醒玛丽露，让她驾车，在我们推车时加大油门。饱受折磨的哈德逊上下动着。突然，它猛蹿出去，跑到了路对面。玛丽露及时把车停住，我们上去了。搞定了——耗时30分钟，我们浑身都已湿透，惨状无可描述。

我浑身是泥，睡着了。清晨，我醒来时，泥已干，窗外下着雪。我们行驶在高原上，离弗雷德里克斯堡近了。这是有记载以来，得州及西部所经历的最恶劣的寒冬之一，大群的牛像苍蝇一样在暴风雪中死掉，旧金山和洛杉矶也下雪了。我们惨透了。多希望能回新奥尔良与埃德·邓格尔在一起。玛丽露开车，迪恩在睡觉。她一手握方向盘，另一只手伸到后座上摸我。她用绵绵语调说着在旧金山时的约定。我痛苦地流着口水听她说着。10点，我来开车——迪恩已昏睡数个小时——穿行在长满灌木丛的雪地和凹凸不平的群山中，沮丧地连行数百英里。戴着棒球帽和耳罩的牛仔从车旁经过，去寻找走失的奶牛。沿路不时出现几栋温暖舒适的小房子，烟囱里冒着烟。我多希望我们能进到里面去，在火炉旁一边烤火，一边享用脱脂乳和煮豆子。

在索诺拉的一家商店，我趁店主正在店旁和一位身材高大的农场主攀谈，再次将一些面包和干酪偷到手。迪恩听说此事兴奋地"啊啊"乱叫，他饿了。我们不能在食物上花一分钱。"是的，是的，"迪恩注视着索诺拉大街上大步流星的牛仔们说道，"他们中的每一个都是该死的百万富翁，有数千头牛、雇工、房子，银行里还有存款。如果我在这一带住，就会变成三齿蒿丛中的一个白痴，变成一只长耳大野兔，我会舔遍枝干，我会去寻找漂亮的牛仔姑娘——嘿——嘿——嘿——嘿！他妈的！嘭！"他用拳头狠狠地捶打着自己说，"是的！没错！哦，天啊！"我们再也不知道他在说些什么。他掌控方向盘，飞一般驶过得州境内余下的路，走了差不多500英里，直奔埃尔帕索而去，并于黄昏时分赶到那里，中途只停过一次，那是在奥佐纳附近，他把全身衣服脱掉，在鼠尾草丛中，一丝不挂地奔跑、吼叫、跳跃。车辆轰轰而过，没有看到他。他匆匆回到车上，继续朝前开。"喂，塞尔，喂，玛丽露，我想让你俩都像我一样，脱掉身上的所有衣服——现在要衣服有什么用？我要说的正是这个——同我一起去晒晒你们那漂亮的肚皮。快点行动！"我们驱车朝着太阳的方向驶去，阳光透过挡风玻璃射进车内。"我们沐浴阳光之时，舒展你们的肚皮。"玛丽露很痛快地照做了，我也一样。我们三个人都坐在前座上。玛丽露拿出冰冷的奶油，递给我们，让我们舔。不时轰轰驶过一辆大卡车，司机坐在高高的驾驶室中，瞥见一位赤身裸体的金发美女与两个一丝不挂的男人混在一起：你能看到他们的大卡车突然斜向一旁，然后便消失在了我们的后视镜中。现在雪停了，广阔的鼠尾草原向远处不断延伸。我们很快置身于遍布橘色石块的佩斯科河谷乡下。蓝色的远方景致在苍穹之中敞开。我们下车仔细查看一处古代印第安人的破败遗址。迪恩一丝不挂地就去了，我和玛丽露穿好外套才去。我们游荡在古老的石块之中，像猫头鹰那样不停鸣叫，又大声嚎叫。有些游客看到了平原上赤身裸体的迪恩，却不敢相信自己的眼睛，而是继续摇摇晃晃地朝前走。

迪恩和玛丽露把车停在范霍恩附近，趁我正睡觉，两人做爱。我醒来之时，我们正行驶在巨大的格兰德谷之中，穿过了克林特和伊斯列塔，直奔埃尔帕索而去。玛丽露跳到后座上，我跳到前座上，我们继续朝前行驶。我们左侧，辽阔的格兰德那头，是墨西哥国境边上、隶属于塔拉乌马山脉的红色荒山，柔和的黄昏正在山尖嬉戏。正前方远处，是埃尔帕索和胡亚雷斯的灯光，点点散播在一条巨谷之中，巨谷之大，能够看到数条冒着蒸汽的铁路朝四面八方延伸开去，就好像那里是世界之谷。我们向下进入巨谷。

"得州，克林特！"迪恩喊道。他打开收音机，调到克林特电台。电台中，每隔15分钟就会播放一张唱片，其余时间插播一所中学的函授课程广告。"这档节目覆盖整个西部，"迪恩兴奋地叫道，"伙计，我过去在少年犯劳教所、蹲监狱时经常没日没夜地听。那时，我们所有的人经常写信申请入学。若考试合格，就能得到一张邮寄的中学文凭的复印本。西部所有的牧工，不管是谁吧，在不同时期，都写信申请入学。他们只能听到这个，你在斯大林、科罗拉多、拉斯克、怀俄明，不管在哪里吧，只要打开收音机调台，就能听到得州的克林特电台，播放的音乐总是牛仔山地音乐和墨西哥音乐，在美国的整个历史上绝对是最烂的一档节目，并且谁也拿它没办法。电台的覆盖范围极广，把全美国都绑缚住了。"我们在克林特的一片小棚屋那头看到了高高的天线。"哦，伙计，我跟你说得没错吧！"迪恩嚷道，差点哭出声来，我们直奔旧金山和西海岸而去，天黑时进入埃尔帕索，我们已是身无分文。我们必须弄点加油的钱，不然就走不了了。

我们什么办法都试了。我们给旅行社打电话，被告知那天晚上无人去西部。去旅行社能找到"分摊油费"搭便车的人，这在西部是合法的。一些拎着破箱子的狡猾的家伙会在那里等车。我们去了灰狗公司的汽车站，想要说服哪个人不要坐公共汽车去西海岸，我们拉他去，让他把车费给我们。我们太羞怯了，不敢上前去问人家。我们沮丧地四处溜达。外面冷死了。一个大学生，看到性感的玛丽露，忍不住汗水直流，却试图装出一副毫无兴趣的模样。我和迪恩商量了一下，觉得我俩又不是拉皮条的，这种事肯定做不成。突然，一个刚从少年犯劳教所放出来的笨头笨脑的疯小子靠近了我们，和迪恩冲到外面去喝啤酒。"来吧，伙计，我们找个人，砸他的脑袋，抢他的钱。"

"我很欣赏你，伙计！"迪恩大声喊道。他俩兴冲冲地跑开了。我一时有些担心，但迪恩只想和这个小子欣赏一下埃尔帕索的街景，乐一乐。我和玛丽露在车里等着。她搂着我。

我说："他妈的，露，等我们到了旧金山再说吧。"

"我不在乎。反正迪恩都要离开我。"

"你什么时候回丹佛？"

"不知道。我不在乎自己做什么。我能和你一起回东部吗？"

"我们先得在旧金山挣点钱。"

"你在一家小餐馆当个收银员，我当女服务员。我知道有家旅馆，我们可以在那里先住着，房钱以后再给。我们住一起。哎呀，我很伤心。"

"你为啥伤心，伙计？"

"我为所有的事伤心。哦，他妈的，真希望迪恩不要再那么疯狂了。"迪恩回来了，两眼放光，咯咯笑着跳到车上。

"那家伙好疯狂啊，哦！我真的好喜欢他！我过去认识数千个像他一样的家伙，他们的脑袋里都有着一样的机械装置，哦，那些无数的分支，没时间说了，没时间说了……"他启动了车子，上身俯在方向盘上，快速驶离了埃尔帕索。"我们得拉上几个搭便车的，我确定我们能拉上。嘿！嘿！走喽。看外面！"他冲着一个司机大声叫喊，超过对方，又晃过一辆卡车，蹿到了城市的边缘。河对面是胡亚雷斯珍珠般的灯光、悲伤的干旱土地和齐瓦瓦珍珠般的群星。玛丽露用眼角余光注视着迪恩，正如她注视着他跑遍整个美国又跑回来——脸上透着悲愤，就好像要把他的脑袋砍下，藏在她的壁橱中，她对他的爱中掺杂着嫉妒和懊悔，这令他无比吃惊，她爱他爱得猛烈、爱得疯狂，但这种爱中又含有轻蔑，她那温柔的笑中饱含溺爱，却又是邪恶的、妒忌的，这种笑让我对她心生恐惧，她知道她的爱不会有任何结果，因为当她看着他那张透着自我满足与漫不经心的下巴低垂、瘦骨嶙峋的脸时，她知道他过于疯狂了。迪恩确信玛丽露是个婊子，他曾偷偷告诉我，她是个病态的骗子。但当她这么看着他时，她也是爱他的；当迪恩注意到她在看他，总会转过头去，用他那灿烂又虚假的调情似的笑容迎接她，眼眉上下动着，还露出一口白如珍珠的牙齿，而就在片刻前，他还沉浸在他那永恒的梦中。然后，我和玛丽露都大笑起来——迪恩没有流露出任何尴尬的痕迹，只是用傻气却快乐的笑来回应我们，仿佛在说：我们玩得不爽吗？就这样。

我们在埃尔帕索城外的暗处看到一个伸着大拇指、身材瘦小、蜷缩着身体的人影。这是可能会为我们带来希望的搭便车的人。我们把车停住，朝后倒到他身旁。"你有多少钱，小伙子？"小伙子没钱。他年纪17岁上下，面色苍白，长相古怪，一只手发育不全，有残疾，又没带行李箱。"他不可爱吗？"他扭过脸去对我说，深情严肃，又透着敬畏。"上来吧，伙计，我们带你去——"小伙子看出了他的优势所在。他说他在加州的图莱里有个姑姑，他姑姑开着一家食品杂货店，等我们一到那里，他便会给我们要些钱出来。迪恩哈哈大笑着在车厢底部打滚，这家伙像极了北卡罗来纳那个小伙子。"是的！是的！"他大声叫道，"我们都有姑姑，好啦，我们走吧，我们去看看那条路上的那些姑姑、姑父，还有食品杂货店！"我们有了一位新乘客，其实也是一个挺不错的小伙子。他一言不发，只是听我们说。他听迪恩说了一分钟，很可能已经确切地知道，自己和一车疯子走到了一起。他说他从亚拉巴马搭便车要去俄勒冈，他的家在那里。我们问他在亚拉巴马做什么。

"我去看我叔叔，他说在一个锯木厂为我找了份工作。工作黄了，我得回家了。"

"回家，"迪恩说，"回家，是的，我知道，我们带你回家，能把你捎到旧金山。"但我们已是身无分文。我突然想到，我可以在亚利桑那的图森，我的老朋友哈尔·欣厄姆那里借5块钱。迪恩立即表示这事就这么定了，我们去亚利桑那的图森。我们果真去了。

我们夜间驶过新墨西哥的拉斯克鲁塞斯，黎明时抵达亚利桑那。我睡得很沉，醒来时，发现每个人都睡得死死的，车子不知停在何处，车窗上沾满了蒸汽，看不到外头。我下了车。我们正在山里：太阳正在天空中升起，空气凉爽，呈紫色，山坡是红色的，山谷中是翠绿色的草场，到处是晨露，金色的云朵不断变换着形状，地上到处都是沙龟洞、仙人掌和牧豆树。该我来开车了。我把迪恩和那个小伙子推到一旁，为了省油，脚踩离合器，关闭发动机，开始下山。就这么着，我把车开进了亚利桑那的图森。我突然想到身上带着一块怀表，是当初洛克作为生日礼物送给我的，值4块钱。我在加油站问人家是否知道图森有没有当铺。当铺就在加油站隔壁。我敲门，有人从床上起来了，我马上就拿到了一块钱，把那只表当了。钱买了汽油，进到了油箱里面。现在我们的汽油够用到图森了。但就在我准备驶离加油站的那一刻，一个持枪巡警突然出现，让我出示驾照。我说："后面那人有驾照。"迪恩和玛丽露正盖着毯子沉睡。那个警察让迪恩下车。他突然掏出手枪，大声喊道："举起手来！"

"长官，"我听到迪恩用最虚假、最可笑的语调说道，"长官，我只是在拉裤子的拉链。"甚至连那个警察都差点笑了。迪恩下车了，浑身是泥，衣衫褴褛，穿着T恤，摸着肚皮，一边骂街，一边四处找他的驾照和行驶证。那个警察在我们的后备厢一通乱搜。所有的证件都对得上。

"只是检查一下，"他喜笑颜开地说，"你们现在可以走了。其实本森这个城市不算差劲，如果你们品尝过这里的早餐，或许就会喜欢上它。"

"是的，是的，是的。"迪恩说，完全没搭理那个警察，开车走了。我们都松了一口气。一帮小伙子，开着一辆新车，兜里身无分文，不得不把手表当掉，警察总会起疑心的。"哦，他们总是瞎干涉，"迪恩说，"但这个警察比弗吉尼亚那个婊子养的强多了。那帮家伙总想着搞一个能上报纸头条的抓捕行动，觉得经过的每一辆车上都藏有芝加哥的流氓。他们没别的事做。"我们继续朝图森驶去。

图森建于河床之上，到处都是牧豆树，景色优美，上面就是冰雪覆盖的卡塔利娜山脉。城圈很大，建造之时颇费功夫，人们暂住在那里，个个性情狂野、充满激情、忙忙碌碌、生机勃勃，遍布晾衣绳和房车，喧闹的街上插满彩旗，总的来说，很有加州的味道。福特洛威尔路，就是欣厄姆住的那条，在平坦的沙漠中，沿着牧豆树丛向远处延伸。我们看到欣厄姆正在院子里苦思。他是个作家，来亚利桑那安静地写书。他又高又瘦，性格腼腆，善于讽刺世事，说话时脑袋歪向一旁，嘟嘟囔囔，话语幽默风趣。他的妻子和孩子同他住在一栋泥屋之中，屋子很小，是他的印第安继父建造的。他母亲住在院子对面自己的房子里。她性情活泼，喜欢陶器、珠子和书籍。欣厄姆从纽约寄来的信中听说过迪恩这个人。我们像云一样降临在他的头上，我们都饿坏了，甚至连那个搭便车的残疾人阿尔弗雷德也是如此。欣厄姆身穿一件旧羊毛衫，在沙漠地带寒冷刺骨的空气中抽烟斗。他母亲出来邀请我们进厨房吃饭。我们煮了一大锅面条。

然后，我们统统上车，去了十字路口卖酒的商店，欣厄姆在那里把一张支票兑了5块现金，递给我。

告别很短暂。"无疑很美好。"欣厄姆把头歪向一旁说。在树林那边，沙地对面，有一家小酒馆，霓虹大招牌发出红色的光。欣厄姆写烦的时候总去那里坐坐。他很孤独，想回纽约。我们驱车离开时，看到他那高高的身影在黑暗中慢慢远去，我很伤心，他就像纽约和新奥尔良其他的那些人：他们在辽阔的天空下模模糊糊地站着，周围的一切都被淹没了。去哪里？做什么？为了什么？——睡觉。但这帮愚蠢的家伙正在奋力向前跑。

九

我们在图森城外黑漆漆的路上又看到了一个搭便车的人。这人是俄克拉荷马人，从加州的贝克斯菲尔德来，对我们讲述了他的经历。"他妈的，我搭乘旅行社的车离开贝克斯菲尔德，把吉他落在另外一辆车的后备厢里了，然后东西就找不着了——吉他和牛仔服。知道吧，我是搞音乐的，要去亚利桑那和约翰尼·马考三齿蒿小伙子乐队一同演出。唉，他妈的，如今我身在亚利桑那，身无分文，吉他也被偷了。你们把我送回贝克斯菲尔德，我向我哥哥要点钱给你们。你们要多少？"我们只想要些汽油钱，够从贝克斯菲尔德跑到旧金山的就行，差不多3块钱吧。我们现在车上有5块。"晚上好，夫人。"他对着玛丽露用手一碰牛仔帽的边说道，然后我们出发了。

夜半时分，我们爬上一条山路，下面便是棕榈泉的灯光。黎明时，我们在冰雪覆盖的狭窄山口艰难地向着莫哈维镇行进，那里是蒂哈查比大山口的入口处。那个俄克拉荷马人醒了，讲了几个有趣的故事，可爱的小阿尔弗雷德笑眯眯地坐着。俄克拉荷马人告诉我们，他认识一个家伙，此人的妻子打了他一枪，他却原谅了她，还把她从监狱里弄了出来，只是为了让她再干他一枪。他讲这个故事的时候，我们正在经过一座女子监狱。我们看到蒂哈查比大山口突然出现在了我们的正前方。迪恩握紧方向盘，载着我们向着世界的顶峰驶去。我们在山谷中驶过了一座隐蔽的大水泥厂。然后，我们开始向下走。迪恩关闭发动机，脚踩离合器，油门都不踩，用尽一切手段，顺利驶过每一个U字形急转弯，超过一辆又一辆车。我紧紧抓住座椅。有时又会碰上一小段上坡路，他只靠动量，悄无声息地超车。他了解一流超车的每一个节奏和每一种乐趣。碰到一个俯瞰世界深渊的低矮石壁，该来一个向左的U字形急转弯时，他只是将身体尽量向左倾斜，手扶在方向盘上，胳膊绷直，就这样撑着转完；弯道蜿蜒前行，又该右转时，这次我们的左侧是悬崖，他只是将身体尽量向右倾斜，搞得我和玛丽露也跟着他一块倾斜。我们就这样漂浮颠簸着到了圣华金谷。圣华金谷在我们下面一英里处展开，实际上，它就是加州的底部，从我们现在所处的高崖山道上向下望去，显得葱绿而奇妙。我们开了30英里，一滴汽油也没用。

突然间，我们都兴奋了。我们抵达贝克斯菲尔德城界时，迪恩想把他所知道的关于这座城市的一切都告诉我。他指给我看他曾经住过的寄宿舍、铁路旅馆、台球厅、小餐馆、跳下火车去摘葡萄的岔道、光顾过的中国餐馆、与姑娘们约会时坐过的公园长椅，还有某些坐着空等的地方。迪恩的加州——是狂野的、汗津津的、重要的，是孤独的、被放逐的、古怪的情人们像鸟儿一样汇聚的地方，不知怎的，住在那里的人，个个看上去都像是病恹恹的、帅气的、颓废的电影明星。"伙计，我就在那家药店前面的那个椅子上坐过数个小时！"他什么都记得——每一场皮纳克尔纸牌戏、每一个女人、每一个伤心的夜晚。突然间，我们正在驶过调车场里的一个地方，我和泰莉曾在那里坐着几个流浪汉的板条箱在月下喝酒，那是在1947年10月的事了，我想把这件事告诉迪恩。但他太兴奋了。"这是我和邓格尔喝过一整个早上啤酒的那个地方，当时我俩想干一个沃森维尔的迷人的小女招待——不对，她是屈塞人，没错，是屈塞人——她的名字叫埃斯梅拉达——哦，伙计，差不多就是这类名字。"玛丽露正在盘算到了旧金山该怎么办。阿尔弗雷德说等到了图莱里他姑姑会给他很多钱。那个俄克拉荷马人为我们指路，去城外的公寓区找他的哥哥。

我们于日中时分在一所四周围长满玫瑰的小房子前面把车停住。俄克拉荷马人进屋和几个女人说话。我们等了15分钟。"我开始觉得这个家伙像我一样穷，"迪恩说，"我们又被耽误了！那家伙冒冒失失地跑了这一遭，家里人很可能连一分钱都不会给他。"俄克拉荷马人窘迫地出来了，为我们指路去城里。

"他妈的，我希望能找到我哥哥。"他向人打听他哥哥。他很可能觉得他已成了我们的犯人。我们最后到了一家大面包房跟前，俄克拉荷马人和他哥哥出来了，他哥哥身穿一条工装裤，显然是给店里修卡车的。他和他弟弟聊了几分钟。我们在车里等着。俄克拉荷马人把他的经历和丢失吉他的事对他所有的亲戚说了。但他把钱拿到手，给了我们，我们做好了去旧金山的所有准备。我们谢过他，走了。

下一站是图莱里。我们轰轰地疾驰在山谷中。我躺在后座上，筋疲力尽，彻底放弃了，在下午的某个时候，我正在打盹，浑身溅满污泥的哈德逊飞速驶过了萨比纳尔城外的那些帐篷，那里是我生活过、爱过、工作过的地方，如今，这一切都成了幻觉。我们最后抵达图莱里时，我还在睡觉，我醒来时，听到了那些疯狂的细节。"塞尔，快醒醒！阿尔弗雷德找到他姑姑的食品杂货店了，可你知道出了什么事吗？他姑姑枪击了自己的丈夫，进了监狱。店关门了。我们一分钱也没拿到。想想看！想想发生的这些事，那个俄克拉荷马人对我说的也是同样的故事，到处都是麻烦，事情又是这么复杂——啊，他妈的！"阿尔弗雷德正在咬他的手指甲。我们在马德拉拐到去俄勒冈的公路上，在那里，我们和小阿尔弗雷德告别。我们祝他好运，顺利抵达俄勒冈。他说这是他有过的最棒的一次搭车旅行。

似乎过了没多久，我们便行驶在了奥克兰前面的山脚下，突然抵达一处高地，看到奇妙的白色之城旧金山在我们面前延伸开去，那11座神秘的山丘和蓝色的太平洋就在它的身下，太平洋那头是从土豆田中升起的行进着的雾墙、傍晚时的烟雾和金黄。"它就在那边！"迪恩叫道，"哦！到啦！汽油刚刚好！都是海水！没有陆地了！我们走不了了，没有陆地了！喂，亲爱的玛丽露，你和塞尔马上找家旅馆住下，等我早上和你联系，我处理完和卡米尔的事，给弗伦奇曼打过电话，问完我在铁路上值班的事，就和你联系，你和塞尔进城买份报纸，看看招牌广告，想想工作的事。"他驶入奥克兰海湾大桥，把我们捎到城里。城里的写字楼灯光闪闪，散发着光辉，让人想到了萨姆·斯佩德[1]。我们在奥法雷尔街上踉踉跄跄地从车里下来，抽抽鼻子，活动活动腿脚，仿佛经历了一段漫长的航行终于上了岸。倾斜的街在我们脚下左摇右晃，旧金山唐人街上隐秘的炒杂碎的气味在空气中飘荡。我们把所有的东西搬下车，堆在人行道上。

迪恩突然和我们告别。他急着要去见卡米尔，看看出了什么事。我和玛丽露像傻子一样站在街上，看着他驱车远去。"看到了吧，他果真是个婊子养的吧？"玛丽露说，"迪恩为了自己的利益随时都会把你扔在冰冷的街上。"

---

[1] 美国侦探小说中的一个人物。

"我知道。"我说。我朝东方望了一眼,叹了口气。我们身无分文。迪恩没提钱的事。"我们去哪儿住?"我们背着破行李在狭窄而浪漫的街上游荡。每个人看上去都像病恹恹的临时演员、形容枯槁的小明星;到处都是幻想破灭的特技替身演员,小型赛车手,脸上透着"大陆尽头"的悲伤的加州怪人,英俊、颓废、卡萨诺瓦式的男人,眼睛浮肿、租住在汽车旅馆里的金发女郎,妓女,皮条客,婊子,男性按摩师,酒店服务员———群不够格的家伙,和一帮这样的人混在一起怎么生活?

+

不过,玛丽露常和这些人打交道,在离警察捞油水儿的区域不远的地方,一个面色发灰的旅店服务员给了我们一间房子,让我们先住,房钱以后再算。这是生存的第一步。接下来,我们必须吃东西,直到半夜才吃上,我们在旅馆里发现了一个夜总会女歌手,她在废纸篓里把一只电熨斗翻过来放在一个衣架上,加热了一罐豆子炖猪肉,我们向人家要了一些。我望着窗外闪烁的霓虹灯对自己说,迪恩在哪里?他为什么不关心我们的死活?那一年,我对他失去了信心。我在旧金山待了一周,那是我生命中最惨的一段日子。我和玛丽露游荡数英里去找吃饭的钱。我们甚至去了使馆街上的一家廉价旅馆,拜访了几个喝醉的水手,他们给了我们一些威士忌。

我们在旅馆里一起住了两天。迪恩对此事并不知情,如今我才意识到,玛丽露对我并不是真的感兴趣,她只是通过我——迪恩的好友——接近他。我们为此事在旅馆里争论。我们几乎整夜躺在床上,我把我的梦告诉了她。我对她说,世间有条大蛇,缠着地球,就像苹果中的蛀虫,总有一天会爬上一座山,那山从此就叫作蛇山,将身体伸展开,盘踞在平原上,足有100英里长,一路爬,一路吞食万物。我对她说这条蛇

176

就是撒旦。"后来怎么样了？"她尖叫道，一边将我紧紧抱住。

"有个圣徒，叫萨克斯博士，将用神秘的草药杀死它，此时此刻，在美国某处，他就在他的地下室小屋内熬制这种草药。下述秘密也有可能被揭开：大蛇不过是一层由鸽子组成的皮，蛇一死，大群的浅灰色的鸽子会振翅飞出，将和平的信息传遍整个世界。"我又饿又痛苦，疯了。

一天晚上，玛丽露和一家夜总会的老板消失了。我饿着肚子，按照约定，在基尔街和拉金街交叉口对面的一个门廊里等她。她突然从阔气的公寓门廊里现身，身旁有她的女友、那个夜总会老板，还有一个留着卷发、油腔滑调的老头子。她原本进去只看望她的女友。我懂了，她真的是一个龌龊的婊子。她看见我在门廊里站着，却不敢认我。她迈着小碎步，上了一辆凯迪拉克，几个人走了。如今，我已是孤零零一个人，已是一无所有。

我在街上游荡，捡烟蒂。我在市场街上走过一家卖炸鱼和炸薯片的小店，我走过时，店里的那个女人突然用恐惧的目光看了我一眼。她是店主，显然以为我要持枪进店抢劫。我又朝前走了几步。我突然想到这个女人是我约200年前在英格兰的母亲，我是她的徒步拦路的强盗儿子，如今出狱回家，来搅扰她在小餐馆中的诚实劳动。我在人行道上停住脚步，整个人兴奋地僵住了。我望着市场街。我不知道它是市场街还是新奥尔良的运河街：它通向海水，难以辨认的、随处可见的海水，就像纽约的第42街，也是通向海水的，让你永远也不知道身在何处。我想起了埃德·邓格尔在时报广场上的鬼魂。我精神失常了。我想回去，想看看我瞥过一眼的我那个开小餐馆的狄金森式的母亲。我浑身刺痛。我好像拥有很多可以追溯至1750年的英格兰的记忆，如今，我身处旧金山，这只是我的另外一种生活，另外一个身体。那个女人害怕地瞥了我一眼，仿佛在说："不要，不要回来搅扰你那诚实、勤苦工作的母亲。你不再像我的儿子了——也不再像你的父亲——我的第一任丈夫了。以前，这个好心的希腊人可怜我。"（店主是希腊人，两只胳膊毛茸茸的）"你不是好人，总爱喝醉酒闹事，最后来到我的店中，想要把我的卑微所得抢走。哦，儿子！你就不会跪下来，朝前挪动膝盖，祈求解脱你所有的罪恶和流氓行径吗？迷失的孩子！快走！不要再搅扰我的灵魂，我已经把你忘了。不要再揭开旧的伤疤，就当你从来没有回来看过我——看我卑微的劳作，看我挣的不多的几个擦得亮亮的硬币——你迫不及待地要把我的钱抓在手里抢走，我这个满脸怒气、讨厌又卑鄙的亲生儿子啊！儿子！儿子！"这让我想起了我在格雷特纳和"老公牛"在一起时，脑子里浮现出的那幕"大老爹"的幻象。我顷刻间便抵达了我一直想要抵达的兴奋的顶点，这是穿越时间的顺序，进入永恒黑暗的决定性的一步，是凄凉的死亡之地中的奇观，是踢着我的脚跟强迫我继续前行的死亡感，一个鬼魂也在死亡身后紧紧跟着，我自己匆匆地朝着一块又长又厚的木板赶去，所有的天使正从上面俯冲下来，飞到了创世之前的虚空的神圣混沌之中，强烈的、不可思议的光在明亮的心灵深处闪耀，无数的安逸之乡在布满成群飞蛾的魔幻天堂中打开了。我能够听到一种难以形容的怒吼，这怒吼不在我的耳朵里，却遍布各处，并且和声音没有任何关系。我意识到自己死了，又经历了无数次的重生，只是没有什么特别的印象，因为从生到死，再从死到生，这些幽灵般的转变过程简单至极，这种魔幻的行为没有任何意义，就像无数次的入睡、再醒来，所以完全不去注意它。我意识到，这些如风拂过纯净、镜子般的水面的生与死的涟漪之所以会出现，只是因为内心的稳定性。我觉得很快乐，欣喜若狂地摇摆身体，就好像主静脉中注入了一大管海洛因，又好像午后喝了大量的酒，搞得整个人浑身打战，我的双脚刺痛。我觉得自己下一刻就要死了。但我并没有死，而是走了4英里，捡了10个长烟蒂，带回玛丽露的旅馆房间，塞进我的旧烟斗，抽了起来。我太年轻了，不知道刚才发生了什么事。我隔着窗户闻到了旧金山所有食物的气味。那里有海鲜馆，小圆面包烤得正热乎，篮子的味道也不错，可以吃；附有素菜图片的菜单就好像从肉汤中浸过，又烤干了，软乎乎的，味道也很不错，也可以吃。将一家海鲜馆菜单上的蓝鱼图片让我看看，我会把它吃了，让我闻闻奶油酱和龙虾爪子的气味吧。有一些擅长烹制又厚实又红润，还带原汁的烤牛肉或者表面涂有美酒的烤鸡肉的餐馆。还有一些汉堡在平底锅中烤得嗞嗞响、每杯咖啡只卖5分钱的餐馆。还有，哦，那从唐人街上飘进我房间里的炒面的香味，正在跟从北滩上飘过来的意大利面中的沙司的香味、从"渔夫的小矮人"餐厅中飘过来的软壳螃蟹的香味一决高低——不，还有菲尔莫尔街上正在烤架上翻滚的烤排骨呢！加上市场街上的辣豆子、热狗和夜晚遍布酒鬼的内河码头街上的法式烤薯片，还有海湾对面索萨利托的蒸煮蛤蜊肉，这才是我的旧金山梦。再加上雾气，让人产生饥饿感的湿冷雾气，柔和的暗夜中跳动的霓虹灯，高跟鞋美女的喀嗒喀嗒的脚步声，中国人开的食品杂货店橱窗内的白鸽……

十一

迪恩最后认定我值得救，便找到我，当时我就是那个样子。他把我带到卡米尔家。"伙计，玛丽露呢？"

"那个婊子跑了。"卡米尔和玛丽露形成鲜明对比，有教养，有礼貌，知道迪恩给她寄来的那18块钱是我的。可是，哦，亲爱的玛丽露，你去哪儿了？我在卡米尔家放松了几天。她住在自由街上的经济公寓中，从她家的起居室朝窗外望去，能看到雨夜中的旧金山散发着绿色和红色的光。我在那里住的那几天中，迪恩做了他此生中最可笑的事。他找了份工作，在人家的厨房里示范操作一种新式的压力锅。那个推销员给了他几堆样品和小册子。第一天，迪恩就像飓风一样活力十足地跑来跑去。我和他开车跑遍了整个城市，陪着他同别人约会。迪恩的想法是：受邀参加一个社交性的晚宴，然后跳起来，开始现场示范操作压力锅。"伙计，"迪恩兴奋地喊道，"这甚至比当初我为辛哈工作时还要疯狂。当时辛哈在奥克兰卖百科全书。谁都不会拒绝他。他滔滔不绝地说话，上蹿下跳，时而大笑，时而哭泣。有一次，我们强行闯入一户俄克拉荷马人家，全家人正准备去参加一个葬礼。辛哈跪下来，为逝者的灵魂得到解脱而祈祷。那家俄克拉荷马人开始哭泣。他卖掉了一整套百科全书。他是全世界上最疯狂的家伙。我不知道他现在去哪里了。我们过去经常讨人家那些年轻又漂亮的女儿们的欢心，在厨房里摸她们。今天下午，我碰到了一个无比迷人的主妇，在她的小厨房里——搂着她，现场操作压力锅。啊！嗯！哇！"

"继续干下去，迪恩，"我说，"说不定哪天你就会成为旧金山市长的。"他想出了全套的压力锅推销词，晚上拿我和卡米尔做实验对象。

一天早晨，太阳出来时，他赤身露体地站在窗前，看着旧金山的全貌。他那个样子就好像有朝一日会成为旧金山的异教市长。但他的精力耗尽了。一个下雨的午后，那个推销员顺道过来看迪恩正在做什么。迪恩伸开四肢正在沙发上躺着。"这些东西你卖了吗？"

"没有，"迪恩说，"我有新工作了。"

"好吧，那你打算怎么处置这些样品？"

"我不知道。"一阵死寂过后，那个推销员把他那些让人伤心的锅收拾好，走了。我厌倦了一切，迪恩也是这样。

但是，一天夜里，我们在一起突然又变得疯狂了，便去旧金山一家小型夜总会看"瘦子"盖拉德。"瘦子"盖拉德是个黑人，又高又瘦，眼睛大而忧伤，总在说："不错欧鲁尼"或者"来点波旁奥鲁尼如何？"在旧金山，半吊子的青年知识分子，心里怀揣着渴望，大群大群地围坐在他的脚边，听他弹钢琴、弹吉他、打小手鼓。他热完身，脱掉衬衣和内衣，兴奋地表演开了。他的脑袋里想起什么，就演奏什么，就说什么。

他会唱:"混凝土搅拌机,噗嚓,噗嚓。"然后突然放慢节奏,指尖几乎不去拍打鼓皮,陷入深思状态,每个人都在俯身向前,屏息凝神,仔细听着;你会觉得他保持这种状态一分来钟就完事了,但他持续了下去,持续了一个小时之久,指尖发出无法感知的细微声响,而且始终在变小,直到最后听不到了,车辆的声音从敞开的门里传了进来。然后,他慢慢站起身,把麦克风抓到手中,非常缓慢地说道:"很棒欧鲁尼……不错欧鲁尼……你好欧鲁尼……波旁欧鲁尼……所有欧鲁尼……前排的小伙子们和他们的女友欧鲁尼如何相处……欧鲁尼……瓦蒂……欧鲁尼鲁尼……"他就这样嘟囔15分钟,声音越来越轻柔,直到听不见。他那双忧伤的大眼睛扫视着观众。

迪恩站在后面,叫道:"神啊!好哇!"——做祈祷状,拍动双手,汗流满面。"塞尔,'瘦子'了解情况,了解情况。""瘦子"在钢琴旁坐下,弹了两个音符,两个C,然后又是两个C,然后又是一个C,然后,那个身材高大健壮的贝斯手从沉静中苏醒过来,意识到"瘦子"在弹《C调即兴布鲁斯》,他用粗大的食指击打琴弦,轰隆隆的强劲节奏开启,每个人开始摇摆身体,"瘦子"的表情仍是那么悲伤,他们玩了半个小时的爵士乐,然后,"瘦子"疯狂了,抓住小手鼓,拍打出欢快的古巴节奏,同时用西班牙语、阿拉伯语、秘鲁方言、埃及语,用他所懂的每一种语言(他懂无数语言)吼出疯狂的歌词。最后,这部作品演奏完毕,每部作品都要演奏两个小时。"瘦子"盖拉德走了,靠在一根柱子上,忧伤地看着每一个人的脑袋,这时有人过去和他说话。一杯波旁威士忌滑到他的手中。"波旁欧鲁尼……谢谢你欧瓦蒂……"没人知道"瘦子"盖拉德是哪里人。迪恩曾做过一个梦:他怀了一个孩子,他躺在一所加州医院的草地上时,肚子整个膨胀起来,变成了蓝色。"瘦子"盖拉德和一帮黑人正在一棵树底下坐着。迪恩用母亲般的绝望目光看着"瘦子"。"瘦子"说:"这就是你要的欧鲁尼。"此时,迪恩靠近了他,靠近了他的神;

他觉得"瘦子"是神；他在"瘦子"的面前用脚在地上滑来滑去，不停鞠躬，让他到我们这边来。"瘦子"说："不过欧鲁尼。"他和谁都能走在一起，却不敢保证会和你进行心灵上的沟通。迪恩坐在桌子旁，买了一些酒，僵硬地坐在"瘦子"面前。"瘦子"的目光越过迪恩的头顶，整个人已陷入了幻想之中。每次"瘦子"说："欧鲁尼。"迪恩都会说："好棒！"我和这两个疯子坐在那里。什么事都没有发生。对"瘦子"盖拉德来说，整个世界只是一大杯欧鲁尼。

就在同天晚上，我去菲尔莫尔街和基尔街交叉口看"灯罩"的演出。"灯罩"是个黑人，身材高大，身着外套、头戴帽子、脖子上缠着围巾走入旧金山音乐酒吧，跳到台上，开始歌唱，额头上的青筋暴起，身体向后倾斜，从灵魂中的每一块肌肉中吼出一曲厉声尖叫的布鲁斯。他唱的时候对着人群大声喊道："不要等到了再去天堂，从喝胡椒博士①开始，到喝威士忌结束。"他的声音轰轰直响，压过了所有的声音。他做鬼脸，他扭动身体，他无所不为。他走到我们的酒桌旁，俯下身体，对我们说："哇！"然后踉踉跄跄地出门赶赴另外一间酒吧。之后康妮·乔丹登场，此人是个疯子，唱歌时双臂直摇，唱完时汗水溅洒在每个人的身上，一脚踢翻麦克风，像女人那样不停尖叫。你深夜看到他时，他已是筋疲力尽，正在名为"詹姆森的角落"的酒吧中听疯狂的爵士乐，眼睛又大又圆，一双肩膀松松垮垮，面前放着一杯酒，一副茫然若失的模样。我从未见过如此疯狂的音乐人。在旧金山，每一个人都在挥霍自己。这是大陆的尽头，他们根本不在乎。我和迪恩就这样在旧金山晃荡，直到我拿到我的下一张退伍军人福利金支票并准备回家。

我来旧金山有什么收获，我并不知道。卡米尔想让我走，迪恩也不在乎我。我买了一块面包和一些肉，做了10个三明治，准备穿越美国的

———————
① 一种软饮料的名字。

路上再次以此为食，我到达科他之前，它们就都要坏掉了。最后一个晚上，迪恩疯了，在城里的某个地方找到了玛丽露，我们上了车，一路驶过里奇蒙德，穿过海湾，去油区逛简陋的黑人爵士酒吧。玛丽露刚要坐下，一个黑人从她屁股底下把椅子抽走了。在厕所里，姑娘们贴近她，向她提出下流的要求。也有人和我套近乎。迪恩满头大汗地到处乱窜。一切都结束了，我想离开。

　　黎明时，我登上去纽约的公共汽车，和迪恩、玛丽露告别。他们想跟我要些三明治。我说不行。那是让人不快的一刻。我们都认为彼此间再也不会相见，我们也不在乎。

第三部

一

1949年春，我从退伍军人教育津贴中省下几块钱，去了丹佛，打算在那里定居。我孤独。那里谁也没有——没有贝比·罗林斯、雷·罗林斯、蒂姆·格雷、贝蒂·格雷、罗兰·梅杰、迪恩·莫里亚蒂、卡洛·马克思、埃德·邓格尔、罗伊·约翰逊、汤米·斯纳克，谁也没有。我在科蒂斯街和拉里默尔街上游荡，在1947年我差点就被雇佣的那个水果批发市场干了一小段时间——那是我此生中做过的最苦的工作，我和几个日本小伙子一度不得不把整整一车厢水果在铁道上移动100英尺，我们凭借一个千斤顶样的小机械装置，用手拉车厢，每拉一下，车厢只能移动1/4英寸。我打着喷嚏，拉着整箱的西瓜走过冷库中结冰的地面来到烈日之下。天啊，我这是为了什么？

黄昏时，我出去散步。我觉得自己就像忧伤的红色大地表面的一个小黑点。我走过温莎旅馆，30年代经济危机期间，迪恩·莫里亚蒂和他的父亲曾在此居住，我像以前那样，四处看，寻找着心中那个忧伤的、不真实的锡匠。人不是在蒙大拿这样的地方发现长得像他父亲的人，就是在寻找某个早已不在人世的朋友的父亲。

在淡紫色的傍晚，我穿行在第27街和丹佛黑人区的威尔顿街交叉口的灯光中，身上的每一块肌肉都在疼痛，我希望自己是一个黑人，觉得白人世界所能给予我的最好的东西，不是足够的兴奋，不是足够的活力、快乐、欢愉、黑暗、音乐，也不是足够的黑夜。我在一家小卖店跟前停下脚步，店主出售的是一种用纸袋子包着的红热辣椒，我买了一些，在黑暗而神秘的街上边走边吃。我希望自己是一个丹佛的墨西哥人，即便是一个贫苦的、卖力工作的日本人也好，做什么样的人都行，只要不是做一个幻想破灭的悲哀"白人"。我这辈子始终怀有白人的野心，我在圣金华谷抛弃一个像泰莉那么好的女人，就是因为这个。我穿过墨西哥人和黑人家的黑漆漆的门廊，有人在那里轻柔地说话，不时可以看到某个神秘而性感的姑娘的微黑的膝盖和玫瑰棚架后面男人漆黑的脸庞。小孩子们就像圣哲一样在古旧的摇椅上坐着。一群黑人姑娘走了过去，其中一个年轻的，离开那些母亲般的年龄较大的姑娘，急匆匆地朝我走过来——"你好，乔！"——突然发现我并不是乔，便红着脸跑回去了。我多希望我是乔。我只是我自己，忧伤的塞尔·帕拉迪斯，在这紫色的黑暗中，在这令人难以忍受的温柔的黑夜中走着，我多希望用这个世界与那些快乐、真诚、狂喜的美国黑人交换。这些破烂的社区让我想起了迪恩和玛丽露，他们从小时就对这些街熟悉得很。我多希望我能找到他们。

在第23街和威尔顿街交叉口，一场垒球赛正在泛光灯下举行，泛光灯也照亮了储气罐。每打一个回合，都会有一大群热望的人在高声呼叫。各种各样的怪异小英雄，有白人、黑人、墨西哥人、纯种印第安人，都在运动场上用令人心碎的认真态度表演。这只是一帮身穿运动服的业余队员。我作为一个运动员，这辈子从未允许自己在夜晚的路灯下，当着家人、女朋友和邻居孩子们的面这样表演过；我总是在大学校园中、在重要的场地阴沉着脸表演，从未感受过像这样的人类的、孩子般的快乐。现在已为时太晚。在我身旁坐着一个老黑人，显然每天晚上都来这里看球。他旁边是一个年迈的白人流浪汉，流浪汉旁边是一家墨西哥人，再往那边是一群姑娘、小伙子——他们都是人。哦，那天晚上的灯光是多么令人悲伤！那个年轻的投手看上去就像是迪恩。座位上的一个金发美女看上去就像是玛丽露。这是丹佛的夜晚，我只想死。

在丹佛，在丹佛

我只想死。

街对面，一户户的黑人坐在房子前面的台阶上，一边聊天，一边抬起头，目光穿过树丛，看着繁星闪耀的夜晚，在温柔的夜色中放松身心，有时也会观赏比赛。很多的汽车在街上驶过，交通信号灯变红时在街角停住。兴奋处处都在，空气中充满了真正的快乐生活的震动，不知道失望和"白人的悲伤"这些东西为何物。那个老黑人从外衣兜里掏出一罐啤酒打开，那个老白人用羡慕的目光盯着那罐啤酒，在自己兜里摸了摸，看看是否也能买一罐尝尝。我好想死啊！我离开了那里。

我去看看我认识的一位有钱的姑娘。早晨，她从丝袜中抽出一张百元大钞，说："你总说要去旧金山旅行，既然这样，把这钱拿上，去痛痛快快地玩吧。"这样一来，我所有的麻烦都解决了，我在一家旅行社找到一辆便车，给了人家11块钱，作为去旧金山的油费，然后我们的车便轰隆隆地疾驰在了大地上。

开车的是两个小伙子，自称皮条客。另外两个和我一样，也是乘客。我们挤在一起坐着，心向目的地进发。我们穿过伯绍德山口，到了大高原上，驶过塔博纳什、特拉伯瑟姆、克里姆林；穿过兔耳山口，抵达斯廷博特斯普林斯，然后驶出；走过一条长达50英里的环形路，驶过克里格和美国大沙漠。我们穿过科罗拉多与犹他交界处时，我看到上帝以闪着金光的巨型云朵的形态出现在天空之中，好像在指着我说："从这边经过，然后继续前行，你正走在通向天堂的路上。"啊，呜呼！我更加感兴趣的是内华达沙漠中，一个出售可口可乐的小摊旁边的那几辆腐烂的带有顶篷的旧马车和桌球台子，那里还有几座小棚屋，饱受风雨侵蚀的招牌仍然在鬼魂出没、裹着尸衣的沙漠的风中飘动着，上面写着："'响尾蛇'比尔在此居住"或者"牙齿掉光的安妮在此蛰伏多年"。哇，轰轰朝前跑吧！在盐湖城，两个皮条客去查看他们的姑娘们，我们继续朝前开。我转眼间就又一次看到了在深夜的海湾上延伸开去的传说中的旧金山。我立即去找迪恩。他现在有了一栋小房子。我迫切想知道他在想什么，现在还会发生什么事，因为我再也没有任何的牵挂，我所有的退路也已经消失了，我他妈的什么都不在乎了。凌晨2点，我敲响了他的房门。

二

迪恩一丝不挂地来到门口，敲门的，即便是总统，他也毫不在乎。他一丝不挂地迎接这个世界。"塞尔！"他用确确实实的吃惊的语气说，"我还以为你不会这么做呢。你终于来找我了。"

"是的。"我说，"我崩溃了。你过得怎么样？"

"不太好，不太好。不过，我们有很多的事情要谈。塞尔，这一刻终于来了，我们是该好好谈谈、顺应新的形势了。"我们都认为是该谈谈了，便一同进屋。我的到来有些像是怪异的恶魔闯入雪白的羊毛之中，我和迪恩开始在楼下的厨房里兴奋地交谈，让楼上的人不住啜泣。无论我对迪恩说什么，他都会用疯狂、低沉、颤抖的声音说一句："没错！"卡米尔知道将要发生什么事。迪恩显然老实了几个月，如今，天使到了，他又要疯狂了。我低声说："她怎么了？"

他说："她变得越来越糟糕，伙计，她哭闹，发脾气，不让我出门去看'瘦子'盖拉德的演出，每次我回来晚了，她都会勃然大怒，然后，我在家时，她不搭理我，说我是个彻头彻尾的畜生。"他跑到楼上去安慰她。我听到她在说："你是个骗子，你是个骗子，你是个骗子！"我趁机查看他们这栋漂亮的小房子。房子位于经济公寓之间，高两层，歪歪扭扭，很破旧，刚好在俄国山顶，可以俯瞰海湾，总共4个房间，楼上3个，楼下有一个宽敞的类似地下室的厨房。打开厨房的门，外面是长满青草的院子，院子中有晾衣绳。厨房后面有一个储藏间，里头放着迪恩那双旧鞋子，鞋底上还留有1英寸的污泥，那是在得州的那个晚上，他的哈德逊牌汽车陷入布拉索斯河中，我们推车时留下的。当然了，那辆哈德逊早已不见了踪影，迪恩无法继续偿付欠款。如今，他一辆车也没有，他们的第二个孩子就要意外降生。听到卡米尔不停啜泣，简直恐怖。我们受不了了，出去买了些啤酒，带回厨房里喝。卡米尔要么终于睡下了，要么整夜茫然地盯着黑暗发呆。我不知道到底哪里出了问题，只知道迪恩可能把她逼疯了。

我上次离开旧金山时，他又一次疯狂地爱上了玛丽露，一连几个月出没于她在迪维萨德罗街的公寓周围，每天晚上，玛丽露都会领着一个不同的水手回家胡搞，他透过她门上递送邮件的缝隙朝屋内窥视，能看到她的床。每天早晨，他都能看到玛丽露和一个小伙子四脚朝天地躺在床上。他跟着她在城里晃荡。他想要毋庸置疑地证明她是个婊子。他爱她，他为她流汗。最后，他很不小心地弄到了一些劣质青叶——青叶是行话，也就是未经加工的大麻——吸食了太多。

"第一天，"他说，"我像一块木板一样僵硬地躺在床上，动不了，也说不成话；眼睛睁得很大，直直地盯着上面。我听到脑袋里嗡嗡直响，看到了各种各样的、奇妙的、色彩艳丽的幻景，感觉美妙极了。第二天，我想起了每一件事，我做过、知道过、读过、听过、推测过的每一件事重新浮现在了我的脑子里，用一种全新的、符合逻辑的方式在我的脑子里重新组合，因为我的脑袋里想不起别的，只能想起这些令我吃惊和满足的事物，所以只是不停在说：'是的，是的，是的，是的。'声音不大。只是说'是的'，声音真的很小，服用青叶引发的那些幻景一直持续到了第三天。那时候，我已明了了一切，我的整个生命也被决定了。我知道，我爱玛丽露；我知道，无论我的父亲在什么地方我也要找到他、拯救他；我还知道你是我的伙计；我知道卡洛是多么伟大的一个人，等等。我了解每一个地方、每一个人的好多事情。然后，第三天，我醒着时开始做一系列的噩梦，那些梦恐怖死了，又是那么清晰，我躺在床上，两手抱着膝盖，不停地叫着：'哦，哦，哦，啊，哦……'邻居们听到了我的呻吟声，派人叫来一个医生。卡米尔带着孩子回娘家了。整个社区的人都担心我。他们进屋以后，发现我躺在床上，两只胳膊永远地伸开着。塞尔，我拿了一些青叶，跑到玛丽露那里。同样的事情在那栋不发一语的小房子里发生了——同样的幻景、同样的逻辑、同样的关于每一件事物的最终决定，我在痛苦中一次性地看到了所有的真理，然后是梦魇和痛苦——啊！然后，我知道我爱玛丽露爱得想死，想要杀死她。我跑回家中，以头撞墙。我赶到埃德·邓格尔那里，他和伽拉蒂雅从旧金山回来了，我向他打听一个人的住址，这人有枪，我去了那人家中，把枪拿到手，匆匆赶回玛丽露的住处，隔着门上的缝隙朝里一看，发现她和一个家伙在床上躺着，我只好暂时离开，再好好想想这件事，一小时后回来，破门而入——当时就她一个人——我把枪递给她，让她打死我。她握着那把枪，握了很久很久。我让她订立一份美好的死亡契约。她不想这么干。我说我们当中有一个人必须死。她说不行。我以头撞墙。伙计，我疯了。她会告诉你，是她说服我放弃这种想法的。"

"后来咋样了？"

"那是好几个月前的事了——你离开以后的事。她最终嫁给了一个二手车贩子，那个婊子养的傻瓜蛋还信誓旦旦地说，一旦找到我就杀死我，如果有必要，我必须自卫、杀掉他，那样的话，我就去圣昆丁州立监狱吧，因为，塞尔，我再犯罪的话，就会在圣昆丁州立监狱蹲一辈子——这就是我的结局。我的手也完了。"他让我看他的手。我因为太兴奋没注意到，这时才发现他的手受了重伤。"2月26日那天晚上6点钟，我用拳头猛击玛丽露的脑门子——其实是6点过10分，因为我记得1小时20分钟后要去赶特快火车——那是我们最后一次见面，也是最后一次把一切做个了断，现在仔细听我说：我的拇指偏离了她的脑门子，她伤都没伤，实际上还哈哈大笑起来，但我的腕部以上的拇指断了，一个烂医生给我正骨，不好弄，打了3次石膏，我坐在硬邦邦的长椅上等着，总共等了23个小时，最后把一根牵引针从我的拇指顶端插了进去，因此，4月份，他们为我取石膏时，那根针把我的骨头感染了，我便患上了骨髓炎，后来转成了慢性，此后又动过一回手术，失败了，我戴了一个月的石膏，最后把该死的拇指顶端的一小段截掉了。"

他解开绷带，让我看。指甲下面长约半英寸的肉不见了。

"情况越来越糟。我得养活卡米尔和艾米，我在费尔斯通做模具工，以最快的速度干活儿，为翻新的轮胎做硫化，然后把重达150磅的轮胎从地上拽起来，拉到汽车顶上——只用我那只好手拉拽，坏手不断挨撞——又把骨头弄断了，再次接好，整个拇指又被感染，又肿了。因此，现在卡米尔工作，我来照看孩子。知道吗？我有些焦躁不安，我本是3A级、酷爱爵士乐的莫里亚蒂，如今却有一根肿胀的拇指，他妻子每天为他的拇指注射青霉素，因为过敏，他的拇指患上了蜂窝组织炎。他每个月必须注射6万个单位的青霉素。他这个月每4个小时必须服用一粒药片以对抗青霉素的过敏反应。他必须服用可待因阿司匹林以减轻拇指的疼痛。他的腿上长了一个囊肿，发炎了，必须动手术切除。下周一，他必须在6点钟起床，去为他的牙齿做清洁。他每周两次必须去看一位足医接受治疗。他每天晚上必须服用止咳糖浆。他必须不时喘气、猛哼鼻子以清洁鼻腔，因为多年前，他的鼻梁骨的正下部断裂了，手术让其功能受损。他一抡胳膊，结果失掉了拇指。他是新墨西哥少年犯劳教所历史上最伟大的70码传球手。然而——然而，我从未觉得这么美好过、快乐过，看到小孩子们在太阳底下玩耍，我就觉得很美好、很快乐，看到你——我的漂亮、棒棒的又迷人的好友塞尔，我就觉得很快乐，我知道，我知道一切都会好起来的。你明天就能看到她，我那了不起的、心爱的漂亮女儿，她现在一口气能独自站立30秒钟，重22磅，身长29英寸。我刚刚计算出，她拥有31.25%的英国血统、27.5%的爱尔兰血统、25%的德国血统、8.75%的荷兰血统、7.5%的苏格兰血统，还有100%的'棒棒'的血统。"他深情地祝贺我把书写完了，如今这本书已有出版社要了，愿意出版。"我们了解生活，塞尔，我们每个人都在一点点地变老，我们开始了解事物的真相。你对我说的关于你的生活的事，我是很理解的，我一向欣赏你的感觉，说真的，如果你现在能找到的话，找一个真正的好姑娘得了，你教化她，让她照管你的灵魂，就像我拼尽全力对那些该死的女人做的那样。呸！呸！呸！"他大声喊道。

早上，卡米尔把我俩连人带行李都给踢了出来。这件事始于我们让我们的丹佛老友罗伊·约翰逊来一块喝啤酒，当时迪恩正在看孩子、刷盘子、清扫后院，却因为兴奋，把活儿干得一团糟。约翰逊同意驾车拉着我们去磨坊市找雷米·邦库尔。卡米尔从医生办公室下班回到家中，用一个心烦意乱的女人的悲伤的目光看了我们一眼。我和她打招呼，尽可能热情地和她说话，试图让这个深受困扰的女人明白，我并非恶意干扰她的家庭生活，但她觉得我是在骗她，并且这骗术可能是从迪恩那里学来的，所以只是冲着我微微一笑。到了早上，可怕的一幕出现了：她躺在床上啜泣，她啜泣的时候，我突然想去厕所，而我要到那里，只有从她的房间里穿过。"迪恩，迪恩，"我喊道，"最近的酒吧在什么地方？"

"酒吧？"他吃惊地说道，他正在楼下厨房的洗涤槽中洗手。他以为我喝醉了。我把自己进退两难的窘境对他说了，他说："快去吧，她总这样。"不，我不能这么做。我冲出门外，去找酒吧；我爬到俄国山上，又爬下来，在一个社区内连走了4个街区，除了自助洗衣房、干洗店、冷饮店和美容院，什么也没找到。我又返回了那栋弯弯曲曲的小房子内。他们正在相互大吼大叫，我苦笑一下，穿过屋子，走进浴室，把自己锁了起来。过了一会儿，卡米尔就把迪恩的东西在起居室的地板上乱扔，让他收拾好装到箱子里。让我深感吃惊的是，我在沙发上发现了一幅伽拉蒂雅·邓格尔的画像，有真人那么大。我突然意识到，这两个女人在一起度过了好几个月的寂寞的、富于女性特质的时光，聊了男人的疯狂。我听到迪恩的狂笑声和孩子的哭号声响彻了整栋房子。然后，我知道他正在房子里像格劳乔·马克思一样快速游走，裹着巨大的白色绷带的拇指竖起着，就像一只伫立在热波上的一动不动的火炬。我又一次见到了他那个可怜的大破箱子，里头装着袜子和脏内裤，都露了出来，他弯下腰，把能找到的每一样东西都扔了进去。然后，他把他那个全美国最破烂的手提箱拿上。手提箱是纸质的，表面有花纹，看上去像皮的，合页不知是用什么东西做的，胡乱粘了上去。箱子上有一道大口子，迪恩用一条绳子捆好了。然后，他抓起水手袋子，朝里头扔东西。我也把我的背包拿上了，把东西都塞了进去，这时就听卡米尔躺在床上大声喊道："骗子！骗子！骗子！"我们赶紧从房子跳出来，踉踉跄跄地走在街上，去最近的缆车那里——两个人，一大堆箱子，还有那根举在空中的缠着巨大绷带的拇指。

那根拇指成了迪恩最终成长的象征。他什么都不在乎了（以前不是这样），但现在，从理论上讲，他又什么都在乎；也就是说，在乎、不在乎对他来说没有分别，他属于这个世界，却又对它无能为力。他在街心把我叫住。

"喂，伙计，我知道你可能真的觉得很困惑；你刚进城，第一天，我们就被轰出来了，你在想知道我到底干了什么应该受此对待——还有所有那些可怕的附加物——嘿——嘿——嘿！——不过，你看看我。求你了，塞尔，看看我。"

我看着他。他穿着一件T恤，破裤子垂到了肚皮以下，脚上蹬一双烂鞋子，蓬头垢面，眼睛里布满血丝，那根裹着巨大绷带的拇指在心脏的位置上竖起着（他不得不这么举着），脸上是我曾见过的最傻的笑。他踉踉跄跄地转了一圈，打量着周围。

"我的眼球看到了什么？啊——蓝色的天空。郎——费罗！"他摇摆着身体，眼睛一眨一眨的。他揉了揉眼睛。"还有窗户——你看过那扇窗户吗？现在我们来聊聊窗户。我曾见过真正疯狂的窗户，它们会对我做鬼脸，有些拉着窗帘，会对着我眨眼。"他从海军袋子里翻出一本尤金·苏①的《巴黎的神秘》，整理了一下T恤正面，站在街角，开始用卖弄学问似的腔调朗读。"我可是当真的，塞尔，我们一路上注意观察每一个事物……"片刻之后，他便把这事忘了，一脸茫然地朝四下看着。我很高兴我来了，他现在需要我。

"卡米尔为什么轰你出门？你有什么打算？"

"呃？"他说，"呃？呃？"我们绞尽脑汁，想着该去哪里，该做什么。我意识到这件事应该由我来做决定。可怜的，可怜的迪恩已堕落到了最深的深渊之中；他要举着他那根受感染的拇指，带着那几个破箱子，很愚蠢地穿越美国，再回来，往返无数次，过那种没有母亲的、狂热的生活，就像一只尚未发育完全的鸟儿。"我们步行去纽约，"他说，"路上仔细观察每一个事物——没错。"我把我的钱掏出来，数了数，让他看了看。

"我这里有，"我说，"83块整的，还有些零钱，如果你愿意和我一起走，我们就去纽约——然后去意大利。"

"意大利？"他说。他的眼睛放射出光芒。"意大利，是的——我们怎么去呢，亲爱的塞尔？"

我考虑了一下，说："我会挣些钱，我会从出版社那里拿到1000块钱。我们要把罗马、巴黎等等这些地方的疯狂女人看个遍；我们要坐在路旁的咖啡馆里；我们还要住妓院。为什么不去意大利？"

"为什么要去？"迪恩说，然后意识到我是认真的，便第一次用眼角余光看着我，因为我对于他这个负累一般的存在此前从未表过态，他那种表情是一个人在下注前的最后一刻估量自己的机会时才会有的。他的

---

① 尤金·苏（1804—1857年）：法国作家，以描写生活的阴暗面著称，主要作品有《巴黎的神秘》《流浪的犹太人》等。

眼睛里透着得意和傲慢无礼，那是一种邪恶的目光，他很久都没有把目光从我的身上挪开。我与他对视，脸不由得红了。

我说："怎么了？"我这么问的时候觉得很不舒服。他没说话，仍然小心谨慎地、傲慢地用眼角余光看着我。

我努力回想他这辈子做过的每一件事，看看这些往事当中是否有哪件让他今天对某些事情产生了疑虑。我用毅然而坚定的口气重复了一遍我刚才说的话——"和我去纽约吧，我有钱。"我看着他，因为窘迫和流泪，我的眼睛湿润了。他仍在凝视我。现在，他的眼睛毫无表情，看透了我。他意识到，我的确花时间想到了他，想到了他的那些麻烦，这很可能是我们友谊的关键点，而他也努力地将这一点放到他极其复杂与备受折磨的精神范畴之中。我俩都明白了某件事。对我来说，我突然关心起一个比我小5岁的人，最近这些年，他的命运和我的交织在了一起；对他来说，这是一件非常重要的事，关于这一点，我只能从他以后的所作所为中得到确认。他变得极为高兴，说一切都解决了。"你那表情是怎么回事？"我问。听我这么问，他很痛苦。他皱紧眉头。他很少皱眉头。我们都觉得困惑不解，都对某些事情产生了怀疑。在一个美好的、阳光明媚的日子里，我们站在旧金山的一座小山的顶部，我们的影子倒了下去，跨过了人行道。在卡米尔家隔壁的一栋公寓中涌出来11个希腊男女，这些人在阳光普照的人行道上瞬间列为一排，在他们身后的一条窄街上，另一个人拿着照相机在冲他们微笑。我们目瞪口呆地凝视这些古老的人，他们正在为他们的一个女儿举行婚礼，或许是这个在阳光下微笑的从未断代的黑人家族中第1000次举行婚礼。他们穿着考究，富有异国情调。我和迪恩仿佛是在塞浦路斯欣赏这一幕。海鸥在闪闪发光的天空中飞过我们的头顶。

"好啦，"迪恩用非常害羞、非常温和的声音说，"我们走吗？"

"走，"我说，"我们去意大利。"于是我们拎起行李，他用他那只好手拎着行李箱，剩下的东西我拿着，我们蹒跚着到了缆车站；转瞬之间，我们这两个西部夜晚中的衰败英雄乘缆车下山，我们的腿从轻轻摇晃的车板上垂下，在人行道的上面晃荡着。

三

我们首先去了市场街的一家酒吧，决定好每一件事——我们永不分开，做一辈子兄弟。迪恩很安静，一副出神的模样，看着酒吧里的老流浪汉们，让他想起了他的父亲。"我感觉他在丹佛——这次我们一定要找到他，他可能在县监狱，也可能又在拉里默尔街周围一带转悠，但我们会找到他的。对吗？"

没错，我们会找到他的；我们要做我们以前没有做的和因为太愚蠢做不了的每一件事。然后，我们许下诺言，先在旧金山痛痛快快地玩两天再出发，当然了，我们商量好搭乘旅行社的"分摊汽油费"的便车，尽量省钱。迪恩宣称，尽管他仍然爱着玛丽露，却已不再需要她。我们都认为等他到了纽约生活就会好起来的。

迪恩把他那套细条纹西装穿在身上，里面是一件运动衬衣，我们花费10美分把行李存在灰狗汽车公司的储物柜里，然后去见罗伊·约翰逊，我们接下来在旧金山玩耍的这两天中，想让他做我们的司机。罗伊在电话中表示愿意这么做。电话打完不久，他就开着车到了市场街和第3街的交叉口，把我俩捎上。罗伊现居旧金山，做办事员，娶了一个叫多萝西的金发小美妞儿。迪恩曾偷偷对我说，她的鼻子太长了——不知为何，他总抓着她的这一点不放——但她的鼻子根本不算长。罗伊·约翰逊身材消瘦，皮肤黝黑，长相帅气，脸像针那么尖，头发梳得很整齐，总是用手把两侧的头发朝脑后梳拢。他为人极为严肃，脸上却又总露着灿烂的笑容。显而易见，他的妻子多萝西在他为我们当司机这件事上跟他大吵了一架——他作为一家之主（他们住的是一栋小房子），决定坚持自己的立场，虽说信守了对我们的承诺，却也造成了一些不快的后果；他心中的进退两难的窘境在坚定的沉默中消解了。他不分昼夜地拉着我和迪恩跑遍了整个旧金山，期间一句话也没说；他只是闯红灯，猛地转弯，搞得两个车轮都离了地，他这是在告诉我们给他的生活中带去的那种变化。他正处在新婚妻子的挑战和丹佛台球厅的老帮派头头的挑战之间。迪恩很高兴，自然没有受到这种开车方式的干扰。我们全然不去搭理罗伊，坐在后座上聊个不停。

然后，我们去磨坊市看看能否找到雷米·邦库尔。我有些吃惊地注意到海湾中已经不见了那艘名为"菲比海军上将"号的古船，然后，山谷中那座小棚屋的隔间里面自然也不见了雷米的踪迹。开门的反而是一位漂亮的黑人姑娘，我和迪恩跟她聊了很久。罗伊·约翰逊在车里等着，读着尤金·苏的《巴黎的神秘》。我最后看了磨坊市一眼，心里明白再去试图挖掘复杂混乱的过去已没有意义，我们转而去看伽拉蒂雅·邓格尔，想在她那里把住宿的问题解决了。埃德又离她而去了，现在人在丹佛，她要是仍然没有想出把他弄回来的办法那才怪呢。我们发现她正盘坐在她那套位于使馆街、共有四个房间的公寓中的富于东方韵味的地毯上，摆弄一副用来算命的纸牌。好姑娘。我看到了埃德·邓格尔在这里短暂居住、然后只是因为恍惚和厌恶离开的悲伤的痕迹。

"他会回来的，"伽拉蒂雅说道，"那个家伙没我在身边都照顾不了自己。"她用愤怒的目光看了迪恩和罗伊·约翰逊一眼。"这次是汤米·斯纳克搞的。他来之前，埃德始终都很快乐，也一直在工作，我们出去逛，玩得很开心。迪恩，这事你是知道的。然后，他们一连几个小时坐在浴室里，埃德坐在浴缸上，斯纳克坐在凳子上，俩人说啊，说啊，说啊——说的净是些愚蠢的话。"

迪恩大笑起来。他多年来一直是那帮人的头头儿，如今，他们正在学习他那一套。汤米·斯纳克留了胡子，他那双忧郁的蓝色的大眼睛在旧金山四处搜寻埃德·邓格尔，然后发生了一件事（是真事，不是假的），他在丹佛不慎把小拇指截断了，为此拿到了一大笔钱。然后，他们就莫名其妙地想要放伽拉蒂雅的鸽子，去缅因州的波特兰，斯纳克显然在那里有个姑姑。因此，他们现在不是正在穿越丹佛，就是已经到了波特兰。

"汤米的钱一花完，埃德就会回来的，"伽拉蒂雅看着手里的牌说，"该死的傻瓜蛋——他现在什么都不懂，就没有懂过。他只知道我爱他。"

伽拉蒂雅坐在地毯上，一头长发垂到了地板上，摆动着算命的纸牌，那个样子就像丽日中、镜头下的那户希腊人的女儿。我开始喜欢她了。我们甚至决定那天晚上出去听爵士乐，迪恩去接住在这条街上的一位身高6英尺叫作玛丽的金发美女。

那天晚上，我和迪恩还有伽拉蒂雅去找玛丽。这个姑娘有一套地下室公寓、一个年幼的女儿，还有一辆几乎没有开过的旧车，两个姑娘压着启动装置，我和迪恩用力把车推到了街上。我们去了伽拉蒂雅家，大家围坐在一起——玛丽，她的女儿，伽拉蒂雅，罗伊·约翰逊，他的妻子多萝西——一个个阴沉着脸坐在加了厚垫子的椅子上，我站在一个角落里，在旧金山的问题上保持着中立，迪恩站在屋子中间，他那个气球般大小的拇指在齐胸的位置上举着，他在咯咯笑。"他妈的，"他说，"我们都失掉了手指——呃——呃——呃。"

"迪恩，你为什么要干这么蠢的事？"伽拉蒂雅说，"卡米尔打电话说你抛弃了她。你难道没有意识到你有个女儿吗？"

"他没抛弃她，是她把他踢出去的！"我打破了自己的中立立场，说道。他们都用憎恶的目光看着我，迪恩咧着嘴笑了。"他的拇指都这样了，你还能指望他做什么？"我补充道。他们都看着我，特别是多萝西·约翰逊，用心怀恶意的眼神盯着我。这绝对是一个妇女缝纫小组，小组的中心人物就是罪犯迪恩——或许他应该对每一件错误的事负责。我眼望窗外，看到了嗡嗡作响的使馆街的夜色，我想走，去听旧金山的爵士乐——要记住，这只是我在城里待的第二个晚上。

"我认为玛丽露离开你是非常、非常明智的做法，迪恩，"伽拉蒂雅说道，"这些年，你对任何人没有一丁点儿的责任感。你做了那么多的坏事，我都不知道该对你说什么好了。"

其实这句话才说到了点子上，他们围坐在一起，用低垂、憎恨的目光看着他，他坐在他们中间的地毯上咯咯笑着——他只是在咯咯笑。他跳了一小段舞。他拇指上的绷带越来越脏，都开始松开了，啪啦啪啦直响。我突然意识到，作恶多端的迪恩正在变成一个白痴、傻瓜、这帮人当中的圣徒。

"你谁都不尊重，只尊重你自己和你那该死的享乐。你想的只是你两腿之间的那个东西，你能从别人那里骗多少钱、获得多少快乐，你把人家用完就扔到一旁。不光这个，你还是个蠢货。你从未想过生活是严肃的，有人正努力从中获得某种高贵的东西，而不是整天瞎浪荡。"

迪恩就是这样的人，是一个"神圣的傻瓜"。

"卡米尔今晚哭得伤心死了，不过你不要以为她想让你回去，她说再也不会见你，这次算是最后的了断。可是，你竟然站在那里做傻样，我觉得你根本没有怜爱之心。"

这种说法不对，我更了解迪恩，本该对他们讲明这一点。但我觉得这么做没有任何意义。我想过去搂着迪恩，对他们说，你们都看这边，只需记住一点：这个小伙子也有他的难处，还有，他从未抱怨过，他坦坦荡荡做自己，让你们他妈的玩高兴了，如果对你们来说，这还不够，那么就把他送到行刑队那里吧，你们显然巴不得要这么干……

然而，伽拉蒂雅·邓格尔是这帮人当中唯一不害怕迪恩的人，能够踏踏实实地在那里坐着，当着大家的面数落迪恩。以前在丹佛时，迪恩让大家和姑娘们坐在黑暗中，他说啊，说啊，说啊，说个没完没了，他的声音一度就像催眠似的，有些奇怪，据说单凭说服力和说话的内容就能让姑娘们乖乖就范。那是他十五六岁的时候。如今，他的信徒都结婚了，他的信徒的妻子们，因为他所启蒙的性欲和生活方式让他坐在地毯上数落他。我继续听了下去。

"如今，你要和塞尔去东部，"伽拉蒂雅说，"你觉得你这么做会有什么收获？你一走，卡米尔就得待在家里看孩子——她怎么保住她的工作？——她再也不想见你，我不怪她。如果你在路上看到埃德，就叫他赶紧回来见我，否则我就杀死他。"

说得就是如此直截了当。那是一个最悲伤的夜晚。我感觉自己就像正和一帮奇怪的兄弟姐妹身处在一个可怜的梦里。然后，每个人彻底不说话了，换作平时，迪恩肯定会说个痛快，但现在他沉默了，站在每一个人的面前，衣衫褴褛，颓废不堪，像个白痴，刚好在灯泡底下，他那张瘦骨嶙峋的疯狂的脸上沾满了汗水，青筋不停跳动，一个劲儿地说着"是的，是的，是的"，就好像惊人的启示正在注入他的身体，我确信这一点，其他人则是又怀疑又惊恐。他"垮掉"了——"垮掉"即是极乐的根，极乐的灵魂。他知道什么？他用尽全力想要把他知道的东西告诉我，他们为此妒忌我，妒忌我站在他那边、为他辩解、像以前他们做的那样全神贯注地听他说话。然后，他们都看着我。我，一个陌生人，在这个美好的夜晚，跑到西海岸来做什么？我没有想下去。

"我们要去意大利。"我说，就此摆脱了整件事。然后，空气中也出现了一种奇怪的母性的满足感，因为那几个姑娘真的就像一位母亲看着她那最可爱、最离经叛道的孩子那样看着迪恩，迪恩用他那根忧伤的拇指和所有的启示清楚地感知到了这一点，因此，才能在我俩对"时间"的意义做出认定的那一刻，在钟表的嘀嗒嘀嗒的寂静中，一声不吭地走出公寓，去楼下等我们。我们对"时间"的意义做出认定，就是我们都感受到了人行道上的鬼魂。我望着窗外。他独自一人站在门口，看着街上。痛苦、反责、意见、道德、悲伤——统统抛在身后，他的面前是纯粹存在的落魄的狂喜。

"走吧，伽拉蒂雅、玛丽，我们去逛爵士酒吧，把这件事忘了吧。迪恩总有一天会死的。到时候你有什么话对他说吗？"

"他死得越早越好。"她用正式的口气代表屋里的几乎每一个人说道。

"非常好，那么，"我说，"但现在，他还活着，我敢说，你想知道接下来他会做什么，因为他有个秘密，我们都很想知道，这个秘密把他的脑袋撑开了一个大口子，他要是疯了，这并不是你们的错，而是上帝的错。"

她们不赞成这种说法；她们说我真的不了解迪恩，她们说迪恩是有史以来最坏的流氓，我总有一天会遗憾地发现这一点的。听她们反驳得这么厉害，我觉得很有趣。罗伊·约翰逊站出来替女士们辩护，说他再了解迪恩不过，迪恩只是一个很有趣，甚至很好笑的骗子。我出门去找迪恩，在这一点上和他简单地聊了聊。

"啊，伙计，别担心，一切都是完美的、美好的。"他揉着肚皮，舔着嘴唇说。

四

姑娘们下来了，我们再次把车推到街上，起身赶赴盛大的夜晚。"啊哦！我们走吧！"迪恩喊道。我们跳到汽车后座上，任凭汽车叮叮当当直响，朝着福尔松街上的小哈莱姆去了。

我们一进入温暖疯狂的夜晚，就听到一个疯狂的次中音萨克斯手在街对面把号吹得哇哇响，他吹着"咿——呀！咿——呀！咿——呀！"有人在跟着节奏拍手，观众在喊："加油，加油，加油！"迪恩早就举着他那根拇指跨到了街对面，还一边喊着："使劲吹，伙计，使劲吹！"一群身着周末晚礼服的黑人正在酒吧前面激动地上蹿下跳。酒吧的地面上铺着木屑，上面盖着大篷，戴着帽子的乐手在一个小舞台上挤作一团，在人们的脑袋顶上吹奏，真是个疯狂的地方；有时候会看到疯狂的、身穿松垮睡袍的女人在晃荡，酒瓶子在小巷内叮当作响。在酒吧后面，在屎尿横流的厕所那头的一条黑漆漆的走廊里，几十个男女背靠墙面，一边喝掺了威士忌的波尔图葡萄酒，一边对着天上的星星啐唾沫——葡萄酒和威士忌。那个戴着帽子的次中音萨克斯手心中有了一个让他觉得无比满意的自由想法，正吹在兴头上，一个连复段，忽高忽低，从"咿——呀！"过渡到"咿——嘀——哩——呀！"火力全开地吹着，同伤痕累累的套鼓奏出的轰轰滚动的节奏相互辉映，鼓手是一个黑人，大块头，长相粗野，脖子又短又粗，啥都不管，只是不断地粗暴对待他那对破裂的鼓槌，哗啦，咝咝，嘀嘀，轰轰，哗啦。狂暴的音乐奏起，次中音萨克斯手完全掌控了局面，每个人也都知道他完全掌控了局面。迪恩站在人群中紧紧抓住自己的脑袋，真是非常疯狂的一帮人。他们叫喊着，眼睛里透着疯狂，让那个次中音萨克斯手继续演奏下去，他从沙发上站起身，拿着号又坐下了，在喧闹中奏出清晰哀号的乐音。一个身高6英尺、瘦骨嶙峋的黑女人在这个男人的号旁边摇摆着她的骨头，男人只是不停地用号戳弄她的身体。"咿！咿！咿！"

每个人都在摇摆、号叫。伽拉蒂雅和玛丽拿着啤酒站到了椅子上，又摇又跳。一群群的黑人小伙子跟跟跄跄地从街上进来，摔作一团才到了舞台前面。"别停，伙计！"一个男人用响而尖厉的声音吼道，然后发出一声巨大的呻吟，这声音大死了，在整个萨克拉门托都能清晰地听到。啊——哈哈！"啊！"迪恩叫道。他搓弄着胸脯子、肚子，汗水在脸上飞溅。轰隆隆，是锤击的声音，那个鼓手正用他那对凶险的鼓槌猛击鼓面，想把它揍到地下室里去，然后打出猛烈的节奏，又想把它揍到楼上去，咝咝，轰隆隆！一个大胖子正在舞台上上蹿下跳，弄得舞台都下陷了，嘎吱嘎吱直响。"呦！"钢琴手只是在用乍开的手指击打琴键，趁次中音萨克斯手正喘气准备开始新一轮猛烈的轰炸时，不时奏出几个和弦——是中国式的和弦，让整架钢琴的每一块木头，每一个裂缝，每一条线都颤抖起来，啵嘤！次中音萨克斯手从舞台上跳下，站在人群中，朝四面八方开火；他的帽子盖住了眼睛，有人为他把帽子推回原位。他只是用力后仰身体，用脚啪啦啪啦地踹着地面，猛烈地吹上一段，声音沙哑而轰鸣，喘口气，把号举起，对着高处大范围地吹奏高音，在空中不时尖叫。迪恩刚好在他的前面，脸朝着号口的方向低垂着，拍着手，汗水洒在那人的号键上，那人注意到了他，含着号嘴，发出一阵长长的颤抖的狂笑，旁人也跟着笑了，他们不停摇摆身体；最后，次中音萨克斯手决定猛吹一通，就见他蹲下身子，吹出一个高音C，就那么按着号键，持续了好久，别的乐手也跟着奏出长长的高音C，响声越来越大，我觉得警察们就要从最近的社区涌过来了。迪恩陷入了狂喜状态。次中音萨克斯手的眼睛直直地盯着他，这个疯子不但理解他的音乐，更在乎他的音乐，并且想要理解更多，理解比音乐本身多得多的内容，他俩开始在这一点上相互争斗，所有的东西都从号中吹出来了，没有了乐句，只剩下嚎叫，嚎叫，先是"轰轰响"，而后"嘟"一声，声音再次高昂，"咿"几下，然后减弱为叮当声，又转为非传统的号音。他无所不试，向上吹，向下吹，向侧面吹，倒过来吹，水平吹，30度角吹，40度角吹，最后倒在某个人的怀里，不吹了，每个人都在相互推搡，喊着叫着："好棒啊！好棒啊！他吹得可真棒！"迪恩用手帕擦着汗。

　　然后，次中音萨克斯手走到台上，要了一个慢的节拍，悲伤的目光越过众人头顶看着门外，开始唱《闭上你的眼睛》。气氛马上安静下来。次中音萨克斯手身穿一件破旧的山羊皮夹克，里面是一件紫色的衬衣，脚穿烂皮鞋，灯笼裤连熨都没熨，他不在乎这些。他看上去就像黑人哈塞尔。他棕色的大眼睛里透着忧伤，他唱得很慢，中间有几个长的、沉思的停顿；但唱到第二小节，他变得兴奋了，抓住麦克风，从舞台上跃下，伏下身体。他每唱一个音，都要摸摸鞋面，然后挺起身体，拼尽全力吼出，他吼得太厉害，结果搞得跌跌撞撞的，只是在唱下一个长而缓慢的音时才及时恢复过来。"音——音——音——乐——乐——乐——响——响——起——起——来——来！"他朝天仰身，头朝向天花板，麦克风放到身下。他摇晃，他摆动。然后，他将身体前倾，倒下的时候脑袋差点撞在麦克风上。"梦幻舞曲响起来。"——他轻蔑地撇着嘴望着外面的街说道，那是比莉·荷莉戴式的时髦讥笑——"我们约——约——会，"——他的身体朝旁边一歪——"爱的假日，"——他对这个世界厌倦地晃了晃脑袋——"会让它显得，"——显得怎么样？每个人都在等着，他哀鸣道——"还好。"钢琴弹出一个和弦。"因此，宝贝儿，快点儿吧，快闭——闭——闭——上你那漂亮的小眼——眼——眼——睛。"他的嘴唇在颤抖，他看着我们，看着我和迪恩，那表情仿佛在说，喂，我们在这个悲伤的棕色世界中到底在忙活啥呢？——然后，他唱到了这首歌的结尾处，这么干的话，得精心准备一番，在这段时间内，你可以把所有的信息传递给世界各地的加西亚①，并且能传递12次，这对每个人来说又有什么关系？因为，我们此时正在令人憎恶的人行道上应

---

① 出自美国作家阿尔伯特·哈伯德（1859—1943年）的《给加西亚的信》。美西战争爆发后，美国必须立即跟西班牙的反抗军首领加西亚取得联系。加西亚在古巴丛林的山里，没有人知道确切的地点，无法带信给他。美国总统必须尽快地获得他的合作。这时有人对总统说，有一个叫罗文的人，有办法找到加西亚。他们把罗文找来，交给他一封写给加西亚的信。罗文历经三个多星期的冒险，成功把信交给了加西亚。

对贫困而垮掉的生活本身的深渊和酸楚，所以他半说半唱道："闭上——你的——，"然后声音抵达屋顶，冒出去，奔向星辰，一直朝外太空奔去——"眼——眼——眼——眼——眼——眼——睛。"——踉踉跄跄地离开舞台去沉思了。他和一帮小伙子坐在角落里，完全不去理睬他们。他低着头，看着地面，在哭泣。他是最棒的。

我和迪恩走过去和他说话。我们邀请他出门上车。他在车里突然大声喊道："啊！我最喜欢耍乐啦！我们去哪儿？"迪恩在后座上上蹿下跳，疯狂地傻笑。"等会儿！等会儿！"次中音萨克斯手说，"我让司机开车送我们去詹姆森的角落，我得唱歌。伙计，我就是为唱而生的。我连唱了《闭上你的眼睛》两个星期——我不想唱别的。你们在忙什么呢？"我们告诉他两天后去纽约。"天啊，我从来没去过那里，听人说那地方是个真正的爵士乐之城，不过我没有理由抱怨自己现在所处的这个地方。我结婚了，知道吧。"

"哦，是吗？"迪恩顿时变得精神一振，"你的心上人今晚在哪里？"

"你什么意思？"次中音萨克斯手用眼角余光看着他，"我跟你说了我结婚了，对不？"

"哦，是的，哦，是的。"迪恩说，"我只是随便问问。或许她有朋友、姐妹什么的，对吧？快乐，知道吧，我只是在寻找快乐。"

"嗯，快乐有啥好，生活太苦，不能时行乐。"次中音萨克斯手目光低垂，看着街上说道，"狗——狗——屎！我没钱，我今晚不在乎。"

我们返回酒吧，想再好好玩玩。姑娘们恨我和迪恩连招呼也不打就出去玩乐，一气之下步行去了詹姆森的角落，毕竟那辆车开动不了。我们在酒吧里看到了恶心的一幕：一个白人嬉皮同性恋男子，身穿一件夏威夷衬衫进来了，问那个鼓手能否坐他那个位子。几个音乐家用疑虑的目光看着他。"你行吗？"他装腔作势地说他行。他们面面相觑，说道："好，好，让他玩吧，他妈的！"就这样，那个同性恋男子在鼓旁坐下了，他们弹出一个强劲的节奏，他开始用鼓刷击打鼓面，动作轻柔，有些可笑，玩的是波普爵士乐，表现出一副赖希精神分析式的自鸣得意的狂喜，前后左右地晃动着脖子，他这么干没有任何的意义，只说明他服食了太多的大麻和容易消化的食物，服用毒品之后，在还算清醒的状态下做了太多的蠢事。但他不在乎。他对着空中快乐地微笑着，保持着节奏，虽说轻柔，却有着波普爵士乐的微妙之处，不时咯咯笑一下，涟漪般的节奏为几个小伙子演奏的粗犷的布鲁斯充当了背景，那几个人根本不理睬他。那个脖子又短又粗的大块头黑人鼓手坐着等着他上场。"那家伙干啥呢？"他说，"快点演奏音乐！"他接着说："他妈的！"他又说："狗——屎——屎！"然后很厌恶地把头扭向一旁。

次中音萨克斯手的人来了，是个身材矮小、面色紧张的黑人，开着一辆拉风的大凯迪拉克。我们都上了车。他俯在方向盘上，一路穿过旧金山，一次也没停，时速为70迈，从众多车辆中穿过，甚至都没人注意到他。他棒极了。迪恩兴奋坏了。"看看这个家伙，伙计！瞧瞧他坐在那里的样子，一块骨头也不动，只是飞速前进，这么干的时候还能说上一整夜的话，只是他不太爱说话，啊，伙计，那些事，我能做的那些事——我希望——哦，是的。我们冲吧，不要停——现在冲吧！耶！"小伙子驾车转过一个街角，刚好在詹姆森的角落门前把我们放下，随即把车停好。这时，一辆出租车停下，从上面跳下来一个皮包骨头、形容枯槁的小个子黑人牧师，把一块钱扔向司机，吼了一声："吹！"便跑进夜总会，急匆匆穿过楼下酒吧，嘴里不停喊着："吹！吹！吹！"到了楼上，打了个趔趄，差点摔个狗啃屎，猛地把门推开，跌入演奏爵士乐的屋子，两只手伸开，摸索着可能碰到的任何东西，刚好撞在了"灯罩"身上，那一季，"灯罩"在詹姆森的角落里当服务员，音乐声轰轰直响，震耳欲聋，他呆呆地站在门口，大声喊道："为我吹奏，伙计，使劲吹！"吹中音萨克斯的是个小个子黑人，迪恩说，此人就像汤姆·斯纳克，显然和他的奶奶住一起，白天睡一天，晚上吹一宿，吹100个曲子才能进入状态，他就是这么干的。

"就像卡洛·马克思！"迪恩尖叫道，他的声音压过了屋内的狂怒声。

的确像。这个和奶奶住一起的小个子男人，手持缠着胶带的中音萨克斯，眼睛晶亮如珠，脚很小，都变了形，两条腿十分瘦弱。他拿着萨克斯，跳上跳下，前后左右摇摆身体，两只脚朝四面八方摆动，眼睛直勾勾地盯着观众（只有十来张桌子的顾客，个个在大笑，屋子长宽均为30英尺，屋顶很低），他折腾个没完没了。他的乐思很简单。他喜欢为主题曲进行新的简单的改编，创造出一种出人意料的效果。他以"踏——突——踏嗒啦啦……踏——突——踏嗒——啦啦"开始，重复数遍，随着节拍跳动，亲吻号嘴，含着号嘴微笑，然后转入"踏——嘀——嘀啦——噗嘀！踏——突——咿——哒——嘀——嘀啦——啦噗！"那一刻真的好棒，欢笑声连连，观众都明白他要表达的意思。他的号音清脆如钟，高扬，纯粹，直吹在两英尺之外我们的脸上。迪恩站在他的前面，忘掉了世界上其他的事，脑袋低垂，双手猛击在一起，以脚跟为支撑点，整个身体都在跳动，汗水（他总是流汗）从湿漉漉的领口淌下、飞溅开去，真的落在了他脚边汗水形成的一个小水坑中。伽拉蒂雅和玛丽也在那里，我们用了5分钟才意识到这一点。啊，旧金山的夜晚，大陆的尽头，疑虑的尽头，再见了，所有的无聊的疑虑和蠢行。"灯罩"端着托盘，上面放着啤酒，四处大呼小叫，他做每件事都是那么有节奏；他有节奏地冲着女侍者叫喊："喂，宝贝儿宝贝儿，让一下，让一下，'灯罩'过来啦。"他把啤酒举得高高的，从她的身旁冲过去，匆匆穿过弹簧门，进入厨房，和厨子跳会儿舞，大汗淋漓地回来了。那个次中音萨克斯手一动不动地坐在角落里的一张桌子旁，身前放着一杯酒，他碰都不碰，茫然地看着虚空，两手垂在身体两侧，几乎触碰到了地面，脚伸开着，像吐出来的舌头，身体缩成一团，疲惫不堪，沉浸在忧伤和自己的心思之中：这个男人每天傍晚把自己搞得筋疲力尽，晚上再让别人把"致死的药物"送到他的身边。在他的身旁，一切就像云一样在旋动。那个跟奶奶住一起的吹中音萨克斯的小个子，那个小号的卡洛·马克思，手持魔号，上蹿下跳，像猴子那样跳舞，吹了两百首主题曲，一首比一首疯狂，而且看不出精力衰退和想要就此罢休的迹象。整间屋子都在颤抖。

一个小时以后，在第4街与福尔松街的交叉口，我和一个吹中音萨克斯的叫埃德·富尼埃的旧金山小伙儿一同等迪恩，迪恩去一间酒吧给罗伊·约翰逊打电话，让他开车过来接我们。没什么重要的事，我们仅仅在闲聊，只是突然看到了一个很奇怪、很疯狂的情景。是迪恩。他想把酒吧的地址告诉罗伊，因此让他先不要挂电话，等他一会儿，他出去看下地址，这么做的话，他得匆匆穿过一条围满了只穿着衬衫、吵吵闹闹的酒徒的长吧台，走到街心，去看门牌。他蹲下身子，紧贴地面，就像格劳乔·马克思那样，两条腿以惊人的速度载着他奔出了酒吧，接着，他又像一个幽灵那样，把气球般大小的拇指举在夜空之中，飘到路中间，身体打一个转，随即停下脚步，在头顶之上四下张望，寻找门牌。天这么黑，不容易看到，他高举拇指，在路上转了十来圈，心中焦急，步伐狂野，却又悄无声息，头发蓬乱，那气球般大小高高举起的拇指好似飞翔在空中的一只大鹅，在黑暗中不停转动，另一只手则被心烦意乱地插在裤兜里。埃德·富尼埃说："我无论去哪里，都会吹一支甜蜜的曲子，如果观众不喜欢，我也没别的办法。喂，伙计，你那个兄弟真是个疯子，快看，他在那边。"——我们看着他。周围死一般寂静，迪恩看到了那个门牌，匆匆返回酒吧，酒徒们出来了，因此他实际上是从某个人的大腿下面钻过去的，他匆匆穿过酒吧，速度那么快，每个人都得看两眼才能看到他。过了一会儿，罗伊·约翰逊就到了，速度也是那么惊人地快。迪恩快速溜到街对面，一声不吭地上了车。我们再次出发。

"喂，罗伊，我知道你和你妻子为这事闹别扭，搞得你心里很不爽，不过呢，我们要在令人难以置信的3分钟之内赶到第46街与基尔街交叉口的酒吧，不然的话，一切就都完蛋了。呃哼！啊！（一通咳嗽）到了早上，我和塞尔就要离开去纽约，这的确是我们最后一晚闹腾，我知道你是不会介意的。"

是的，罗伊·约翰逊不介意；他只是一路闯过他所能发现的每一个红灯，拉着愚蠢的我们风驰电掣地向前冲。黎明时，他回家睡觉。我和迪恩最后碰到了一个叫沃尔特的黑人小伙子，他在酒吧里要了几杯酒，一字排开，说道："掺着喝！"意思就是先喝一杯波尔图葡萄酒，再喝一杯威士忌，最后再来一杯波尔图葡萄酒。"劣质威士忌，经这么一掺和，统统变成美酒！"他大声叫道。

他邀请我们去他家喝几杯啤酒。他住在霍华德后街的一栋经济公寓楼里。我们进屋时，他妻子正在睡觉。公寓里唯一的光源就是她床上方的那只灯泡。我们只好搬过一把椅子，登上去，想把灯泡拧下来，而此时，她正微笑着在那里躺着；迪恩把灯泡拧下来，睫毛还不停忽闪着。她比沃尔特大差不多15岁，是世界上最好的女人。然后，我们不得不把延长线固定在她床上方的插板上，她只是在微笑。她从不过问沃尔特去哪儿了，现在几点了，什么都不问。最后，我们把延长线拉进厨房，围坐在一张简陋的桌子旁，开始喝啤酒，讲故事。黎明来了。该走了，该把延长线送回到卧室里、把灯泡拧回去了。我们再一次从头至尾重做那件极其愚蠢的事时，沃尔特的妻子始终在微笑着。她自始至终一句话也没说。

我们出门，来到黎明的街上，迪恩说："喂，看到了吧，伙计，那便是你想要的真正的女人。从来不说不中听的话，从来不抱怨，永远是那个样子。她老公晚上带着人什么时候回来都行，他跟他们在厨房里聊天，喝啤酒，什么时候走都行。这才算真正的男人，那是他的城堡。"他指着那栋公寓说道。我们跌跌撞撞地走了。一辆巡逻车怀疑地跟了我们几个街区。我们在第3街的一家面包坊买了一些刚出炉的甜甜圈，在昏暗、崎岖不平的街上吃着。一个身材高大、戴着眼镜、衣着入时的小伙子和一个头戴货车司机帽的黑人踉踉跄跄地走在街上。他们是奇怪的一对。一辆大货车飞速驶过，那个黑人兴奋地指着它，想要表达心中的感受。那个高个子白人鬼鬼祟祟地从他的肩膀上方朝那边看了一眼，开始数钱。"真像'老公牛'李！"迪恩咯咯笑着说，"数钱，什么事都担心，可那个家伙只想聊卡车和他知道的事。"我们跟了他们一会儿。

朵朵圣花飘浮在空中，都是爵士美国黎明时疲惫的脸。

我们必须睡觉，伽拉蒂雅那里肯定是睡不成了。迪恩认识一个叫欧内斯特·伯克的家伙，此人是铁路上的司闸员，和他的父亲就住在第3街的一家旅馆里。起初，迪恩和他的关系不错，后来就不行了，我们打算让我试着说服他，让我们在他们的旅馆房间的地板上睡一会儿。这种事好难做。我只好在早餐店里给人家打电话。伯克的老父亲猜疑地接了电话。他儿子以前跟他提起过我，他想起来了。让我吃惊的是，他竟然从楼上下来，走到大厅里，把我们迎进去了。旅馆是旧金山式的，呈棕色，很破旧，让人觉得忧伤。我们到了楼上，老人好心地把整张床让给我们睡。"反正我就要起了。"说完便去小厨房里煮咖啡了。他开始讲他在铁路上工作的那段日子。他让我想起了我的父亲。迪恩没听，在刷牙，一会儿过来，一会儿过去，忙个不停，不论老人说什么，都会回应一句："是的，没错。"最后，我们睡下了，到了早上，欧内斯特跑完西部分段回来了，我和迪恩随即起身，把床让给他。现在，伯克老先生已经把自己打扮得漂漂亮亮的了，正准备出门去和一个中年情人约会。他身穿一套绿花呢西装，头戴一顶布帽子，也是绿花呢的，翻领上还插着一朵鲜花。

"这些浪漫而年迈的旧金山司闸员过着属于他们自己的悲伤却热望的生活，"我在厕所里对迪恩说，"他人真好，让我们在这里睡觉。"

　　"是的，是的。"迪恩说，并没有在听我说话。他冲出去找旅行社便车。我匆匆赶到伽拉蒂雅家中取我们的行李。她手里拿着算命用的牌正在门口坐着。

　　"就这样吧，再见啦，伽拉蒂雅，我希望一切都会好起来。"

　　"等埃德回来，我每天晚上都陪他去詹姆森的角落，满足他那疯狂的愿望。塞尔，你觉得这管用吗？我不知道该怎么做了。"

　　"牌上怎么说？"

　　"黑桃A远离了他。红桃总包围着他——红桃Q从不远离他。看到这张黑桃J了吗？那是迪恩，他总在周围晃荡。"

　　"好吧，一小时后，我们动身去纽约。"

　　"总有一天，迪恩再也不会回来。"

　　她让我洗了个淋浴，刮了刮脸，然后我和她道别，把行李拎到楼下，招手叫了一辆旧金山式的小公共汽车，其实就是普通的公共汽车，走的是固定路线，随便在哪个角落招手就停，去哪里都行，车费差不多15美分，和其他的乘客挤在一起，就像坐公共汽车一样，只不过能像在私家车里那样聊天、讲笑话。我在旧金山最后待的那天，使馆街上正在修建浩大工程，混乱无比，孩子们在玩耍，边走边叫的黑人们下班回家了，尘土飞扬，兴奋无处不在，巨大的轰隆声和震动的嗡嗡声不绝于耳，这便是全美国最让人激动的城市——头顶之上是纯净的蓝色的天空，雾气腾腾的大海总在夜里翻滚，让每个人都饿得想吃东西，也更为兴奋。我不想走，我这次来只待了60个小时。有疯狂的迪恩在身旁，我总是匆匆穿过这个世界，都没有机会好好看看它。下午，我们便匆忙地驶向了萨克拉门托，再次朝西部奔去。

五

车主又高又瘦，是个同性恋男子，正在回堪萨斯家的路上，戴着墨镜，开车时极为小心谨慎；迪恩说这车是"男同性恋普利茅斯"；这车没有油门，也没有真正的动力。"娘儿们车！"迪恩在我的耳畔低声说道。车上还有两个乘客，是一对夫妇，典型的半吊子观光客，想在哪儿停就在哪儿停，想在哪儿睡就在哪儿睡。第一站是萨克拉门托，甚至都算不上这次丹佛之行的最无趣的首发站。我和迪恩坐在黑漆漆的后座上，不去搭理他们，光顾着我们自己说话。"喂，伙计，昨天晚上那个吹中音萨克斯的家伙得到了'那个'——他一找到就抓住不放，我从未见过谁能撑那么久的。"我想知道"那个"是什么意思。"啊，这个嘛，"——迪恩笑道，"你问我的都是无——解——的事——呃哼！"那家伙在那儿，每个人都在那儿，对吧？该他把每个人心中的想法表达出来了。他开始吹第一首主题曲，然后把他的思想荡漾开来，是的，是的，但人们知道了他的意思，然后，他迎难而上，必须吹一个同样美妙的主题曲——每个人都扬起头，都知道他要这么干；他们听着；他找到了那个新的主题曲，一路吹下去。时间停滞了。他用生活的本质、坦白心音、无尽思绪、重奏老调填补空荡的空间。他必须吹完过渡乐段，回到主题上，用无限的探索灵魂的情感，对此刻的主题曲进行演奏，每个人都知道重要的不是主题曲，而是'那个'——"迪恩说不下去了，他说得满头大汗。

然后，我开始说；我这辈子都没说过这么多话。我告诉迪恩，我小时候坐车时常常幻想着自己手中能有一把大镰刀，把所有的树木和电线杆统统砍掉，甚至把匆匆驶过车窗的每一座山的顶都给削断。"耶！耶！"迪恩大声叫道，"我过去也常这么干，只不过我的镰刀和你的不一样——告诉你是怎么回事。驾车驶过广袤无垠的西部，我的镰刀必须无限长，它的弯能伸到远处的山的上方，把它们的脑袋削掉，然后伸向更远的山，在此期间，削掉路旁的每一根电线杆，是那些排列得整整齐齐的颤动着的电线杆。因为这个——哦，伙计，告诉你吧，我获得了'那个'——我得跟你说说大萧条期间，我和我父亲还有一个拉里默尔街上的烂流浪汉去内布拉斯加卖苍蝇拍的事。我们是咋做苍蝇拍的呢，我们买了一些普通的旧窗纱和一些细铁丝，把铁丝拧成两股，又买了一些蓝、红小布条，缝在边上，总共下来没花几个钱，材料都是在卖便宜货的商店买的，我们做了几千个苍蝇拍，上了那个老流浪汉的破车，一路赶到内布拉斯加，去每一个农户家里推销，每个售价5分钱——人家看到两个流浪汉带着一个孩子，所以给我们的钱多数出于施舍心理，这体现了美国团结、正派的传统价值观，我老爹那时候常唱'哈利路亚，我是个流浪汉，我又成了流浪汉。'伙计，注意听下面，我们克服无法想象的困难，在大热天，开着车一路颠簸着急匆匆地四处推销苍蝇拍，这样连干了两个星期，然后他们开始为路线的事吵架，在路边大打出手，后来言归于好，买了好多酒，喝着，连喝了5天5夜，中间停都没停，我找了个隐蔽的地方，蜷缩着身体哭泣，他们喝完了，连一分钱也没剩下，我们就返回了当初出发的地方，也就是拉里默尔街。我老爹被抓了，我只得跑到法院求法官把他放了，因为他是我老爸，我又没有母亲。塞尔，我8岁时就能当着对我颇感兴趣的律师们的面，发表了不起的成熟演说了……"我们激动，我们要去东部，我们兴奋。

"再听我说两句，"我说，"只当作你刚才所说的话的一个插曲，也为我刚才想说的做个了断。小时候，我仰躺在我父亲的汽车后座上，幻想自己骑着一匹白马，一路跨过每一个自动出现的障碍：其中包括躲开电线杆，快速绕过房屋，有时我发现得晚了还会从屋顶之上越过去，跑过山顶，穿过突然出现的挤满车辆的广场，在这个过程中，我不得不令人难以置信地左躲右闪——"

"耶！耶！耶！"迪恩兴奋地喘着气说，"只有一点和我不同，我是自己跑，我没骑马。你是东部长大的孩子，梦想着骑马；当然了，我们不会臆断这样的事，因为我们都知道它们是没有价值的、书卷气十足的想法，只不过，我的精神分裂症可能更严重一些，我实际上是幻想着自己跟着车跑，速度惊人，有时会达到每小时90迈，我蹿过每一片灌木丛、每一道栅栏、每一座农舍，有时又快速冲到山上再跑回来，没有片刻耽搁……"

我们说着这些事情，都在流汗。我们全然忘记了前面的人，他们开始觉得疑惑，不知道后面出了什么事。司机一度说："天啊，你们在后面搞得我没办法开车。"可不是吗，我和迪恩体会着说话带给我们的最后的兴奋的快乐，也感受着终生潜伏在我们灵魂深处、狂暴而纯洁的无数细节所造就的茫然而恍惚的结局带给我们的最后的兴奋的快乐，都随着节奏和因上述快乐而生的"那个"摇晃着，搞得汽车也跟着摇晃起来。

"哦，伙计！伙计！伙计！"迪恩抱怨道，"我们的旅程甚至还没有开始呢——我们现在终于能够一起去东部旅行了，我们从来没有一起去过东部，塞尔，想想看，到时候，我们一起去游丹佛，看看那里的每个人都在忙些什么，虽然这对我们来说没什么意义，关键是我们知道了'那个'是什么意思，我们了解情况，我们知道一切真的都很美好。"然后，他抓着我的袖子，一边流汗，一边对我耳语，"瞧瞧前面那几个人。他们在担心，他们在计算英里数，他们在想今天晚上在哪儿睡觉，加油花了多少钱，天气怎样，他们怎么才能抵达目的地——他们总会到那里的，知道吧？但他们需要用错误的紧急的心态去担心、背叛时间，否则就会焦虑万分、烦躁不安，他们的灵魂永远不得安宁，除非能够紧紧地抓住某种确定的、被证明的担忧，一旦找到它，他们的脸上就会表现出适合它、与它相匹配的表情，也就是痛苦，知道吧，痛苦时刻伴着他们，他们也知道，痛苦也会搅扰得他们永远不得安生。听我说！听说我！
'嗯，好吧。'"他学人家刚才说的话，笑话人家，"'我不知道——或许我们不该在那个加油站加油。我最近在《国家石油新闻报》上读到，这种汽油里面含有大量的肮脏的辛烷液体，有人曾告诉我，里头甚至还有与官方有关的精液，我不知道，好吧，只是觉得不该这么做……'伙计，好好琢磨琢磨这些话。"他兴奋地捅着我的肋骨让我明白。我拼了命想。砰，砰，后座上响起的都是耶！耶！耶！前面的人害怕地用手擦着额头，真希望没在旅行社捎上我们。这也只是个开始。

等到了萨克拉门托，同性恋男子偷偷地在一家旅馆订了个房间，邀请我和迪恩上去喝一杯，那对夫妇去亲戚家借宿了，在旅馆房间内，迪恩用尽一切手段从同性恋男子那里要钱。简直是荒唐至极。同性恋男子开口就说，他很高兴我们跟着来了，因为他喜欢我们这样的小伙子，不管我们信与不信，他真的不喜欢姑娘，最近在旧金山和一名男子刚刚结束一段恋情，在此段恋情中，他扮演男的，那名男子扮演女的。迪恩一直在问他严肃的问题，并不时热切地点点头。同性恋男子最想知道迪恩对这件事的看法。迪恩事先提醒他，他年轻时也干过骗子这个行当，问他有多少钱。我当时正在浴室里。同性恋男子变得极为生气，我认为他开始怀疑迪恩的最终动机，他不给迪恩钱，而是胡乱答应他，等到了丹佛再说。他一直在数钱，查看钱夹。迪恩两手一扬，放弃了。"看到了吧，伙计，最好别惹事。投其所好，对方却马上变得万分恐慌。"但他还是把这位普利茅斯车主说得服服帖帖，没有一点反驳意见，改由他来驾车，这下我们才算真的在路上了。

黎明时分，我们离开萨克拉门托，左摇右晃穿过内华达山脉，搞得后座上的那个同性恋男子和那对夫妇紧紧搂抱在一起，中午前就已经穿行在了内华达沙漠中。我们坐在前面，把开车这事完全接管过来。迪恩又高兴了。他只需手中抓着一个方向盘，路上再有四个车轱辘就行了。他谈到了"老公牛"李是一个多么烂的司机，还亲手演示了一番——"每当一辆像对面开过来的那样的大货车隐约出现在'公牛'的视野中时，他总是用无限长的时间才能发现它，因为他看不到，伙计，他看不到。"他兴奋地揉揉眼睛对着我演示是怎么回事。"然后我说：'喂，注意啊，公牛，有辆大卡车过来了。'他却说：'呃？你说啥呢，迪恩？''卡车！卡车！'到了最后一刻，他才像这样直直地朝卡车冲过去——"迪恩让普利茅斯面对面地冲着对向隆隆驶过来的那辆卡车去了，还在它的前面摇摆、逗留了片刻，我们看到卡车司机的脸变成了灰白色，后座上的人被吓得直喘气，纷纷倒下，卡车在最后一刻晃过去了。"就像那样，看到了吧，简直一模一样，他的驾驶技术该有多烂。"我一点都不害怕，我了解迪恩。后座上的人一句话也说不出来。其实，他们是不敢抱怨：他们想，如果抱怨的话，天知道迪恩会干些什么。迪恩就这样把车开得飞快，一路径直穿过沙漠，中途演示了种种不当的驾驶方式，他父亲过去常常怎样开破车，棒司机怎样拐弯，烂司机在刚开始拐弯的时候怎样把弯拐得过大，怎样手忙脚乱地了事，等等。那是一个炎热、阳光灿烂的午后。雷诺、巴特尔山、埃尔科，以及内华达公路沿线所有的城镇一个接一个地朝后飞去，黄昏时，我们抵达盐湖平原，盐湖城无数小得几乎看不到的灯光在平原的海市蜃楼的上空不停闪烁，绵延了差不多100英里，分为两层，一层在地平线上面，一层在地平线下面，一层明亮，一层阴暗。我告诉迪恩，在这个世界上，把我们紧紧连在一起的是无形之物，为了证明这一点，将消失在绵延100英里的盐碱滩拐弯处的一长排一长排的电线杆指给他看。他的绷带如今都脏透了，啪啦啪啦地响着，在空气中颤抖，他的脸上泛着光。"哦，是的，伙计，亲爱的上帝，是的，耶！"他突然把车停下，累垮了。我扭头一看，他蜷缩在座椅角落里，睡着了。他的脸枕在他那只好手上，那只缠着绷带的手自动、尽职地举在空中。

后座上的人如释重负地叹了口气。我听到他们在密谋造反。"我们不能让他开下去了，他完全疯了，他肯定刚从收容所或者别的什么地方被放出来。"

我挺身而出，替迪恩辩解，将身体后仰对他们讲："他没疯，他一点都没事，别担心他的驾驶技术，他是世界上最棒的。"

"我实在受不了啦。"那个姑娘压抑地、歇斯底里地小声说道。我靠在座位上，欣赏沙漠中的夜幕降临时的美景，等着可怜的天使迪恩再次苏醒过来。我们在一座小山上，可以俯瞰盐湖城排列得整整齐齐的灯光，迪恩醒了，看着这个幽灵般的世界中的这个地方，这里就是数年前的出生地，那时他没有名字，衣衫褴褛。

"塞尔，塞尔，这里就是我出生的地方，想想看！人们变了，年复一年地吃饭，每顿饭都要变着花样地吃。咿咿！快看！"他兴奋地让我想哭。这一切会有一个什么样的结局？那对观光客执意开车跑完剩下的路。没问题的，我们不在乎。我们坐在后座上聊天。但是到了早上，他们太累了，迪恩在科罗拉多沙漠东面的克雷格接手。我们在犹他州的草莓山口小心翼翼地爬了一整夜，浪费了很多时间。他们睡着了。迪恩加速匆匆朝100英里之外、世界屋脊之上的伯绍德山口的巨大石壁奔去，那石壁就像一道巨大的坚固堡垒的门，被包裹在层层云块之中。迪恩就像一只六月鳃金龟，穿过了伯绍德山口——和当初过蒂哈查比大山口一样，关掉发动机，一路滑行，超过每一个人，顺山势而下，永不停息，直到再次俯瞰辽阔、炎热的丹佛平原——迪恩到家了。

在第27街和联邦街交叉口，这些人把我们放下，愚蠢地长出了一口气。我们那几个破烂的手提箱又一次被堆在了人行道上，我们有更长的路要走。不过没关系，路就是生活。

六

我们这次在丹佛要应对几个状况，和1947年的状况完全不同，我们可以立即去旅行社再搭一辆便车，也可以待几天，好好玩玩，找他的父亲。

我俩都累坏了，身上又脏。我在一家旅馆的厕所里对着小便池撒尿，挡住了迪恩去洗手池的路，这时我的尿还没撒完，我把路让开，去另一个小便池跟前继续撒，我对迪恩说："瞧瞧我这招。"

"是的，伙计，"他一边在洗手池洗手，一边对我说，"你这招是挺棒，但对肾不好，你现在正在一点点变老，总这么干的话，等老了就有你受的了，到时候，你坐在公园里，肾病会难受死你。"

这话让我勃然大怒。"谁老啦？我比你也大不了多少！"

"我也没说这个啊，伙计！"

"啊，"我说，"你总是拿我的年龄开涮。我可没有那个同性恋男子那么老，用不着你提醒我的肾。"我们返回小餐馆，女侍者把热乎乎的烤牛肉三明治刚放到桌上——迪恩通常会一跃而起，马上大吞大嚼起来——我压住心头的怒火说："我不愿再听到这种话。"迪恩的眼里突然涌出泪水，他站起身，把热腾腾的食物丢下，出了餐馆。我在想他是不是要一走了之。我不在乎，我太生气了——我一时失控，把气都撒在了迪恩身上。但看到他那一口未吃的食物，我的心里难受极了，这么多年都没有这么难受过。我不该那么说……他是那么爱吃东西……他从来没有像今天这样一口东西都不吃的……该死。不管怎么说，这也算是给他点颜色瞧瞧。

迪恩在餐馆门外站了刚好5分钟，然后回来坐下了。"嗯，"我说，"你去外面干吗了？攥拳头吗？骂我吗？还是想起啥新词说我的肾了？"

迪恩沉默地摇了摇头，说："没有，伙计，没有，伙计，你完全猜错了。如果你想知道的话，呃——"

　　"说吧，告诉我。"我说这话的时候一直在低头吃东西。我觉得自己像个畜生。

　　"我哭了。"迪恩说。

　　"哦，他妈的，你从来不哭的。"

　　"你说啥？你为啥觉得我从来不哭？"

　　"你还没有死够，怎么会哭。"我说的这些话，每一句都像刀子一样刺痛我的心。我隐藏在心中的对于这位兄弟的种种不满一下子发泄出来了：我好卑鄙，我那不纯粹的心底好肮脏。

　　迪恩摇着头说："不是这样的，伙计，我哭了。"

　　"你就继续编吧，我敢说你彻底疯了，你走吧。"

　　"相信我，塞尔，如果你曾相信过我一丝一毫的话，那就请你真的相信我。"我知道他说的是事实，然而，我不愿面对这个事实，当我抬起头看他时，我的心里好像刀绞一样难受，我觉得愚蠢至极。然后，我知道自己错了。

　　"哦，伙计，迪恩，我错了，我以前从来没有这么对过你。嗯，现在你了解我了。你知道，我和任何人再也不会有亲密的关系了——我不知道该怎么处理这些事。我抓着这些事，就像抓着一把屎，不知道该放在什么地方。我们把这件事忘了吧。"这个神圣的大骗子开始吃东西了。"这不是我的错！这不是我的错！"我告诉他，"在这个操蛋的世界里，一切都不是我的错，你明白这一点吗？我不想这样，不该这样，也不会这样。"

　　"是的，伙计，是的，伙计。不过请你听我说，你还要相信我。"

　　"我真的相信你，真的。"这便是那个午后的伤心故事。当天晚上，我和迪恩借宿在那户流动农业工人家中，各种危险复杂的混乱状况由此而生。

　　两个星期前，我在丹佛独居时，这些人是我的邻居。母亲身穿牛仔裤，很了不起，冬天在山里开货车为人家拉煤，养活她的孩子，孩子一共四个，数年前，他们一家人开着房车闯荡美国，她丈夫离她而去了。他们开着那辆房车，从印第安纳一直来到洛杉矶。那个大块头的粗野汉子痛痛快快地耍了一阵子，在一个周日的下午，好好闹腾了一番，在十字路口的一家酒馆喝醉了，笑声连连，又在夜里弹吉他，之后突然穿过黑漆漆的田地，再也没有回来。她那几个孩子很棒。最大的是男孩，那年夏天不在家里，去山里搭帐篷住；老二是个女孩，13岁了，写诗，在田野里采花，想长大了去好莱坞当演员，对了，她的名字叫珍妮特；然后是两个小的，小吉米晚上坐在篝火旁，看着烤得半生不熟的斑鸫，嚷着喊着要吃"斑——鸫"，小露西喜欢用虫子、粗糙的癞蛤蟆、甲壳虫和任何会爬的东西当宠物，给它们都起了名字，又找给它们找了住的地方。他们有4只狗。他们在那条小街上刚刚住下，日子穷，却过得很快乐，就因为这个可怜的女人的丈夫抛弃了她，他们在院子里乱丢东西，邻居们就觉得她这样不太合规矩，常常笑话她。到了晚上，丹佛所有的灯光，就像一个巨大的车轮，散布在下面的平原上，因为他们的房子位于西部山脉朝平原向下延伸的部分，还是在这个地方，在中世纪，温柔的波浪从如海般辽阔的密西西比河上涌过来，为像埃文斯、派克和隆斯这样的岛尖，冲刷出了那么圆、那么完美的"凳子"。迪恩到了那里，一看到他们，特别是一见珍妮特，自然汗水直流，满心欢喜，但我警告他不要碰她，或许也没必要这么干。这个女人很招不凡男人的喜欢，一见迪恩就喜欢上了他，但她太害羞，迪恩也害羞。她说，迪恩让他想起了她那不辞而别的丈夫。"跟他一模一样——哦，实话告诉你吧，他是个疯子！"

　　结果就是我们在乱糟糟、闹哄哄的起居室里喝啤酒，在大嚷大叫中吃晚饭，收音机轰轰响着播送着《独行侠》广播剧。混乱的状况像成群的蝴蝶一样出现了：这个女人——人们都叫她弗兰姬——多年来一直威胁要买辆旧车，最近攒了些钱，终于下定决心要买一辆。迪恩立即把挑车、讲价钱的重任承接过来，因为他当然想自己用了，就像以前那样，在午后开着它去接放学的高中女生，把她们拉到山里交欢。可怜又单纯的弗兰姬，无论别人说什么都没意见。可到了卖车的地方，站在销售员跟前，她又害怕和她的钱分开。迪恩一屁股坐在阿拉米达大道上的尘土里，用拳头猛砸自己的脑袋。"100块钱，买不到更好的啦！"他发誓再不搭理她，他骂街，骂到脸都紫了，真想一下子蹿到车里开走。"哦，这些愚蠢的流动农业工人，到死都不会变，真是蠢透了，蠢得简直让人无法相信，该行动了，就被吓瘫了，变得歇斯底里，最怕的就是愿望变成现实——简直和我的父亲一模一样！"

那天晚上，迪恩很兴奋，因为他的表哥塞姆·布雷迪要和我们在一家酒吧里见面。他穿上一件干净的T恤，浑身上下散发着光彩。"喂，听着，塞尔，我现在得跟你说说塞姆的事——他是我表哥。"

"对了，你找你父亲了吗？"

"今天下去找了，伙计。我去了吉格餐馆，过去，他在那里喝得微醉时，总把啤酒桶里的啤酒舀出来乱泼，为此常挨老板臭骂，跟跟跄跄地出门——没找到他——我又去了温莎旅馆隔壁的那家老理发店——他也不在那里——老家伙告诉我，他觉得他在——他幻想！——他在一个铁路工人的灶棚里打工，要么就在新英格兰为波士顿与缅因铁路公司挖沟！我不信他们说的，他们会为了10美分胡诌一通。喂，听我说。小时候，我的亲表哥塞姆·布雷迪是我心目中真正的英雄。他过去常从山里带私酒回家，有一次和他哥哥在院子里用拳头大干了一架，打了足足两个小时，女人们被吓得连连尖叫。我们过去常在一起睡。在我们的家族中，他温和对我，关心我。今天晚上，我就要再次去见他了，这是我7年

222

来第一次见他，他刚从密苏里回来。"

"你又想玩什么花样？"

"不玩什么花样，伙计，我就想知道家里怎么样了——我有家，想起来没——塞尔，我最想让他和我说说我小时候的事，这些事我都忘了。我想把它们记起来，记起来，我真的想记起来！"我从未见迪恩这么快乐、兴奋过。我们在酒吧里等他表哥露面，他趁机和一大群城里的嬉皮士和骗子热聊，打听有什么新的帮派，有什么新鲜事。然后，他向他们打听玛丽露的事，因为她最近在丹佛。"塞尔，我小时候常常跑到这个街角，去那个报摊上偷零钱买廉价的烤牛肉吃，看到那边站着的那个一脸凶相的家伙了没？那家伙过去整天想的都是杀人的事，恶斗一场接一场，我现在还记得他的伤疤，如今，这么多年在街角站着，最终磨没了他的脾气，让他彻底改邪归正，他现在对谁都客客气气的，对谁都很有耐心。他好像被钉在了街角一样，你知道是怎么回事吗？"

然后，塞姆赶到，人长得很瘦，但浑身都是腱子肉，留着一头卷发，年纪35岁，因为长期劳作，两只手变得很粗糙。迪恩站在他跟前，显出一副畏怯的样子。"不，"塞姆·布雷迪说，"我戒酒了。"

"瞧见没？瞧见没？"迪恩在我的耳边小声说，"他戒酒了，他过去可是城里最能贩运私酒的，他现在信教了，他在电话里对我说的，瞧瞧他，瞧瞧这个男人身上的变化——我的英雄如今变得好奇怪。"塞姆·布雷迪有些怀疑他的表弟。他开着他那辆叮当作响的两开门的小轿车，拉着我们转了一圈，随后立即清楚地表明了对迪恩的立场。

"喂，听着，迪恩，我不再相信你了，你说什么，我也不会再相信了。我今天晚上来见你，是因为有份家里的文件需要你签一下。我们在家里已经不再提你父亲了，我们不想再和他有任何瓜葛，还有，我要遗憾地告诉你，我们和你也不会再有任何的关系了。"我看着迪恩，他的头垂着，脸色变得黯淡起来。

"是，是。"迪恩说。他表哥继续开着车拉着我们逛，甚至还给我们买了冰激凌汽水。虽说事情到了这个地步，但迪恩还是问了他无数个与过去有关的问题，他表哥都一一作答，迪恩一时间兴奋得差点又开始流汗了。哦，他那衣衫褴褛的父亲今夜又在何处？他表哥在联邦街与阿拉米达大道交叉口的一座游乐场暗淡的灯光下把我们放下。他和迪恩约好明天下午签那份文件，随即开车离开。我告诉迪恩，我很难过这个世界上没人再相信他了。

　　"你要记住，我信任你。我真蠢，昨天下午竟对你发那么大的火气，我一万个对不起你。"

　　"好啦，伙计，这事已经过去了。"迪恩说。我们一同逛游乐场。里头有旋转木马、摩天轮、爆米花、轮盘赌、锯末，还有数百个身着牛仔裤、在四周晃荡的丹佛小伙子。尘土连同地球上的每一支悲伤的乐曲升腾着奔向繁星。迪恩身穿一条褪色的李维斯牌牛仔裤，上身是一件T恤，看上去突然又像是地道的丹佛人了。帐篷后面，帆布罩子周围，骑摩托车的小伙子们和漂亮姑娘们在游荡，小伙子们个个戴着头盔、留着小胡子、身穿饰有珠子的夹克衫，姑娘们则是清一色的李维斯牌牛仔裤和玫瑰色的衬衫。墨西哥姑娘也不少，其中有一个，身高约3英尺，是个侏儒，有着世上最美、最温柔的脸，转头对她的同伴说："伙计，我们给戈麦斯打个电话吧，离开这里。"迪恩一见那姑娘就走不动了。好像有一把大刀子从夜的暗处捅了他。"伙计，我爱她，哦，爱她……"我们只好跟着她，跟了很久。她最后穿过公路，走到一家汽车旅馆的电话亭里头，打了个电话，迪恩假模假样地翻号码簿，其实一直在紧盯着她。我试图跟这位小美妞儿的朋友们搭话，但人家没搭理我们。戈麦斯开着一辆叮当作响的卡车赶到，把姑娘们拉走了。迪恩站在路上，两只手紧紧抓住胸脯子。"哦，伙计，我差点死了……"

　　"你为啥不跟她说话？"

"我不能，我不能……"我们决定买些啤酒，去流动农业工人弗兰姬家里喝，再放些唱片。我们拎着一包罐装啤酒，踉踉跄跄地走在路上。小珍妮特，也就是弗兰姬那个13岁的女儿，是世上最漂亮姑娘，就要出落成迷人的女人了。最迷人的是她那手指，长长的，从指根到指尖越来越细，又敏感，说话时常常舞动，就像埃及女王克丽欧佩脱拉在跳尼罗河舞。迪恩坐在屋中最远的角落里，眯缝着眼睛看着她，嘴里还不停说着："是的，是的。"詹妮特早就察觉到他在看她，转身跑到我这边寻求保护。那年夏天的前几个月，我和她共处过很久，我们聊书籍，聊她喜欢的小事物。

七

当夜无事，我们睡了。第二天，每件事都来了。午后，我和迪恩去丹佛城里办杂事，又去了旅行社，看是否有去纽约的便车。将近傍晚，回来的路上，我们出发赶赴流动农业工人弗兰姬家，走到百老汇，迪恩突然溜进一家体育用品店，很镇定地在柜台上拿起一个垒球，出了门，在手中上下颠着。没人看见，没人会留意这种事。那个午后，天气炎热，叫人昏昏欲睡。我们一路上玩传接球游戏。"明天在旅行社肯定能找到便车。"

一位异性朋友给了我一大瓶波旁威士忌，是1夸脱装的那种，叫"老爷爷"牌。我们在弗兰姬家里开始喝起来。屋后玉米地对过住着一个姑娘，长得年轻又漂亮，迪恩自从到此，一直想把她弄到手。麻烦即将到来。他冲她家的窗户扔石头，扔得太多了，把那姑娘吓着了。我们在起居室里喝威士忌，聊着伤心事，那4条狗都在屋里，垃圾遍地，玩具扔得到处都是，迪恩不时从厨房后门跑出去，穿过玉米地，冲那姑娘家扔石头，吹口哨。珍妮特偶尔出来偷窥。迪恩突然面色苍白地回来了。"出事了，伙计。那个姑娘的母亲端着一把猎枪追过来了，还找了一帮高中生准备在那条路上揍我一顿。"

"这是怎么回事？那些人在哪儿？"

"就在玉米地对过，伙计。"迪恩喝醉了，不在乎。我们一块出门，在月光下穿过玉米地。我看到那条黑漆漆的土路上有几群人。

"他们来啦！"我听到有人说。

"等一会儿，"我说，"这是怎么回事？你们跟我说说。"

那个母亲臂弯上架着一把大号猎枪潜藏在暗处。"你那个该死的朋友骚扰我们够久了。我不是那种爱报警的人。他再来的话，我就一枪打死她。"那群高中生握着拳头聚在一起。我醉得快不行了，也不在乎了，但还是让他们都消消气。

我说："他不敢这么干了。我盯着他呢，他是我兄弟，听我的话。请把你的枪收起来，别再闹了。"

"下不为例！"她在暗处用坚定、严厉的口气说道，"等我丈夫回来，我就让他去找你们。"

"没必要这么做，他不会再骚扰你们了，明白吧。消消气，没事了。"迪恩在我身后压低嗓音骂街。那个姑娘在卧室窗户后面朝外面偷窥。我以前认识这些人，他们相信我，火气消了一些。我拉起迪恩的胳膊，沿着月光下的玉米垄回去了。

"吼——嘿！"他嚷道，"我今晚要一醉方休。"我们回到弗兰姬家中，回到了孩子们身旁。小珍妮特正播放一张唱片，迪恩突然勃然大怒，一把夺过来，在膝盖上摔烂了。那是一张山地摇滚乐唱片。弗兰姬家里有张唱片迪恩很珍视，叫《刚果布鲁斯》，是迪齐·吉莱斯皮[①]的早期作品，鼓是麦克斯·韦斯特打的。这张唱片是我以前给珍妮特的，

① 迪齐·吉莱斯皮（1917—1993年）：美国爵士小号手、乐队领袖、作曲家。

226

珍妮特正在哭泣，我让她把唱片找出来，在迪恩的脑袋上砸烂。她走过去，真的砸了下去。迪恩张着大嘴，说不出一句话，却全然知道是怎么回事。我们都笑了。一切都很美好。然后，弗兰姬妈妈想去路边的酒馆喝啤酒。"我们走吧！"迪恩嚷道，"真该死，要是你星期二把我让你看的那辆车买了，我们这次就不用走路去了。"

"我不喜欢那辆该死的车！"弗兰姬嚷道。孩子们开始嘤嘤哭泣。浓重的、飞蛾般的永恒，连同阴暗的墙纸、粉红色的台灯和兴奋的脸，盘旋在疯狂的棕色起居室里。小吉米受了惊吓，我安抚他在沙发上睡下，把一只狗绑在他身旁。弗兰姬醉醺醺地打电话叫了一辆计程车，我们等着车来，就在这时候，突然来了一个电话，是我的那个异性朋友打来的，说要找我。她有一个中年表哥，恨我厚颜无耻，就在那天，刚到午后，我给"老公牛"李写了一封信，他如今在墨西哥城，信中描述了我和迪恩的冒险，我们在丹佛的境况如何。我这样写道："我有一个异性朋友，给我酒喝，给我钱花，还请我吃丰盛的晚餐。"

我真蠢，就在我们刚刚吃完一顿炸鸡晚餐之后，我把这封信交给了她的那个中年表哥，让他帮我寄出去。他把信打开，看了，立即交给她，向她证明我是个骗子。她现在是哭着给我打电话，说再也不想见到我。然后，她那个得意扬扬的表哥顺手把电话接过来，开始骂我是个婊子养的。出租车来了，在屋外按喇叭，孩子们在哭，狗在叫，迪恩正和弗兰姬跳舞，我在电话里骂大街，把能想起来的骂人的话统统说了一遍，又加上了各种新式的骂语，我喝得醉醺醺的，又被气疯了，在电话里叫他们统统去死，然后砰的一声挂断电话，出去买醉。

到了酒吧门口，我们一个接一个跌跌撞撞地从计程车上下来，酒吧临山，为山地风格，顾客多为附近山民，我们进去，点了啤酒。一切都在崩塌，情况越发混乱，叫人无法想象，里头有个家伙，患有痉挛性的麻痹症，兴奋得无法自持，一把搂住迪恩，在他的脸上哼哼唧唧地乱叫唤，迪恩又疯狂了，汗水直流，精神错乱，混乱的情景叫人无法忍受，更甚的是，迪恩紧接着冲出去，直接来到车道上，偷了一辆车，开着猛冲向丹佛城里，回来时换了一辆更新、更好的。我在酒吧里突然抬起头，看到一群警察借着巡逻车前灯射出的光，正在车道上四处溜达，说着那辆被偷的车。"有人在这里猖狂盗车！"有个警察说。迪恩就站在他身后，边听边说："啊，是的，啊，是的。"警察走了，去核查情况。迪恩进入酒吧，和那个可怜的痉挛性麻痹症患者前后摇晃，这家伙今天刚结婚，喝得酩酊大醉，新娘此刻正在某个地方等他。"哦，伙计，这家伙是世界上最棒的！"迪恩嚷道，"塞尔，弗兰姬，我要出去一趟，这次弄辆真正的好车回来，到时候我们开着它带着托尼（那个痉挛性麻痹症患者）一块去兜风，在山里好好转转。"说完，他匆匆离开酒吧。与此同时，一个警察冲进来说，在丹佛城里，一辆停在车道上的车被盗了。人们三三两两聚在一起聊着这事。我隔着窗户看到迪恩跳进最近的一辆车，开着轰轰跑了，谁也没有注意到。几分钟之后，他开着一辆完全不同的车回来了，还是一辆崭新的敞篷轿车。"这辆漂亮！"他凑近我的耳畔低声说，"那辆咔咔响得太厉害——被我丢在十字路口了，在一座农舍跟前看到了这辆靓车。在丹佛转了一圈。走吧，伙计，我们去兜风。"他在丹佛经受的所有的痛苦和疯狂，像刀子一样纷纷从体内射出来。他的脸涨得通红，汗水直流，露着恶意。

"不，我不想和偷来的车有任何的瓜葛。"

"哦，快行了吧，伙计！托尼会跟我走的，对不，亲爱的棒托尼？"托尼——身材消瘦，一头黑发，目光虔诚，满嘴冒白沫，灵魂早已迷失，哼哼唧唧个没完——靠在迪恩身上不停哼哼，因为他突然犯了病，然后基于某个奇怪、直觉性的理由害怕迪恩了，两手一扬，一脸恐惧地走了。迪恩低下头，汗流不止。他跑出酒吧，开车离去。我和弗兰姬在车道上找到了一辆计程车，决定打车回家。司机拉着我们行驶在黑暗的

228

阿拉米达的大道上，今年夏天的前几个月，很多个迷惘的夜晚，我总在这条路上散步，我唱歌、呻吟、对着繁星叫喊，心里的血一滴滴地落在热得发烫的柏油路面上，这时迪恩开着那辆偷来的敞篷轿车在我们后面突然赶了上来，开始不停按喇叭，挤我们，还大声尖叫。司机的脸变得煞白。

"只是我的一个朋友。"我说。迪恩烦透了我们，以每小时90迈的速度突然冲到前面，排气管中喷出幽灵般的烟尘。然后，他拐入弗兰姬家所在的那条路，在房子前面把车停住，我们下了车，正在付车费，他突然来了一个U字形转弯，又朝城里去了。我们在黑漆漆的院子里焦急地等他，过了一会儿，他开着一辆其他的车回来了，是一辆破旧的双开门的小车，在房子跟前停住，卷起一团烟尘，径直走进卧室，烂醉如泥地一头扑倒在床上。就这样，我们门前的台阶上有了一辆赃车。

我想把那辆车扔得远远的，却打不着火，只好叫醒他。他跟跟跄跄地从床上爬起来，仅穿一条内裤，我们一同上了车，孩子们躲在窗户后面咯咯笑，那车猛地一蹿，叮咣叮咣响着飞速驶过路尽头干硬的苜蓿垅，最后走不动了，在老磨坊附近的一棵老棉白杨下死死停住。"走不了了。"迪恩就说了这么一句，然后下车，穿着内裤，在月光底下，穿过棉花地开始朝回走，走了差不多半英里。我们回到屋里，他去睡了。在丹佛，事事糟糕透顶，我的那个异性朋友、汽车、孩子，还有可怜的弗兰姬，起居室里，啤酒和空罐扔得满地都是，我想睡觉。有只蟋蟀搞得我一时无法入睡。在西部的这个地带，夜空中的星星，正如我在怀俄明看到过的，大如罗马焰火桶，又孤寂如达摩王子。达摩王子遗失了祖上留下来的果园，从北斗七星勺柄部分的亮点间穿过，试图再把它找回来。因此，那些亮点慢慢地让黑夜翻转，然后，大片的红光出现在了西堪萨斯对面那片遥远、阴郁的灰黄色的陆地之上，鸟儿们在丹佛的上空开始啾鸣，又过了好久，真正的日出才开始。

八

　　早上，恶事不断出现。迪恩做的头一件事就是穿过棉花地，想看看那辆车能否把我们载到东部。我不让他去，但他还是去了。他回来时面色苍白。"伙计，那辆车是侦探的，城里的每个片区都留有我当年盗窃500辆车时的指纹。你知道我为什么盗车吗，我就想开开，伙计！我得走了！听着，如果我们现在不离开这里，下半辈子都得蹲监狱。"

　　"你说得太对啦。"我说。然后，我们开始尽快收拾行李。领带在脖子上耷拉着，衬衣的下摆也没来得及塞入裤子，便匆匆与这一小户善良的人家道别，踉踉跄跄地朝着那条能够为我们提供庇护的路去了，那里没人认识我们。小珍妮特看我们要走（或许是看我要走，或许是因为别的什么事），哭了——弗兰姬彬彬有礼，我吻了吻她，对她表示了歉意。

　　"他真的是个疯子，"她说，"真的让我想起了我那离家出走的丈夫。简直和他一模一样。我真的希望我的米基长大后不要变成这个样子，男人们现在都这个德行。"

　　我和小露西道别，她正拿着她的那只宠物甲壳虫，小吉米还在睡觉。这一切发生在瞬息之间，发生在一个美好的周日的黎明，我们拎着破烂的行李箱跌跌撞撞地逃了。我们匆匆赶路。每一分钟，我们都在担心会有一辆巡逻车从乡间公路的拐弯处冒出，不声不响地朝我们驶过来。

　　"如果被那个持猎枪的女人发现了，我们可就完蛋了，"迪恩说，"我们必须找辆计程车，这样才安全。"我们打算叫醒一个农户，借用他们的电话，但那家的狗把我们赶跑了。每一分钟，我们的处境都在变得更加危险，说不定哪个早起的乡下人会发现我们扔在棉花地里的那辆双开门的小轿车。最后，一位善良的老妇人把电话借给我们用，我们叫了一辆丹佛的计程车，但车没有来。我们在路上继续蹒跚而行。清晨，车辆多了起来，每辆都像巡逻车。然后，我们突然看到巡逻车过来了，我心中明白，这辈子算是完了，我的生命即将进入一个全新的可怕阶段，那就是蹲监狱，在铁窗后面心灰意冷地过完下半生。但巡逻车正是我们叫的那辆计程车，从那一刻起，我们急急地朝东部奔去。

旅行社有一个大好机会，让人把一辆1947年的凯迪拉克牌豪华轿车开到芝加哥。车主载着家人从墨西哥一路赶来，累了，把家人统统送上火车。他只要身份证明，让人把车开到那里。我的证件让他相信这件事会顺顺当当地完成。我让他不要担心。我对迪恩说："不要私自动那辆车。"迪恩一想到要见到那辆车了，兴奋得上蹿下跳。我们还得等一个小时。我们躺在教堂附近的草坪上，1947年，我目送丽塔·贝滕考特回家之后，跟几个在大街上乞讨的流浪汉曾在这里躺过一段时间，我躺着，面对着午后的鸟儿们，因为过于疲惫睡着了。其实，它们正在某个地方用管风琴演奏音乐。但迪恩匆匆赶到城里浪荡。他认识了一个午餐店的女招待，和她约好，下午开着那辆凯迪拉克带她去兜风，他回来后叫醒我，把这件事对我讲了。我现在感觉好了些。我挺身迎战新的混乱局面。

凯迪拉克来了，迪恩马上开走，说去"加油"，旅行社的人看着我说："他什么时候回来？乘客们都准备走了。"他把一所东部耶稣会学校的两个爱尔兰男生指给我看，他们正等着，手提箱在长椅上放着。

"他只是去加油了。他很快就会回来的。"我溜到墙角，看迪恩，他没有关引擎，等那个女招待，她正在旅馆房间里换衣服；其实，从我站的地方能看到她，她正站在镜子跟前，匆匆穿衣服，整理长筒丝袜，我好想和他们一起去。她跑出来了，跳进凯迪拉克。我晃荡着走回去，再次请旅行社老板和那两个乘客放心。我站在门里，看到凯迪拉克闪过一道模糊的光，穿过了克利夫兰广场，迪恩穿着T恤，一副快活的模样，两只手烦躁不安地动来动去，上身伏在方向盘上，和那个姑娘说着话，那姑娘忧伤又得意地坐在他旁边。他们大白天地赶到一个停车场（迪恩曾在这里工作），在停车场后面的砖墙附近停下，就在那里，他提出那方面的要求，俩人当场干起来，很快就完事了；做完以后，他又说服她，等她周五一拿到钱就坐公共汽车跟随我们一同去东部，在纽约莱克星敦大道上的伊恩·麦克阿瑟公寓和我们碰面。她答应去，她叫贝弗莉。30分钟以后，迪恩开着车轰隆隆地回来了，把那姑娘放在旅馆门口，热吻，道别，海誓山盟说了一通，然后直奔旅行社来接我们。

"哦，该走啦！"百老汇塞姆旅行社的老板说，"我还以为你开着那辆凯迪拉克跑了呢。"

"这事怪我，"我说，随后加了一句"别担心。"——我之所以这么说，是因为人家都看出来了，迪恩是个疯子。迪恩变得严肃了，帮着那两个耶稣会的学生朝车上搬行李。他们还没坐稳当，我也没来得及和丹佛告别，迪恩就发动了车子，引擎动力巨大，嗡嗡直响，就像火箭一样。驶出丹佛，还不到两英里，速度表就坏掉了，因为迪恩把车速轰到了每小时110迈以上。

"哦，没有了速度表，我就不知道我跑多快了。这样吧，我们一路跑到芝加哥，看看用了多长时间，这样速度就有了。"我们好像连每小时70迈都没跑到，可通向格里利的那条直直的高速公路上的所有的汽车都像死苍蝇一样在我们身后纷纷倒下去了。"塞尔，我们为什么要朝东北方向跑呢，因为我们必须去斯大林参观一下埃德·沃尔的农场，你得见见他，看看他的农场，这辆车跑得真快啊，时间上没问题，那家人坐火车还没到芝加哥，我们早就到了。"没问题，我同意这么做。开始下雨了，但迪恩并未减速。这车真漂亮，又大气，老式豪华轿车的最后一代产品，车身为黑色，够宽大，属加长型，轮胎是白胎壁的，玻璃很可能也是防弹的。那两个耶稣会学校的男生——圣波拿文都拉耶稣会学校的——坐在后座上，车子在朝前跑，他们心里也很快活，却根本不知道我们跑得有多快。他们想和我们聊天，但迪恩什么也没说，脱掉T恤，光着膀子开车。"哦，那个叫贝弗莉的小妞儿可真迷人啊，脾气也好——她要在纽约与我会合——我从卡米尔那里一拿到离婚协议书，我们就结婚——一切都在变好，塞尔，我们走喽！哇！"我们离开丹佛越快，我的感觉就越好，而我们正在快速地驶离。我们在交叉口下高速公路，上了一条土路，穿过黑暗的东科罗拉多平原，就能抵达埃德·沃尔的农场，那里一片荒芜，只有郊狼出没。但雨仍在下，泥路很滑，迪恩将车速降至每小时70迈，但我让他再开慢点，否则车就会打滑，他却说："别担心，伙计，你是了解我的。"

"这次不行，"我说，"你开得太猛了。"他在湿滑的泥路上狂奔，我的话音刚落，我们就赶上了一个向左的急转弯，迪恩猛打方向盘，想拐过去，但大轿车在污泥中颠簸着，剧烈地左摇右晃。

"注意！"迪恩喊道，完全不在乎这个，和他的"天使"搏斗了一会儿，我们便完全陷在了阴沟中，而车的前部还停在路上。周围一片死寂。我们听到风在哀鸣。我们正处在荒凉的草原中。路前方，1/4英里远的地方有一座农舍。我忍不住破口大骂，迪恩让我勃然大怒，我简直恨透了他。他二话没说下了车，穿着一件外套，冒雨前往那座农舍求助。

"他是你兄弟吗？"后座上的两个男生问，"他开车像恶魔，是不是？——听他说，他对女人也这样。"

"他疯了，"我说，"没错，他是我兄弟。"我看到迪恩和农场主坐着后者的拖拉机回来了。他们把链子挂在轿车上，农场主用拖拉机把我们从阴沟里拽了出来。车身上都是棕色的泥，一整块挡泥板也被压扁了。农场主收了我们5块钱。他的女儿们在雨中一直看着。最漂亮，也是最害羞的那个，远远地躲在地里看，她这么做完全合理，因为她绝对是我和迪恩这辈子见过的最美的姑娘。她年约16岁，肤色是平原上的人有的那种，就像野玫瑰，眼睛无比湛蓝，头发无比秀美，又有着野羚羊般的羞怯和灵敏。我们每看她一眼，她都会后退几步。她站在那里，任凭从萨斯喀彻温河一路刮过来的狂风吹打她那如面纱般飞舞在秀美头颅周围的头发，让发卷都活跃了起来。她不断羞红着脸。

　　我们结束了和农场主的交易，最后看了草原天使一眼，驱车离开，我们现在的速度慢了下来，就这样一直开到天黑，迪恩说埃德·沃尔的农场就在正前方。"哦，那样的一位姑娘把我给吓着了，"我说，"我愿放弃一切，请求她的宽恕，如果她不要我，我转身就走，把自己从世界的边上扔下去。"两个耶稣会学校的男生咯咯笑起来。他们说的都是幼稚的讽刺性的话语和东方神学院那套东西，愚蠢的脑袋里空空如也，只能用很多理解错误的阿奎斯学说来为他们那讽刺性的言语充门面。我和迪恩根本不搭理他们。我们穿越泥泞的草原时，他说起了他当牛仔那个时候的事，他指着一条路对我们说，他曾在那里骑马，一骑就是整整一上午；我们一到沃尔的广阔领地，他就指出他在哪里哪里修补过栅栏；埃德的父亲老沃尔过去常常开着车，咣啷咣啷响着在牧场上追小牛犊，边追边吼："逮着它啦，逮着它啦，该死！""他不得不每6个月就换一辆新车，"迪恩说，"他不在乎。每次有奶牛离群，他都会开着车紧追不舍，追到最近的池塘，会从车上下来，徒步追那畜生。他会把赚来的每一分钱数一遍，放在存钱罐里。真是一个疯狂的老农场主。等会儿我让你们看看他丢在工棚附近的那些破车的残骸。我最后一次蹲监狱，缓刑期内，来的就是这里。我就是在这里给查德·金写的那些你读过的信。"我们从公路上下来，拐入一条贯穿冬季牧场的小路。一群悲伤的白脸奶牛突然从我们的前车灯前面慢悠悠地走过。"就是它们！沃尔的奶牛！我们从它们中间绝对挤不过去。我们得退出来，叫喊着把它们赶走！嘿——嘿——嘿！！"但我们没必要这么做，只是在牛群中一寸寸地朝前挪动，有时，它们像海一样哞哞叫着挤在车门周围，会轻微地撞一下车身。我们在远处看到了沃尔农舍的灯光。在这孤寂的灯光周围，是绵延数百英里的平原。

那种降临在一片那样的草原上的完全的黑暗对一个东部人来说是无法想象的。没有星星，没有月亮，除了沃尔太太厨房里的那些灯光，再没有别的亮光。院子暗影那头潜伏着的，是无限的世界的风貌，只有黎明到来时才能看到。我们在黑暗中敲门，喊沃尔的名字，他此刻正在暗处挤牛奶，我小心翼翼地走入那片黑暗，只走了一小段路，大概20英尺远，就不再朝前走了。我觉得我听到了郊狼的吼叫。沃尔说那很可能是他父亲的野马在远处嘶叫。埃德·沃尔和我们年纪相仿，身材高大修长，一口尖牙，不爱言语。他和迪恩过去常常站在科蒂斯街角，冲着姑娘们吹口哨。如今，他友好地把我们迎进他那阴暗、没有住过的棕褐色起居室，一通乱摸，才找到那盏昏暗的油灯，点上之后对迪恩说："你那拇指到底怎么了？"

"我揍玛丽露时不慎弄伤的，感染了，不得不把末端截掉。"

"他妈的怎么搞成这样？"我能看出来他过去是迪恩的大哥。他摇摇头，奶桶仍在他的脚边放着。"不管怎么说，你这个婊子养的总是那么疯狂。"

与此同时，他那年轻的妻子在宽大的农场厨房中准备了一顿丰盛的晚餐。她为桃子冰激凌表示歉意："没什么特别的，就是桃子和冰激凌冻在了一块。"那自然是我这辈子吃过的唯一正宗的冰激凌。她开始做的时候食材并不多，结果却搞得这么丰盛，我们吃饭时，新情况浮现在饭桌上。她体格健美，留着一头金发，却像所有居住在旷野中的女人一样，总有点抱怨生活的乏味。她一个接一个说出了她在晚上的这个时候常听的广播节目。埃德·沃尔坐着，一直盯着他的手。迪恩贪婪地吞咽食物。他想让我和他演戏，说凯迪拉克是我的，我很有钱，他是我的朋友，又是我的司机。埃德·沃尔对此无动于衷。每次牛棚里的奶牛哞哞叫，他都会抬起头来听一下。

"好啦，我希望你们开着它去纽约。"他根本不信那辆凯迪拉克是我的，反倒确信是迪恩偷来的。我们在农场里待了差不多一个小时。埃德·沃尔就像塞姆·布雷迪一样，不再相信迪恩了——他看他的时候目光中透着警惕。过去，他们放荡不堪，收完干草，就在怀俄明的拉勒米街上臂挽着臂踉踉跄跄地闲逛，但是，这一切如今都死掉了、过去了。

迪恩在椅子上猛烈地上蹿下跳。"哦，是的，哦，是的，我觉得我们现在最好赶紧起身，因为我们要赶在明晚前抵达芝加哥，我们已经浪费了好几个小时。"那两个大学生好心地谢过埃德·沃尔，我们便再次出发。我扭回头看到厨房里的灯光在夜的海洋中暗淡了下去。然后，我向前俯下了身体。

九

我们迅速返回到了主路上，那天晚上，我看到整个内布拉斯加在我的眼前展开了。时速110迈，径直朝前冲，像箭一样奔驰在路上，城镇还在沉睡，路上没有车，联合太平洋铁路公司的火车在月光下被我们超了过去。那天晚上，我一点都不害怕；时速110迈，边跑边聊，这么做完全合理，我们轰轰向前奔跑，说着话，看着内布拉斯加所有的城镇——奥加拉拉、哥德堡、科尔尼、格兰德岛、哥伦布等等梦幻般地、快速地展开。这车棒极了，跑在路上，就好像船行在水面上一样。舒缓的弯很轻松地就过去了。"啊，伙计，这真是一艘梦幻之舟啊。"迪恩轻叹道，"想想看，如果你和我能拥有一辆这样的车会怎样。你知道吗，有一条路从墨西哥直抵巴拿马——或许直抵美国最南端，那里有身高7英尺的印第安人在山坡上吸食可卡因。哇！我和你，塞尔，我们要开着这样的一辆车周游世界，因为，伙计，路最终肯定通向整个世界。它去不了别的地方——对不？哦，我们要开着这东西周游古老的芝加哥！想想看，塞尔，我这辈子还没去过芝加哥呢，也从来没有在那里歇过脚。"

"我们就像黑帮分子一样开着这辆凯迪拉克抵达那里！"

"耶！还有姑娘！我们可以用它拉姑娘，其实，塞尔，我已决定把车再开快点，这样我们就有一整个晚上找姑娘啦。现在，你尽管放松就是了，我一路猛开。"

"嗯，我们现在时速多少？"

"我觉得一直稳定在110迈——你察觉不出来。我们白天要穿过整个衣阿华，然后迅速抵达古老的伊利诺伊。"两个男生睡着了，我们聊了一整夜。

迪恩刚刚还很疯狂，然后心中突然重回平静和理智，就好像什么事情都没发生，这种状况不同寻常，我本以为他心里想的都是开快车、抵达某个海岸、与路尽头的女人会面这些事。"我每次来丹佛都这样——我再也不想去那里。黏糊糊的，湿答答的，迪恩就像鬼一样活着。冲吧！"我对他说1947年以前我走过内布拉斯加这条路。他也走过。"塞尔，我在洛杉矶的新时代洗衣店工作时，那是在1944年，当时我谎报了年龄，专门去印第安纳波利斯赛车场看纪念日汽车赛，白天搭便车，晚上偷车，赶时间。我在洛杉矶还有一辆价值20美元的别克，那是我人生中的第一辆车，但无法通过刹车和灯光测试，于是我决定搞一副外州车牌装在上面，这样就不会被抓，我便跑到这里来偷车牌。我搭便车穿越这里的某个市镇，将那些偷来的车牌藏在外套下面，就在那时，一个好管闲事的警长，觉得我年纪太小，不适合搭便车，便在主干道上走到我跟前和我说话。他发现了那些车牌，就和一个失职的警察把我扔到了一座有两个号子的监狱里，这个失职的警察本该待在家里养老，因为他自己不能吃饭（警长的妻子负责喂他），整天蹲坐着，流口水。他们审讯我，其中包括父亲测验那样的老一套，然后态度来了个180度大转弯，威胁我，吓唬我，比对笔迹什么的，最后，我为了赶紧出去发表了此生中最了不起的一场演讲，说我偷车那事是胡编的，我只是来找我的父亲，他就在附近这一带做农场工人，完后，他们就让我走了。我自然错过了那场著名赛事。第二年秋天，我又这么着去印第安纳的南本德看圣母大学和加州大学的比赛——这次没遇到一点麻烦，另外，塞尔，我那次只有买车票的钱，一分闲钱也没有，来来回回，除了向我在路上遇到的各类疯子要点吃的，根本没吃什么东西，同时还得干姑娘。为了看一场球赛，甘愿历尽千辛万苦，这样的家伙，全美国就我一个。"

我问他1944年在洛杉矶的境况。他说："我在亚利桑那被捕了，监狱绝对是我蹲过的最烂的。我只能越狱，实施了此生中最伟大的逃亡，说到逃狱，指的就是普通意义上的那种，知道吧。在森林里，知道吧，连滚带爬，还有沼泽地——那个山城周围都是沼泽地。我面临着橡皮管的抽打、苦役和意外的死亡事件，为了远离崎岖小路、羊肠小道和大路，必须迅速离开山脊两侧的那片森林。必须扔掉囚服，在弗拉格斯塔夫附近的一个加油站神不知鬼不觉地顺走一件衬衫和一条裤子，两天后，装扮成加油站服务员的模样抵达洛杉矶，走进看到的第一个加油站，被雇用，分了一间房，改换名姓（李·布利雷），在洛杉矶度过了激动人心的一年，交了整整一大帮新朋友和一些真的很棒的姑娘，那季末，一天晚上，我们都坐着车行驶在好莱坞大道上，我让我的伙计握方向盘，因为我得腾出空来亲吻我的姑娘——当时正在开车的是我，知道吧，他没听见我的话，结果咔的一声，我们连人带车撞在了一根电线杆上，时速只有20迈，我的鼻子断了。你以前见过我的鼻子长啥样——这里有个钩，像希腊人。在那以后，我去了丹佛，那年春天，在一个冷饮店遇见了玛丽露。哦，伙计，那年她才15岁，穿着牛仔裤，就等着男人来撩拨她。我们在爱思旅馆聊了三天三夜，住的是3楼，东南角的那间房，神圣的房间，让人回忆，我生活中神圣的场景——她是那么美，那么年轻，嗯，啊！不过，喂，看看那边，嘿，嘿，铁道旁，那堆火旁有一群老流浪汉，该死。"他几乎放慢了车速。"知道吗，我永远也不会知道我父亲是否在那里。"铁道旁有几个人影，在一堆柴火跟前踉踉跄跄地走着。"我永远也不知道是否该去问问。说不定在哪里都能找到他。"我们继续朝前走。在这辽阔无边的黑夜中，在我们前面或者后面的某个地方，他的父亲醉醺醺地躺在一处灌木丛下，这一点毫无疑问——下巴上沾着唾沫，裤子上沾满水迹，耳朵里沾着糖蜜，鼻子上结着痂，或许头发里还流着血，月光正照在他的身上。

我抓住迪恩的胳膊。"啊，伙计，我们现在就要到家啦。"头一次，纽约将成为他永久的家。他浑身乱颤，他等不及了。

"想想看，塞尔，等我们到了宾州就开始听那些DJ播放的迷人的东方波普爵士乐。驾驾，快跑，老爷车，快跑！"这辆豪华轿车让风在呼啸，让平原像一卷纸那样不断展开，让车轮下热辣的沥青乖乖地喷溅——好一辆庄严威武的车。黎明正在展现，我睁开双眼；我们直奔黎明冲去。迪恩那张冷酷和固执的脸，就像以前那样，伏在仪表板灯上面，消瘦中透着一股坚毅之气。

"老爹，想啥呢？"

"啊——哈，啊——哈，还是那事，知道吧——姑娘、姑娘、姑娘。"

我睡了，醒来时已是周日上午，空气干燥炎热，我们到了衣阿华，迪恩一直在开车，始终没有减速；他从遍布玉米地的衣阿华弯弯曲曲的山谷中穿过，时速至少在80迈，走直路时，一如既往，稳定在110迈，无论穿谷，还是走直路，赶上车辆拥挤，他就只能跟着别的车慢慢爬，时速仅在60迈。一有机会，他就冲到前面，连超6辆车，刮起一团尘云，把它们甩在身后。一个疯子，开着一辆崭新的别克在路上目睹了这一切，决定和我们赛一赛。迪恩正准备超过一大堆车，这家伙没有发出任何警示，猛地超过我们，发出一阵狂笑，不停按喇叭，还把尾灯打开晃我们，发出挑战。我们像一只大鸟拼命追赶那家伙。"喂，等等，"迪恩笑道，"我要戏弄戏弄那个婊子养的，玩他十几英里再说。瞧好吧。"他让别克车在前面跑，然后加速，很无礼地追上它。别克车主疯了，失去了理智，把车速轰到100迈。我们得着机会，瞧了瞧他的真面目。他好像是芝加哥的嬉皮士，和一个老得足以做他母亲（可能真是他母亲）的女人驾车旅行。天知道她是否在抱怨，但他仍在和我们较劲。他留着一头蓬乱的黑发，是个意大利人，从古老的芝加哥来，身着一件运动衫。他或许在想，我们是来自洛杉矶的新帮派，打算占领芝加哥的地盘，也许是黑帮老大米基·科恩的手下，因为我们那辆豪华轿车很符合这个气派，车牌又是加州的。其实，这主要是在斗气。他胡乱开车，保持领先位置，在弯道超车，看到对面驶来一辆摇摇晃晃的大卡车，身影越来越大，几乎都没机会回到原来的车道。我们就这样行驶在衣阿华的路上，时速维持在80迈，这场争夺赛趣味无穷，我连害怕的机会都没有。然后，那个疯子放弃了，在一个加油站停住，很可能是得到了老妇人的命令，我们轰轰驶过，他快活地冲我们挥了挥手。迪恩脱掉上衣，光着膀子，我们继续朝前狂奔，我把脚搭在仪表板上，那两个男大学生在后座上睡觉。我们在一家小餐馆停下吃饭，店主是一位白发女士，为我们提供了特大份的土豆餐，这时，教堂的钟声从附近的镇子上传来。然后，我们再次上路。

"迪恩，大白天的，别开这么快。"

"别担心，伙计，我知道我在做什么。"我开始畏缩。迪恩像恐怖天使赶上一排排的汽车。他寻找突破口时差点撞上人家。他戏弄他们的车的减震器，先是不紧不慢地开，而后突然加速，伸长脖子四下看那弯道，然后巨大的车身在他的调教下猛地跳起，拐了过去，我们总能在千钧一发之际返回原车道，而此时，对向车道上的车正一辆挨一辆迅速驶过，我浑身都在颤抖。我再也受不了了。在衣阿华，像内布拉斯加那样的又长又直的路是很少见的，等我们终于踏上一条这样的路，迪恩就一如既往地将车速提高到每小时110迈，我在车窗外面看到了几处1947年的场景像闪电一样驶过——在那条长路上，我和埃迪曾被困两个小时。我以前走过的那一整条路在慢慢展开，让我头晕目眩，就好像生命之杯倾覆了，一切都变得狂乱起来。在这噩梦般的白日里，我的眼睛痛了。

"哦，该死的，迪恩，我要去后座上了，我再也受不了了，我看不见了。"

"嘿——嘿——嘿！"迪恩傻笑道，随即在一座窄桥上超过一辆车，突然歪向一旁，带起一团尘土，轰轰跑了。我跳到后座上，蜷缩起身体想睡觉。其中一个男生跑到前座上找乐。巨大的恐惧感紧紧扼住我的全身，生怕我们在今天上午撞车，我坐到了车厢底部，闭上双眼，想睡一会儿。当年做水手时，我常想起船壳下面奔涌的波浪和下面那深不见底的海洋——如今，有那个疯狂的亚哈掌控方向盘，我感觉到身下约20英寸处的公路正在以令人难以置信的速度不断展开、飞扬、嗖嗖响着穿过呻吟中的大陆。我闭上眼睛，只能看到路在冲着我不断展开。睁开眼睛，我看到闪亮的树影正在车厢底部震颤。我无法摆脱。我让自己顺从这一切。迪恩仍在开车，想到了芝加哥再休息。下午，我们再次穿过了古老的得梅因。我们在这里自然被困在了拥挤的车辆中，只好放慢速度，我又回到了前座上。一件奇怪的伤心的事情发生了。一个肥硕的黑人男子开着车带着全家人在我们前面走，车屁股的减震器上挂着一个帆布水袋，就是人家在沙漠中卖给游客的那种。他猛地把车停下，当时迪恩正在和后座上的那个男生聊天，没注意到。就听砰的一声，我们以每小时5迈的速度撞到了那个水袋上，水袋顿时爆了，水喷溅在空中。除了减震器撞弯了，没造成其他的伤害。我和迪恩下车同他说话。结果是交换彼此的住址，又聊了几句，而在这个过程中，迪恩的目光始终没有离开那人妻子的身体，女人那一对漂亮的棕色的乳房，在松垮的棉质衬衫下面，几乎完全暴露了出来。"耶，耶。"我们把那位芝加哥大腕的地址给了他，然后继续赶路。

在得梅因的另一边，一辆巡逻车，警笛嗡嗡响着，追我们，命令我们靠边停车。"出啥事了？"

警察下了车。"你们进来的时候是不是遇到事故了？"

"事故？我们在交叉口撞烂了一个家伙的水袋。"

"他说他被一群开着赃车的家伙撞了，事后那帮家伙逃了。"这个黑人表现得像个多疑的老傻瓜蛋，我和迪恩很少碰到这样的黑人，他算是其中的一个。我们被惊得目瞪口呆，都忍不住笑了。我们只好跟随这位巡警去警局，到那以后，又在草地上等了一个小时，他们要给芝加哥警方打电话，找到凯迪拉克车主，并确认我们的受雇司机身份。据那个警察所言，"大佬"先生是这么说的："没错，那是我的车，但我无法为那帮家伙的任何其他行为做证。"

"他们在得梅因出了个小事故。"

"是的，这事你已经告诉过我了——我的意思是，我无法为他们过去可能做的任何事情做证。"

一切都弄明白了，我们继续轰轰赶路。那是在衣阿华的牛顿市，1947年，我曾于黎明时分在那里漫步。下午，我们再次穿过让人昏昏欲睡的老城达文波特，以及河底铺满锯末、低洼的密西西比河，然后抵达罗克岛，堵了几分钟的车，太阳正在变红，突然就看到了那些可爱的小支流，缓缓流淌在美国中部伊利诺伊州的魔幻森林和青翠的草木中。这里的风貌又开始像柔软、温和的东部了，干燥、辽阔的西部被我们走完了。伊利诺伊的风貌在我的眼前以巨大的姿态慢慢展开，持续数个小时，而迪恩正以同样的速度狂奔。他累了，更爱冒险。在一座横跨上述可爱小支流的窄桥上，迪恩几乎突陷绝境。我们前面有两辆并排行驶的车，开得很慢，对面是一辆大挂车，司机仔细估量了一番，算了算那两辆慢车通过桥面的时间，他估量的结果是他还没走到桥上，那两辆车就下去了。桥上绝对容不下那辆大卡车和从对面过来的任何车辆。大卡车后面，数辆小轿车驶离车道寻找超车机会。两辆慢车前头，还有几辆正在依次慢慢通行的小轿车。桥上车辆拥挤，每个人都想加速超车。迪恩毫不犹豫，以每小时110迈的速度化解了困局。他超过两辆慢车，突然朝旁边一歪，几乎撞上桥的左围栏，径直冲入并未减速的大货车的阴影，突然右拐，刚好越过货车的左前轮，差点撞上第一辆慢车，驶离所在车道，完成超车，然后必须返回原车道，因为大货车后面冒出来一辆小轿车，车主想要观察一下局势，这一切发生在两秒钟之内，我们的车快如闪电般驶过，只留下了一片尘云，并没有发生与潜伏在四面八方的车辆彼此相撞的可怕事故，而那辆大卡车，也没有在伊利诺伊——它的梦想之地这个致命的红色的午后被撞得弓起了背。我无法忘掉这惊险的一幕，还有，最近在伊利诺伊的一次撞车事故中，一位著名的单簧管手死掉了，很可能就发生在这样的一个日子里。我又回到了后座上。

　　两个男生此时也在后座上。迪恩想赶在天黑前到达芝加哥。在一个公路和铁路的交叉口，我们捎上了两个流浪汉，他俩一共凑了5毛钱，给我们买汽油。刚才他俩还坐在一堆铁轨枕木上，把最后的一点酒飞快地喝完，此时就已发现他们自己坐在一辆匆匆驶向芝加哥的沾满污泥、毫不屈服、豪华大气的凯迪拉克上。其实，这么跟你说吧，坐在迪恩身旁前座上的老流浪汉始终没有让他的目光远离路面，始终在用他那贫苦的流浪汉的方式祈祷。穿过令人昏昏欲睡的伊利诺伊的城镇，那里的人们对每天开着豪车这样驶过那里的芝加哥黑帮极为敏感，但我们的模样就显得好奇怪了：我们都没刮脸，司机袒胸露背，外加两个流浪汉，我自己呢，坐在后座上，紧紧抓住一条安全带，脑袋仰靠在靠垫上，用傲慢的目光看着乡下风光——就像一支新组建的加州黑帮，赶来抢夺芝加哥黑帮的地盘，又像一群趁着夜色从犹他监狱中逃出来的亡命徒。我们在一个小镇的加油站停住，买可乐、加油，人们纷纷走出家门，注视着我们，却一句话也没说，我觉得他们是在记我们的模样和身高，以备将来之需。迪恩只是把T恤衫朝身上一披，就像围围巾一样，便去和那个开加油站的姑娘做交易了，态度还像以前那样粗鲁、唐突，交完钱，回到车上，我们再次奔驰而去。天色很快由红转紫，最后一条迷人的小河飞速闪过，我们看到了车道前方远处的芝加哥的烟雾。我们从丹佛绕道埃德·沃尔的农场赶到芝加哥，全程共1180英里，用了整整17个小时，其中包括陷在阴沟里的那两个小时，在农场里待的那3个小时，还有在衣阿华的牛顿市和警方打交道的那2个小时，走这一路，算下来，平均时速为70迈，且全程只有一个司机。也算是一项疯狂的纪录了。

✝

　　大芝加哥在我们眼前散发出红色的光。我们突然就到了麦迪逊大街上，走在了大群大群的流浪汉中间，在他们当中，有些懒洋洋地伸开四肢躺在街上，双脚搭在马路牙子上，其余的那些，有数百个，都在酒吧门口和巷口晃荡。"喂！喂！眼睛擦亮点，找找老迪恩·莫里亚蒂，说不定他今年刚好在芝加哥。"我们在这条街上放下那两个流浪汉，继续朝芝加哥城里赶去。尖叫的有轨电车、报童和姑娘们匆匆走过，油炸食品和啤酒的气味飘荡在空气中，霓虹灯在闪烁——"我们到大城市啦，塞尔！哦！"首先要做的就是找一个足够黑暗的地方把凯迪拉克停好，洗个澡，换套衣服，奔赴黑夜。在基督教青年会所在的那条街的对面，我们在两座大楼中间发现了一条红砖小巷，把凯迪拉克开进去，车头朝向大街，便于随时离开，藏好以后跟着那两个男大学生去了基督教青年会，他们在那里有间房，让我们暂用他们的卫生间一小时。我和迪恩刮脸、

244

洗淋浴，我不慎将钱包遗落在大厅，迪恩发现了，正打算藏在衬衫里头，才意识到是我们的，马上失望起来。然后，我们同两个男生道别，他们很高兴能够完好无损地抵达目的地，之后便去了一家餐馆吃饭。在古老的棕色的芝加哥，有边走边啐唾沫赶着去上班的半东方半西方的怪人。迪恩站在餐馆里，揉搓着肚皮，将这一切尽收眼底。他想和一个奇怪的中年黑女人搭话，那女人进入餐馆，说她没钱，却有屁股，愿用屁股换黄油。她扭着屁股进来的，被人家拒绝后，又扭着大屁股出去了。"哇！"迪恩叫道，"我们去街上跟着她，把她带到停在巷子里的老凯迪拉克上。我们好好玩玩。"但我们忘掉了这事，在大环①转了一圈，直奔北克拉克街而去，想看看那里的风流酒馆，听听波普爵士乐。那是多棒的一个夜晚啊。我们站在一个酒吧前，迪恩对我说："哦，伙计，看看这条充满了生活气息的街，看看那些匆匆走过芝加哥街头的中国人。好奇怪的一座城市——哦，看看上头，那个站在窗前的女人，正朝下面看，大奶子都从睡袍底下垂下来了，眼睛好大。嘿。塞尔，我们走吧，在抵达那里之前永远都不要停下来。"

"伙计，我们去哪里？"

"我不知道，一直走就是了。"

然后，一群年轻的波普爵士乐手带着乐器下了车，朝这边走过来了。他们径直涌入一间酒吧，我们跟了上去。他们调试好乐器，开始吹奏。我们就在那里！乐队领袖是玩次中音萨克斯的，身材修长，目光低垂，留着一头卷发，嘴巴上有皱褶，瘦瘦的肩膀，身穿一件运动衫，松松垮垮地垂着，在温暖的暗夜中保持着冷酷，眼睛里写满了自我放纵，拿起号，皱起眉头，吹奏冷酷而复杂的爵士乐，一只脚拍打出精妙的节奏，寻找乐思，忽地低下头，视旁人于不顾——说道："吹吧。"声音很

---

① 芝加哥商业中心。

轻柔，其他乐手开始独奏。然后，轮到"总统"①吹奏。"总统"是个金发碧眼小伙儿，身材高大健壮，长相帅气，就像一个脸上长着雀斑的拳击手，很小心地把自己包裹在饰有长长的流苏的雪克斯金彩格外套中，衣领朝后敞着，领带松开，颇显时髦、随意，流着汗，拿起号，身体紧缩，开始吹奏，音调就和莱斯特·扬本人吹的一模一样。"看到了吧，伙计，'总统'就像一个很能挣钱的乐手，总在担心自己的技术，只有他穿着入时、考究，吹错一个音，就变得忧虑，但乐队领袖，那个酷酷的家伙，叫他别担心，放心吹——他只关心声音和音乐严肃而强烈的表现力。他是艺术家。他正在教导年轻的拳击手'总统'。现在，其他乐手也玩开啦！"第三位萨克斯手是吹中音的，是个黑人小伙儿，18岁的年纪，酷酷的，喜欢沉思，就像年轻时的查理·帕克，还在读高中，一张大嘴，比其他人高一截，一副严肃的模样。他举起号，开始吹奏，声音轻柔、多思，吹出"大鸟"般的乐句和迈尔斯·戴维斯建筑学般的逻辑乐音。他们是伟大的波普爵士乐创新者的孩子。

　　曾几何时，路易斯·阿姆斯特朗②在新奥尔良的污泥中吹奏出美妙的乐句；在他之前，疯狂的音乐家们在官方节日游行，打破苏泽③的进行曲式风格，创造出拉格泰姆。然后，摇摆乐来了，精力充沛、富有男子气概的罗伊·埃尔德里奇，手握小号，极尽吹奏之能事，把小号的作用发挥到极致，掀起强劲、富有逻辑且精妙的音乐的波浪——身体紧挨着小号，眼睛散发出光亮，露出迷人的微笑，吹出乐音，摇撼了爵士音乐界。接着是

---

① 即美国著名萨克斯乐手莱斯特·扬（1909—1959年）：绰号"总统"，文中所提小伙儿模仿扬的风格，故被称为"总统"。

② 路易斯·阿姆斯特朗（1901—1971年）：美国著名爵士小号手、作曲家，爵士音乐史上最有影响力的人物之一。

③ 即约翰·菲利普·苏泽（1854—1932年）：美国作曲家，曾任美国海军军乐团指挥，创作有《星条旗永远飘扬》等100余首进行曲。

查理·帕克，在堪萨斯市他母亲的柴棚里，在木柴中，吹奏裹着胶带的中音萨克斯，在雨天练习，走出家门去看贝西[1]和本尼·莫顿[2]老摇摆乐队的演出，那时候，"热唇"佩奇[3]和其他人在莫顿的乐队中担任乐手——查理·帕克离开家门，去了哈莱姆，遇见了疯狂的塞隆尼斯·蒙克[4]和更加疯狂的吉莱斯皮——查理·帕克早年演奏时，总是又蹦又跳，不停转圈子。比帕克年长十来岁的莱斯特·扬，也是堪萨斯市人，那个阴郁、圣徒般的傻瓜，身上披覆着爵士乐的历史；他吹奏时，把号举高、放平，吹出最伟大的乐音；随着他的头发越来越长，人变得越来越懒散，吹奏时，号会在中途垂下；直到最后，一直朝下吹，如今，他穿着厚底鞋，已感觉不到人生的人行道，号无力地贴在胸前，他开始吹奏冷酷、简单的乐句。今晚，舞台上的那些乐手都是美国波普之夜的孩子。

还有更为奇异的男子——因为当那名黑人中音萨克斯手的目光越过众人头顶，若有所思、庄严地凝望时，那个来自丹佛科蒂斯街上的身材修长、金发碧眼、身着牛仔裤、腰缠饰有嵌钉皮带的年轻小伙儿，在等着别人演奏完的那段时间内不断地哂号嘴；别人演奏完了，他开始吹，你必须朝周围张望才能看见那段独奏是从什么地方传过来的，因为它是从紧贴号嘴、天使般微笑着的嘴唇中传过来的，它是中音萨克斯吹出来的，是柔软的、温和的、童话般的。它孤寂如美国，它是暗夜中穿透喉咙的声音。

其他乐手和其他发声的乐器奏出的声音如何？贝斯手，瘦而结实，目光中露着狂野，每次大力地拍打琴弦，屁股就会冲着贝斯顶一下，兴

---

① 即威廉·贝西（1904—1984年）：美国爵士钢琴家、乐队领袖，绰号"贝西伯爵"。

② 本尼·莫顿（1894—1935年）：美国爵士钢琴家、大乐队领袖。

③ 即奥兰·佩奇（1908—1954年）：美国爵士小号手、歌手、乐队领袖。

④ 塞隆尼斯·蒙克（1917—1982年）：美国爵士钢琴家、作曲家，爵士音乐史上巨人般的人物。

头上来了，低垂的嘴巴就会张得好大，如同陷入狂喜状态。"伙计，那个家伙真能把他的'妞儿'搞得服服帖帖！"鼓手，一脸悲伤，就像我们在旧金山的福尔松街上见过的白人嬉皮士，一副完全心不在焉的模样，目光茫然，嚼着口香糖，眼睛睁得老大，在赖希式的极度兴奋和洋洋得意的狂喜中晃动着脖颈。钢琴手——是个开卡车的意大利小伙儿，身材高大，两手粗壮，性情多思，一副快活的模样。他们玩了一个小时。没有人在听。北克拉克街上的老流浪汉们懒洋洋地坐在酒吧里，妓女们发出愤怒的尖叫声。性格诡秘的中国人走过去了。放荡的声音掺和进来。各种声音都在继续。酒吧外面的人行道上，一个幽灵游荡过来——一个16岁的孩子，留着山羊胡子，拎着一个长号箱子。他像患了佝偻病一般瘦，脸上写满疯狂，想和这帮人一起玩。他们认识他，不让他添乱。他蹑手蹑脚地走进酒吧，鬼鬼祟祟地打开箱子，拿出长号，举起来，嘴巴贴到号嘴上。没有正式的开始。没人看他。他们演奏完了，装好乐器，赶赴另外一间酒吧。那个骨瘦如柴的芝加哥小子想要大弄一番。他戴上墨镜，在空无一人的酒吧中举起长号，让号嘴贴紧嘴唇，轰轰吹起来。然后，他冲出去追他们。他们不想让他和他们一起演奏，就像储气罐后面的那支业余足球队。迪恩说："这些家伙就像汤姆·斯纳克和我们的老友卡洛·马克思一样，都和他们的奶奶住在一起。"我们冲出去跟着这群家伙。他们去了安尼塔·奥黛①演出的俱乐部，拿出乐器，一直玩到次日上午9点钟。我和迪恩在那里喝啤酒。

中场休息时，我们冲出酒吧，坐上凯迪拉克，跑遍整个芝加哥去钓姑娘。她们害怕我们这辆又长又大、伤痕累累、预言性的汽车。迪恩疯狂了，倒车时猛撞在消防栓上，还疯狂地傻笑。到了9点钟，这辆车算是彻底烂了，刹车坏掉了，挡泥板撞塌了，手柄咔嚓咔嚓直响。红灯亮起

① 安妮塔·奥黛（1919—2006年）：美国爵士女歌手。

时，迪恩刹不住车，在路上猛冲。跑这一晚上，这辆车也算是被糟蹋够了。它变成了一只沾满污泥的靴子，再也不是那辆闪亮的豪车了。"嘿！"那帮家伙还在尼茨酒吧玩呢。

迪恩突然盯着舞台对面的暗处说："塞尔，上帝来了。"

我看过去。是乔治·谢林。他一如既往地把双目失明的头依靠在苍白的手上，所有的耳朵打开，就像大象的一样，听着美国的声音，掌控它们，为他自己的英国仲夏夜所用。然后，观众让他站起来演奏。他同意了。他用惊人的和弦弹出无数主题乐句，和弦越堆越高，直至汗水洒满整架钢琴，每个人都在敬畏中倾听。弹了一个小时，观众让他下场休息。"上帝"老谢林回到黑暗的角落里，那些乐手都说："他把所有的音乐都演奏完了。"

但身材修长的乐队领袖说："不管怎样，我们还是玩我们的吧。"

还会有音乐出来。总有音乐出来，稍微深远的音乐——无休无止。谢林对音乐进行深入探索，他们试图找到他遗落的新的主题乐句；他们努力追寻着。他们旋转、扭动身体吹奏。一段旋律悠扬的响亮号音不时为一支曲子提供新的启示，总有一天，这支曲子会成为绝唱，将人的灵魂提升至欣喜的状态。他们找到了它，他们又失掉了它，他们奋力寻找它，再次找到，他们大笑，他们呻吟——迪恩坐在桌子旁流汗，让他们加油、加油、再加油。上午9点钟，每一个人——乐手、身穿宽松长裤的姑娘、酒吧侍者，还有那个骨瘦如柴、郁郁寡欢的小长号手——都踉踉跄跄地出了酒吧，走入喧闹的白日里的芝加哥睡觉，直睡到疯狂的波普之夜再次来临。

我和迪恩已是筋疲力尽，浑身不住颤抖。该把凯迪拉克交还给车主了，车主住在湖滨大道上的一座奢华公寓中，拥有一个巨大的地下车库，由几个油腔滑调、满脸伤疤的黑人专门打理。我们赶到那里，把这辆沾满污泥的破车开入车位。技师没有认出这辆凯迪拉克。我们把身份文件递给他。他看着那车不住地搔头。我们得赶紧溜。我们这么做了。我们搭乘一辆公共汽车返回芝加哥城里，这事就算完了。我们始终没有听到我们那位芝加哥大佬对于车况的任何说辞，尽管他有我们的住址，可能会投诉。

十一

该继续上路了。我们搭乘一辆公共汽车赶赴底特律。现在，我们的钱快花完了。我们拖着烂行李走进车站。到了现在，迪恩拇指上的绷带几乎黑如煤块，都散开了。这番折腾过后，我们的模样凄惨无比。迪恩已是筋疲力尽，在轰轰穿过密歇根的公共汽车上睡着了。我和一位身穿低胸纯棉短袖衫的乡下美女聊天，她的乳房上部被晒成棕褐色，很漂亮。她聊到了在乡下的夜晚，在走廊里做爆米花的情景。换作以前，这种话题本会让我快活起来，但是，她说这话的时候并不高兴，故此我知道，她这么说没什么别的意思，只是说出了她应该做的事。"你还有没有什么其他的娱乐活动？"我试图把话头引到男友和做爱这种事上来。她用她那双又黑又大的眼睛打量我，眼神空洞，又透着某种懊恼，这种懊恼延续了数代，早已渗入她的血液，因"没有做某件大声哀求、等着被做的事"而生——不管我指的是什么吧，反正每个人都知道。"你对生活有什么渴望？"我想引诱她，把那件事从她的心底挤压出来。她根本不知道她想要什么。她嘟嘟囔囔地说着工作、电影、夏天去她奶奶家、希望能去趟纽约看看罗克西俱乐部、她穿什么样的衣裳——就跟去年的复活节穿的差不多，白色的帽子、玫瑰花饰、玫瑰色的鞋子，以及淡紫色的华达呢外套。我问："周日下午你都做什么？"她坐在门口。男孩子们骑着单车经过，停下和她聊天。她读漫画报，她在吊床上躺着。她和她母亲做爆米花。"你父亲夏夜里做什么？"他工作，他在一家锅炉厂上夜班，一上就是一整夜，他一辈子都在供养老婆和从她的肚子里砰砰蹦出来的孩子，却得不到一丝赞美和尊敬。"你兄弟夏夜里做什么？"他骑着单车转悠，他在冷饮店前晃荡。"他渴望做什么？我们都渴望做什么？我们想要什么？"她统统不知道。她打哈欠。她困了。这个问题太深奥。没人说得出来。没人愿意说。一切都结束了。她18岁，最漂亮，最迷惘。

我和迪恩衣衫褴褛，肮脏无比，就好像我俩一直以蝗虫为食，在底特律跌跌撞撞地下了公共汽车。我们决定在穷街通宵电影院撑一个晚上。公园里太冷了。哈塞尔在底特律的穷街混过，他曾多次用他那双黑黑的眼睛观摩每一个注射毒品的场所、每一座通宵电影院、每一间吵闹的酒吧。他的鬼魂缠绕着我们。我们再也不会在时报广场找到他了。我们想，老迪恩·莫里亚蒂或许碰巧也在这里——但他并不在。我们每人花了45美分，进了那座破烂的老电影院，在楼厅里一直坐到次日早上，然后人家"嘘"我们，把我们粗暴地赶下楼。那家通宵电影院里的常客都是落魄得快要死的家伙。有听信传言、从亚拉巴马赶来在汽车厂中做工的垂头丧气的黑人，有衰老的白人流浪汉，有抵达了路的尽头、在那里喝酒的长发嬉皮士，还有妓女，普通夫妇和无事可做、无处可去、谁都不信的主妇。拿一个铁筛子，把整个底特律筛一遍，也收集不到比这些更丧气、更纯粹的渣滓核。埃迪·迪恩①扮成牛仔的模样，骑着他那匹绰号为"布鲁普"的高头大白马，一路唱着歌曲来了，这是第一部片子；第二部是个"二合一"②的片子，乔治·拉夫特③、西德尼·格林史崔特④、彼得·洛里⑤联合主演，讲的是伊斯坦布尔的故事。整个晚上，

---

① 埃迪·迪恩（1907—1999年）：美国西部歌手、演员。

② 指用一张电影票连看两部电影。

③ 乔治·拉夫特（1901—1980年）：美国演员、舞蹈家，擅演黑帮角色。

④ 西德尼·格林史崔特（1879—1954年）：英国演员，直到62岁才开始演戏。

⑤ 彼得·洛里（1904—1964年）：匈牙利裔美国演员，代表作《M就是凶手》。

这两部影片，我们各看了6遍。我们醒着的时候看它们，我们睡着的时候听它们，我们做梦的时候感觉它们，当早晨到来时，我们的心中完全渗透了奇怪的西方灰色神话和怪异的东方黑色神话。从那时起，在这种恐怖渗透经验的影响下，我的一切行为都自动地受到潜意识的支配。我听到身材高大的格林史崔特讥笑过100次；我听到彼得·洛里投出恶毒的诱饵；我和深陷偏执狂般恐惧的乔治·拉夫特在一起；我和埃迪·迪恩一同骑马、唱歌，无数次地射杀偷牲口的贼人。人们痛饮一番，转身，在漆黑的电影院内朝四下看着，想找到点事做，找个人说说话。在脑袋里，每个人都如同背负着罪责一样安静，没有人说话。灰暗的黎明来了，像鬼一样在电影院的窗户周围吹气，紧紧抱住电影院的屋檐，我头枕着一把椅子的木制把手睡着了，影院里的6个服务员把一整夜的垃圾扫干净，归拢在一处，结果搞了好大一堆，都堆到了我的鼻子上，我正头朝下睡着打鼾——直到这些垃圾差点把我掩埋。这个情况是迪恩告诉我的，当时他正在10个座位远的地方注视这一幕。所有的烟蒂、酒瓶子、火柴盒、杂七杂八的破烂儿都弄到了这一大堆上。如果他们真的把我埋了，迪恩就再也见不到我了。他只能在整个美国游荡，一个海岸接一个海岸，在每一个垃圾桶中找我，直到在我的生命、他的生命、每一个与我们有关的人的生命和每一个与我们无关的人的生命的垃圾堆中，找到那个呈胚胎状蜷曲的我。到时候，待在垃圾子宫中的我该对他说些什么？"别烦我，伙计，我待得正爽呢。你在1949年8月的一天晚上，在底特律把我丢了。你凭什么打扰我在垃圾桶里的平静生活？"1942年，我主演了史上最肮脏的一部戏剧。我演水手，去波士顿斯科雷广场上的皇家餐馆喝酒；我喝了60杯啤酒，藏到厕所里，抱着马桶睡着了。整个晚上，有至少100名水手和各类平民进来，有意识地把尿撒在我的身上，直到我浑身是尿，不辨人形。毕竟，这又有什么关系？——在人间默默无闻，总强过在天堂中声名显赫，因为何谓天堂？何谓人间？一切都是意念而已。

黎明时分，我和迪恩闲扯着踉踉跄跄地走出这个恐怖的洞窟，去旅行社找便车。上午，我们在黑人酒吧里追求姑娘，听自动点唱机里的爵士乐唱片，痛痛快快地玩了一阵子，之后，拎着我们的烂行李，搭乘当地公共汽车蹒跚5英里，到了一个男子家中，这个男子打算捎我们去纽约，每人收4块车费。他已人到中年，金发碧眼，戴着一副眼镜，有妻子，有孩子，有美好的家庭。他收拾东西，我们在院子里等着。他那漂亮的妻子，身穿纯棉家居服，为我们端来咖啡，但我们忙于说话，没工夫喝。到了现在，迪恩已经累瘫了，精神极度错乱，看什么都高兴。他正在抵达另外一种虔诚的疯狂。他不停流汗。等我们坐上那辆崭新的克莱斯勒，启程赶赴纽约时，那个可怜的男子这才意识到，他和两个疯子订立了旅行合约，但他用随遇而安的心态对待不利情况，其实，在我们驶过布里格斯体育场时，他就适应了我们，还和我们聊起了底特律老虎棒球队明年面临的形势。

在雾夜中，我们穿过托莱多，继续前行，驶过古老的俄亥俄。我意识到自己就像旅行推销员，反复穿越美国的城镇——风尘仆仆，货品滞销，包底放着没人买的烂豆子。临近宾州，那个男子累了，迪恩接手，跑完去纽约剩下的路，我们开始听电台中播送的《希德交响曲》这档节目，播放的都是最近的波普爵士乐，现在，我们正在进入美国最后一座大城市。我们于清晨时分抵达那里。时报广场的地面被挖开了，因为纽约从不安定。我们穿过广场时，习惯性地寻找哈塞尔的踪影。

一小时后，我和迪恩便到了我姑妈的长岛新公寓的外面，我们从旧金山一路赶来，蹒跚着爬楼梯时，她正忙着和几个家里的画家朋友争论画作价钱。"塞尔，"我姑妈说，"迪恩可以在这里先住几天，完后必须搬走，明白我的意思吗？"旅行结束了。那天晚上，我和迪恩漫步在储气罐、铁路高架桥以及长岛的雾灯中间。我想起了他站在街灯下的情景。

"塞尔，我们一过那盏街灯，我就告诉你另外一件事，但现在我的脑子里又插入了一个新的想法，等我们到了下一盏街灯那里，我就回到原来的话题上来，可以吗？"我当然同意。我们如此习惯旅行，不走完整个长岛就不甘心，但前面再没有路走了，只有大西洋，我们只能走这么远了。我们紧握对方的手，同意永远做朋友。

过了还不到5天，有一晚，我们去纽约参加一个派对，我看到了一位叫伊内姿的姑娘，对她说我有个朋友，她有空应该认识一下。我醉了，对她说他是个牛仔。"哦，我一直想认识个牛仔。"

我隔着众人高喊："迪恩？伙计，过来一下。"参加派对的有诗人安格尔·鲁兹·加西亚、委内瑞拉诗人维克托·比利亚努埃瓦、我的旧爱吉尼·琼斯、卡洛·马克思和吉恩·德克斯特，至于其他的人，多得不计其数。迪恩羞涩地过来了。一小时后，在派对的昏醉和矫揉造作的气氛中（当然是为了庆祝夏季的结束），他跪在地上，下巴贴着她的肚子，一通山盟海誓，热汗直淌。她身材高大性感，留着一头黑发——正如加西亚所说，像"直接出自德加①之手的某个人物"，总之，就像一位卖弄风骚的巴黎美女。几天后，他们便给加州的卡米尔打长途电话，跟她讨价还价，索要必需的离婚文件，这样他俩才能结婚。不仅如此，短短几个月后，卡米尔就生下了迪恩的第二个孩子，那是他们年初缠绵数夜的结果。又过了几个月，伊内姿也有了一个小孩。加上西部某地的一个私生子，迪恩一共有了4个小孩，却依然身无分文，依然像以往那样到处惹祸，始终处于极度兴奋状态，来去如风。因此，我们没去意大利。

---

① 即埃德加·德加（1834—1917年）：法国画家，主要作品有《芭蕾舞女》《洗衣妇》等。

第四部

一

　　我卖书挣了些钱。我把那一年剩下的那几个月的房租给了我姑妈。每次春临纽约，我就受不了从新泽西一路吹拂过河面的大地那微微的春讯，我得走了。因此，我就走。我在纽约和迪恩道别，把他留在那里，这是我们此生中第一次经历这种事。他在麦迪逊街和第40街交叉口的一个停车场工作。还像原来那样，脚踩破鞋，身穿T恤和垂到腰部以下的裤子，一个人冲来冲去，把正午时分激增的大量汽车停好。

　　我通常在黄昏时去看他，那时他正无事可做。他站在简陋的小屋里，数着停车票，揉搓着肚子。收音机总开着。"伙计，你喜欢那个播报棒球赛的疯子吗？——快到中场啦——跳起——假动作——推进——射，唰，两分到手。绝对是我听过的最棒的播音员。"他已经沦落到满足于这种简单的快乐了。他和伊内姿住在东80街一栋没有暖气的公寓里。他晚上下班回家，脱掉全身衣服，换上一件长及臀部的中国丝绸马褂，坐在安乐椅上，抽掺了大麻的水烟。这便是他回到家中的乐事，再加上一副春宫扑克牌。"我最近潜心研究这张方块2。你注意到她的另外一只手放哪里了吗？我敢打赌你说不出来。盯久点，努力看。"他想把这张方片2借给我，那上面画着一个身材高大、面容忧伤的男子，还有一个淫荡、一脸愁容的婊子，俩人正在床上尝试性爱体位。"拿走吧，伙计，我用过好多次啦！"伊内姿在厨房里做饭，做个鬼脸，笑了笑，朝屋里看了一眼。她对这一切是受用的。"喜欢她吗？伙计，喜欢她吗？那就是伊内姿。看到没，她在干啥，脑袋探到门里笑了。哦，我和她谈过了，我们已经把一切处理得漂漂亮亮的了。今年夏天，我们打算去宾州的一座农场居住——买一辆客货两用车，到时候我开着杀回纽约痛玩一场，住漂亮的大房子，往后几年再生一堆孩子。呃哼！哼哼！天啊！"他从椅子

256

上一跃而起，放上一张威利·杰克逊①的唱片，唱片名叫《短吻鳄的尾巴》。他站在唱机前面，猛击手掌，随着节奏摇摆膝盖。"哦！那个婊子养的！我第一次听他，觉得他明天就死，可他仍然活着。"

当初，在大陆的另一头，他和卡米尔在旧金山就是这么做的。以前的那个烂箱子从床底下探出身来，准备飞翔。伊内姿反复给卡米尔打电话，和她长谈；她们甚至谈到了迪恩蹲监狱的事，要么就是迪恩这么说的。她们给对方写信，交流迪恩的怪癖。他每月当然要把一部分收入拿出来寄给卡米尔，养活她，否则就会在劳教所蹲上6个月。为了补上这笔失去的钱，他在停车场捣鬼，找换零钱时做手脚，在这方面堪称一流大师。我曾见他口若悬河地祝福一位有钱人圣诞快乐，神不知鬼不觉地用5块换掉对方的20块。我们拿着这钱出门，去鸟岛波普爵士乐酒吧花掉。莱斯特·扬正在台上吹奏，大眼皮上透着永恒。

一天夜里，凌晨3点钟，我们在第47街和麦迪逊街交叉口聊天。"这么说吧，塞尔，该死，我不想让你走，真的，你要是走了，这将是我第一次在纽约没有老友陪伴。"他又说，"我在纽约是客居，旧金山才是我的家。我来这里的这段时间，除了伊内姿，没有别的姑娘——我在纽约才会过得这么惨！他妈的！但一想到再次穿越那恐怖的大陆——塞尔，我们好久都没有推心置腹地谈谈了。"我们在纽约只是和一帮朋友在醉醺醺的派对上疯狂地上蹿下跳。这好像不怎么适合迪恩。夜里，他在空荡荡的麦迪逊大道上，在瓢泼的冰冷雾雨中蜷缩起身体时才更像自己。"伊内姿爱我，她告诉我、答应我，我想做什么都行，不会给我造成一丁点儿的麻烦。明白吗，伙计，人变得越来越老，烦事一大堆。总有一天，我和你会在日落时分晃荡在小巷中，朝垃圾桶里看。"

"你是说我们以后会当一辈子老流浪汉？"

---

① 活跃于20世纪20年代的一位布鲁斯、爵士歌手。

"有啥不可能的呢，伙计？如果我们想，当然可以，就这么简单。这么过一辈子也没有什么不好。一辈子不与别人结怨，其中包括政客和富人，没人打扰，逍遥过一生。"我认同他说的。他正用最简单、最直接的方式潜心研究道学。"伙计，你的人生之路是什么？——圣徒之路、疯子之路、彩虹之路、虹鳟之路，任何的路。这条路无处不在，对任何人来说都是如此。任何地方？任何人？任何方式？"我们在雨中点头。"该死，你得注意你的身体，伙计，你要是跳不动了，可就算完了——到时候你得遵医嘱。这么跟你说吧，伙计，直截了当地说，无论我住在什么地方，我那个箱子老从床底下探头探脑的，我要么主动离开，要么被人家赶出门外。我已决定放弃一切。你见过我卖苦力，你也知道，这事无关紧要，我们了解情况嘛——知道如何减速放松、散步、赏景玩耍，就像老派的黑人那样享乐，除了这些，还有啥好玩的吗？我们了解情况嘛。"我们在雨中叹息。那天晚上，雨水把整个哈德逊谷浇透了。在如海般广阔的河面上，世界级的大码头被浇透了，在波基浦西，汽船停泊的几个老码头被浇透了，盛藏矿产的老裂岩湖被浇透了，范德怀克山也被浇透了。

"因此，"迪恩说，"我要顺其自然过一辈子。知道吗，我最近给我那在西雅图蹲监狱的老爹写了封信——那天我收到了他的来信，这是我这些年来第一次收到他写来的信。"

"真的？"

"是的，是的。他说以后如果能去旧金山，很想看看'比比'，他把'贝比'拼成了'比比'。我在东40街找到了一套不带暖气的公寓，租金每月13块；如果我给他寄些钱过去，他就能来纽约住下——如果他能来的话。我从未和你说过我妹妹的事，可你知道，我是有个可爱的小妹妹的；我也想让她过来与我同住。"

"她在哪里？"

"这个嘛，这下你把我给问住了，我也不知道——我老爹打算试着找她，可你也知道，他又能真正干点啥？"

"因此，他去了西雅图？"

"直接被扔进肮脏的监狱。"

"他以前在哪里？"

"在得州，得州——伙计，这下你该明白了吧，境况，我的处境——你也看出来了，我变得安静了。"

"是的，没错。"迪恩在纽约的确变安静了。他想说话。我们在冷雨中快被冻死了。我们约好我走之前在我姑妈家聚聚。

下个周日的下午，他来了。我有一台电视机。我们在电视上收看一场棒球赛，在收音机里收听另外一场，并不断切换到第三场，追踪最新战况。"记住，塞尔，布鲁克林队的霍奇斯在2垒位置，因此，费城人的替补投手准备上场时，我们就切换到巨人队和波士顿队的比赛，与此同时，注意迪马乔打出了3个坏球，投手正在摆弄树脂手套，因此，我们应该赶紧去瞧瞧鲍比·汤姆森发挥如何，我们可是在30秒钟前掐断比赛的，当时3垒上有人。耶！"

傍晚将近的时候，我们出门去跟小伙子们在长岛调车场旁边满是煤灰的场地上打棒球。我们又无比疯狂地打篮球，搞得那些小伙子说："放松点，你们没必要自杀。"他们围着我们上蹿下跳，动作十分流畅，很轻易地将我们打败。我和迪恩汗流浃背。迪恩一度在水泥球场上摔了个狗啃屎。我们呼呼喘着粗气从人家手里抢球，他们一个转身，就把球带走了。其余的人对着我们横冲直撞，在我们的脑袋上投篮。我们像疯子一样在篮筐附近跳跃投篮，但那些小伙子只是轻轻跃起，从我们那臭汗直流的手中把球抓住抢走了。我俩就像疯狂迷恋美国后巷爵士乐的萨克斯手，有着很强烈的欲望和莽撞的劲头儿，想要和爵士乐大师斯坦·盖茨和查理·帕克比试比试。他们认为我俩疯了。回家路上，我和迪恩在每一条人行道上玩接球游戏。我们又玩些特别的花招，蹿入灌木丛，差点撞到电线杆上。一辆汽车驶过来了，我在车旁跟着跑，把球扔给迪恩，差点撞到渐行渐远的保险杠的屁股上。他一个猛冲，把球抓住，在草地上一滚，把球扔回来，让我去抓，当时我正在一辆停着的运送面包的货车对面。我仅凭一双肉掌就将球稳稳抓住，扔了回去，搞得迪恩只好旋转身体，朝后退几步，仰面朝天摔倒在树篱上面。回到家中，迪恩掏出钱包，哼哼了一下，递给我姑妈15块钱，那是当初在华盛顿，我们因为超速吃罚款时借她的。她真是又惊又喜。我们搞了一桌丰盛的晚餐。

"嗯，迪恩，"我姑妈说，"我希望你能好好照料你那即将出生的孩子，这次就别再离婚了。"

"好的，好的，好的。"

"你不能这样全国各地到处跑生孩子。这些可怜的小家伙无依无靠的，自己可长不大。你得给他们一个好好生存的机会。"他看着自己的脚，点了点头。在阴冷的红色的黄昏，我们在一座横跨超级高速公路的高架桥上道别。

"我回来时，希望你在纽约，"我对他说，"迪恩，我只希望将来有一天，我们两家人能够住在同一条街上，一起变老。"

"伙计，你说得对——知道吗，我渴望这样的生活，我完全记得我们受过的苦，想着以后要受的苦，你姑妈了解这些事，又提醒了我。我不想要这个刚出生的孩子，但伊内姿非要不可，为此我们还吵了一架。玛丽露嫁给了旧金山的一个二手车贩子，还有了一个孩子，这事你知道吗？"

"知道。如今，我们都到那个岁数了。"我本该说，颠倒的空虚池塘里的涟漪。这个世界的底部是黄金，这个世界上下颠倒了。他掏出一张卡米尔和那个新生女婴的快照。在阳光普照的人行道上，一个男人的影子划过了孩子的身体，这人穿着长裤，腿很长，照片拍得让人伤心。"这人是谁？"

"是埃德·邓格尔。他回到伽拉蒂雅身旁了，他们现居丹佛。他们拍了一天的照片。"

埃德·邓格尔的怜悯之心就像圣徒的一样，并不引人注意。我意识到，我们的孩子们将来有一天会吃惊地看这些快照，以为他们的父母过的是平和、有条不紊、如照片中那样的安定生活，他们早晨起来，骄傲地走在人生的人行道上，从来也不会想到其实我们过的是一种又脏又乱、无比疯狂的生活，不会想到我们在暗夜中的真实面目、那些该死的夜生活以及那条毫无意义的梦魇之路。这种生活漫无止境，没有开头，无比空虚。这是无知又可悲的表现。"再见了，再见了。"迪恩在漫长的红色的黄昏远去了。火车冒着烟在他的头上驶过。他的影子追随着他，他的影子模仿着他的脚步、他的思想、他的存在。他转身羞涩地挥手。他像个流动工人那样冲着我发出全速通过的信号，他上蹿下跳，喊了几句什么，我没有听到。他绕着圈子奔跑。他始终在走近铁道上面那座天桥的水泥壁角。他发出最后一个信号。我挥手回应他。他突然奔赴他的生活去了，很快消失在我的视野中。我目瞪口呆地凝视我那凄凉的生活。我也有很长的一段路要走。

二

次日午夜，唱起这首小曲：

> 家在米苏拉，
>
> 家在特拉基，
>
> 家在奥铂卢瑟斯，
>
> 却都不是我的家。
>
> 家在老梅多拉，

家在翁第德尼，

家在奥加拉拉，

我却永远回不了家。

我乘坐去华盛顿的公共汽车，到那儿以后，四处逛逛，浪费了一些时间；特地去看蓝脊，听雪兰多鸟儿的鸣叫，瞻仰"石墙"杰克逊[①]的墓地；黄昏时分，站在卡诺瓦河畔朝水里啐唾沫；晚上，穿过西弗吉尼亚多山地的查尔斯顿；午夜时分，驶过肯塔基的阿什兰，看到一个孤独的姑娘站在散戏后的帐篷下面。阴暗神秘的俄亥俄，黎明时，抵达辛辛那提。然后，又看到印第安纳的农田，圣路易斯还像以前那样，被包裹在午后巨大的山谷云块中。沾满污泥的鹅卵石和蒙大拿的原木，破烂的蒸汽船，古老的标识，河边的草和绳子。永远也写不完的诗篇。傍晚，穿过密苏里和堪萨斯农田，夜里看到了堪萨斯神秘大地上的奶牛，饼干盒一样的城镇，每条街的尽头都是大海；黎明时分，抵达阿比林。东堪萨斯的草地变成了西堪萨斯的牧场，夜里一路爬上西部的山丘。

亨利·格拉斯与我同乘一辆公共汽车。他是在印第安纳的特雷霍特上来的，此时他对我说："我对你说我为什么恨我穿的这身衣服，很脏——但还有别的原因。"他让我看文件。他刚从特雷霍特联邦监狱里被放出来，罪名是在辛辛那提偷车销赃。一个20岁的卷发小伙子。"等到了丹佛，我就把这身衣服当掉，买条牛仔裤穿。你知道他们在监狱里是怎么对我的吗？单独监禁，还有一本《圣经》；我常把《圣经》垫在屁股底下坐在地上；他们见我这么干，把《圣经》拿走，换了一本口袋版的。这样我就坐不成了，于是研读整部《圣经》和《新约》部分。嘿——嘿——"他用手指捅捅我，津津有味地嚼着糖果，他一直在吃糖，在监狱里把胃搞坏了，吃不了别的——"知道吗，《圣经》上有些

---

① 即乔纳森·杰克逊（1824—1863年）：美国内战时期南军将领。

真正牛气的东西。"他告诉我什么叫"示意"。即将出狱的人，开始谈论他的释放日期时，这就叫对别的还得待下去的人"示意"。我们会掐着他的脖子，说："别对我'示意!'示意不好——明白没?"

"亨利，我不会示意的。"

"谁对我示意，我的鼻孔就会涨大，我就会发疯杀人。知道我这辈子为什么总蹲监狱吗? 因为我13岁那年发脾气了。当时我和一个小子在电影院看电影，那家伙骂我母亲——你知道那个脏词——我掏出我的折刀，割了他的脖子，要不是他们用药把我麻翻，我非弄死他不可。法官说:'你攻击你朋友时知道自己在做什么吗?''是的，法官大人，我知道，我想宰了那个婊子养的，我现在还想弄死他。'因此，我没有获得假释，直接去了少年犯劳教所。老被单独监禁坐地上，屁股上都长疮了。永远不要去联邦监狱，那里最烂。他妈的，我能说一夜，我好久都没有和别人说话了。你不知道我出狱的滋味儿有多爽。我上来的时候，你就坐在那辆车上——正过特雷霍特——你当时想什么呢?"

"我只是坐车旅行。"

"我，我在唱歌。我在你旁边坐下，因为我不敢坐在姑娘身旁，我怕自己会发疯，把手伸到她们的裙子底下。我得忍一会儿。"

"你再进去的话，就得蹲一辈子监狱。你最好从现在起就学着控制自己的脾气。"

"那正是我想做的，唯一的麻烦是，我的鼻孔一涨大，我就不知道自己在干啥了。"

他正准备去和他的哥嫂同住，他们在科罗拉多为他找了一份工作。他的车票是联邦政府给买的，他的目标是假释。这个小伙子像过去的迪恩，沸腾的热血让他无法忍受；他的鼻子涨大着，却不具备那种天生的奇怪的圣洁，可以把自己从终生的牢狱之灾中拯救出来。

"好伙计，等到了丹佛，盯着我的鼻子，别让它涨，塞尔，行吗?

说不定我能平安到我哥家。"

等我们到了丹佛，我拽着他的胳膊走到拉里默尔街上，想把他的囚服当掉。老犹太店主把衣服打开一半就知道是怎么回事了。"我这里不要那该死的东西，峡谷市的小子们每天都来当这种东西。"

拉里默尔街上遍布出狱的歹徒，个个都想把囚服卖掉。最后，亨利把衣服装进一个纸袋子，夹在胳膊底下，穿着崭新的牛仔裤和运动衫在街上晃荡。我们去迪恩时常光顾的格林阿姆酒吧——路上，亨利把那套衣服扔进垃圾桶——给蒂姆·格雷打了个电话。现在已是傍晚。

"是你吗？"蒂姆·格雷笑道，"马上到。"

10分钟之后，他和斯坦·谢泼德大步走进酒吧。他们曾结伴去法国旅行，对丹佛的生活失望透顶。他们喜欢亨利，给他买了啤酒。他开始挥霍蹲监狱时挣的那些钱。我又回到了丹佛那布满神圣小巷和疯狂酒馆的柔和、阴暗的黑夜中。我们开始逛城里的每一间酒吧、西科尔法斯特公路旁的小酒馆、五点区的黑人酒馆等。

斯坦·谢泼德多年来一直想和我见上一面，如今，我们第一次共同面对冒险。"塞尔，从巴黎回来后，我一直不知道该干什么。你真的要去墨西哥吗？真他妈爽，我能和你一起去吗？我能弄到100块钱，一到那里，就注册领取退伍军人福利金，进入墨西哥城市学院。"

没问题，就这么定了，斯坦会和我一起去。他是丹佛本地人，四肢修长，性格腼腆，头发浓密而蓬乱，脸上带着大骗子一样的笑容，动作缓慢懒散，就像加里·库珀[①]。"真他妈爽！"他说着把两根拇指插入腰带，漫步在街上，左摇右晃，但动作缓慢。他爷爷在这件事上和他闹过。当初他不同意他去法国，现在又反对他去墨西哥。斯坦因为和爷爷

---

① 加里·库珀（1901—1961年）：美国著名演员，主要作品有《西部来的人》《日正当中》等。

大吵了一架，就像流浪汉一样在丹佛游荡。那天晚上，我们在科尔法斯特街上的热铺酒吧把所有的酒喝完，并阻止住亨利大张鼻孔，蓬头垢面的斯坦便去了亨利在格林阿姆街上租住的旅馆房间里睡觉。"我甚至不能晚归——否则我爷爷就会和我吵，然后冲我母亲撒气。实话告诉你吧，塞尔，我得赶紧离开丹佛，不然就会疯掉。"

我暂住在蒂姆·格雷家里，后来，贝比·罗林斯为我设法腾出一间干净整洁的小地下室，我们都聚在那里，每晚开派对，闹腾了一个星期。亨利消失了，去了他哥哥那里，我们始终没有再见到他，不知道以后是否有人对他示意，他们是否把他投入铁牢，他是否又在夜里成功越狱。

我、蒂姆·格雷、斯坦，还有贝比，整整一周，每天下午都去泡丹佛漂亮的酒吧，那里的女招待身着宽松长裤，眼里透着羞涩和爱意，轻快地走来走去，不是那种铁石心肠的女招待，而是这种女招待：会与顾客陷入爱河，搞出爆炸性的绯闻，呼呼喘气流汗，在一个接一个的酒吧中卖力工作；还是在这周，我们每天晚上都去五点区的酒吧听爵士乐，在疯狂的黑人酒吧喝酒，在我的地下室里一直闲聊到凌晨5点。正午时分，我们常常躺在贝比的后院中，丹佛的小孩子围着我们玩闹，有的扮演牛仔，有的扮演印第安人，不时从开花的樱桃树上掉到我们身上。我玩得很快乐，整个世界在我的眼前敞开了，因为我没有了梦。我和斯坦计划让蒂姆·格雷陪我们一起去，但蒂姆不愿离开丹佛的生活。

我正准备动身去墨西哥，一天晚上，丹佛·达尔突然给我打电话，说："哦，塞尔，猜猜谁要来丹佛了？"我不知道。"我得着内幕消息了，这人已在路上了。迪恩买了一辆汽车，来和你们碰面。"我突然幻想出了迪恩的模样：一个浑身是火、不住颤抖的恐怖天使，穿过公路，身体抖动着朝我这边来了，像云一样靠近我，速度极快，就像缠着裹尸布的旅行者在平原上追我，把我压倒。我看到他那张巨大的脸庞笼罩在平原上，瘦骨嶙峋，透着疯狂，两眼放光；我看到了他的翅膀；我看到了他那辆老破车身上喷射出数千道火焰；我看到了车后面那条熊熊燃烧的小路；那辆破车甚至自己开出一条路来，穿过玉米地，穿过城市，毁坏桥梁，让河水变十溷。那辆破车暴怒着朝西部赶来。我知道迪恩又疯狂了。如果他把存款都取了出来，买了辆车，就不会寄钱给他的两个妻子。一切都完蛋了。在他身后，烧焦的东西还在冒烟。他又踏上了呻吟、恐怖的大陆，朝西部冲过来了，他很快就会赶到这里。我们匆匆做准备迎接迪恩。听说他要带我去墨西哥。

"你觉得他会顺便捎上我吗？"斯坦问。

"我跟他说说。"我阴沉着脸说。我们不知道会发生什么事。"他在哪儿睡？他要吃什么？有姑娘陪他吗？"这就像高康大①的逼近，必须准备拓宽丹佛的阴沟，缩减某些法律，以适应他那受苦的躯体和爆裂的狂喜。

三

迪恩来的时候就像一部老电影。那是一个金色的午后，我正在贝比家待着。简单说说这家人。她母亲远在欧洲。她姑妈查丽蒂是她的行为监督人。查丽蒂已是75岁高龄，却仍像小鸡崽儿那样充满活力。罗氏族人遍布整个西部，她频繁穿梭于数个家庭之中，不断发挥着余热。她曾有数十个儿子。他们都已远去；他们都离开了她。她虽说老了，却对我们说的每一句话、做的每一件事充满兴趣。当我们在起居室里把一杯杯的威士忌一饮而尽时，她悲哀地摇着头说："小伙子，去院里喝吧。"楼上——那年夏天，家里快成旅馆了——住着一个叫汤姆的家伙，无望地

---

① 法国作家拉伯雷《巨人传》中的主人公。

爱上了贝比。据说，他是佛蒙特人，家境富裕，有着远大的前程，却宁愿与贝比住在一起。每逢晚上，他坐在起居室里，拿着报纸盖住他那热得发烫的脸，每次我们当中有谁说句什么，他听到了，却不做出任何表示。贝比说话的时候，他的脸尤其发烫。我们逼迫他把报纸放下来，他总是极度无聊、万分痛苦地看着我们，说："呃，哦，是的，我想是这样。"他总这么说。

查丽蒂坐在角落里织衣服，用一双鸟眼注视我们。监督我们的一举一动是她的工作，确保谁都不能骂街。贝比坐在沙发里咯咯笑着。我、蒂姆·格雷和斯坦·谢泼德围在一起，四肢伸开，懒洋洋地坐在椅子上。可怜的汤姆在煎熬受苦。他站起身，打个哈欠，说道："就这样吧，又过了一天，又花了一块钱，晚安。"然后消失在楼上。贝比不喜欢他。她爱的是蒂姆·格雷，他却像鳗鱼一样扭动着身体从她的手里逃脱了。在一个阳光明媚的午后，我们就这样围坐在一起，一直坐到该吃晚饭了，就在那时，迪恩赶到，把他那辆破车停在门前，从车上跳下来，他穿着一套花呢西装，里面是一件马甲，上面还挂着一条表链。

我听到外面的街上响起了"嗨！嗨！"的声音。他和罗伊·约翰逊一起来的，罗伊和他妻子多萝西刚从洛杉矶回来，又一次在丹佛住了下来。邓格尔、伽拉蒂雅·邓格尔和汤姆·斯纳克也是如此。每个人就又在丹佛了。我走到门口。"哦，我的伙计，"迪恩说着伸出一只大手，"我看你们都过得蛮爽嘛。你好，你好，你好，"他和每个人打着招呼，"哦，是的，蒂姆·格雷，斯坦·谢泼德，你好啊！"我们把他介绍给查丽蒂。

"哦，是的，你好吗？这是我朋友罗伊·约翰逊，人真好，陪我走了这一路，哼哼！天啊！啊啊！梅杰·胡铂①先生，你好吗？"他说着把手伸向注视着他的汤姆。"是啊，是啊。嗯，塞尔老友，到底咋回事啊？我

---

① 漫画《家庭旅馆》中的人物。

们啥时候去墨西哥？明天下午行吗？好的，好的，呃哼！听着，塞尔，我刚好有16分钟的时间赶到埃德·邓格尔家，把我那块铁路局的旧手表要回来，然后杀到拉里默尔街，赶在当铺关门前把表当掉，与此同时，把车开得飞快，在时间允许的范围内，尽可能仔细寻找我老爹的踪迹，看看他是否碰巧在吉格斯的快餐店或者别的酒吧，然后去一位理发师那里理个发，达尔总让我去光顾一下，我这些年可是一点没变，始终秉承这个原则——啊！啊！6点整！——整，听到没？——我让你就在这里等我，我会飞一般过来，拉着你，赶赴约翰逊家，播放吉莱斯皮和不同风格的波普爵士乐唱片，先放松一个小时，再说晚上的事，你、蒂姆、斯坦，还有贝比，不管我来不来，今天晚上也得安排节目吧，我刚好是在45分钟前开着那辆1937年的老福特赶到这里的，看到了没，就停在那边，我来的这一路上，中途在堪萨斯市逗留了很长一段时间，去看我表哥了，不是萨姆·布雷迪，是年轻的那个……"他说这些话的时候，在起居室我们看不到的一个角落里匆忙地把身上的西装脱掉，换上一件T恤，又从那个旧破箱子里拿出一条裤子，怀表也跟着移位。

我说："伊内姿呢？纽约的情况怎么样了？"

"塞尔，我这次来，桌面上的理由是去墨西哥办离婚手续，那里办手续又便宜又快。卡米尔终于同意离婚了，一切都搞定了，一切都很棒，一切都很美好，我们知道，我们现在不用担心任何事，对吗，塞尔？"

好吧，没问题，反正迪恩说什么，我都听他的，于是我们急忙重做安排，为盛大的夜晚做准备，而那一夜的确叫人难忘。派对在埃德·邓格尔哥哥家举办。他的两个哥哥都是公共汽车司机。他们坐在那里，对周围发生的一切充满敬畏。桌子上摆着丰盛的晚餐，有蛋糕，有酒。埃德·邓格尔瞧上去快活又富足。"喂，你和伽拉蒂雅都谈妥了？"

"是的，先生，"埃德说，"我确信如此。我要上丹佛大学了，知道吗，我和罗伊一起上。"

"你打算修什么课程。"

"哦，社会学以及与社会学有关的课程，知道吧。喂，迪恩一年比一年疯狂了，是不是？"

"的确如此。"

伽拉蒂雅也来了。她想和旁人聊几句，但迪恩牢牢掌控着局面。他站在谢泼德、蒂姆、贝比和我跟前表演，我们几个在厨房里沿着墙根一个挨一个在椅子上坐着。埃德·邓格尔在他身后紧张地走来走去。他那个可怜的哥哥被排挤到了一个不为人注意的角落。"呃哼！呃哼！"迪恩扯着衬衫、揉搓着肚皮叫道，不时上蹿下跳。"是的，哦——我们现在都聚到一起了，时间过得可真快啊，可是大伙儿都能看出来，我们谁都没有真正改变，这一点真让人惊叹，耐久——耐久——耐久性——事实上，为了证明这一点，我带来了一副扑克牌，凭借这副牌，我给人算命，不管是什么样的人，一算一个准。"正是那副春宫扑克牌。多萝西·约翰逊和罗伊·约翰逊僵硬地站在一个角落里。这个派对让人郁闷。然后，迪恩突然安静下来，在厨房里找了把椅子，在我和斯坦中间坐下，用固执、像狗一样的目光好奇地盯着前方，视旁人于不顾。他只是暂时消失片刻以积蓄更多的能量。你若是碰碰他，他就会像悬浮于悬崖边上的鹅卵石上面的巨砾那样摇晃。他可能会砰的一声滚落悬崖，也可能只是像石头那样摇晃。然后，巨砾爆裂，怒放成一朵鲜花，他一副容光焕发的模样，露出灿烂的笑容，朝四周看看，就像一个醒着的人，说道："啊，瞧瞧这些和我同坐在这里的人。好棒啊！塞尔，哦，就像我那天对自己说的那样，哦，啊，啊，耶！"他起身，穿过屋子，伸着手，朝派对上其中一位公共汽车司机走过去了。"你好。我叫迪恩·莫里亚蒂。是的，我清楚地记得你。一切都还顺利吗？哦，哦，瞧瞧这个漂亮的蛋糕。哦，我能来点吗？只是我？我过得惨？"埃德的嫂子说行。"哦，好棒。人们真好。为了小乐一下，就把蛋糕和精巧的美食摆在桌上。嗯，啊，耶，不同寻常，棒极了，呃哼，天啊！"他站在屋子中间，左摇右晃，一边吃蛋糕，一边敬畏地看着每一个人。他转过身体，朝身后四周围看。每样东西都让他吃惊不已，他什么都看。人们在屋里三三两两地聊天，他说："是的！对喽！"他注意到了墙上的一幅画，身体因此僵住了。他走过去，离近了看，后退几步，弯下腰，跳起来，想从每个可能的角度和层面看，他大吼一声："他妈的！"用力撕扯T恤。他不知道他这么干会给别人留下什么样的印象，他根本不在乎。人们脸上泛着父母般慈爱的光开始看迪恩。他终于如我知晓的那样变成了天使，不过，就像任何天使一样，他的心中仍留有狂怒，那天晚上，我们这一大帮人离开派对，闹哄哄地赶赴温莎酒吧时，迪恩喝醉了，狂怒无比，既像恶魔，又像天使。

　　要记住，淘金潮时期，温莎旅馆是丹佛的主要旅馆，在很多方面引人关注——楼下，宽大的酒吧墙壁上的弹孔依然清晰可见——这里曾是迪恩的家。他和他父亲曾暂居在楼上的一间客房中。他这次来可不是观光旅游的。他就像他父亲的鬼魂那样在酒吧里痛饮，他大口喝红酒、啤酒、威士忌，就像喝水一样。他的脸变红了，汗水直流，他在酒吧里吼叫、乱嚷，跟跟跄跄地穿过舞池，那里，山地摇滚乐手正和姑娘们跳舞，他想弹几下钢琴，又搂着以前的狱友，和他们大吼大叫。与此同时，我们这帮人一个不落地围坐在两张大酒桌旁。有丹佛·D.达尔、多萝西、罗伊·约翰逊、多萝西的一位朋友——一位从怀俄明布法罗来的姑娘、斯坦、蒂姆·格雷、贝比、我、埃德·邓格尔、汤姆·斯纳克，还有其他几位，一共13个人。达尔玩爽了，他搞来一台花生自动贩卖机，放在跟前的桌子上，朝里头扔硬币，吃花生。他提议，我们每人写一张一分钱的明信片，寄给纽约的卡洛·马克思。我们写的都是疯狂的事情。小提琴曲回荡在拉里默尔街的暗夜中。"有意思吧？"达尔喊道。我和迪恩在男厕所里使劲砸门，想把门砸烂，但门厚达1英寸。我搞得自己中指的骨头碎了一块，直到第二天才发觉。我们醉了，不停耍酒疯。我们的酒桌上一度摆了50杯啤酒。只到处乱窜，每杯只抿那么一口。峡谷市出狱的流氓们和我们踉踉跄跄地走在一起，不停地胡言乱语。酒吧外面的大厅里，嘀嗒作响的旧钟下面，年迈的昔日探矿者坐在椅子上，拄着拐棍沉思。在昔日的辉煌岁月里，他们也曾如此疯狂。一切都在旋转。处处都有散落的派对。我们甚至在一座城堡中办了一个，我们都是开车去的——只缺少迪恩，他跑去别的地方耍了——在这座城堡中，我们围坐在大厅里的一张大桌子旁，大喊大叫。城堡外面有一个游泳池和几处岩洞。我终于找到了盘踞地球的大蛇即将竖起身体蹿出来的那座城堡。

然后，到了深夜，只剩下我、迪恩、斯坦·谢泼德、蒂姆·格雷、埃德·邓格尔和汤米·斯纳克，我们共乘一辆车，我们前途无限。我们去了墨西哥人聚居的镇子，我们去了五点区，我们踉踉跄跄地游荡。斯坦·谢泼德高兴疯了。他不停大声尖叫："婊子养的！真他妈爽！"还用力拍打自己的膝盖。迪恩疯狂地迷恋他。斯坦说什么，他都要重复一遍，啊啊个没完，不断擦去脸上的汗水。"塞尔，有这个叫斯坦的家伙做伴，我们去墨西哥肯定能玩得特别爽！耶！"这是我们在丹佛的最后一个晚上，我们要尽兴狂欢。最后，我们去地下室，借着烛光喝酒，查丽蒂穿着睡袍，拿着一支手电筒，在楼上鬼鬼祟祟地走来走去。现在，和我们在一起的，有个自称戈麦斯的黑人小伙子。他浪荡在五点区，什么都不在乎。我们一看到他，汤米·斯纳克便喊道："喂，你是叫约翰尼吗？"

戈麦斯退回来，再次从我们身旁走过，说道："你能重复一下你刚才说的话吗？"

"我是说你就是人称约翰尼的那个家伙吗？"

戈麦斯慢慢地回撤，又试了一遍。"我这样看上去是不是有点儿更像他了？因为我一直在尽力做约翰尼，却始终不得要领。"

"好啦，伙计，快上车吧！"迪恩喊了一嗓子，戈麦斯上了车，我们走了。我们在地下室里疯狂地低声交谈，生怕吵到邻居们。上午9点，除了迪恩和谢泼德，别的人都走了，他俩就像疯子一样，仍在闲聊。人们起床做早饭，听到地下传来奇怪的声音："耶！耶！"贝比做了一顿丰盛的早餐。该去墨西哥了。

　　迪恩把车开到最近的加油站，把一切收拾停当。那是一辆1937年的福特，右侧门的合页掉了，用绳子绑在车架子上。右前座也坏了，坐在上面，身体后仰，脸就能碰到破烂的车顶。迪恩说："就像《明和比尔》①中的情景，我们一路喘着粗气、颠簸着抵达墨西哥；用好多天才能到。"我仔细查阅地图，到拉雷多边界要走1000多英里，多数路程在得州境内，然后，再走767英里，穿过整个墨西哥，才能去到破碎的巴拿马地峡和瓦哈卡山。我无法想象这次旅程。这是最令人难以置信的旅程。不再朝东西向走，而是很神奇地一路向南。我们看到整个西半球一直延伸至火地岛，我们展翅飞下地球的弯曲处，进入其他回归线，进入别的星球。"伙计，这次我们肯定能到达'那个'的境界。"迪恩信心满满地说。他拍着我的胳膊。"你就瞧好吧！呼！哇！"

　　我陪着谢泼德处理在丹佛的最后事宜，见到了他那可怜的爷爷，老人站在门口，说道："斯坦——斯坦——斯坦。"

　　"爷爷，怎么了？"

　　"别走。"

　　"哦，这事已经定了，我不走不行；你为什么总不让我走？"老人一头白发，杏仁色的大眼睛，疯狂的脖子绷紧着。

　　"斯坦，"他只是说，"别走。别让你的老爷爷哭泣。不要再次丢下我不管。"看到这一幕，我很伤心。

---

① 一部1930年的美国电影。

"迪恩，"老人对我说，"别把我的斯坦从我身边带走。他小时候，我常带他去公园里玩，跟他解释天鹅是什么。然后，他的小妹妹就在那个池塘里被淹死了。我不想让你把我的孩子带走。"

"不行，"斯坦说，"我们要走了。再见。"他攥紧拳头，他在挣扎。

他的爷爷拉着他的胳膊。"斯坦，斯坦，斯坦，别走，别走，别走。"

我们低着头赶紧离开，老人仍然站在他那栋位于丹佛小路上的小屋门口，屋里挂着一串串的小珠子，客厅里堆满了家具。他的脸色苍白如纸。他仍在喊斯坦。从动作上看，他好像有些瘫痪，他没有离开门口，只是站在那里，喃喃道："斯坦，别走。"在我们拐弯时，又用焦虑的目光看着我们。

"天啊，谢泼，我都不知道该说什么好了。"

"别在意！"斯坦呜咽道，"他总那样。"

我们在银行见到了斯坦的母亲，她正在给他取钱。她长得很漂亮，头发都白了，模样还很年轻。她和儿子站在银行里的大理石地面上，低声说着话。斯坦穿着一身李维斯，外头是件外套，很齐整，一副真的要去墨西哥的模样。他在丹佛生活平静，没经历过什么事，如今要与风风火火的新手迪恩走了。迪恩从街角蹿出来，准时与我们会面。谢泼德太太执意为我们每人买了一杯咖啡。

"照顾好我的斯坦，"她说，"等到了那个国家，不知会出什么事。"

"我们会互相照顾的。"我说。斯坦和他母亲在前面慢慢走，我和疯狂的迪恩跟在后面；他正对我说东西方厕所墙壁上刻着的那些文字。

"完全不同；东方的厕所墙壁上写的都是俏皮话、下流的笑话、一看便知的引言、粪便学数据和图画；西方的厕所墙壁上只写人名，雷德·奥哈拉，蒙大拿的布鲁夫顿什么的，何时到此一游，写得很严肃，比方说，埃德·邓格尔吧，到此来的原因是莫大的孤独，这些东西写得大同小异，但一过密西西比河情况就大不一样了。"唉，我们前面就有一个孤独的家伙，因为谢泼德的母亲亲切和善，不想让儿子走，却又知道不走不行。我看过了他匆忙离开他爷爷的情景。我们现在三个人——迪恩正在寻找他的父亲，我的父亲早死了，斯坦正在匆忙离开他的老母亲，我们一同走入黑夜。斯坦在第17街的人流中吻别他的母亲，之后，她上了一辆计程车，冲我们挥了挥手。再见了，再见了。

我们在贝比家上车，和她道别。蒂姆坐我们的车到了城外的家。贝比那天很漂亮，一头金色的长发，看上去很瑞典，雀斑在阳光下显露着。她看上去就像小时候的模样。她的眼睛雾蒙蒙的。她可能会跟蒂姆晚些时候和我们在墨西哥见面——但她没去。再见了，再见了。

我们开着车轰隆隆地走了。我们把蒂姆留在了城外的平原上，我扭头去看蒂姆·格雷，注视着他在平原上慢慢朝后退去。那个奇怪的家伙在那里站了足足两分钟，看着我们远去，只有老天才知道他在想些什么悲伤的事情。他变得越来越小，却依然一动不动地站在那里，一只手拉在晾衣绳上，像个船长，我扭动身体朝周围看，想多看蒂姆·格雷几眼，直到再也看不到他，他慢慢消失在空间中，而这个空间就是堪萨斯对面的东部风景。

现在，我们那咯咯作响的车头正朝南开，向着科罗拉多的城堡石市挺进，此时，太阳转红，西边的山就像11月份黄昏中的布鲁克林酿酒厂。在山的紫色的阴影上空，有一个人在不停地走，我们却看不到他；或许就是多年前我在山顶上察觉到的那个白发老者——扎卡特坎·杰克。但他离我越来越近，若是他一度在我身后的话该有多好。丹佛就像用盐堆起来的城，退到了我们身后，它的烟雾在空中散开，消失在了我们的视野中。

四

时值5月。在遍布农场、灌溉农田的沟渠和遮阴小山谷（小孩子们游泳的去处）的科罗拉多的平平常常的午后，怎么会有叮咬斯坦·谢普德的那样的虫子？他把一只胳膊搭在烂车门上，车子朝前行驶，他快活地说着话，突然，一只虫子飞到他的胳膊上，长长的螫针刺了进去，让他大声号叫起来。这东西是从一个美国的午后出来的。他赶紧把胳膊收回来，使劲拍打，把那根螫针拔了出来，过了几分钟，他的胳膊开始肿胀、发痛。我和迪恩不知道那是什么虫子。我们只能等着，看是否会消肿。我们在这里，正朝着未知的南方领土驶进，离开儿时贫困古老的家乡仅仅3英里，一只能够引起热病的怪异的虫子就从隐秘的秽物中冒了出来，让我们心中充满了恐惧。"那是什么东西？"

"蜇那么大的一个包，我在这一带还没有见过这样的虫子。"

"他妈的！"这让此次旅程看上去好像有些不祥且充满劫数。我们继续朝前走。斯坦的胳膊肿得更厉害了。我们必须在第一家医院停下，为他注射一针青霉素。我们驶过城堡石，天黑时，抵达科罗拉多泉。派克峰那巨大的阴影在我们右侧浮现。我们飞驰在通往普韦布洛的高速公路上。"我在这条路上搭过成千上万次便车，"迪恩说，"一天夜里，我就躲在那道铁丝网后面，突然间，莫名其妙地恐惧起来。"

我们决定讲述各自的人生故事，但要一个一个来，斯坦先说。"我们有很长的一段路要走，"迪恩先来了一个开场白，"因此，你必须把全部的心思都放在这上面，把能够想起来的每一个细节都说出来——即便这样，也不可能讲全。别着急。别着急，"他提醒开始讲故事的斯坦，"你还得放松。"我们穿行在暗夜中，斯坦劲头十足地开始讲述他的人生故事。他从在巴黎的经历开始讲起，越讲越不好讲，索性作罢，返回来，开始讲在丹佛的童年。他和迪恩数次回忆俩人当初骑着飞快的单车四处乱窜碰到对方时的情景。"有一回，你忘了，我知道——在阿拉巴霍人的汽车修理厂吧？想起来没？我站在街角冲你扔球，你一拳给我打回来，那球就滚进了下水道。读小学的时候。现在想起来没？"斯坦兴奋了，浑身发热。他想把每一件事都告诉迪恩。迪恩现在成了仲裁者、老者、法官、听者、赞许者、点头者。"是的，是的，接着说。"我们驶过沃尔森堡，突然穿过特立尼达，查德·金或许就在路旁的某个地方，在一堆篝火跟前，说不定正和几位人类学家在一起，像往常那样，也在讲述自己的故事，却永远也不会想到，就在那一刻，我们在高速公路上驶过，朝着墨西哥进发，还述说着我们各自的故事。哦，这悲伤的美国之夜啊！然后，我们抵达新墨西哥，驶过雷顿的圆形山，在一间小餐馆旁停下，暴食汉堡，又用纸巾包了几个，打算驶过边界再吃。"整个垂直的得州就在我们眼前，塞尔，"迪恩说，"然后我们水平穿过它。横竖一样长。再过几分钟我们就进入得州，到明天这个时候才能出去，我们要一直开下去。想想看。"

我们继续前行。暗夜中，辽阔的平原那边，便是得州的第一座城镇达哈特，1947年，我曾路过这里。它位于大地的黑暗底端，散发出微弱的光，距我们50英里。月光下的陆地上覆盖着牧豆树，处处是荒原。月亮挂在地平线上。它变圆了，变大了，变成了锈色，它在变柔和，它在滚动，直到晨星与它搏斗，露水开始落在我们的车窗上——我们向着阿玛里诺飞奔，清晨到了那里，周围是锅柄状地带的草地，草在风中摇摆，就在数年前，在这些随风摇摆的绿草中间，还竖立着一大堆野牛皮帐篷。现在，这地方有了加油站和新式的1950年产的自动点唱机，唱机前部装饰得太华丽，一次要投10美分硬币，歌曲又烂。从阿玛里诺到柴尔德里斯的这一路上，我和迪恩不停对斯坦讲着我们读过的书中的每一个情节，他想让我们讲，因为他想知道。在柴尔德里斯的烈日下，我们朝南拐上一条小路，急急穿过深不可测的荒原，抵达帕迪尤卡、加斯里和得州的阿比林。现在，迪恩必须睡觉，我和斯坦坐在前面，继续开。这辆旧车被烧得好热，叮咣叮咣响着，奋力向前。裹着沙砾的风卷着巨大的云块，从闪着微光的空间朝我们吹过来了。斯坦一边开车，一边讲故事，讲了蒙特卡洛、卡涅和芒通附近的蔚蓝海岸地带，那里，有黑脸的人在白墙中间游荡。

得州无疑棒棒的：我们缓缓驶入阿比林，都打起精神欣赏风景。"想想看，住在这座距离大城市1000英里的城镇上。嗬，嗬，就在那边的铁道旁，在老城阿比林，人们用船运送奶牛，开枪袭击警察，喝酒喝红了眼睛。快看那边！"迪恩朝车窗外面喊道，嘴扭曲着，就像威廉·克劳德·菲尔茨。他不喜欢得州，什么地方也不喜欢。红脸得州佬根本不搭理他，在滚热的人行道上匆匆朝前走。我们在城南高速路上把车停下吃东西。等我们继续朝着科尔曼和布拉迪驶去时，夜幕好像在100万英里之外——得州的中心，只是稀落地散布着灌木丛的荒原，偶尔能在干涸的小溪旁看到一栋房屋，绕行50英里的土路，热气无边无际。"离土坯垒的老墨西哥还远着呢，"迪恩在后座上睡眼惺忪地说道，"接着开吧，伙计们，天黑前我们就能亲吻到讲西班牙语的姑娘们啦，因为，你们要是知道怎么和这辆老福特交流、叫它慢慢走的话，它还是能顶一阵子的——就是后备厢快掉了，不过也别担心，等我们到了那里再说。"他睡了。

我接手开车，驶向弗雷德里克斯堡，在这里，我又一次交叉往返于那张旧地图上，1949年，就是在这个地方，我和玛丽露，在一个下雪的清晨，手拉着手散步，玛丽露如今在哪里？"吹！"迪恩说梦话了，我猜他梦到了旧金山的爵士乐，也许是即将看到的墨西哥曼波舞曲。斯坦说个没完，昨天晚上，迪恩让他激动了，他现在永远也停不下来了。他这会儿正在说英国的事，讲述他在英国搭便车从伦敦去利物浦的冒险故事，那时他留着一头长发，穿着一条破裤子，怪异的英国卡车司机在空虚的欧洲的黑暗中捎了他一程又一程。该死的老得州的密史脱拉风不停吹着我们，把我们的眼睛都给吹红了。我们每个人的心中都响起了一种节奏，车速虽慢，但我们知道就要到那里了。车子浑身发抖，努力朝前行驶，速度为每小时40迈。从弗雷德里克斯堡起，我们开始驶下辽阔的西部高原。飞蛾开始拍打我们的挡风玻璃。"伙计们，我们正在进入这个热情似火的国家，那里有沙漠里的骚娘儿们，还有龙舌兰酒。这是我第一次在得州南部走这么远，"迪恩吃惊地补充道，"他妈的！这是我老爹冬天来的地方，那个脑脈的老流浪汉。"

在5英里长的山脚下，我们突然进到了确切无疑的热带的热气中，再朝前走一段，就看到了古老的圣安东尼奥的灯光。你有一种感觉：这一切过去都是墨西哥的领土。路旁的房屋有着不同的风格，加油站更为破旧，街灯也少。迪恩高兴地接手开车，载着我们驶入圣安东尼奥。我们驶过一片荒凉地带，那里有墨西哥式的、不带地下室的破旧简陋小屋，门口摆放着旧摇椅，朝城里开去。我们在一座加油站前面停下给车子加些润滑油。墨西哥人闲散地站在头顶上的灯泡散发出的热光中，那灯泡饱受山谷中夏日蚊虫的侵袭，已成了黑的，他们把手伸进软饮料柜子，拽出几瓶啤酒，把钱扔给收银员。一整户一整户的人溜达着都在这么做。周围都是简陋的小屋，树低垂着，空气中弥漫着野桂皮的香味。疯狂的墨西哥小姑娘和小伙子走过去了。"呼！"迪恩喊道，"耶！明天！"音乐声从四面八方传来，什么风格都有。我和斯坦喝了几瓶啤酒，醉了。我们已经差不多出美国了，却确定无疑地仍在里面，仍在最疯狂的区域中。改装车飞驰而过。圣安东尼奥，啊——哈！

"喂，伙计们，听我说——我们不如在圣安东尼奥先玩几个小时，找个医疗诊所，为斯坦看看胳膊，我和你，塞尔，四处逛逛，看看街头风景——看看街对面那些房子，你能直接看到客厅里头，那些漂亮的姑娘正懒散地躺着看《真爱》杂志，啊！来吧，我们走吧！"

我们开着车，漫无目的地逛了一会儿，向人打听最近的医疗诊所在什么地方。诊所在市里，和美国相比，这里的市区瞧上去更时尚，有几栋半摩天大楼，还有很多霓虹灯和连锁药店，只是从暗处蹿出来的汽车会在市中心横冲直撞，就好像没有交通法规一样。我们把车停在医院的车道上，迪恩在车上换衣服，我陪着斯坦进去看实习医生。医院大厅里都是穷苦的墨西哥女人，有些怀着孩子，有些病了，有些带着生病的小孩子来看病。这种情景让人伤心。我想起了可怜的泰莉，不知道她现在正在做什么。斯坦等了足足一个小时，这才来了一个实习医生，看了看那条肿胀的胳膊。他的这种感染有个学名，不过我们都懒得念。他们给他注射了一针青霉素。

在此期间，我和迪恩出去看圣安东尼奥墨西哥人聚居的街道风景。空气芬芳、轻柔——是我感觉过的最轻柔的——又黑暗、又神秘、又嘈杂。会有头戴白头巾的姑娘的身影突然出现在嗡嗡作响的暗夜中。迪恩鬼鬼祟祟地走着，一句话也没说。"哦，这地方太美了，什么都干不了。"他低声说道，"我们就慢慢朝前走吧，把一切看个遍。快看！快看！那里有个疯狂的圣安东尼奥台球厅。"我们进去了。数十个男孩子，都是墨西哥的，正围着三张球桌打台球。我和迪恩买了可乐，把硬币塞入自动点唱机，放了几首温尼·布鲁斯·哈里斯①、莱昂内尔·汉普顿和"幸运者"米林德②的歌曲，又蹦又跳。在此期间，迪恩提醒我注意观看周围情况。

"现在，用你的眼角余光看，我们听温尼唱他女人的布丁③、闻着你所谓的轻柔空气时——看那个孩子，那个在一号桌打球的跛足孩子，他

---

① 温尼·布鲁斯·哈里斯（1915—1969年）：美国节奏布鲁斯歌手。
② 即路西尔斯·米林德（1910—1966年）：美国节奏布鲁斯、大乐队领袖。
③ 指的是《我爱我女人的布丁》这首歌曲，"布丁"在俚语中是男女生殖器之意。

是台球厅里众人的笑柄，一辈子都是别人的笑柄。别的家伙冷酷无情，可他们爱他。"

这个跛足孩子是某种畸形的侏儒，脸很漂亮，很大，太大了，棕色的大眼睛闪着泪光。"看到了没，塞尔，他就是圣安东尼奥墨西哥版的汤姆·斯纳克，全世界的故事都一样。看见他们用球杆捺他的屁股了没？哈——哈——哈！听听他们那笑声。看到没，他想赢球，他押了5毛钱。注意看！注意看！"我们注视着这个有着天使般容颜的孩子，他想打一个擦边球。没打中。别的家伙哄然大笑。"啊，伙计，"迪恩说，"现在注意看。"他们掐着那孩子的脖子，转着圈捺他取乐。他发出一阵阵长长的尖叫声。他傲慢地走入黑夜，末了还不忘朝身后投去羞涩、甜蜜的一瞥。

"啊，伙计，我真想认识那个棒小子，想知道他心里在想什么，他的女友长什么样——哦，伙计，这样的氛围真让我沉醉！"我们慢悠悠地出了台球厅，成功穿过几个黑暗神秘的街区。无数的房间隐藏在林木繁茂、几乎是丛林般的院子后面；我们在客厅里瞥见了姑娘，在门口瞥见了姑娘，在树丛中瞥见了和男孩子在一起的姑娘。"我还不知道，这个圣安东尼奥竟是如此疯狂！想想墨西哥会疯狂到何等程度！我们赶紧走吧！我们赶紧走吧！"我们匆匆返回医院。斯坦准备好了，说感觉好多了。我们伸出双臂抱着他，对他讲述了我们所做的一切。

我们现在已经准备好跑完最后的150英里抵达魔幻的边界。我们跳到车里，走了。我此时已是筋疲力尽，在穿过迪利和恩西纳尔驶向拉雷多的这一路上一直在睡觉，直到凌晨2点他们把车停在一个小餐馆前才醒过来。"啊，"迪恩叹息道，"得州的尽头，美国的尽头，除此之外，我们就再也不会知道什么了。"天气热死了：我们个个汗流浃背。没有夜露，没有风，什么也没有，除了各处不断冲撞灯泡的数十亿只飞蛾和暗夜中附近的一条热河散发出的腐臭味——正是那条格兰德河，发源于落基山脉的冷谷中，沿途塑造世界著名的山谷，最后流入巨大的墨西哥湾，将热气与密西西比河的污泥混在一起。

那天清晨的拉雷多是一座邪恶之城。各类计程车司机和边界恶棍四处游荡，寻找机会。机会不多，为时太晚。那里是美国的底部，渣滓聚集之地，是暴虐的恶棍沉没的地方，迷惘的家伙们必须靠近某个特殊的地方，以便让他们能够神不知鬼不觉地溜进去。违禁品的气味弥漫在浓重的糖浆般的空气中。警察们个个面色通红，带着怒气，汗水直流，全然没有了神气活现的模样。女招待浑身脏兮兮的，让人作呕。远处就能感觉到整个辽阔的墨西哥的存在，也几乎能够闻到10亿个煎熏玉米饼的气味。我们不知道墨西哥的真实面目。我们又来到了海平面上，试图吃快餐时几乎无法下咽。不管怎样，我还是把东西包好留着路上吃。我们感到难过和悲哀。但当我们驶过神秘的河桥、车轮滚上墨西哥的国土时，一切都改变了，虽然那不过是边境检查车道。街对面就是墨西哥。我们吃惊地看着。让我们惊讶的是，那地方竟和墨西哥一模一样。现在是凌晨3点，十来个头戴草帽、身穿白裤的家伙正懒散地倚靠在破烂、坑坑洼洼的店门前。

"看看——那些——家伙！"迪恩低声说，"哦，"他又轻轻地喘息着说道，"等等，等等。"墨西哥当官的出来了，咧嘴笑着，烦劳我们把行李拿出来。我们照做了。我们无法把目光从街对面移开。我们渴望径直冲到那里，消失在那些神秘的西班牙语街上。那里只是新拉雷多，在我们看来却像是神圣的拉萨。"伙计，那些家伙整夜不睡觉。"迪恩低声说。我们匆匆办完过境手续。他们提醒我们现在过境了，不要喝自来水。那几个墨西哥人随便检查了一下我们的行李。他们一点都不像当官的。他们懒散、亲切。迪恩不停注视着他们。他扭过头来，对我说："看看这个国家的警察。我简直不敢相信！"他揉揉眼睛，又说："我是在做梦。"然后，该换钱了。我们在一张桌子上看到了大摞大摞的比索，得知8比索1美元，差不多吧。我们换掉了大部分的钱，高高兴兴地把大卷大卷的钞票塞进口袋。

五

然后，我们扭头，羞怯、惊讶地面向墨西哥，那数十个墨西哥人，在暗夜中，在隐秘的帽檐下面注视我们。远处就是音乐和彻夜不打烊的餐馆，烟气正从门里倾泻出来。迪恩很轻柔地低声说道："啊。"

"办完啦！"一个墨西哥官员咧嘴笑道，"都办完啦，你们没事啦。走吧。欢迎来到墨西哥。好好玩。把钱看好。小心驾驶。我是以个人身份对你们这么说，我叫瑞德，每个人都叫我瑞德。有事找瑞德。吃好。别担心。一切都好。在墨西哥玩好并不难。"

"耶！"迪恩的身体颤抖着，我们迈着轻柔的脚步走到了街的对面。我们把车子停好了，我们3人并肩走在西班牙语街上，走到昏黄的灯光中。暗夜中，老头子们坐在椅子上，看上去就像瘾君子和圣哲。实际上，没人看我们，然而，每个人都意识到了我们的每个举动。我们突然左转走进烟雾缭绕的餐馆，一台美国30年代的自动点唱机播放的南美草原吉他曲迎面而来。只着衬衫的计程车司机和头戴草帽的墨西哥嬉皮士坐在凳子上，大口吞咽样子不怎么好看的玉米饼、煮豆子、煎玉米卷之类的东西。我们买了3瓶冰镇啤酒——塞尔贝沙①——约30美分一瓶，按美币算，10美分一瓶。我们买了几包墨西哥香烟，6美分一包。我们不停盯着我们那堆叫人高兴的墨西哥钞票，花得可真快啊，摆弄着，朝四周看，对每一个人微笑。我们身后是整个美国，是我和迪恩以前对生活、对在路上的生活的一切感悟。我们终于在路的尽头找到了这片魔幻之地，我们从未想过这魔幻的范围。"想想那些彻夜不睡的家伙，"迪恩小声

---

① 音译，即西班牙语中的"啤酒"。

说，"想想我们前面那块辽阔的大陆，我们在银幕上看到的那些巨大的马德雷山脉，一路上的丛林，一整片如我们美国那么大的沙漠高原，直抵危地马拉和天知道的什么地方，啊！我们怎么办？我们怎么办？我们走吧！"我们出离餐馆，回到车上。我们在格兰德大桥散发出的热光下，朝美国投去最后的一瞥，然后转身，挡泥板也跟着转了过去，轰隆隆地开走了。

顷刻间，我们便来到了沙漠上，行了50英里，不见一盏灯，不见一辆车。然后，黎明降临在墨西哥湾上，我们开始看到四面八方都晃动着丝兰仙人掌和烛台仙人掌的鬼影。"好野的国家！"我大声喊道。我和迪恩完全清醒了。在拉雷多，我们还半死不活的。以前去过国外的斯坦在后座上安静地睡着。整个墨西哥展现在了我和迪恩眼前。

"喂，塞尔，我们正将一切抛在身后，进入一个新的阶段。把所有的岁月、麻烦、欢乐抛掉——才有了今天这个局面。这样，我们就可以踏踏实实地什么都不用想，只是朝前走，我们的脸这样伸着，明白没，真实而坦诚地说，就是用别的美国人之前没有用过的方式理解这个世界——他们就在那里，在没？墨西哥战争。推着加农炮直抵这里。"

"这条路，"我对他说，"也是从前的美国亡命徒越过边界抵达古老的蒙特雷常走的路线，因此，如果你朝外看那片灰色的沙漠，想象某个以前的图姆斯通恶棍的鬼魂，独自一人骑马逃亡进入未知的地域，还可以看到……"

"这个世界，"迪恩说，"我的老天！"他用力拍打着方向盘大声叫道，"就是这个世界！如果有路的话，我们可以直奔南美。想想看！婊子养的！真他妈爽气！"我们朝前猛冲。黎明马上来临，我们开始看到沙漠里的白沙和远处路旁稀落的小屋。迪恩放慢车速看它们。"伙计，好破的小

283

屋，只有在死谷①和更恶劣的地方才能看到。这些人不在乎外表。前路上的第一座城市，在地图上有所标识的，叫作萨宾纳斯黑达尔戈。我们渴望到达那里。"这条路和美国的没有一点分别，"迪恩大声喊道，"只有一个疯狂的不同点，注意到没，就在这里，里程标上写的是公里，标出了距离墨西哥城还有多远。瞧见了没，就好像它是整个墨西哥唯一的城市，所有的箭头都指向它。"距那座大城市仅剩767英里，换算成公里，这个数字要超过1000。"他妈的！我得跑了！"迪恩叫道。我早已筋疲力尽，一时闭上双眼，不断听到迪恩猛砸方向盘，嘴里还念念有词："他妈的！真他妈爽！哦，这国家可真棒！耶！"我们穿过沙漠，早晨7点左右抵达萨宾纳斯黑达尔戈。我们完全放慢车速，欣赏城市风景。我们叫醒了后座上的斯坦。我们坐在座位上，挺直身体看。大街上泥泞不堪，遍布坑洞。两侧都是肮脏破败的土坯墙面。驴子驮着东西在街上走。光脚的女人从黑漆漆的门洞里注视我们。街上完全挤满行人，墨西哥乡下的一天开始了。留着翘八字胡的老头子盯着我们。看到我们这三个胡子拉碴、衣衫褴褛的美国小伙儿，而不是平日里那些衣着入时的游客，激起了他们特别的兴趣。我们以每小时10迈的速度一停一蹿地走在大街上，将一切尽收眼底。一群姑娘径直朝我们走来。我们蹿过去时，其中一个说："伙计，去哪儿？"

我一脸惊讶地扭头看着迪恩："你听到她刚才说什么了吗？"

迪恩惊得目瞪口呆，继续缓慢开车，说："是的，我听到她说什么了，我他妈的的确听到了，哦，我的天，哦，我的天，今天早晨，我太兴奋、太快活了，都不知道该做什么好了。我们最终抵达了天堂。再没有比这里更酷、更棒的地方，这里不是别处，正是天堂。"

我说："既然这样，我们回去拉上她们！"

---

① 美国西南部内华达山脉东侧谷底，是世界上最低、最干旱的地区之一。

"行。"迪恩说完以每小时5迈的速度继续朝前开。他兴奋得不能自已，无须做在美国通常会做的那种事。"路上有几百万个姑娘呢！"他说。话虽这么说，他还是来了个U字形转弯，又从那群姑娘身旁过去了。她们正要去地里干活儿，冲着我们微笑。迪恩用坚定的目光注视她们。"他妈的，"他压低声音说，"哦，这简直太棒了，不可能是真的。姑娘，姑娘。特别是现在，在我人生的这个阶段、这种情况下，塞尔，我们开车经过这些房子的时候，我一直在看里面的情景——这些棒棒的门口，你朝里面看，能看到草床，棕色皮肤的小孩子正在睡觉，有的受了惊扰，就要醒了，他们在睡觉，脑子里空空的，思想正在冻结，自我正在出现，母亲在用铁罐做早饭，看看他们的百叶窗，还有那些老头子，那些老头子酷死了，帅呆了，不受任何事物的干扰。这里没有怀疑，没有那种东西。每个人都很酷，每个人都用那样的不露感情的棕色眼睛看你，什么也不说，只是看，在那种目光中，人类的一切特点都变得温和了，安静了，却仍在那里。看看你读过的那些关于墨西哥、睡觉的外国佬的愚蠢故事，都是瞎扯淡——关于墨西哥佬的垃圾故事等——统统是垃圾，这里的人们诚实、友好、不吹牛皮。这一切让我惊讶不已。"迪恩是在暗夜中的野路上长大的，就是为了看这个世界而生。他伏在方向盘上，朝两侧看，开得很慢。我们在萨宾纳斯黑达尔戈的另一边停下加油。这里有一群头戴草帽、留着翘八字胡的当地农场主，在破旧的加油泵前面又叫又闹。农田对过，一个老头子正在缓慢而行，他用枝条当鞭子，前面有一头驴子。无比纯净的太阳升起来了，照耀着古老的人类活动。

现在，我们继续赶往蒙特雷。冰雪覆盖的大山伫立在我们眼前，我们快速向它们驶去。一条峡谷变宽，蜿蜒攀上一个山口，我们顺谷而行。几分钟后，我们驶离遍布牧豆树的沙漠，在凉爽的空气中，沿着一条公路朝上爬，悬崖边上有一堵石壁，上面有用石灰水写的总统的名字，字体很大——阿莱曼！我们在这条高高的山路上没有碰到一个人。

公路穿行于云朵之间，一路带着我们抵达山顶上的高原。高原对面，制造业大城蒙特雷的烟雾冲向蓝色的天空，与清晨墨西哥湾上空那羊毛般的巨大云块混在一起。驶入蒙特雷，就像驶入底特律，周围都是又高又长的厂墙，只不过厂墙前面的草地上有驴子在晒太阳，城里的坏屋有着厚厚的墙，数千个狡猾的嬉皮士在门口晃荡，妓女朝窗外看，奇怪的商店里可能什么都卖，狭窄的人行道上人满为患，看上去个个都像香港人。

"呀！"迪恩叫道，"万物都在那个太阳的照耀下。塞尔，你见过墨西哥的这个太阳吗？它让你兴奋。哦！我想一直走下去——这条路会带我前行！！"我们提到在热闹的蒙特雷停下，但迪恩特想尽快抵达墨西哥城，况且，他知道这条路会越来越有趣，特别是前头，更有趣的事物总在前头。他像恶魔那样开车，永不停歇。我和斯坦早已筋疲力尽，不再坚持，睡了。出了蒙特雷，我朝天上望去，在古老的蒙特雷的那一边，看到了巨大怪异的双子峰，再朝那边走，就是亡命徒的逃亡之地。

蒙特莫雷洛斯就在前面，再次驶入一条下坡路，抵达更热的高地。天气变得极度炎热而奇怪。迪恩激动地叫醒我看这个。"快看，塞尔，你绝对不能错过。"我看了。我们正在穿越沼泽地，路旁，每隔一段坑坑洼洼的路，都有衣衫褴褛的怪异墨西哥人走过，绳子做的腰带上悬着砍刀，有些在砍灌木丛。他们都停下来面无表情地注视我们。在杂乱的灌木丛中，我们不时看到茅草屋，墙是竹墙，类似非洲风格，其实只是用棍子、树枝搭造的。怪异的小姑娘，肤色黑得像月亮，从神秘的绿树遮阴的门口注视我们。"哦，伙计，我想停下，和这些小可爱一起搓弄大拇指，"迪恩喊道，"不过，要注意她们的老妈或者老爸总在附近——一般在后院，有时那院子长100码，正在捡树枝、木头或者照看牲口。他们从不孤独。这个国家的人从不孤独。你睡觉的时候，我一直看这条路、这个地方，伙计，我要是能把心里想的都告诉你该有多棒！"他在流汗。他的眼里布满红色的血丝，透着疯狂，同时沉静而温柔——他发现了和他一样的人。我们以每小时45迈的速度平稳而快速地穿行在这片无边无际的沼泽地中。"塞尔，我觉得这个地方好久都不会变。你开吧，我睡一会儿。"

我接手开车，一边开，一边想美事，车子驶过利纳雷斯，驶过炎热、平缓的沼泽地带，穿过伊达戈尔附近潮热的索托马里纳，继续向前。一条覆盖着繁茂林木的丛林大山谷，两旁都是长长的葱绿的庄稼，在我的面前敞开了。一群群的人站在一条狭窄的古桥上看着我们经过。热河在流淌。然后，我们一直向上走，又开始看到一个沙漠村落。格列高利市就在前面。他俩在睡觉，我手握方向盘，在漫无边际的幻想中孤独地徜徉，路像箭一样直。不像开车驶过卡罗莱纳、得州、亚利桑那或者伊利诺伊，却像穿越整个世界，驶入某个地方，在那里，在世界上的印第安农民当中，我们最终会认识自己，认识人类的基本原始本性，哀号的印第安人遍及半个地球，从马来亚（中国的长指甲）到辽阔的次大陆印度，到阿拉伯半岛，到摩洛哥，再到同样遍布沙漠和丛林墨西哥，越过大海的波浪，抵达波利尼西亚，再到遍布黄袍的神秘泰国，不停环绕，这样，你就可以听到西班牙的破败的城墙发出的同样的哀号声，就可以听到世界之都贝纳拉斯深处方圆12000英里内的悲歌。这些人显然都是印第安人，一点都不像愚蠢、文明的美国人传说中的佩德罗斯人和帕乔斯人——他们有着高高的颧骨，眯缝着的眼睛，行事温和；他们不是傻瓜蛋，他们不是小丑；他们是伟大、严肃的印第安人，是人类的始祖，是人类之父。大海的波浪属于中国，但地球是印第安人的。正如石头在沙漠中的重要作用，他们就处在"历史"的沙漠中。当我们这些假模假样、妄自尊大、阔气的美国人在他们的地盘里玩闹，经过他们身旁时，他们是明了这一点的，他们知道谁才是父亲，谁才是地球上古老生命的儿子，却什么都不说。因为，当"历史"世界毁灭，印第安农民的启示，像以前屡次出现的那样，再度应验，人们就会从墨西哥的洞穴中，从巴厘岛上的洞穴中，仍用同样的目光注视这一切，那里是万物生成之处，是亚当吃奶、受教的地方。我驱车驶入炎热、太阳炙烤的格列高利市时，心里想到的就是这些。

当初在圣安东尼奥时，我曾开玩笑地向迪恩许下诺言，要给他找个姑娘。这事有可能实现，却不容易。我把车停靠在阳光灿烂的格列高利附近的一个加油站，一个小伙子，光着脚，拿着一块巨大的挡风玻璃遮阳板从路对面走了过来，问我要不要买。"喜欢吗？60比索。你会说西班牙语吗？60比索。我叫维克多。"

我开玩笑说："不要，我要姑娘。"

"没问题，没问题！"他兴奋地叫道，"我给你找姑娘，随时都行。现在太热了。"他厌恶地补充道，"大热天没有好姑娘。等今晚吧。你要遮阳板吗？"

我不想要遮阳板，却想要姑娘。我叫醒迪恩。"喂，伙计，当初在得州，我对你说要给你找个姑娘——好啦，活动活动筋骨，起来吧；有姑娘等着我们呢。"

"什么？什么？"他大叫一声跳起来，瞪着眼睛喊道，"哪儿呢？哪儿呢？"

"这个叫维克多的小伙子会带我们去。"

"那行，我们走吧，我们走吧！"迪恩从车上跳下来，紧紧握住维克多的手。加油站周围还有一群别的孩子在晃荡，个个咧嘴笑着，半数光着脚，都戴着松松垮垮的草帽。"伙计，"迪恩对我说，"这样过一个下午才爽呢。比丹佛的台球厅酷多了。维克多，你有姑娘吗？哪儿呢？哪儿呢？"他用西班牙语大声说道，"塞尔，瞧瞧，我在说西班牙语呢。"

"问问他能弄到大麻吗。嘿，小伙子，你有大——大——麻——麻吗？"

小伙子认真地点点头。"当然有啦，随时都有。跟我来。"

"嘿！啊！呼！"迪恩吼道。他完全清醒了，在那条让人昏昏欲睡的墨西哥大街上上蹿下跳。"我们走吧！"我把好彩牌香烟拿出来，分发给别的孩子们。他们从我们身上获得了很大的快乐，特别是从迪恩身上。他们把双手窝成杯状，交头接耳，哇啦哇啦地不停议论着这个美国疯小子。

"塞尔，瞧瞧他们，在说我们呢，在看我们呢。哦，我的天，这个世界真带劲！"维克多上了车，车子朝前一蹿，我们走了。斯坦·谢泼德一直在沉睡，这会儿也被这种疯狂的场面吵醒了。

我们到了城另外一侧的沙漠中，拐上一条满是车辙的路，车子从未颠簸得这么厉害。维克多的家就在前头。房子在一片长满仙人掌的平地的边上，有几棵高过仙人掌的树，其实就是一个用坯垒起来的"饼干箱子"，院子里有几个人在晃荡。"那些人是谁？"迪恩兴奋不已地叫道。

"是我兄弟。我妈也在。我妹妹也在。是我家人。我结婚了，我住城里。"

"你妈呢？"迪恩有些害怕了，"大麻这件事，她会怎么说？"

"哦，她帮我弄。"我们在车里等着，维克多下了车，大步走入院子，和一位老妇人嘀咕了几句，老妇人立即转身，去屋后的菜园，开始捡从大麻上摘下来放在沙漠的太阳底下晒干的大麻叶子。在此期间，维克多的兄弟们坐在一棵树下咧着嘴笑。他们想过来和我们打个招呼，但过了一会儿才站起身走了过来。维克多甜甜地笑着回来了。

"伙计，"迪恩说，"那个维克多是我这辈子遇见的最讨人喜欢、最迷人、最疯狂、最棒的小家伙。瞧瞧他，瞧瞧他慢慢走路时那酷酷的样子。这里用不着着急忙慌的。"沙漠微风不断吹进车内。热死了。

"看出有多热没？"维克多在前面挨着迪恩坐下，指着头上发烫的福特车顶说，"吸了大——麻就不热了。你等着。"

"好的，"迪恩说着调整了一下墨镜，"我等着。我当然得等着啦，我的维克多老弟。"

维克多那个高个子的哥哥很快便拿着一堆用报纸裹着的大麻叶子慢悠悠地过来了。他把那东西朝维克多大腿上一扔，闲适地靠在车门上，冲着我们点头、微笑，说了句"你们好"。迪恩也冲着他友好地点头、微笑。没人说话，感觉很好。维克多开始卷大麻烟，卷得像个大炸弹似的，没人见过这么大的家伙。他最后卷（用棕色的包装纸）成了一根巨大无比的花冠雪茄。真够个儿。迪恩盯着那东西，眼睛都快凸出来了。维克多漫不经心地把雪茄点上，传递给别人抽。抽这种东西就像靠在一根烟囱上从里面吸气一样。烟雾窜进喉咙，砰的一声炸开，冒出一大股热气。我们屏住呼吸，吞吐几乎同时进行。我们很快便抽兴奋了。我们额头上的汗水凝固了，好像突然去了阿卡普尔科似的。我朝后车窗外望去，维克多的另外一个哥哥，也是最怪异的一个——一个身材高大的印第安秘鲁人，肩上有一条彩带——正靠在一根柱子上咧嘴笑，人太腼腆，不敢过来和我们握手。好像车子周围都是维克多的兄弟，因为又有一个出现在了迪恩身旁。然后，最奇怪的事情发生了。每个人都变得极其兴奋，那种惯常的拘谨随之消失，大伙儿立即将注意力集中到了感兴趣的事情上来，最奇怪的一幕出现，一群墨西哥人和美国人竟在沙漠中一起喷云吐雾抽大麻烟，更怪的是，近距离看到另外一个世界的人的脸庞、皮肤上的毛孔、手指上的老茧和害羞的颧骨。因此，这些印第安兄弟开始低声谈论我们，说长道短；你看到他们在看，在比较，互相对照、修正或者更改对我们的印象。"耶，耶。"与此同时，我和迪恩也在用英语对他们品头论足。

"你想看看后院那个始终没有离开那根柱子，始终在快乐、腼腆地微笑着的奇怪兄弟吗？还有我左边这个，年纪大一些，更自信，却一脸愁容，好像受了什么挫折，好像城里的流浪汉，而维克多已经体面地结婚了——看出来没，他就像一个该死的埃及国王那样风光。这些家伙可真带劲。从没见过这种人。他们在谈论我们，对我们感到好奇，看出来没？就像我们在谈论他们，只是他们谈论的内容不一样，他们感兴趣的地方很可能是想弄明白我们为什么要这样穿衣服——和我们的兴趣点一样，真的——但他们觉得最奇怪的是我们车里的这些东西，我们笑的样子也和他们很不一样，甚至连我们闻气味的方式也和他们不同。然而，我还是很想知道他们在说我们什么。"迪恩试了一下。"嘿，维克多老弟——你兄弟在说我们什么呢？"

维克多转过头去，用他那双悲伤、高傲的棕色眼睛看着迪恩。"耶，耶。"

"不，你没听懂我的问题。你们在聊什么呢？"

"哦，"维克多很不安地说，"你不喜欢这根大麻烟吗？"

"哦，耶，棒得很！你们在说什么呢？"

"说？是的，我们在说话。你觉得墨西哥怎么样？"没有共同的语言很难聊到一块去。每个人又变得安静、冷酷、兴奋了，享受着从沙漠中吹过来的微风，长久地沉思着各自不同的关于国家、种族和个人至高永恒的事。

该去找姑娘了。几个兄弟慢悠悠地回到树底下各自原有的站立位置上，母亲站在向阳的门口看着，我们一路颠簸着慢慢返回城里。

但现在，这颠簸不让人那么难受了，变成了世上最美好、最优雅、如波浪般不断起伏的旅行，就像漫游在蓝色的大海上一般，迪恩的脸上泛满了不自然的光亮，就像金子一样，他给我们讲这车的弹簧是怎么回事，他还是第一次和我们说这个，又让我们仔细体会这次旅行。我们一上一下颠簸着朝前走，就连维克多也懂了是怎么回事，不由得笑了。然后，他指着左侧，让我们看哪边才能找到姑娘，迪恩的快活难以形容，他朝那边看着，向那边倾着身子，轻松流畅而坚定地转动方向盘，拉着我们朝目的地赶去，同时感受着维克多说话的欲望，他快活又夸张地说着："是的，当然啦！我的心中没有任何疑虑！毫无疑问，伙计！哦，真的！哦，呸，噗，你说的我最爱听！当然啦！耶！说下去吧！"维克多听迪恩这么说，便一本正经地用优美、流畅的西班牙语说开了。有那么疯狂的一刻，我觉得迪恩靠着容颜焕发的喜悦所激发的纯粹的疯狂洞察力，和突然出现的令人难以想象的启示般的天赋，听懂了维克多说的一切。也是在那一刻，他看上去简直和富兰克林·德拉诺·罗斯福一模一样——我那明亮的眼睛里和浮游的大脑中的某种错觉——让我忍不住从座位上挺直身子，目瞪口呆地喘息。在圣光所引发的无穷无尽的刺痛中，我只好挣扎着仰视迪恩的身影，他看上去就像神。我兴奋得难以自持，只好把脑袋靠在座位上；车的颠簸将狂喜注入我的整个身体，令我不由得浑身颤抖。一想到看到车窗外的墨西哥——此刻它在我的大脑里变成了别的东西——就好像从某个光辉灿烂的神秘宝箱旁朝后退一样，你的双眼向内收缩，你不敢朝宝箱里面看，而且，箱子里的宝贝太多了，一次根本带不走。我大口大口吸气。我看到金色的溪流从苍穹中流淌而下，刚好穿过这辆可怜的旧车的烂顶，直接穿透我的眼球，进到里面；金色的溪流无处不在。我看到了窗外那滚烫、阳光普照的街，又看到一个女人站在门口，我想她听到了我们说的每一个字，不住地点头——都是因为吸食了大麻才有了这样的通常会出现的妄想幻觉。但那股金色的溪流仍在流淌。有很长一段时间，在我的潜意识中，我忘记了我们在做什么，过了一会儿才想起来，那时我刚从火和沉寂中抬起头来，就像从沉睡中苏醒过来面对这个世界，或者从虚空中苏醒过来面对某个梦境一样，他们告诉我，我们停在了维克多的家门口，他早已抱着幼小的儿子来到了车门旁边，让我们看。

"看到我的孩子了吗？他叫佩雷斯，刚6个月。"

"哦。"迪恩的脸仍处于变形状态，透着极度的快乐，甚至是狂喜。

"他是我见过的长得最好看的孩子。瞧瞧他那眼睛。喂，塞尔，斯坦，"他说着扭过脸去看着我们，态度严肃而温和，他说，"我想让你们特——

特——别——别注意我们这位墨西哥棒朋友维克多这个年幼儿子的眼睛，注意他是如何靠着他那特别的心灵之窗，也就是眼睛，一步步长大成人的，这双眼睛这么漂亮，肯定能够受到神的启示做出预言，它们象征着最美的灵魂。"迪恩说得漂亮，孩子长得也漂亮。维克多忧伤地看着他的天使。我们都希望有一个这样的孩子。我们的注意力都集中到了孩子的灵魂上，他好像觉察出了什么，做了个鬼脸，便痛苦起来，我们无法安抚他那莫名的悲伤，因为它回溯得太远了，进到了无数的神秘和时间中。我们什么办法都试了，维克多抚弄着他的脖子，安慰他，迪恩学鸽子咕咕叫，我走过轻拍孩子的小胳膊。他哭号得越来越厉害。"哦，"迪恩说道，"维克多，真对不起，我们让他难过了。"

"他不难受，小孩子嘛，总要哭的。"在维克多身后的门洞里，害羞得不敢出来的，是他那赤脚的小妻子，正焦急而温柔地等着把孩子交还到她那无比温柔的棕色臂弯里。维克多让我们看过了他的孩子，回到车上，骄傲地指了指右边。

"好的。"迪恩说着把车子拐过去，穿行在了阿尔及尔式的狭窄街道上，四面都是人脸，带着些许惊讶，注视着我们。我们到了妓院。房子墙面上涂着灰泥，在金色的阳光下，显得很气派。街上，靠在妓院的窗户上的，是两个警察，穿着松垂的裤子，显得又困又乏，我们进去的时候饶有兴趣地扫了我们一眼，我们在里头寻欢作乐，他俩就在那里待着，一直待了整整3个小时，后来，黄昏时，我们出来了，在维克多的请求下，给了他俩每人24美分，就算是走走形式。

我们在里头找到了姑娘。有的在舞池对面的沙发上靠着，有的在右侧的长吧台旁狂饮。屋子中间，穿过一道拱形门，里头就是一个个的小隔间，就像市里的公共海滩上换泳衣的那种地方。这些小隔间都在院子里，都沐浴在阳光下。老板在酒吧后面，是个小伙子，听说我们想听曼波舞曲，赶紧拿着一堆唱片跑了出来，大都是佩雷斯·普拉多①的，放在了大喇叭上面。整个格列高利市瞬间都能听到有人在这座舞厅里狂欢。大厅里，吵闹的音乐声——因为在自动点唱机上听音乐就得将声音放大，这本来就是机器设计的初衷——躁得实在叫人受不了，一时间，我、迪恩，还有斯坦都被震坏了，但也认识到我们从来不敢尽情地把音乐放这么大声，而这震耳欲聋的声响正是我们想要的。那轰轰的声音颤抖着径直朝我们扑过来。过了几分钟，半城的人都站到了窗前，看着这几个美国人和姑娘们跳舞。他们在肮脏的人行道上，和警察们肩并肩站在一起，冷漠地、若无其事地斜着身体朝里面观瞧。《再搞几场曼波舞会》《曼波查塔努加》《第8号曼波舞曲》——这些精彩的曲目剧烈地回荡在这个金色神秘的午后，如同你在世界末日和耶稣复临时渴望听到的那种声音。小号的声音太大了，我觉得在沙漠中都能听得很清楚，不管怎么说，那里正是小号的起源地。鼓声实在疯狂。曼波舞曲的节奏就是刚果康茄舞曲的节奏，是非洲以及世界的河流，是真正的世界节奏。嗡——哒，哒——噗——砰——嗡——哒，哒——噗——砰。大喇叭里放出的钢琴演奏的片段像阵雨一样倾泻在我们身上。那支疯狂的《曼波查塔努加》舞曲快要结束时，小号最后一次奏出主题曲，与此同时，康茄鼓与小手鼓的节奏也达到顶点，迪恩一时间僵在原地，直到浑身颤抖，汗水直流；然后，几只小号同时奏出让人昏昏欲睡的回响颤音，就像在大洞穴和岩洞中回荡一样，他的眼睛睁得又大又圆，就像看到了魔鬼，随后闭上。我自己被这声音搞得就像个小木偶那样浑身战栗不止，我听到小号声在抽打我看到的那道光，在我的靴子里颤抖。

伴着快节奏的《曼波舞会》，我们和姑娘们疯狂跳舞。我们在极度的

---

① 佩雷斯·普拉多（1916—1989年）：古巴大乐队领袖、钢琴家、作曲家，被称为"曼波舞曲之王"。

兴奋中开始看出她们的不同个性。她们都是很棒的姑娘。奇怪的是，最疯狂的那个是印第安人和白人混血，从委内瑞拉来的，年仅18岁。她看上去像是良善人家的女子。她那么年轻，脸蛋儿那么娇嫩，长得又那么漂亮，却为何要来墨西哥当妓女，这其中的缘由只有上帝知道了。某种莫大的悲伤让她走上了这条路。她疯了似的喝酒。看着她就要把杯中的残酒汩汩喝光了，没想到却把酒泼在地上。她不断把酒杯打碎，想的是让我们尽量多花钱。她大下午的穿着一件薄薄的浴袍，和迪恩疯狂跳舞，还缠着他的脖子不肯放手，百般恳求的言语都说出了口。迪恩已是酩酊大醉，不知道应该先做什么，是先干这个姑娘，还是先跳曼波舞。他们跑进了小隔间。我被一个姑娘缠住了，这姑娘长得又胖又叫人讨厌，还领着一条小狗，这狗总想咬我，所以我很不喜欢它，胖姑娘见状，马上对我怒目而视。她做出了妥协，把那狗弄到了后院，但等她回来的时候，我早就被另外一个姑娘勾上了，这个姑娘长得比她强，却不是最漂亮的，像水蛭一样，紧紧搂着我的脖子不放。我想挣脱开，去找一个16岁的黑人姑娘，这个姑娘身穿超短裙，正忧郁地坐在大厅对过的一个入口处，查看自己的肚脐眼。我无法挣脱。斯坦找了一个15岁有着杏仁色皮肤的姑娘，这个姑娘穿着一条裙子，整条裙子只在腰部位置扣着纽扣，其他部位全露。简直太疯狂了。至少有20个人趴在那扇窗户上朝里头看。

那个黑人（其实不算黑，只是肤色很深）小姑娘的母亲一度走进舞厅和女儿进行了一次简短却忧伤的交谈。我看到这一幕羞愧难当，再不敢去找我想要的那个姑娘了。我让那只"水蛭"拽着我到了后面，在那里，就像做梦一般，我们伴着屋内更加狂躁的音乐声，在床上折腾了半个小时。那屋子呈方形，墙是木板条做的，没有顶子，一个角落里摆放着一尊圣像，另外一个角落里摆放着一个洗手盆。姑娘们在黑漆漆的过道里不停喊着："拿热水来，拿热水来！"斯坦和迪恩也不见了踪影。我的姑娘要价30比索，折合美元3.5元，又加价15比索，哇啦哇啦地给我讲了一个长篇故事。我不知道墨西哥货币的价值,只知道自己有100万比索。我把钱扔给她。我们急匆匆赶回去跳舞。街上聚集的人更多了。那两个警察还像以前那样无聊得不行。迪恩那个漂亮的委内瑞拉姑娘拽着我走过一道门,进入另外一间奇怪的酒吧,显然也是妓院开的。在这里,一个年轻的酒吧侍者正一边说话,一边擦拭酒杯,一个留着翘八字胡的老头子坐在椅子上认真地说着什么。这里也有一个大喇叭,曼波舞曲轰轰响着。好像整个世界都兴奋了起来。委内瑞拉姑娘紧紧搂着我的脖子,求我给她买酒喝。酒吧侍者一杯都不给她喝。她反复哀求,等给了她一杯,她却把酒泼在地上,这次不是故意的,因为我看到她那双可怜、迷惘、凹陷的眼睛里露出了懊恼。我对她说:"放松点,宝贝儿。"我不得不把她搀扶到椅子上坐下;她老是滑下来。我可没见过比她醉得更厉害的女人,她才18岁啊。我又给她买了一杯,她拽着我的裤子哀求我。她一饮而尽。我可没那个心情干她。我那个姑娘30岁,更懂得照顾自己。委内瑞拉姑娘在我的怀里痛苦地扭动身体,我真想把她拽到后面,扒光她的衣服,只是跟她说说话——我就是这么想的。我兴奋不已,想同时要她和另外那个黑皮肤的小姑娘。

可怜的维克多背对吧台始终在铜制横杆上靠着,看着自己的三个美国朋友尽情狂欢高兴地上蹿下跳。我们给他买了酒。他的眼睛冲着一个女人放光,但他忠于自己的妻子,什么样的女人都不肯要。迪恩扔给他一把钱。在这疯狂的混乱中,我趁机看迪恩兴奋到了何种程度。他疯了,我凝视他的脸时,他并不知道我是谁。他总在说:"耶,耶!"狂欢似乎永远都不会结束,就好像一个发生在来世的某个下午的漫长、幽灵般的阿拉伯梦——阿里巴巴、小巷和高级妓女。我和我的姑娘又冲进了她的小房间,迪恩和斯坦交换各自玩过的姑娘,一时间不见了踪影,那些看热闹的,要想继续欣赏节目,只好再稍等片刻了。那个下午变得漫长而凉爽。

古老迷人的格列高利很快就要迎来神秘的黑夜。曼波舞曲一刻也不肯松懈，疯狂的音乐声一直持续下去，就像一次没有尽头的丛林旅程。我无法将目光从那个黑皮肤的小姑娘身上和她那女王般的走路姿态上挪开，那个满脸怒气的酒吧侍者甚至强迫她干卑贱的活儿，比如给我们端酒，打扫后台。在那里的所有的姑娘当中就她最需要钱，她母亲或许找她来要钱养活她那年幼的弟弟妹妹。墨西哥人穷。我始终没有想过走到她跟前给她一些钱。我觉得她拿钱的时候会带着某种程度的鄙视，她这样的人鄙视地看着我会让我退缩。在我的疯狂状态下，在这短短的几个小时中，我真的爱上了她，那是掠过我心头的同样的痛苦和刺痛，同样的叹息，同样的疼痛，最重要的，是同样的不情愿、不敢靠近她。奇怪的是，迪恩和斯坦也没有靠近她，正是她那无可指责的高贵才让她在这座疯狂的古老妓院里显得楚楚可怜，想想这一点吧。我一度看到迪恩像一座雕像那样朝她俯下身体，准备飞奔过去，但她冷酷而傲慢地朝他这边扫视时，困惑便显现在了他的脸上，他便不再揉搓自己的肚子，张着大嘴，最后垂下了头。因为她是女王。

　　就在这时，维克多在喧闹中突然抓起我们的胳膊，疯狂地做着手势。

　　"出什么事了？"他想方设法让我们明白出了什么事。然后，他跑到吧台那边，从酒吧侍者那里要来账单，那个侍者还对他怒目而视，他把账单拿过来让我们看。账单显示，我们已经消费了300多比索，也就是36美元，这笔钱在随便哪个妓院来说都不算一个小数目。可我们还是晕晕乎乎的，不想走，虽然都折腾得筋疲力尽了，却还想和我们的漂亮姑娘在我们于这条无比艰辛的路的尽头终于发现的阿拉伯天堂中缠绵。但夜幕就要降临，我们必须朝目的地走下去，迪恩明白这个，开始皱眉、思索、竭力让自己清醒过来，最后，我提出了一走了之的想法。"伙计，前头玩耍的地方多着呢，你不会有什么损失的。"

　　"说得好！"迪恩大喊一声，转过头去，用他那双眼珠变成灰白色的眼睛看着那个委内瑞拉姑娘。她终于醉了过去，躺在一条木制长椅上，白生生的大腿从丝绸浴袍下裸露着。趴在窗户上看热闹的那些人算是一饱眼福了，在他们身后，红色的暗影开始鬼鬼祟祟地爬上来，在突然出现的寂静中，我听到有个孩子在某个地方哭泣，这才想起我终究在墨西哥，并不在天堂般的淫荡大麻白日梦里。

我们踉踉跄跄地出去了，却把斯坦给忘了，赶紧冲回去，发现他正在以迷人的姿态对着几个刚来上夜班的妓女鞠躬。他想从头再来一遍。他醉了，就像一个身高10英尺的男子，每走一步路都很吃力；他醉了，扎在女人堆里不肯出来，怎么拽他都拽不走。而且，那些女人就像常春藤一样紧紧缠住他。他非要和几个新到的、更奇怪的、技术更高超的姑娘再待一会儿，再尝尝她们的滋味儿。我和迪恩拎起拳头，拍打他的后背，把他拖了出来。他一个劲儿地跟每一个人道别——姑娘、警察、看热闹的人、外面街上的孩子；他冲着欢迎他到此玩耍的格列高利城朝四面八方飞吻，骄傲地挤过拥挤的人群，想和人家说几句话，诉说他在生命中这个美好的下午所经历的快乐和爱。每个人都在笑，有的还拍了几下他的后背。迪恩冲过去，给了那两个警察4比索，同他们握手、咧着嘴笑、相互鞠躬。然后，他跳到车上，我们认识的那些姑娘，甚至连那个被这场闹哄哄的告别仪式吵醒的委内瑞拉姑娘也聚集到了汽车周围，她们穿着薄薄的衣裳，挤作一团，哇啦哇啦地同我们道别，吻我们，委内瑞拉姑娘甚至开始哭泣——虽然我们知道并不是因为我们，不全是因为我们，不过这样已经足够了，已经足够好了。我那个黑皮肤的心上人已消失在了屋内的黑暗中。一切都结束了。我们开车离开，花了100多比索寻欢作乐，这一天过得看上去并不算糟糕。那迟迟不肯离去的曼波舞曲又跟了我们几个街区才散。一切结束了。"再见啦，格列高利！"迪恩大喊一声，来了个飞吻。

维克多觉得我们了不起，也觉得自己了不起。"想洗个澡吗？" 他

298

问。当然，我们都想舒舒服服地洗一个。

他领着我们到了一个世界上最奇怪的地方——那是一座普通的美式风格的澡堂子，离城不过1英里，在高速公路旁边，一个泳池里都是玩水嬉闹的孩子，一个石头房子里有淋浴，几分钱就能洗一个，肥皂和毛巾从服务员那里取。而且，这里还是一个可怜巴巴的儿童乐园，里头有秋千和一个破烂的旋转木马，在褪色的红色夕阳的映照下，这里显得是那么奇怪，又是那么漂亮。我和斯坦拿了毛巾，直接冲到龙头底下，水冰凉冰凉的，洗完了，出来，整个人重新焕发了精神。迪恩不想洗淋浴，我们远远地看到他在那座令人伤心的公园对面，正和善良的维克多臂挽着臂漫步，滔滔不绝地、愉快地聊天，有时为了表明一种看法，甚至兴奋地朝维克多俯下身体，猛击自己的拳头一下。然后，他们继续臂挽着臂散步。同维克多道别的时候就要到了，因此迪恩趁机和他单独待一会儿，同时欣赏公园风景，获得对普通事物的看法，用独属于他的方式研究维克多。

维克多看到我们非走不可很伤心。"你们会回格列高利看我的，对吗？"

"当然啦，伙计！"迪恩说。他甚至承诺带维克多回美国，如果他想去的话。维克多说他得好好想想。

"我有老婆孩子——没有钱——我知道。"我们在车内朝他挥手告别，他那甜蜜、有礼貌的笑容在红色的阳光下闪耀着。在他身后是那座令人伤心的公园和孩子们。

六

出了格列高利马上转为下坡路，大树从路两旁冒出来，天色渐渐暗淡下去，树林里传来巨大的轰响，那是数十亿只蚊虫发出的声音，听上去就像是连绵不绝的厉声尖叫。迪恩"呼哧！"一声，打开车灯，却没亮。"啥！啥！他妈的！到底怎么搞的？"他拎起拳头猛砸仪表板，又对着它怒气冲冲地说话。"哦，天啊，我们得摸黑穿过这片丛林了，想想有多恐怖，只有对面来车，我才能看到亮光，可是哪有车！当然没车了，对不？哦，他妈的，这可如何是好？"

"就这么开吧。不行就回去吧，你说呢？"

"不，死了都不回去！我们走吧。我还能隐约看到路。我们会过去的。"此时，周围一片漆黑，我们穿行在蚊虫的尖叫声中，一股很浓烈的难闻的臭味降临了，几乎算得上是恶臭，我们想起来了，地图上显示，过了格列高利就是北回归线。"我们处在一个新的回归线上！难怪这么臭！快闻闻有多臭！"我把脑袋探出车窗，蚊虫冲撞在我的脸上，我侧耳倾听那风声，一声巨大的尖叫顿时响起。我们的车灯突然又好了，朝前伸着，照亮了下垂的藤蔓编就的结结实实的墙壁和高达百英尺的蛇形大树。

"婊子养的！"斯坦在后座上喊道，"真他妈爽！"他仍处于亢奋中。我们突然意识到他的兴致还是那么高，这片丛林和麻烦事根本影响不了他那快乐的灵魂。我们都开始大笑。

"去他妈的吧！我们就倒在这片该死的林地里算了，今晚就在这里睡，朝前开！"迪恩喊道，"老斯坦没事。老斯坦不在乎！那些女人和那支大麻让他兴奋得不得了，那些疯狂的、源自这个世界中的、叫人受不了的曼波舞曲响声震天，搞得我的耳膜现在还在跟着它们的节奏跳动——啊！他太兴奋了，知道自己在干啥！"我们脱掉T恤，个个袒胸露背，在丛林中呼呼直冲。看不到城镇，什么也没有，只有让人迷失的丛林，数英里数英里朝前蔓延，一直朝着城市的方向蔓延，天气越来越热，蚊虫的叫声越来越响，林木越来越高大，臭味越来越浓，到了最后，我们适应了这种臭味，还喜欢上了它。"我真想脱光衣服，在那片林子里滚来滚去，"迪恩说，"不，该死，伙计，等找到一个好地点我就这么干。"

利蒙突然出现在了我们眼前，那是一座丛林村镇，有几处棕色的灯光，暗影无处不在，头顶上是辽阔的天空，一群人正站在一堆杂乱的柴棚前面——回归线上的十字路口。

我们在那无法想象的温软的空气中停了下来。天气实在炎热，就像6月份的晚上待在新奥尔良某个烤面包师傅的火炉中一样。整条街，上上下下，一家家的人都出来了，都在黑暗中坐着聊天，偶尔有几个姑娘走过，但年纪太轻，只是觉得好奇，想看看我们长什么模样。她们都赤着脚，浑身脏兮兮的。我们靠在一家破旧的杂货店的木柱廊上，柜台上堆着成袋的面粉和刚刚摘下的菠萝，正在腐烂，苍蝇乱飞。此处有一盏油灯照亮，外面又有几处棕色的灯光，其余的地方都是黑暗，黑暗，黑暗。我们此刻自然累坏了，想马上睡觉，索性把车子开到一条通向镇子后面的土路上，朝前走了几码。热死了，根本睡不成。于是，迪恩找来一条毯子，铺在柔软、火热的沙路上，就要露宿街头。斯坦四肢伸着，躺在福特车的前座上，两边的门都开着，想透些凉风进来，却连一丝风都没有。我呢，坐在后座上汗水汇聚成的一个小水坑中，简直难受死了。我下了车，站在黑暗中摇摆身体。整个镇子瞬间都睡着了，唯一的声音便是狗的吠叫。我怎么睡得着？数千只蚊子把我们的胸脯子、胳膊和脚踝叮了个遍。然后，我灵机一动，跳上车的钢顶，伸开四肢，躺了下来。还有没有风，但钢顶透出丝丝凉意，把我背上的汗吸干了，数千只死虫子堆在我的皮肤上，我这才意识到，丛林会俘获你，你只能和它融为一体。我躺在车顶上，面朝黑暗的苍穹，就像夏夜里躺在封闭的行李箱中一样。我生平第一次体会到，天气不是触摸我、抚摸我、冻我，或者让我流汗，而是天气就是我。我和空气融为了一体。我睡觉时，细小的蚊虫汇聚在一起，像一阵阵轻柔的细雨那样不断洒在我的脸上，让我觉得愉快且舒服。天空中没有一颗星，完全看不到踪影，沉沉的。我的脸面朝天空暴露着，我能在那里躺上整整一夜，它也只会像一块低垂的天鹅绒帷幕那样盖着我，不会给我带来多大的伤害。死虫子和我的血混在一起，活着的蚊子又来咬别的地方，我浑身上下开始刺痛，散发出丛林一样的又热又臭的气味，从头发、脸蛋，到脚、脚趾都是如此。为了尽量少出汗，我把那件沾满蚊虫的T恤穿上，重新躺下。更黑的那条路上有一团黑影，那是沉睡中的迪恩。我能听到他打鼾。斯坦也在打鼾。

　　一道昏暗的亮光不时从镇子中闪过，那是警长在巡夜，手电筒不怎么亮，一个人在丛林的暗夜中嘟囔着。然后，我看到他那手电筒的亮光一蹦一跳地朝我们这边过来了，听到了他那落在沙地和草木上的轻柔的脚步声。他停下来，用手电筒晃了一下车子。他用颤抖、近乎抱怨却又极其温柔的声音说了句"Dormiendo?"然后指指路上的迪恩。我知道他说的是"睡觉"的意思。

　　"是的，在睡觉。"

　　"没事，没事。"他自言自语地说道，然后不情愿且忧伤地转身离开，又去一个人巡夜了。这么可爱的警察上帝在美国硬是造不出来。他不怀疑、不大惊小怪、不找麻烦：他是这座沉睡中的村镇的守护者，就这样。

　　我回到那张钢床上，伸开两只胳膊，不知道我的正上方是树枝还是开阔的天空，这无关紧要。我对着它张开嘴，深吸丛林中的空气。那不是空气，绝对不是，而是树木和沼泽地散发出的、能够感觉到的、有生命的东西。我睡不着。不知是在何处的灌木丛中，公鸡开始报晓。现在依旧没有风，没有露水，有的还是北回归线的沉重将我们都钉在大地上，我们属于大地，大地让我们感到刺痛。天空中依旧看不到黎明到来的迹象。我突然听到狗的狂吠刺破了黑暗，然后听到了微弱的咯噔咯噔的马蹄声。声音越来越近了。是什么样的疯狂的骑手会出现在这样的暗夜中呢？然后，我看到了一个鬼魂：一匹野马，白如鬼魂，四蹄飞起，奔驰在路上，径直朝着迪恩去了。野马身后有一群狗在狂吠厮斗。我看不到它们，它们是肮脏的丛林老狗，但那匹马洁白如雪，巨大无比，几乎可以说是闪着磷火，很容易就能看到。我并不为迪恩恐慌。那匹马看到了他，贴着他的脑袋飞奔过去了，像船一样驶过车身，轻轻地嘶叫，继续穿过镇子，在那群狗的纠缠下，咯噔咯噔地从镇子的另一头跑回了丛林，我只能听到微弱的马蹄声慢慢消失在了丛林中。那群狗安静了下来，蹲在地上舔弄自己。这是一匹什么样的马？这是什么样的神话？鬼魂？什么样的幽灵？迪恩醒过来时，我把这件事对他说了。他觉得我是在做梦。然后，他隐约回想起自己梦到了一匹白马，我告诉他那不是梦。斯坦·谢泼德慢慢醒了。稍微一动，我们就又是大汗淋漓。天色仍然一团漆黑。我叫道："我们把车启动，吹些凉风！我热死了。"

"好咧！"我们开着车，轰轰驶出镇子，继续沿着那条疯狂的高速公路朝前走，灰蒙蒙的黎明很快就来了，显露出深陷在路两旁的浓密的沼泽地，高大、孤独的爬满藤蔓的树在乱糟糟的树墩上面倾斜着身子。我们沿着铁轨旁边的公路飞驰了一会儿。奇怪的曼特城电台的天线出现在了前方，就好像我们正处在内布拉斯加。我们发现了一个加油站，加好了油，此时，丛林里的夜虫聚集成黑黑的一团不断撞向车灯，一大群一大群地扭动着身体，拍打着翅膀落在我们脚底下，有的翅膀长达4英寸，还有的看上去好可怕，有蜻蜓那么大，吃掉一只鸟绝对没问题，还有数千只叫声如大雁的巨大蚊子和各种叫不上名字的蜘蛛模样的虫子。我怕它们，在人行道上上蹿下跳；我最后回到车上，双手捂住双脚，害怕地看着它们聚拢在车轮周围飞舞。"快走啦！"我大叫一声。迪恩和斯坦全然不在乎这些虫子，他们很平静地喝了几瓶传教团牌汽水，还抬起腿在水冷却器旁踢它们。他们的T恤和裤子，和我的一样，都渗满血迹，被数千只死虫子染成了黑色。我们深深地闻着我们的衣服的气味。

"知道吗，我开始喜欢这种味儿了，"斯坦说，"我闻不到自己身上的味儿了。"

"这味儿真奇怪，真好闻，"迪恩说，"等到了墨西哥城我再把这件T恤换掉，我想把这味儿都吸到肚子里，记着它。"就这样，我们再次轰隆隆行驶在路上了，为我们那烘烤的热热的脸蛋儿制造一些凉风出来。

然后，山显现在眼前，从上到下都是绿色的。攀过这座山，我们就再度来到广阔的中心高原，准备朝着墨西哥城进发了。我们立即扶摇直上，到了海拔5000英尺处云雾缭绕的山口中，下面1英里远的地方就是流淌的黄色的河流。正是辽阔的莫克特苏马河。路上的印第安人的模样开始变得极为怪异。他们是一个单独的部族，属于山地印第安人，除了泛美高速公路，完全与世隔绝。他们身材矮小，喜欢蹲着，皮肤黝黑，牙齿都不好，背上背着巨大的包袱。在巨大的绿谷那头，我们在斜坡上看到了一小块一小块的农田。他们在这些小块地中上上下下，照管庄稼。迪恩开着车，以每小时5迈的速度朝前走，欣赏这种情景。"啊，我从未想到竟然会有这样的地方！"在最高的那个山顶上，大得完全可以和落基山脉的任何一个山顶相比，我们看到了香蕉林。迪恩从车上下来指指点点，走来走去，不停抚摸肚皮。我们此时正在一块岩架上，一座小茅屋悬在世界的悬崖边上。太阳制造出金色的迷雾，挡住了莫克特苏马河，现在我们高出它1英里多了。

小茅屋前面的院子里，一个3岁的印第安小姑娘嘴里含着手指正在那里站着，用一双棕色的大眼睛注视我们。"她这辈子可能都没见过以前有人在这里停车！"迪恩喘着气说，"嘿，小姑娘。你好吗？你喜欢我们吗？"小姑娘羞涩地把目光转到一旁，噘起了嘴。我们开始说话，她嘴里含着手指再次注视我们。"哎呀，我真希望能给她点东西！想想看，生在这块岩架上，又长在这块岩架上——这块岩架就代表了她全部的人生。她父亲很可能正拿着绳子在山谷里摸索着朝前走，从洞穴里采摘野菠萝，身体悬空80度砍柴，下面就是深渊。她永远永远都不会离开这里，永远对外界一无所知。这是一个种族。想想他们那疯狂的族长！他们的住所很可能远离公路，在悬崖那头，数英里远的地方，那里的人肯定更疯狂、更怪异，耶，因为泛美高速公路让这条路旁的印第安人多少变文明了。瞧瞧她那额头上的汗珠，"迪恩痛苦地做了一个鬼脸指着那小姑娘说道，"那汗和我们的不一样，那汗油乎乎的，总在那里待着，因为这里一年四季都是这么热，她根本不知道不出汗是个什么样子，她生来就流汗，死的时候也流汗。"她那小小的额头上的汗珠沉重而呆滞，动都不动，只是沾在那里，像质量上乘的橄榄油那样散发着亮光。"这对他们的灵魂肯定有很大的影响！他们关心、评算与渴望的事情肯定和我们的有很大的不同！"迪恩因为敬畏下巴耷拉着，以每小时10迈的速度开着车继续朝前走，渴望在路上碰到每一个可能会出现的人。我们不停向上攀爬。

我们越往上爬，空气越凉爽，印第安姑娘们头上、肩膀上披着方形披巾，走在路上。她们拼命向我们打招呼，我们把车停住观看。她们想让我们买水晶。她们那清纯的棕色大眼睛与我们对视，是那么热情，让我们对她们没有一丝一毫的性的念头；况且，她们还很年轻，有的11岁，但瞧上去差不多有30岁。"看看那些眼睛！"迪恩气喘吁吁地说。她们的眼睛就像圣母马利亚小时候的一样。我们在她们的眼睛里看到了耶稣那温柔、宽容的凝视。她们无所畏惧地盯着我们。我们用手擦擦我们那紧张的蓝眼睛，再次与她们对视。她们的眼睛里放射出忧伤、催眠似的光芒，依然能够将我们看透。她们说话时，突然变得疯狂，近乎愚蠢。她们沉默时，便做回自己。"她们最近才学会卖这些水晶，因为这条高速公路是大约10年前才修通的——在此之前，她们的整个族群肯定沉默无息！"

姑娘们在车子周围哇啦哇啦大声说话。有一个孩子特别热情，紧紧抓住迪恩那汗津津的胳膊不肯放手。她用印第安语大声说着什么。迪恩温柔地、近乎悲伤地说着："啊，好的，啊，好的，小宝贝。"他从车上下来，在后备厢后面的那个破行李箱里——还是那个受尽折磨的美国旧行李箱———通乱翻——拿出一块手表。他让那个孩子看这块手表。她快乐地抽泣着。然后，迪恩碰碰那个小姑娘的手，那意思是想要"她亲自在山中为我捡拾到的最甜美、最纯粹、最小巧的水晶"。他找到了一块像坚果那么小的水晶。他把那块晃来晃去的手表递给她。她们的嘴张得好圆，就像合唱团的孩子们的嘴。那个幸运的小姑娘把表紧紧压在她那破袍子的胸部位置上。她们用手轻轻抚摸迪恩，感谢他。他站在她们当中，憔悴的脸望着天空，寻找下一个，也是最高的一个，最后的一个山口，就像一位先知来到了她们身旁。他回到车上。她们不想看到我们走。我们在爬一条直直的山道时，看到她们在我们后面不停挥手、奔跑。我们拐过一个弯，再也看不到她们了，可她们仍在我们后面奔跑。

"啊，这让我心伤！"迪恩拍着胸脯叫道，"她们的忠心和好奇能让她们跑多远？她们会出什么事？如果我们开得足够慢，她们会不会一路跟着我们到墨西哥城？"

"会。"我说，因为我知道她们会。

我们到了东马德雷令人眩晕的高地上。香蕉树在迷雾中闪着金光。浓雾在悬崖边上的石壁之上裂开。下面，莫克特苏马河像一条金色的细带子穿行在绿色的丛林中。世界屋脊之上，十字路口的怪异村镇飞驰而过，披着方形披巾的印第安人在帽檐下和披巾的缝隙中注视着我们。生活沉重、黑暗、古老。他们用鹰一般的眼睛严肃、疯狂地注视着迪恩狂暴地扭动方向盘。所有的人都把双手伸开。他们从后山来，那里更高，伸出双手，索要自认为文明社会会给予他们的东西，从未想过文明社会也有着它的悲伤和凄惨的幻灭。他们不知道一颗炸弹扔下来就能毁灭我们所有的桥梁、道路，让它们变成一堆破烂，我们终有一天会像他们一样穷，也像他们那样伸出两只手乞讨。我们这辆破福特，这辆向上行驶的美国20世纪30年代的旧福特，叮叮当当响着从他们中间驶过，消失在了尘雾中。

我们已经来到了通向最后一座高原的路上。此刻，太阳变成金黄，天空湛蓝，沙漠就是一片辽阔的遍布沙子的炎热空间，偶尔会有几条河流，《圣经》中所描述的那种树影会突然显现。看到牧羊人了，他们穿着随风飘动的长袍子，这是我们第一次看到穿衣服的人，女人们扛着一堆堆的金黄色的亚麻，男人们扛着一捆捆的棍子。在闪着微光的沙漠中的大树底下，牧羊人聚在一起坐着，绵羊在太阳底下刨土，搞得前面尘土飞扬。"伙计，伙计，"我冲着迪恩大声喊道，"快醒醒，看那些牧羊人，快醒醒，看耶稣走来的那个金色的世界，你亲眼看了就知道了！"

他猛地把头从座椅上抬起来，在暗淡下去的红日的映照下，瞥了一眼那景色，就又倒下头睡着了。他醒过来时，对我详细描述了他看到的那一幕，他说："是的，伙计，我真高兴你让我看。哦，上帝，我该怎么办？我该去哪里？"他按摩着肚皮，用红色的眼睛看着天空，差点哭了。

我们的旅程就要结束了。路两旁大片的农田向远处不断延伸，狂风吹过偶尔出现的大片小树林，刮过在夕阳中染成粉红色的古老教堂的顶端。云块又近又大，开始升腾。"黄昏前就能到墨西哥城啦！"我们做到了，从那天下午在丹佛的院子里出发，抵达世界上这些辽阔的、如《圣经》中描述的地方，总共1900英里，而此时，我们就要到达路的终点了。

"我们这沾满蚊虫的T恤要不要换一下？"

"不，进城再换，见鬼。"我们驶入了墨西哥城。

驶过一条短短的山道，我们突然来到一处高地，从那里，我们看到整个墨西哥城在下面的火山口中向四面八方延伸开去，还看到了城市里喷出的烟雾和傍晚的灯光。我们朝着它轰轰驶去，驶过起义者大道，径直奔向位于改革大街的市中心。小孩子们在大而阴郁的球场踢足球，搞得尘土飞扬。计程车司机超过我们，想知道我们是否要姑娘。不，我们现在不想要姑娘。长长的、破烂的贫民窟的坏屋在平岩上连绵延伸，我们在灯光昏暗的小巷中看到了孤独的身影。天马上就黑了。然后，我们奔入市区，突然穿过密集的小餐馆、剧院和很多的灯。报童冲着我们大喊大叫。技工光着脚，拿着扳手和破布，无精打采地走过去了。疯狂、赤脚的印第安司机直接插到我们前面，围住我们，按喇叭，疯了似的开车。噪声大得叫人无法想象。墨西哥的汽车上不装消声器。司机快活地猛按喇叭，一按就是很长时间。"啊！"迪恩叫道，"当心啊！"他把车开得左摇右晃，在车流中挤过，戏弄着每一个人。他像个印第安人那样开车。他在改革大道上驶入一条带顶的环形车道，绕着它直兜圈子，车子从四面八方的车道上朝我们冲过来，左边，右边，左边，前头没有路了，他大喊大叫，快活地又蹦又跳。"这才是我始终梦寐以求的路况。每个人都在向前开！"一辆救护车快速驶过。美国的救护车开着警灯在车流中迂回向前冲，而遍布全世界的伟大农民印第安人的救护车只是以每小时80迈的速度穿过城市的街道，每个人都得让路，它们不为任何人或者任何情况停留，只是径直朝前飞奔。我们看到它的车轮滚得飞快，在市中心无比混乱的车流中杀出一条血路，瞬间不见了踪影。司机都是印第安人。人们，甚至是老妇人，都在朝着永不停靠的公共汽车奔去。墨西哥城年轻的生意人相互打赌，成群结队地跑向公共汽车，看谁能敏捷地蹿上去。公共汽车司机赤着脚，露着讥笑，十分疯狂，穿着T恤，低低地坐在或者蹲在又低又大的方向盘旁边。圣像在他们的头顶上散发着光芒。公共汽车的灯光是棕绿色的，木制长椅上是一排排的黑色的脸。

墨西哥城市中心，数千个头戴松垮下垂草帽、身穿长翻领夹克衫、露着胸脯的嬉皮士走在大街上，有的在小巷中兜售十字架和大麻，有的在上演墨西哥滑稽戏的戏棚旁边的小教堂里跪着。有些小巷是碎石铺的地面，阴沟暴露，一扇扇小小的门开向嵌入坏墙中的壁橱般大小的酒吧。要喝酒，得跳过阴沟，阴沟底部就是阿兹特克时代古老的湖。你出了酒吧，背靠墙壁，侧着身体走回到街上。酒吧供应混合了朗姆酒和肉豆蔻的咖啡。曼波舞曲从四面八方传来，声音很响，并且很刺耳。数百个妓女在阴暗狭窄的街上一字排开，她们那悲伤的眼睛在黑暗中放着光盯着我们。我们在疯狂中游荡，在梦中游荡。我们在一家地板及墙壁上均粘有瓷砖的奇怪餐馆，花费48美分吃了一顿上好的牛排，木琴手有老有少，站在一架巨大的木琴前演奏——还有走来走去的吉他歌者，在角落里吹小号的老人。你循着龙舌兰酒散发出的酸味进入酒吧，花2美分就能买一杯仙人掌汁。一切都不停息，街上整夜活跃。乞丐把广告海报从围栏上扯下来裹在身上睡觉。整户整户的人坐在人行道上，吹奏小笛子，在夜色中咯咯笑。他们的赤脚伸出来了，他们那昏暗的蜡烛在燃烧，整个墨西哥就是一个巨大的波希米亚野营地。老妇人在角落里剁下煮熟的牛头，把小肉块塞进玉米饼，用报纸当餐巾把食物放在上面，连同调味的热汁一起端上。这就是我们知道我们会在路的尽头发现的那个伟大、狂野、荒凉且充满童趣的最后的农民城市。迪恩走在街上，两只胳膊垂在身体两侧，就像僵尸一样，嘴张开着，两眼放光，指挥着我们进行一次筋疲力尽却神圣的旅程，一直走到黎明，到了一块地里，在那里，一个头戴草帽的男孩同我们一起大笑，一起聊天，还想和我们玩接球游戏，因为一切永远不会结束。

　　然后，我发烧了，开始说胡话，神志不清。得的是痢疾。我从意识的黑暗旋涡中抬头望去，知道自己正躺在海拔8000英里的一张床上，在世界屋脊之上，还知道自己在这个可怜的由原子构成的皮囊里活了整整一辈子，好几辈子，并且做了各种各样的梦。我看到迪恩俯在餐桌上。那是几个晚上以后的事了，他早已决定离开墨西哥城。"伙计，你干吗呢？"我呻吟道。

　　"可怜的塞尔，可怜的塞尔生病了。斯坦会照顾你的。你病了，如果能听到，就听吧：我在这里办妥了和卡米尔离婚的事，如果这辆车能撑住的话，今晚我就回纽约，回到伊内姿身旁。"

"从头再来一遍？"我叫道。

"好伙计，是从头再来一遍。我得回去过以前的日子。我希望能留下来陪你。祈望我回来。"我抓住痉挛的肚子，呻吟着。当我再次抬起头来，勇敢高尚的迪恩正拎着他那个破旧的箱子低头看我。我已不认得他是谁了，他明白这一点，满怀同情，把毯子朝上拽拽，盖住了我的肩膀。"是的，是的，是的，我现在得走了。可怜的老塞尔，发烧呢，再见了。"他走了。12个小时以后，在痛苦的高烧中，我终于意识到他走了。那时候，他正独自一人驾车穿过那些长着香蕉树的高山，这次是在夜里。

病情好转以后，我意识到他是一个多么卑鄙的小人，可转念一想，我也得理解他的生活异常复杂，他不得不抛下生病的我，去勉强应对他的妻子们和麻烦事。"好吧，老迪恩，我什么也不说了。"

第五部

迪恩驱车从墨西哥城出发，在格列高利又看了看维克多，开着那辆旧车一路抵达路易斯安那的查尔斯湖，车的尾部掉在路上，他知道就会掉的。于是，他给伊内姿发电报，让她寄点钱过来，买了张飞机票，坐飞机飞完剩余的路。等他拿着离婚文件到了纽约，立即和伊内姿去纽瓦克结婚；当天晚上，他告诉她一切都会没事的，让她不要担心，还说了一通貌似合情合理的话，其实连个屁也没说，只是流了无以计数的悲痛的汗水，然后，他跳上一辆公共汽车，再次轰轰出发，穿越恐怖的大陆，直抵旧金山与卡米尔和两个年幼的女儿团聚。因此，到目前为止，他结婚3次，离婚2次，和第二任妻子住在一起。

　　那个秋天，我自己也开始从墨西哥城返家，一天夜里，我刚过拉雷多边界到了得州的迪利市，正站在一盏弧光灯下面滚热的公路上，夏季的飞蛾不断冲撞弧光灯，就听到远处的黑暗中传来了脚步声，一个身材高大的老人，留着一头飘逸的白发，背上背着一个包袱，蹒跚着过来了，他走过去的时候，一见到我，说了句"为人类哀悼吧"，就又蹒跚着返回黑暗中。这是不是说我最终应该继续走我的朝圣之路，赤足走遍美国的黑暗道路？我挣扎着急急返回纽约，一天晚上，我正在曼哈顿一条阴暗的街上站着，朝着一间阁楼的窗户喊，我觉得我的朋友们正在那里举办派对。但一位漂亮的姑娘把头伸出窗外，说："什么事？你是谁？"

　　"塞尔·帕拉迪斯。"我说，我听到我的名字在这条令人伤心的空荡荡的街上回荡。

　　"上来吧，"她喊道，"我正在做热巧克力。"于是我就上去了，那姑娘就在那里，一双纯真无邪透着可爱的眼睛正是我多年来一直在寻找的。我们誓言疯狂地爱对方。冬天，我们打算移居旧金山，用一辆厢式货车把我们的全部破旧家具和破烂也带去。我给迪恩写了一封信，把这件事对他说了。他写了一封很长的回信，总共18000字，信中说的都是他在丹佛的年轻岁月，还说过来找我，亲自挑选旧卡车，载着我们回家。我们有6周的时间攒钱买车，我们开始工作，每一分钱都要精打细算。然后，迪恩突然来到，提前了5周半，我们谁也没有钱实现这个计划。

午夜时分，我出去散步，回来后把我散步时的想法告诉了我的女友。她站在黑漆漆的小房间里，脸上露着奇怪的笑容。我对她说了一些话，突然注意到屋内一片寂静，观望四周，看到收音机上放着一本破书。我知道那是迪恩的"午后至高永恒的普鲁斯特"。我就好像做梦一样，看到他脚上只穿着袜子，蹑手蹑脚地从黑漆漆的过道里进来了。他说不成话了。他上蹿下跳，哈哈大笑，他拍着双手，结结巴巴地说道："啊——啊——你们得听我说。"我们都竖耳听着。但他忘了想说什么。

"要认真听——呃哼。喂，亲爱的塞尔——可爱的劳拉——我来——我走——不过等等——啊，是的。"他极为悲痛地注视着他的双手。"不说了——你们知道我想说什么——或者——但你们听着！"我们都听着。他在听暗夜中的声响。"耶！"他敬畏地低声说道，"可你们知道——无须再说下去——无须深谈。"

"可是，迪恩，你为什么来这么早？"

"啊，"他说，看我的样子就好像第一次看我似的，"这么早，是的，我们——我们知道——是这样的，我不知道。我坐火车来的，用的是免费月票——坐的员工车厢——就是那种硬座车厢——得州——一路上吹笛子和木制小鹅笛。"他掏出了他的新的木笛子。他吹了几个又短又尖的高音，穿着袜子上蹿下跳。"看到了没？"他说，"不过，当然啦，我现在想说就能说，就像以前那样，其实，我这个如赛马奔腾一样的小脑瓜里有很多话要对你说，穿越美国的这一路上，我一直在反复阅读这个顶呱呱的普鲁斯特，还看到了很多绝对没有时间对你说的事情，我们还没聊墨西哥以及我们在你发烧时分手的事——不过，无须再谈。此时绝对没有必要再谈，对吗？"

"好吧，我们不说这个。"他开始讲他途经洛杉矶时做过的事，把每一个能说到的细节都说了，他怎样去拜访一户人家，怎样吃晚饭，怎样和那家人的父亲、儿子、姊妹聊天——他们都长什么模样，他们吃的是什么，他们家的家具是什么样的，他们心里想的是什么，他们的兴趣是什么，他们的灵魂又是什么样的，用了三个小时才详细地说完，末了，他这么说："啊，可你明白我真正想对你说的是什么——那是好久以后的事了——坐火车穿过阿肯色——吹笛子——和一帮家伙玩牌，用的是我那副春宫牌——赢了钱，用小鹅笛吹一段独奏曲——送给水手们。我走了五天五夜的恐怖漫漫长途，就是为了来看你，塞尔。"

"卡米尔怎么样了？"

"她自然同意了——在等我。我和卡米尔会永远相守在一起……"

"伊内姿怎么办？"

"我——我——我想让她和我一起回旧金山，住在城市的另一边——你觉得我不应该这么做吗？我也不知道自己为什么要来。"后来，他突然吃惊地张着嘴说："好吧，是的，当然了，我想看看你那可爱的姑娘，还有你——为你高兴——爱你如初。"他在纽约住了三天，匆忙地做准备，打算用免费的月票搭乘火车，再次穿越大陆，五天五夜窝在布满灰尘的普通车厢和员工硬座车厢里面，当然了，我们没有钱买货车，不能和他一起回去。他和伊内姿待了一个晚上，向她解释、流汗、争吵，她把他一脚踢出门外。我收到了一封写给他的信，由我转交给他。我看了那信，是卡米尔写来的。信中说："我看到你背着背包穿过铁道，我的心都碎了。我无数次地祈祷，你能平安回来……我真的想让塞尔和他的朋友过来与我们同住一条街……我知道你会平安回来，可我还是忍不住担心——由于我们已经决定好了一切……亲爱的迪恩，20世纪的上半部分已经结束。用爱和吻欢迎你和我们共度下半部分。我们都在等你。署名是卡米尔、艾米、小琼妮。"因此，迪恩和他那最忠贞不渝、最痛苦、最善解人意的妻子安顿下来了，我为他感谢上帝。

我最后一次见到他是在一种悲伤而奇怪的情况下。雷米·邦库尔乘船环游世界数次来纽约了。我让他和迪恩见见，认识认识。他们确实见了，但迪恩已经不再像以前那么能说了，什么也没说，雷米转头就走。雷米弄到了几张艾灵顿公爵①在大都会歌剧院的演出门票，执意要我和劳拉同他和他的女友一起去。雷米如今胖了，变得悲伤了，却仍是那个热情、穿着得体的绅士，正如他所强调的那样，无论做什么事都要有个样子。因此，他让他的赛马赌注登记经纪人开着一辆凯迪拉克送我们去音乐会。那是一个寒冷的冬夜。凯迪拉克停好了，准备出发。迪恩拿着背包站在车窗外，准备去宾州车站，继续穿越美国。

"再见了，迪恩，"我说，"我真希望我不必去音乐会。"

"你觉得我能和你一起坐车到第40街吗？"他低声说，"我想和你尽可能多待一会儿，我的兄弟，况且，纽约这里太他妈冷了……"我低声对雷米说了这事。不，他不愿意这么做，他喜欢我，却不喜欢我的白痴朋友。我不愿再像1947年在加州的阿尔弗雷德酒吧里那样，和罗兰·梅杰毁了他安排的夜晚活动。

"绝对不行，塞尔！"可怜的雷米，为了今天晚上特意准备了一条领带，上面画着演唱会门票图案，塞尔、劳拉、雷米以及他的女友维姬的名字，还有一组悲伤的笑话和他最中意的名言，比如"你无法教老作曲

----

① 即爱德华·艾灵顿（1899—1974年）：美国爵士乐作曲家、钢琴家、管弦乐队领袖，绰号"公爵"，创作生涯长达半个多世纪，是美国爵士音乐史上最具影响力的人物之一。

家学新的曲子"。

因此，迪恩没有同我们一起进城，我唯一能够做的只是坐在凯迪拉克的后座上冲他挥手。开车的赌注登记经纪人也不想和迪恩有任何瓜葛。迪恩穿着一件专门应对东部的冰冻天气、被衣蛾的幼虫蛀蚀过的大衣，孤零零地走了，我最后看到他时，他正转过第7街的街角，直视前面的街，再次匆匆赶路。可怜的小劳拉，我的宝贝，听了我对她说的迪恩的一切，几乎开始哭了。

"哦，我们不能就这么让他走。我们该怎么做？"

老迪恩走了，我想，同时大声说道："他没事的。"我们出发赶去看那场令人难过、不想去的音乐会，我连一点心思也没有，始终在想他怎么回到那列火车上，在那片可怕的大地上奔驰3000多英里，我不知道他除了来看我，为什么要来。

于是，在美国，当太阳落山，我坐在破旧的河堤码头上，注视新泽西上空那长而又长的苍穹，感觉那一整片粗犷的土地以一种难以置信的巨大膨胀态势延伸至西海岸，感觉那条无限伸展的路和这片辽阔的大地上所有心怀梦想的人。我知道此刻的衣阿华，小孩子们肯定在哭泣，因为那里的人们就是任由孩子们哭泣。今晚，星星会出来，难道你不知道上帝就是维尼熊吗？今夜的星星肯定会低垂，将它那暗淡的光泼洒在草原上。不久之后，完全的黑暗就会降临，这黑暗祝福大地，染黑一切河流，笼罩山峰，收纳最后一片海滩，除了渐变衰老时的孤苦落魄，没有人，没有人知道谁以后会怎么样，我想念迪恩·莫里亚蒂，我甚至想念我们始终没有找到的迪恩·莫里亚蒂的老爹，我想念迪恩·莫里亚蒂。